*„Am Ende wird alles gut.
Und wenn es das nicht ist,
ist es noch nicht das Ende“*

Für Doris

Der Roman spielt hauptsächlich in bekannten Regionen, doch bleiben die Geschehnisse reine Fiktion. Sämtliche Handlungen und Charaktere sind frei erfunden.

MIX
Papier aus verantwortungsvollen Quellen
FSC® C104608
www.fsc.org

Der CO_2-Ausstoß dieses Druckproduktes wurde mit ClimateCalc berechnet und kompensiert:
www.climatecalc.eu
Cert. no. CC-000094/DK

Bibliografische Information der Deutschen Nationalbibliothek
Die Deutsche Nationalbibliothek verzeichnet diese Publikation in der Deutschen Nationalbibliografie; detaillierte bibliografische Daten sind im Internet abrufbar über https://www.dnb.de

www.niemeyer-buch.de

Umschlaggestaltung: C. Riethmüller
Der Umschlag verwendet Motiv(e) von Adobe Stock
Druck und Bindung: Nørhaven, Viborg
Printed in Denmark
ISBN 978-3-8271-9336-0

Bernhard Klaffke

Totemwald

CW Niemeyer

Das Böse ist ein verdorbener Ort,
tief in unseren Köpfen.

Prolog

Sie erlebte einen Moment der Klarheit, in welchem sie spürte, wie sich der Geist weigerte, ihren Körper zu verlassen.

Die junge Chinesin fühlte sich so unendlich müde. Sie war kaum noch imstande, die Augen weiter offen zu halten.

Xiangmei konnte die Wärme ihres eigenen Atems spüren, als sie den Kopf erschöpft auf der Matratze ablegte. Mit weit aufgerissenen Augen lag sie da und stierte apathisch in die Schwärze.

Seit Tagen hatte sie nichts mehr zu essen bekommen, und nun war es so weit. Der Zeitpunkt, den sie so schmerzhaft herbeigesehnt hatte, war gekommen. Der Gedanke ließ eine einzelne Träne über die schmutzige Wange laufen, hinterließ flüchtig das Gefühl von Wärme. Mit einem kurzen Ruck zog sie den Rotz zurück in die Nase. Unfreiwillig fing sie in der Finsternis an zu lächeln, und ein Gefühl der Dankbarkeit überkam sie. Dankbarkeit darüber, seiner kranken Fantasie nicht länger ausgeliefert zu sein. Dankbarkeit über den nahenden Tod. Nach alldem, was er ihr angetan hatte, und alldem, was er … Unfähig, dem Gedanken ein gutes Ende zu geben, drehte sich die junge Frau stöhnend vor

Schmerz auf den Rücken, woraufhin die durchgelegene Matratze ein knatschendes Geräusch von sich gab. Noch im gleichen Augenblick bereute sie die unbedachte Bewegung. Reißend drang das spitze Ende der Feder tief in ihr Fleisch ein. Ruckartig krümmte sich ihr Rücken zu einem Bogen. Heiser keuchte sie auf, und klebrig warme Flüssigkeit quoll aus der entzündeten Wunde. Sie wollte schreien, aber sie besaß einfach nicht genügend Kraft. Der Schmerz brachte sie an den Rand dessen, was sie ertragen konnte.

Die Infektion war wie das Gift des Taipan durch ihre Adern gekrochen. Bis zu dem Punkt, wo der Wundbrand Halluzinationen hervorrief. So stark, dass sie zwischen Realität und Fiktion nicht mehr zu unterscheiden wusste.

Für Stunden lag sie dann da, am ganzen Körper zitternd, gefangen in der selbst entworfenen Hölle.

Nervös fuhr die junge Frau auf und lauschte. Da war es wieder. Nur dieses Mal nicht ganz so laut. Angestrengt versuchte sie, sich auf die Richtung zu konzentrieren, aus der die Geräusche kamen. Xiangmeis Puls begann zu rasen, und Angst stieg in ihr auf. Wenn sie kamen, dann über das Wasser. Meist in kleinen Gruppen, zu dritt oder zu viert. Schützend zog sie das gesunde Bein näher zu sich heran. Während das infizierte zu pochen anfing und ein fürchterliches Reißen einsetzte. Mehr aus Angst als vor Schmerz biss sie in den stinkenden Stoff. Sie durfte keine Schwäche zeigen. Dem Gegner nicht zeigen, wie verwundbar sie geworden war. Rotz lief ihr aus der Nase, den sie mit dem Handrücken achtlos wegwischte.

„All das hier ist nicht real", säuselte eine verführerische Frauenstimme an ihr Ohr.

„Hallo, ist da wer?", hörte sie sich selbst wie durch Watte.

„Für all das hier gibt es eine ganz einfache Erklärung."

Sie kannte die Stimme. „Oma Xiyué, bist du das?"

Ohne darauf einzugehen, sprach die Stimme im ruhigen Tonfall. „Kleine Xiangmei. Alles, was du tun musst, ist aufzuwachen." Raus aus diesem wahr gewordenen Albtraum. Wie oft hatte sie sich das gewünscht. „Tu es!", feuerte die Stimme sie an.

Mit fiebrig zitternder Hand suchte sie nach der Naht ihrer Jeans. Folgte ihr bis hinunter zu der aufgerissenen Stelle, da, wo der süßlich-faulige Geruch seinen Ursprung nahm. Aus dem Reißen im Fleisch wurde schnell ein glühender Schmerz, je mehr Druck sie auf die entzündete Wunde ausübte. Trotz der Grabeskälte, die sie umgab, fühlte sie deutlich die eitrige Hitze. Xiangmei holte hörbar tief Luft. Unter dem steigenden Druck der Kiefer fingen ihre Zähne an zu knirschen. „Nur ein Traum", flüsterte sie sich selbst zu. „Alles, was du tun musst, ist aufwachen." Wie in Trance fing sie mit brüchiger Stimme an zu zählen. „Drei, zwei", nur so würde sie ihr Leben zurückbekommen, „eins!" Wie der Stachel einer Hornisse bohrte sich der Finger tief in das nasse Fleisch. Während ein Farbenmeer aus Rot-

und Gelbtönen auf ihrer Netzhaut explodierte, gellte ein markerschütternder Schrei durch die Schwärze des Raums. Noch nie hatte sie einen solch alles verzehrenden Schmerz erfahren. Das Gefühl, bei lebendigem Leib in Flammen zu stehen, brachte die Frau an den Rand der Ohnmacht.

Sie konnte nicht mit Bestimmtheit sagen, wie lange sie so dagelegen hatte, kurzatmig und mit einem Schweiß durchtränkten T-Shirt auf der Haut, das sich bei jedem Atemzug anfühlte wie ein seifiges Leichentuch. Sie wusste nicht, was schlimmer war. Die Erkenntnis, in diesem Albtraum noch immer gefangen zu sein, oder die Gewissheit, dass es für sie kein Entkommen gab. Wieder gellte ein Schrei durch die Dunkelheit. Die junge Frau schrie so laut sie nur konnte. Schrie aus Verzweiflung und gegen die Angst. Angst, immer noch da zu sein, wenn er zurückkam.

Schluchzend lag sie zusammengekrümmt da. Schaute mit wässrigen Augen anklagend in das Nichts. Was hatte sie ihm nur getan, dass er sie so sehr hasste? Rotz lief ihr aus der Nase, tropfte leidenschaftslos auf ihre Hand. Dass er sie mit Verachtung und Ignoranz strafte, während dieses Monster sich an ihr immer und immer wieder verg…? Sie schluchzte. „Warum tust du mir das an? Was habe ich dir nur getan, dass du mich so bestrafst?" In der Stille kam ihr jedes gesprochene Wort wie ein Schrei vor. „Lass mich doch gehen, bitte. Ich kann nicht mehr! Hörst du?" Weinerlich flehte sie um Erlösung, schmeckte, wie das salzige Wasser ihrer Tränen die spröden Lippen benetzte. Das Martyrium hatte sie inzwischen an den Rand der vollkommenen Erschöpfung gebracht.

Abrupt ließ sie ein Chor aus hochfrequentem Fiepen hochschrecken. Die Ratten schienen zu spüren, dass von ihr keine Gefahr mehr ausging. Schon seit Tagen hatte der verführerische Duft von reifem Fleisch die Nager mutiger werden lassen. Bisher konnte Xiangmei die Brut noch auf Abstand halten, aber auch das war nur noch eine Frage der Zeit.

Geschwächt schob sie ihren geschundenen Körper zum Kopfende. Obwohl sie es besser wusste, hoffte sie, so den scharfen Zähnen der Nager zu entkommen. Das Fiepen nahm an Erbarmungslosigkeit zu, steigerte sich bis zu einer animalischen Kakophonie aus Gier und Lust. Inbrünstig betete sie, dass der Teufel so viel Anstand besaß, zu warten, bis sie erlöst war. Mit letzter Kraft bäumte sie sich auf.

„Verschwindet, Teufelsbrut!“, brüllte sie in Todesangst den Nagern weinerlich entgegen. Und plötzlich spürte sie, wie etwas auf das gesunde Bein sprang. Ohne darüber nachzudenken, packte sie den pelzigen Körper und drückte erbarmungslos zu, hörte den gequälten Laut einer Kreatur, die Todesqualen litt. Unter dem leisen Knacken der Wirbelsäule verstummte das Tier. Mit einem Mal kehrte Ruhe ein. Der Todesschrei des Artgenossen schien das übrige Rudel nachdenklich gestimmt zu haben. „So einfach werde ich es euch nicht machen. Da, ihr verfluchten Kreaturen", mit diesen Worten schleuderte sie den schlaffen Körper zurück in die Dunkelheit, aus der er gekommen war. „Noch lebe ich!"

Benommen und halb von Sinnen sackte die junge Frau in sich zusammen. Nicht weit von ihr hörte sie ein dünnes kratzendes Geräusch ... wie Kreide auf einer Tafel.

Mit einem Mal spürte sie, wie ihre Augenlider schwer wurden. Zu Anfang war es mehr ein Flattern, das aber schnell in eine bleierne Müdigkeit überging. Sie versuchte, dagegen anzukämpfen. „Ruh dich ein wenig aus", flüsterte die Stimme auf die junge Frau ein. „Lass los." Die junge Frau glaubte zu spüren, wie sie ihr sanft über die Stirn streichelte, fühlte die wohltuende Wärme der alten Hand auf ihrer Haut.

Es war kein trauriges Schluchzen, das sie von sich gab, vielmehr überwältigten sie ihre Gefühle. Vor ihr tauchte aus dem Nebel der Erinnerungen das Haus ihrer Familie auf.

„Xiyué?" In diesem Moment konnte Xiangmei ihr Glück kaum fassen, und sie hatte das Gefühl, ihr Herz würde vor Glück zerspringen. Die ganze Zeit über war sie nicht von ihrer Seite gewichen. „Oma Xiyué! Ich habe dich so sehr vermisst."

„Ach, Kindchen. Was machst du nur für Sachen?" Dann lachte die alte Frau gütig auf.

Auch Lǎo war da. Der kleine tollpatschige Lǎo. Der einzige Hund auf der großen weiten Welt, dessen Ohren gefühlt genauso lang waren wie seine tollpatschigen Pfoten. Gerade einmal so groß, dass er mühelos in einer Reisschale Platz fand. Jedoch mit einem Herzen, größer als das Reich der Mitte selbst. Sie hatte gar nicht bemerkt, wie er an ihr hochgesprungen war. Wie aus dem Nichts saß er plötzlich da, der kleine Racker. Er kippte den pelzigen Kopf unmerklich zur Seite und schaute sie mit seinen Knopfaugen fragend an. So, als versuchte er zu verstehen. Xiangmei fühlte die kleinen tapsigen Pfoten, wie sie unsicher auf dem nassen T-Shirt nach Halt suchten. Spürte, wie sein kleiner dünner Schwanz aufgeregt umherpeitschte.

„Lass das, das kitzelt“, lachte sie laut auf. Lǎo stupste auffordernd mit seiner feucht-warmen Schnauze gegen ihre Brust. „Gott, bist du dünn geworden. Ich spüre dich ja kaum noch.“ Gierig schnüffelnd tapste der kleine Vierbeiner flink über sie hinweg. Sie hätte schwören können, dass es auf einmal mehr als nur vier Pfoten waren, die da auf ihr Halt suchten.

Sie roch mit einem Mal den Duft von frisch geschlagenem Bambus. Zikaden zirpten in der aufgehenden Morgensonne. Die Frauen des Dorfes waren damit beschäftigt, junge Reissteckinge in den Feldern auszubringen. Sie atmete tief ein, spürte, wie sich ihr Brustkorb wohltuend spannte. Als sie ausatmete, war sie endlich zu Hause.

Wie auf Kommando stürzten sich die Nager auf das bewegungslose Buffet, bissen mit ihren kleinen scharfen

Zähnen ganze Stücke aus dem noch warmen Fleisch, zerrten missgünstig an den Brocken der anderen, bis die Gier sie zu einem quirligen, pelzigen Knäuel verwachsen ließ.

1. Kapitel

Sonntag

Mit Blick auf das, was sich da draußen abspielte, fiel ihm die Entscheidung nicht sonderlich schwer. Morgen früh würde er zu seinem Hausarzt gehen und sich für die restliche Woche krankschreiben lassen. Problem erkannt, Problem gebannt. Fröhlig lümmelte sich bei dem Gedanken daran tiefer in die Kissen der Couch. Er lauschte dem Regen, wie er in Böen gegen die Fensterscheiben prasselte, und schloss die Augen. Eigentlich war das Zentrum des Sturms erst für die Abendstunden angekündigt.

Dem Gedanken noch am hinterherhinken, explodierte plötzlich ein lavendelfarbenes Licht auf seiner Netzhaut. Gefolgt von einem markerschütternden Donnerschlag. Der Blitz musste in unmittelbarer Nähe zum Haus eingeschlagen sein und ließ die Fensterscheiben bedrohlich vibrieren. Frank Fröhlig zog die Schultern an und ließ den Kopf dazwischen knirschend kreisen. Das Sixpack Bier auf dem Balkon stand in Sicherheit, und im Kühlschrank warteten die Reste einer Pizza vom Vortag.

In der Nacht rechneten die Meteorologen mit Windgeschwindigkeiten von bis zu hundertachzig Stundenkilometern, was aus dem anfänglichen Sturm einen ausgewachsenen Orkan machte. Allein bei dem Gedanken schauderte es ihm. Einem peruanischen Hochlandbauer gleich warf er sich die Tagesdecke über.

Ein weiterer Blitz zuckte grell auf und tauchte das Wohnzimmer in eine gespenstische Kulisse.

Mit einem Wisch zog er sich die Tagesdecke ein wenig höher über die Schultern. Keine zehn Pferde brachten ihn bei diesem Unwetter vor die Tür.

Bei dem Versuch, die Fernbedienung mit den Füßen zu erwischen, spürte er eine kaum wahrnehmbare Vibration auf Höhe der Hüfte. Nicht stark, aber gerade doch so intensiv, dass er sie nicht ignorieren konnte. Genervt nestelte er das Smartphone aus der Tasche seines Morgenmantels. Das konnte doch unmöglich jetzt ihr Ernst sein? Diese Frau ließ wirklich keine Gelegenheit aus, ihm das Leben zur Hölle zu machen.

BIST DU NOCH NÜCHTERN? S.

Mahnend prangten die Großbuchstaben auf dem blassen Display, wobei das S für Sabine stand. Exfrau und direkte Dienstvorgesetzte beim KK 11 – zuständiges Kommissariat bei Ermittlungen in Todes-, Brand-, Waffen- und Sprengstoffdelikten jeder Art. Und seit ihrer Scheidung seine ganz persönliche Nemesis. Sie konnte doch angesichts des Sturms unmöglich von ihm verlangen, dass er jetzt da raus ging?

Erneut brummte das Gerät kurz hintereinander. Missmutig warf er einen weiteren Blick auf das Display.

HAUS HARTENFELS IN DREIßIG MINUTEN!

Kurz überlegte er, dann tippte er die Antwort nicht weniger laut in die Maske ein.

VERGISS ES!!!

Allerdings mit nicht weniger als drei expressiven Ausrufezeichen. Nur um seiner Ex zu verdeutlichen, wie er die Sache sah. Fröhlig drückte auf Senden und warf das Gerät lieblos ans andere Ende der Couch. Argwöhnisch betrachtete er das Smartphone, welches nach gut einer Minute noch immer stumm dalag.

Ein ungutes Gefühl überkam ihn, dass sich die Angelegenheit irgendwie noch nicht erledigt hatte. So schnell würde sie nicht aufgeben. Gleichgültig setzte er die Flasche an die Lippen. Das Bier war wärmer geworden, schmeckte aber noch immer gut. Bis durch das bräunliche Glas schwach ein Licht schimmerte. Fröhlig setzte die Flasche ab und warf einen sauertöpfischen Blick auf das andere Ende der Couch. Seine Ex war wirklich hartnäckig.

KTU IST VOR ORT, M. IST AUF DEM WEG!!!!

Was für ein durchtriebenes Miststück sie doch immer noch war. Nur ein einziger Buchstabe und vier Ausrufezeichen. Bloß keinen Druck aufbauen, geisterte es ihm durch den Kopf.

„M." konnte für ihre beste Freundin und Polizeipräsidentin stehen, ebenso gut aber auch für Melanie Kramer, die Gerichtsmedizinerin.

Auf Erstere konnte er gut und gerne verzichten, denn wenn es nach Frau Polizeipräsidentin ginge, würde er schon längst im Duisburger Norden auf Streife gehen, müsste im Wechseldienst knechten, und an Urlaub wäre gar nicht zu denken. Abgesehen von dem Berg an Überstunden, den er bis zu seiner Pensionierung aufgebaut hätte. Er hasste sich für das, was er als Nächstes tat.

Nur widerwillig tippte er die beiden Wörter in das Smartphone.

BIN UNTERWEGS.

Dann drückte er auf Senden. Keine Viertelstunde später stand er im Hauseingang und schlug den Jackenkragen nach oben. Der Wind war eisig und dicke Regentropfen pladderten senkrecht auf die überspülte Straße. Sein Blick fiel auf die Plakatwand von gegenüber. Darauf rannte eine Horde rüstiger Rentner gut gelaunt vom Strand herüber ins karibikblaue Wasser. Und als wäre das angesichts der herrschenden Umstände nicht schon frustrierend genug, stand in sonniger Schrift darüber: *Wir kennen keinen Winter.* Er wollte gar nicht erst anfangen, sich auszurechnen, wann er in den Sonnenuntergang reiten konnte. Sofern er es überhaupt bis dahin schaffte.

Mit jeder Windböe neigte sich die Plakatwand tiefer, bis die Verankerung der Naturgewalt nichts mehr entgegenzusetzen hatte und sie krachend zu Boden ging. Wie ein havariertes Schiff trieb der Sturm die Wand weiter vor sich her. Ein Blitz, gefolgt von einem Donner, untermalte die dystopische Szenerie für den Bruchteil einer Sekunde.

Als das Taxi endlich um die Ecke bog, stand die halbe Straße schon knöcheltief unter Wasser. Die Bugwelle, die das Taxi auslöste, trieb Blätter und Äste vor sich her. Im Scheinwerferlicht bemerkte Fröhlig kleine Geysire, die aus Kanaldeckeln emporstiegen. Angesichts der anströmenden Wassermassen musste die Kanalisation maßlos überfordert sein.

Misstrauisch blickte er nach oben. Helle Lichtblitze durchzogen die pechschwarze Wolkendecke, die augenscheinlich an Fahrt zugenommen hatte. Inzwischen hing sie so tief, dass er glaubte, sie mit den bloßen Händen berühren zu können.

Die wenigen Meter bis zum Wagen würde er niemals trockenen Fußes schaffen. So viel war schon mal klar.

Als er die Tür zum Taxi aufriss, erwartete ihn ein knochiger Alter, der problemlos als die väterliche Version von Doktor Schiwago durchgegangen wäre.

„Söhnchen, was in drei Gottes Namen treibt dich bei diesem Bärenwetter auf die Straße?"

Aufgrund des Akzentes musste es sich bei dem Mann um einen Osteuropäer handeln.

„Bärenwetter?", erkundigte sich Fröhlig fragend, während er das Wasser von Hose und Jacke strich.

„Ist gut für Pelz von totem Bär, aber beschissen für Mensch." Dabei lachte der Alte trocken auf. „Sag, Söhnchen, wohin möchtest du, dass ich dich bringe?"

„Stadtgrenze Mülheim Ruhr, Haus Hartenfels", kam die Antwort kurzgehalten.

„Ah, großes Haus von Kriegsprofiteur und kapitalistischer Feind von Väterchen Russland." So unrecht hatte der Alte nicht. Das Gebäude war damals Klöckners Antwort auf die Villa Hügel in Essen-Bredeney.

Erst als das Taxi nach gut zehn Minuten den Parkplatz des Zoos passierte, fiel Fröhlig auf, wie wenig Menschen tatsächlich noch unterwegs waren. Selbst hier, wo sich Prostituierte zu jeder Stunde und bei jedem Wetter anboten, herrschte eine merkwürdige Friedhofsatmosphäre. Keine vierhundert Meter weiter bog der Wagen rechts ab, verringerte die Geschwindigkeit und kam zum Stehen.

Fröhlig schwante nichts Gutes. „Was ist los? Warum halten wir?"

„Ist zu gefährlich. Bäume brechen wie Streichhölzer bei diesem fürchterlichen Sturm." Fröhlig schaute den Fahrer entgeistert an. „Teufel noch eins, da draußen tobt ein Sturm." Entrüstet klopfte er gegen die nasse Scheibe.

„Was ist los mit dir, Söhnchen, reicht es etwa nicht, wenn du alleine draufgehst?" Nur widerwillig zahlte Fröhlig den angezeigten Betrag, verlangte aber zum Missfallen des Alten einen Beleg.

Mit weit hochgeschlagenem Kragen öffnete er die Beifahrertür und spürte umgehend den beißenden Wind. Der Weg war zwar asphaltiert, dafür aber zu beiden Seiten von hohen Nadelbäumen flankiert. Sprich, nichts was einem ausgewachsenen Sturm auch nur das Geringste entgegenzusetzen hatte. Skeptisch warf er einen Blick auf das Trümmerfeld vor sich. Überall lagen entwurzelte Bäume und armdicke Stämme, deren Geäst ihm den

Weg weitestgehend versperrte. Es war einfach unverantwortlich, ihn bei diesem Sturm hierherzuzitieren.

Kurz überlegte er, morgen früh als Erstes mit seinem Gewerkschaftsvertreter zu sprechen, schließlich hatte auch er Rechte. Und plötzlich hörte er das Geräusch von berstendem Holz. Noch im gleichen Augenblick vergaß er all seine Vergeltungsabsichten. Gerade noch rechtzeitig sprintete er wie von der Tarantel gestochen los. Krachend schlug hinter ihm ein mannsdicker Ast auf den Asphalt und hinterließ ein wahres Trümmerfeld. Fröhlig kam erst wieder zum Stehen, als er das schwere Eisengitter der Villa erreicht hatte. Keuchend und nach Luft schnappend stemmte er die Arme in die Hüfte. Nahm ein paar tiefe Atemzüge, bevor er einen Blick zurück über die Schulter warf. Erst als ein Blitz die Szenerie matt erhellte, begriff er sein tatsächliches Glück. „Wie heißt es so schön bei den Bestattern? Die Arbeit kommt, wenn einer geht." Dem Anschein nach war seine Zeit noch nicht gekommen. Der Regen kroch kalt in seinen Nacken und es fröstelte ihn. Am liebsten hätte er sich jetzt eine angezündet, doch dieses Laster hatte er sich auf Anraten des Polizeiarztes schon so gut wie abgewöhnt.

Die Flutscheinwerfer von THW und KTU warfen von der Rückseite ein gespenstisch wirkendes Licht auf Haus Hartenfels. Alfred Hitchcock hätte das Gemäuer nicht besser in Szene setzen können. Still betrachtete er die architektonische Scheußlichkeit. Die Bezeichnung Monstrosität wurde diesem Haus nicht einmal im Ansatz gerecht. Das Burgschloss war nicht nur riesig, so etwas konnte sich wirklich nur leisten, wer Kriegsprofiteur im ganz großen Stil gewesen war.

Das THW hatte mit seinen blauen Lkw Amtshilfe geleistet und seine imposanten Scheinwerfer erhellten die nächtliche Szenerie. Überall liefen Gestalten in weißen Overalls aufgeregt umher. Zwischendurch blieb die eine oder andere stehen und warf einen ängstlichen Blick in den pechschwarzen Nachthimmel. Irgendwie erinnerte ihn das Ganze an Teletubbies, deren Dopaminspiegel entschieden zu hoch war. Ab und zu bückte sich mal ein Tinky Winky, eine Laa-Laa – oder hieß das Ding Po? – nach vorne, um anschließend etwas in ein Asservatentütchen zu stecken, machte Fotos oder steckte Fähnchen in den vom Regen durchweichten Boden. Abseits geparkt standen die Streifenwagen der Trachtengruppe sowie die beiden schneeweißen Transporter der KTU. Fröhlig kniff die Augen zusammen und hielt die Hand abschirmend gegen das grelle Licht der Flutscheinwerfer.

Wo, verdammt, stand der Dienstwagen von M.? Wie ein Indianer suchte er die nähere Umgebung ab. Innerlich ärgerte er sich über seine Naivität. Nach all den Jahren sollte er es eigentlich besser wissen.

„Frank!“ Ihr Tonfall war unmissverständlich.

„Wenn man vom Teufel spricht.“ So etwas nannte man dann wohl eine sich selbst erfüllende Prophezeiung. Er steuerte auf das Zelt zu, unter dem seine Ex Schutz gesucht hatte. „Kannst du mir vielleicht sagen, wo du die ganze Zeit über gesteckt hast?" Sie klang vorwurfsvoll mit einem Hauch von Autorität. Eine Mischung, die er nur allzu gut kannte. Ganz offensichtlich hatte jemand sie verärgert, aber das war nicht sein Problem.

„Im Ernst? Die Straßen sind komplett überflutet. Auf den Straßen herrscht das absolute Chaos. Mich hat eben fast ein Blitz gegrillt, und der Taxifahrer wollte nicht weiter als bis zur Monning fahren." Dabei setzte er das „fast" in sarkastische Anführungszeichen.

„Frank, dein Unterton ist hier fehl am Platz." Dabei rümpfte sie leicht die Nase. „Hast du etwa getrunken?"

„Hast du mich nur hierherzitiert, um mich einem spontanen Alkoholtest zu unterziehen? Verdammt, Sabine, es ist Sonntag, und ja, ich hatte ein Bier oder vielleicht auch zwei. Ist das etwa verboten? Millionen von glücklich geschiedenen Männern machen so etwas, weißt du? Das nennt sich Freizeit, solltest du auch mal probieren!" Ein aufkommendes süffisantes Grinsen konnte er gerade noch rechtzeitig unterdrücken.

„Schön, dass du deine Bestimmung gefunden hast, aber eine Frage habe ich da noch, Frank." Sie wusste sehr wohl um die Wirkung einer wohlplatzierten Pause. „Bisher war ich der Auffassung, dass Alkohol während einer Rufbereitschaft ein absolutes No-Go ist. Sollte sich diesbezüglich in den Dienstvorschriften was geändert haben, lass es mich wissen." Ihr Blick war so frostig wie der einer Schneekönigin.

Verdammt, Rufbereitschaft! Innerlich schlug er sich mit der flachen Hand an die Stirn. Das war der Grund dafür gewesen, warum sein Handy eingeschaltet war. „Okay, und was haben wir hier?“, versuchte er den Fauxpas mit Gleichmut zu überspielen.

„Oh, das wird dir gefallen.“

Fröhligs Laune verbesserte sich schlagartig, als er die dunkle Stimme der Gerichtsmedizinerin erkannte. Melanie Kramer hatte einen dieser weißen Einwegoveralls an, aber selbst darin machte sie eine umwerfende Figur.

„Herrje, Mel, wie schaust du denn wieder aus, haben dich deine Eltern früher nie im Dreck spielen lassen?“ Fröhlig griente bei ihrem Anblick wie ein Honigkuchenpferd.

„Das musst gerade du sagen. Siehst selbst aus wie eine abgesoffene Kanalratte. Bist du etwa den ganzen Weg hierher zu Fuß gelaufen?“ Beinahe schon mitleidig musterte sie sein Äußeres.

„Du weißt doch, dass ich ein harter Hund bin. Nur weil es angefangen hat zu regnen, hält es mich doch nicht davon ab, meinen Job zu machen. Ich weiß, das siehst du ein klein wenig anders.“

„Hahaha!“, lachte die Mittvierzigerin übertrieben laut auf. „Das sagt mir der Richtige. Wessen Büro steckt denn im Blinddarm der Behörde, damit ihn bloß alle in Ruhe lassen?“

„Touché!“, sagte er selbstironisch. Der Punkt ging an sie.

„Ach, komm her, Entlein, lass dich umarmen.“ Er hasste es, wenn sie ihn in der Öffentlichkeit so nannte. In

Amsterdam waren sie allesamt sturzbetrunken in ein Tätowierstudio gefallen. Nur leider war der Inhaber nicht weniger stoned gewesen als sie selbst. Erst am darauffolgenden Morgen wurde ihnen das gesamte Ausmaß ihres Saufgelages bewusst. Der stolze Adler vom Vorabend entpuppte sich im Morgengrauen als gerupfte Ente.

Er spürte die Wärme ihres Körpers und wie sich ihre Becken kurz berührten. Wie ein durchnässter Pudel stand er da und genoss die menschliche Wärme ihrer Zuneigung.

„Okay, das reicht jetzt. Ihr könnt euch später immer noch ein Zimmer nehmen." Der Blick, den Sabine Mel zuwarf, war eine Mischung aus Vorwurf und weiblichem Unverständnis. Beinahe so, als hätte sie von ihr einen besseren Geschmack erwartet.

„Ist es das da, warum du mich hierherzitiert hast?" Auf einem Asservatentisch lagen vier mit Schlamm überzogene kugelartige Gebilde. Alle nicht größer als eine Kokosnuss und penibel in Reihe abgelegt.

„Ja, Frank, und sobald deine Hände wieder da sind, wo sie hingehören, kann ich es dir auch zeigen."

„Nur ungern, Frau Doktor, aber wenn du unbedingt darauf bestehst." Seine Hand löste sich von ihrer Hüfte und streifte mit sanftem Druck die Wirbelsäule empor, was der Gerichtsmedizinerin einen wohligen Schauer bescherte.

„So, Schluss jetzt. Konzentrieren wir uns doch bitte alle wieder auf unsere Arbeit." Sabine wechselte von einem Bein auf das andere.

„Du bist doch nicht etwa eifersüchtig, Frau Polizeirätin Fröhlig?", grinste Mel spitzbübisch.

Sabine kannte Melanie Kramer gut genug, um zu wissen, dass sie mit ihrem Ex nur spielte.

„Mel, ich bitte dich! Nicht einmal, wenn du ihn mit Nutella bestreichst."

„Bist du da sicher, vielleicht entgeht dir ja was?"

„Danke, aber wie du dich sicherlich erinnerst, hatte ich schon das Vergnügen. Den faden Beigeschmack habe ich bis heute nicht vergessen."

Mit nach oben gezogenen Mundwinkeln griff die Gerichtsmedizinerin zielsicher nach einer von drei milchigen Spritzflaschen. Da, wo der feine Wasserstrahl die modrige Masse traf, löste sich der Dreck und spritzte zu allen Seiten. Winzige Ästchen und Reste von verrottetem Material lösten sich von der schlammigen Kugel. Mit jedem Spritzer legte der dünne Strahl mehr Details frei. Fröhlig glaubte eine Art Ballen zu erkennen. Ähnlich einem Sellerie. Erneut traf ein gezielter Strahl die amorphe Kugel. Mehr und mehr trat eine glatte, glänzende Oberfläche zum Vorschein. Mel neigte das unförmige Gebilde im Licht der Lampen in verschiedene Richtungen. An den Stellen, wo noch Verunreinigungen anhafteten, drückte sie erneut die Plastikflasche zusammen.

Fröhlig glaubte zu erkennen, was Mel da in Händen hielt.

Das war der Kopf eines Menschen, nicht viel größer als ein herkömmlicher Handball. Schweigend ergriff er ihre Hand und zog den Kopf so näher zu sich heran.

Mund und Augen waren mit grobem Garn vernäht. Die Frage, ob post mortem, würde Mel später klären. Beinahe schon zärtlich strich Fröhlig mit dem Rücken seines Fingers über den Schädel. Die Haut war ledrig und auf unnatürliche Weise glatt, was für Leichenteile im Allgemeinen eher ungewöhnlich war. Und der Umstand, dass der Kopf über längere Zeit der Feuchtigkeit ausgesetzt gewesen sein musste, widersprach der Textur der Epidermis grundlegend. Ebenso wie der Umstand, dass Menschen, die erst kurz zuvor ertrunken waren, einen Schaumpilz vor dem Mund ausbildeten. Er bog Mels Hand entgegen dem Uhrzeigersinn. Doch angesichts des Wundrandes an der Amputation und dem groben Garn, mit dem Lippen und Augen vernäht waren, erübrigte sich die Frage nach der Todesursache. Stillschweigend drehte er den Kopf in seine ursprüngliche Position zurück. Auch gab es keine Venenzeichnungen auf der schwarzen Haut. Danach war die Liegezeit von mehreren Wochen entweder noch nicht erreicht oder weit überschritten. Ferner fehlte von der Leichenlipidbildung, die sich nach ein bis zwei Monaten ausbildete, jede Spur.

„Was hast du vor?“ Inständig hoffte Mel, dass er als Nächstes nicht an dem Kopf leckte. Bei Frank wusste man nie.

Fröhlig zog Mels Hand so weit zu sich heran, dass er dem Schädel direkt in die eingefallenen Augenhöhlen blickte. Dann schnupperte er zaghaft an ihm. Wäre er länger als sechs Monate tot, sollte das pastenartige Leichenlipid zu riechen sein. Doch weder an den vernähten Körperöffnungen noch am Hals roch er irgendwie ranzig.

„Wie lange, sagtest du noch gleich, hat das Kerlchen hier im Schlamm gelegen?"

„Diesbezüglich habe ich mich noch gar nicht geäußert, Frank. Mit absoluter Gewissheit kann ich erst dann was dazu sagen, wenn sie bei mir auf dem Tisch liegen. Und im eigentlichen Sinn lagen die Köpfe auch nicht im Schlamm. Vielmehr haben wir sie aus dem Swimmingpool gefischt." Dabei nickte sie in die Richtung, aus der er gekommen war. „Der Schlamm stammt aus dem Naturfaserbeutel, in dem sie lagen. Ich vermute, dass das organische Material sich nach und nach darin abgelagert hat. Was auch die starken Anhaftungen erklärt."

„Also lagen sie im Wasser?", sagte er mehr zu sich selbst.

„Wie vorhin erwähnt, Entlein, alles Weitere nach der Obduktion."

Mel reichte ihm kommentarlos ein Paar Nitril-Handschuhe. „So wie ich dich kenne, willst du dir bestimmt ein eigenes Bild machen?"

Seine nasskalte Haut erschwerte das Überstreifen der blauen Einweghandschuhe. Also blies er sie wie ein Kondom auf.

Die schwarze Haut wirkte zäh und spannte sich an der Stelle, wo sich der Wangenknochen befand. Sie war keinesfalls dick wie Papier und schon gar nicht so dünn wie bei mumifizierten Leichnamen. Merkwürdig war auch, dass die kompletten Konturen des Gesichts wie aus der Perspektive gerückt erschienen. Sämtliche Proportionen stimmten nicht mehr überein. Die Mundpartie war extrem geschwollen und trat auf unnatürlich Weise hervor. Ähnlich wie bei einer missglückten Schönheits-OP. Augen und Lippen waren grob vernäht, wobei ihm erst jetzt auffiel, dass sich die Technik der Stiche voneinander unterschied. Die Lippen des Opfers hatten Überkreuz-Stiche. Hingegen waren die Augenlider parallel vernäht.

„Kannst du schon sagen, ob das Garn industriell ist?", sagte er, ohne Mel dabei anzuschauen.

„Nicht mit Bestimmtheit. Wenn du mich allerdings als Privatperson fragen würdest, würde ich aufgrund der grob zerfaserten Struktur des Materials auf ein pflanzlich hergestelltes Garn tippen. Vielleicht Sisal oder Hanf."

Beide Ohrläppchen wiesen ausgefranzte Löcher auf. Entweder waren sie postmortal geweitet worden oder der oder die Tote trug zu Lebzeiten Ringe in den Ohren. Solche, die das Loch extrem spreizen sollten.

Für Irritation sorgte weiterhin die Haut des Toten. Sie war viel zu glatt und ledrig, als dass sie über einen längeren Zeitraum dem Wasser hätte ausgesetzt sein können. Selbst wenn es sich dabei nur um wenige Stunden handelte, musste eine Waschhaut vorhanden sein. Vergleichbar mit einem ausgiebigen Bad in der Wanne. Hier aber besaß sie die Textur eines Kinderpopos und obendrein die abnorme Farbe von Ebenholz. Also das absolute Gegenteil von dem klassischen Grau einer Wasserleiche. Er hatte schon Bilder von Moorleichen gesehen und die bekannteste war der Mann von Toll aus Dänemark. Der Unglückliche lag achttausend Jahre im Moor. Farbe und Oberflächenstruktur waren nahezu identisch. Nur besaß Duisburg keine Moore, zumindest keines, von dem er wusste. In Fröhligs Kopf wirbelten die Jahrhunderte umher. Das einzige Ritual, das ihm bekannt war, bei dem die Gesichtsöffnungen verschlossen wurden, entstammte dem Aberglauben des Vampirismus. Fröhlig fingerte blindlings in dem Werkzeugkoffer der Gerichtsmedizinerin. Bekam die Darmschere zu fassen und drückte mit dem kugelartigen Auslauf in die ledrige Haut.

„Hm?“ Sie war widerstandfähiger als vermutet. „Wie lange, sagtest du noch gleich, lag der Schädel im Wasser?“

„Hörst du mir eigentlich zu, wenn ich mit dir rede?“

„Männlich oder weiblich?" Dabei schaute er Mel fragend an.

„Zur Geschlechtsbestimmung eignen sich das Becken, ein Oberschenkelknochen oder idealerweise der Schädel. Nur leider liegt uns dergleichen nicht vor. Siehst du hier die erhobenen Säume um die Augenhöhlen? Bei Männern sind sie eher rechteckig mit abgerundeten Rändern. Oder hier, die Stelle, wo sich das Jochbein befinden sollte.“ Mel deutete mit der Spitze des Kugelschreibers auf knapp unterhalb der Augenhöhle. „Man kann deutlich die ausgeprägten Vorsprünge erkennen. Selbst ohne vorhandenes Knochenmaterial.

All dies sind Indizien dafür, dass der Kopf einer männlichen Person zuzuordnen ist."

„Was heißt, ohne Knochenmaterial?" Irritiert schaute er sie an. „Ist das jetzt ein Schädel, ja oder nein?"

„Lass es mich so formulieren, Frank: Wenn unser Täter sich an die originale Rezeptur gehalten und er den Schrumpfkopf nach den Gebräuchen und Riten der Indigenen fertigte, muss der Schädelknochen zuerst entfernt werden. Denn anders ist eine Reduktion um ein Drittel des ursprünglichen Umfangs kaum möglich."

„Was genau meinst du mit Riten, Schrumpfkopf und Rezeptur?" Fröhlig runzelte bei seiner Frage die Augenbrauen.

„Nach den Röntgenaufnahmen und der DNA-Analyse weiß ich mehr. Oder wie ich mehrfach schon erwähnt habe, nachdem sie bei mir auf dem Tisch lagen." Dabei griente sie spöttisch.

Fröhlig spürte, wie Zweifel in ihm aufkeimten. Klar, nichts, was es nicht gibt. Zu oft hatte er schon in den Abgrund menschlicher Existenzen geblickt. Sexualdelikte mit abnormen Folterspuren. Zerstückelungen, Verbrennungen, während die Opfer vor Schmerz den Verstand verloren. Kinder, denen man nichts mehr zu essen brachte, bis aus den Betten das Gejammer für immer verstummte. Kinder waren sowieso das Schlimmste. Manchmal brauchte es Wochen, bis das Erlebte verarbeitet war. Einiges hatte sich aber auch für immer in sein Gedächtnis gebrannt. So erging es vielen seiner

Kollegen. Und jetzt lief da draußen auch noch einer herum, der Schrumpfköpfe herstellte. Unmerklich legte sich seine Stirn in kurze Falten.

„Ihr beide wollt mich doch verarschen, oder?" Dabei zeigte er mit der Fingerpistole auf Mel. „Wollt ihr mir wirklich weismachen, dass es sich hierbei um einen real existierenden Schrumpfkopf handelt? Ich meine, selbst wenn und wirklich nur dann, sollte er nicht wenigstens hundert bis hundertfünfzig Jahre alt sein? Frühes Zwanzigstes Jahrhundert, viktorianische Epoche oder so? Die Zeit der Gruselkabinette und makabren Sammlerstücke." Kurz überlegte er, dann fuhr er sichtlich amüsiert fort: „Jetzt einmal ganz im Ernst, Mel. Ich habe wirklich den höchsten Respekt vor deiner Arbeit, aber wie groß ist die Wahrscheinlichkeit, dass dieses Gruselsouvenir tatsächlich von den Schultern eines Mannes stammt? Vermutlich ist das Ding von der Cranger Kirmes, und irgendein Besoffski sitzt dahinten im Busch und lacht sich halb schlapp über uns. Hast du das auch schon in Betracht gezogen?"

„Wenn ich dich kurz in deinen induktiven Ermittlungsansätzen unterbrechen darf?", ging Sabine dazwischen. „Das ist nicht alles. Mel ist bei einem der anderen Schädel ein weiteres Detail aufgefallen."

Er lachte kurz auf. „Wie viel von diesen Schießbudentrophäen *Made in China* gibt es denn insgesamt?"

„Sie sollten das hier besser ernst nehmen, Herr Fröhlig." Am liebsten hätte sie ihrem Exmann dafür eine geklebt, denn genau diese Art von Verhalten hatte über die

Jahre dazu geführt, dass er als das galt, was er war: nicht teamfähig und ein reaktionäres Arschloch, das unberechenbar blieb. Und eine Gefahr für jeden Kollegen, der in der Abteilung noch an Karriere dachte. Manchmal fragte sie sich, warum sie immer noch die schützende Hand über ihn hielt. Mit Romantik im klassischen Sinn konnte es auf jeden Fall nichts zu tun haben. Selbst M. forderte seit Jahren seinen Skalp. Doch aus irgendeinem Grund brachte sie es einfach nicht fertig, ihn ans Messer zu liefern. Vielleicht war es Nostalgie, vielleicht aber auch etwas, das sie noch immer nicht bereit war, sich einzugestehen.

„Mit dem hier ...", Mel drehte den Arm hinter dem Rücken hervor und präsentierte einen weiteren Schädel. Noch etwas unförmiger und gänzlich ohne Haare. „ ... sind es bisher fünf!"

„Bisher?"

„Bisher haben wir zwei solcher Beutel im Swimmingpool gefunden. Einer der beiden war zerrissen, ich vermute, durch Tierfraß. Weshalb ich weiter vermute, dass wir auf dem Grund des Pools weitere menschliche Überreste finden werden, was wiederum erst dann zur absoluten Gewissheit wird, wenn die Taucherstaffel irgendwann ihre Arbeit aufgenommen hat." Mel klang irgendwie leicht angefressen.

„Die kommt allerdings erst dann raus, wenn sich der Sturm gelegt hat", ergänzte Sabine ihre Ausführungen.

„Was für Weicheier", raunte Fröhlig abschätzig.

Mel hielt ihm immer noch den Schädel entgegen. Die Geste erinnerte ihn stark an Goethes *Faust*. Dabei fiel ihm etwas ins Auge: Dieser hier war rundherum kahl. Mel musste ihn kurz zuvor gereinigt haben, denn die glatte Haut war gut zu erkennen. Auch dass das Kerlchen hässlich wie die Nacht war und er sich fragte, ob durch den Schrumpfungsprozess oder ob es diesen Makel schon zur Lebzeiten besessen hatte.

„Ich bin zwar kein ausgeschriebener Experte für Schrumpfköpfe, aber selbst ich sehe, dass dieses Exemplar keinerlei Haare mehr besitzt."

„Gut erkannt, Herr Kommissar." Fast schon gelangweilt klatschte Sabine ihm Beifall.

„Sehr gut, Frank." Mel hingegen strahlte förmlich. „Und genau das ist es, was mich stutzig macht. Wie gut kennst du dich eigentlich mit dem Alten Testament aus?"

„Lass es mich so formulieren: Bisher gab es Wichtigeres in meinem Leben."

„Und was soll das gewesen sein?", erkundigte sich seine Ex bissig.

„Eine der bekanntesten Geschichten des Alten Testaments ist die von Dalila und Samson. Dalila schnitt, der Überlieferung nach, für hundert Silberlinge Samsons langes Haar ab und beraubte ihn so seiner Kraft. Bei den Navajos, das sind Native Americans, die …"

„Danke, Mel, aber ich weiß, was ein Indianer ist!"

„Die Navajos", fuhr sie geduldig fort, „deren Stammesgebiet größtenteils Arizona zuzuordnen ist, sind die Pedanten unter den Abergläubischen. Sie achten peinlichst genau darauf, dass nicht ein einziges Haar achtlos auf dem Boden liegt. Ihrem Glauben nach kann das Böse sich dadurch ihrer Stärke bemächtigen. Oder nehmen wir die Lakota. Deren Spiritualität bezieht sich ebenfalls zu einem großen Teil auf ihre Haare."

„Komm zum Punkt, Mel, worauf willst du eigentlich hinaus?"

„Der Punkt ist, in dem Aberglauben vieler Menschen nimmt das Haar seit Jahrtausenden eine große Machtposition ein. Deswegen ist in diesem Zusammenhang der Umstand, dass dieser hier kein einziges Haar mehr besitzt, eher ungewöhnlich. Kein Haupthaar oder Augenbraue, selbst die Wimpern fehlen ihm. Beinah ist es so, als wären sie ihm allesamt ausgefallen."

„Schon einmal an Chemo gedacht?", fragte er ungerührt.

„Darauf komme ich gleich noch mal zurück. Was ich dir aber ursprünglich zeigen wollte", sie deutete mit der Spitze des Kugelschreibers auf die Stelle, wo der Hals glatt vom Rumpf getrennt war.

„Schau genau hin, was fällt dir auf?"

„Die Klinge hat den Kopf unterhalb des Schildknorpels und der beiden Wirbel C3 und C4 glatt durchtrennt. Die äußeren Wundränder sind, abgesehen von Verwesungsspuren, glattrandig. Knochen und Knorpel verfügen über keine Sägeschnitte." Er drehte den Schädel um die eigene Achse. „Der Schnitt erfolgte mit einem einzigen Hieb. Die Splitter sind alle gleich tief und weisen in dieselbe Richtung. Vielleicht ein Schwert oder was Vergleichbares?“ Etwas zu selbstverliebt gab er der Gerichtsmedizinerin den Kopf zurück.

„Nicht schlecht, Herr Kommissar, aber das Wesentliche hast du übersehen. Da, unterhalb des Hinterhaupts- und Schläfenbeins.“ Mel drehte den Schädel jetzt so, dass dieser gegen das Zeltdach starrte.

„Ich sehe vier rechteckige Balken, die jeweils einen rechten Winkel ergeben. Ist das eine Tätowierung, Mel? Ein Stammesabzeichen oder etwas Vergleichbares?“ Fröhlig schaute sie fragend an.

„Tätowierung ja, Stammesabzeichen könnte man eventuell sogar gelten lassen.“ Dabei kippelten Daumen und kleine Finger zu beiden Seiten. „Das, was du da siehst, ist nur die Hälfte eines Symbols, das bis heute seinen Schrecken nicht verloren hat."

„Aha“, Fröhlig zuckte unbeeindruckt mit den Schultern, „und muss ich es kennen?“

„Solltest du. Diese Barbaren haben dafür Sorge getragen, dass Millionen von Menschen ins Unglück gestürzt worden sind. Will sagen, Frank, was du da siehst, ist meines Erachtens nach die Hälfte eines Hakenkreuzes.“

„Okay, also haben wir einen Nazi, der vor ca. fünfundsiebzig Jahren in irgendeinem moskitoverseuchten Dschungel Mikronesiens ’nen Kopf kürzer gemacht wurde? Herzlichen Glückwunsch, wenn auch verspätet. Mel, schau dich doch mal um.“ Er machte eine ausladende Geste in Richtung des Haupthauses. „Es würde mich nicht wundern, wenn der Führer in persona hier verscharrt liegt. Findest du nicht auch, dass das hier eher ein Fall für Indiana Jones als für das KK 11 ist?" Dabei schlug er den Jackenkragen hoch.

„Die ältesten uns bekannten Tätowierungen", holte die Gerichtsmedizinerin aus, „sind um die fünfzehntausend Jahre alt. Diese Art zu stechen aber erst vierzig. Das Design dieser Tätowierung ist im neotraditionellen Stil gehalten. Was wiederum bedeutet, dass der Schädel frühestens in den Anfängen der Achtziger abgeschlagen wurde. Comprende, el Sr. Jones?"

„Hm", Fröhlig kratzte sich den nassklammen Nacken, „was ist mit den anderen? Gibt es vergleichbare Merkmale?"

„Du meinst, ob sie auch tätowiert sind? Die Frage kann ich dir nicht beantworten, zumindest noch nicht. Glatze hier habe ich mir als Erstes angeschaut, da er auf der Oberfläche des Pools dümpelte."

Fröhlig musste grinsen, Luft war bekanntermaßen leichter als Wasser. „Wer hat die Schädel gefunden, Sabine?"

„Ein Mitarbeiter der Security, der im Auftrag der Immobilienfirma das Gelände bewacht."

„Und wo treibt sich der Zeuge im Augenblick herum?", spöttelte er leicht ironisch.

„Die Kollegen von der Streife haben ihn nach Hause gefahren. Mir erschien es angesichts des Unwetters zu gefährlich, ihn hier draußen unnötig einer Gefahr auszusetzen", sagte Sabine mit jovialem Unterton.

„Ich verstehe!“ Innerlich hätte er sie am liebsten gewürgt.

„Mel, ihr beide braucht mich doch nicht mehr, oder?“, schnurrte seine Ex, wobei sie demonstrativ zu gähnen anfing.

„Nein, wir kommen auch ohne dich klar, Süße. Geh du nur schlafen“, sagte Mel mit verständnisvoller Miene.

„Du bist die Ärztin.“ Seine Ex machte auf dem Absatz kehrt und winkte zum Abschied ein letztes Mal.

Fröhlig hasste es, wenn zwischen den beiden kein Blatt mehr passte.

„Wenn du möchtest, Entlein, kannst du auch nach Hause fahren.“

„Im Ernst, Mel?“, erkundigte er sich ungläubig.

„Im Moment stehst du mehr im Weg herum, als dass du von Nutzen bist. Die wenigen verwertbaren Spuren, die der Sturm übrig gelassen hat, musst du nicht auch noch kaputt trampeln.“

„Du bist die Allerallerbeste, Mel.“

„Los, mach, dass du ins Warme kommst, bevor du dir noch eine Lungenentzündung einfängst.“

Er drückte sie so fest an sich, dass ihre Füße den Bodenkontakt verloren. „Hör auf, du Spinner, bevor ich es mir noch anders überlege.“

2. Kapitel

Montag

Der Weg zur Polizeiinspektion Mitte glich einem Hindernislauf. In der Nacht hatte der Sturm seine ganze Zerstörungskraft entfacht. An den Orten, an denen THW und Feuerwehr noch nicht gewesen waren, säumten abgerissene Äste und entwurzelte Bäume die Straßen. Überall lagen umgeworfene Mülltonnen herum und verteilten ihren stinkenden Inhalt über das gesamte Stadtgebiet.

Dächer waren abgedeckt und Autos durch umherfliegende Dachziegel in wertlosen Schrott verwandelt. Seit gestern Abend war das Sirenengeheul ununterbrochen allgegenwärtig.

Als die Sicherheitsschleuse zur Polizeiinspektion Mitte sich öffnete, begrüßte Fröhlig einen völlig übernächtigten Kollegen. Er kannte den Mann, verspürte aber keinerlei Ambitionen, sich vor dem zweiten Kaffee überhaupt mit einem lebenden Wesen zu unterhalten. Sein Büro lag abseits der regulären Gänge, weswegen ihm auch der unschöne Beinamen Wurmfortsatz der Behörde anhaftete. Die mit braunem d-c-fix beklebte Tür versprühte den Charme einer längst vergangenen Epoche. Fröhlig steckte den Schlüssel ins Schloss und gab ihr einen unterstützenden Tritt. Zielsicher warf er die Jacke über den Garderobenständer und schaltete das Licht ein. Schon aus dem Augenwinkel sah er das rote Lämpchen des Anrufbeantworters nervös blinken. Jemand hatte versucht, ihn zu erreichen, und war penetrant genug gewesen, beharrlich zu warten, bis die Maschine ansprang.

In der Mitte des Büros stehend, versuchte er, eine Entscheidung zu treffen. Kaffeemaschine oder Anrufbeantworter? Just in dem Moment, in dem sich die Kaffeemaschine zum Sieger erklärte, revidierte das Telefon die Entscheidung.

Diese Situationen waren es, die er so oft schon versucht hatte, ihr zu erklären. Gerade erst zur Tür herein, und schon ging sie ihm auf die Nerven. Sabine konnte erzählen, was sie wollte; aus seiner Sicht war das reine Schikane!

Also gut, sie war eine erwachsene Frau, und es war ihre Entscheidung. Außerdem, warum sollte er aus seiner aufkommenden schlechten Laune eine Mördergrube machen? Sie waren beide ja nicht mehr miteinander liiert.

„Was?“, giftete er in den Hörer.

„Kannst du mir verraten, wo du die Nacht über gesteckt hast?“, kam es ihm keinen Deut weniger genervt entgegen. „Und warum war dein verdammtes Handy schon wieder ausgeschaltet?“

„Das Erste geht dich bekanntermaßen nichts mehr an und zum zweiten Teil deiner Frage: Ich habe geschlafen.“

Fröhlig stellte das Telefon auf Lautsprecher und schritt zur Kaffeemaschine herüber.

„Frau Doktor Kramer und ich haben versucht, dich zu erreichen." Sabine nannte Mel nur dann Frau Doktor, wenn es offiziell wurde. Was bedeutete, dass sie sich nicht alleine im Büro aufhielt.

„Was ist denn so *außergewöhnlich* wichtig, dass ihr ohne mich nicht zurechtkommt, hm?"

„Frank, provozier' mich lieber nicht." Das Beben in ihrer Stimme war nicht zu überhören. „Ich bin heute Morgen für deinen infantilen Humor nicht sonderlich zu haben. Ist das bei dir angekommen, Herr Kriminalkommissar?"

„Jawohl, Frau Kriminalrätin." Und schlug die Hacken zackig zusammen.

„Ich gebe dir fünf Minuten."

Zu seiner großen Überraschung ging von Sabines Büro nicht, wie sonst üblich in solchen Situationen, ein tumultartiger Lärm aus. Entweder war die Show gelaufen oder das Ermittlungsteam machte brav Männchen und klebte an den Lippen seiner Ex.

Anders als die seinige besaß ihre Bürotür eine dunkle Mahagonifurnierung, die erst mit der polierten Edelstahlklinke perfekt in Szene gesetzt wurde. Im Gegensatz zu dem, was er als sein Büro bezeichnete, war ihres ein wahrer Vorzeigearbeitsplatz. Höhenverstellbarer Schreibtisch, ein Bürostuhl mit elektrisch verstellbarer Lordosenstütze, und selbst die Espressosiebträgermaschine glänzte, als wäre sie das Hochzeitsgeschenk eines Zylonen gewesen. Wie üblich verschwendete er auch jetzt keinen Gedanken daran, anzuklopfen.

Zu seiner großen Überraschung hielten sich nebst seiner Ex nur noch ein Mann und eine weitere Frau im Teenageralter in dem Raum auf. Der Mann war grob geschätzt keine ein Meter achzig groß und von untersetzter Statur. Besaß eine fliehende Stirn, deren geregelter Seitenscheitel seine Mischhautprobleme nur mangelhaft kaschierte. Auffällig waren hingegen das schmale Menjou-Bärtchen sowie die vergoldete John-Lennon-Brille, die, wie er vermutete, mit dem braunen Rollkragenpullover in Korrespondenz treten sollte. Der Effekt sollte wohl beim Betrachter das Gefühl von intellektueller Überlegenheit aufkommen lassen.

Was die junge Frau, die teilnahmslos aus dem Fenster starrte, anging, da tippte er auf die verwöhnte Göre eines höhergestellten Beamten. Vielleicht ein kurzfristig arrangierter Praktikumsplatz innerhalb der Behörde, den ihr Daddy durch Missbrauch seiner Position bei Sabine einforderte. Gott, wie er solche Seilschaften hasste!

„Frank, du erinnerst dich noch an Jørgen, den damaligen Leiter der KTU des Landeskriminalamts Düsseldorf?"

Der Mann drehte sich gemächlich zu ihm herum. Die kleinen Schweinsaugen wirkten wie Porzellankugeln hinter Fensterglas.

„Herr Fröhlig, wie schön, Sie einmal wiederzusehen. Wie ich sehe, ist es Ihnen gut ergangen." Dabei tätschelte er feist grinsend in Anspielung den eigenen Bauch.

Natürlich erinnerte er sich. Wie sollte er diesen gelackten Affen auch vergessen. Ein Aal war nicht weniger glitschig als er, nur weniger in sich selbst verliebt.

„Die Freude ist ganz auf meiner Seite, Jørgen. Mir ist zu Ohren gekommen, dass Sie nach der Sache mit Berlin die Karriereleiter weiter nach oben gefallen sind?" Und wenn es so war, dann hatte diese Made das ausschließlich ihm zu verdanken.

„Korrigieren Sie mich, Frank", zwei seiner Finger spreizten sich und strichen über das Menjou-Bärtchen. „Haben wir damals nicht die gleiche Geheimhaltungsvereinbarung unterzeichnet? Ihrem Zögern entnehme ich, dass es so war." Neckisch fing sein ausgestreckter Zeigefinger in seine Richtung zu wackeln an. „Aber so viel will gesagt sein, das Resultat meiner überaus fruchtbaren Zusammenarbeit mit Ihnen hat eine ganz spezielle Klientel aufmerksam auf mich gemacht. Und ja, es gibt in der Tat Bemühungen von Seiten der Staatskanzlei, mich nach Düsseldorf zu holen." Dabei konnte sich diese kleine Schmeißfliege ein selbstgefälliges Grinsen kaum verkneifen.

„In dem Zusammenhang möchte ich dir auch gleich Frau Kriminalhauptkommissarin Julia Stern vorstellen. Frau Stern ist ebenfalls vom LKA Düsseldorf", grätschte Sabine beschwichtigend dazwischen.

Fröhlig überlegte, von wo Jørgen sie möglicherweise rekrutiert haben konnte. Die Frau hätte gut und gerne seine antiautoritär erzogene Tochter sein können. Doch jetzt, wo er sie genauer betrachtete, schätzte er sie älter ein, vielleicht auf Anfang dreißig. Die grüne Bomberjacke, die durch einen grauen Kapuzenpulli akzentuiert wurde, korrespondierte übergangslos mit der Jogginghose, die den krönenden Abschluss ihres urbanen Outfits bildete. Wobei es eigentlich das raspelkurz geschnittene schwarze Haar war, das sie jünger aussehen ließ.

„Fröhlig, freut mich, Sie kennenzulernen, Frau Kollegin." Und streckte ihr zur Begrüßung die Hand entgegen.

„Nicht anfassen!" Die Prosodie ihrer Stimme klang merkwürdig monoton.

„Wie bitte?" Fröhlig glaubte sich verhört zu haben.

„Nicht anfassen. Ich mag es nicht, angefasst zu werden."

„Ich wollte Sie nicht begrapschen? Ich wollte mich Ihnen nur der Form halber vorstellen." Ein ungutes Gefühl breitete sich zunehmend in ihm aus.

„Das brauchen Sie nicht. Ich weiß, wer sie sind. Sie sind Kriminalkommissar Frank Fröhlig." Wobei sie es zu vermeiden schien, ihm direkt ins Gesicht zu schauen.

„Okay, dann wäre das ja auch geklärt." Allein der Klang ihrer Stimme! Sie hörte sich an, als hätte sie vor geraumer Zeit einen Schlaganfall erlitten. Die Betonung war merkwürdig verzerrt, beinahe lallend. Nein, nicht lallend, verlangsamt traf es eher.

Fragend wanderte sein Blick zu seiner Ex, die nur ungerührt dasaß und sich über etwas zu amüsieren schien. Auch Jørgen hatte augenscheinlich seinen Spaß an dem Aufeinandertreffen der beiden Kommissare. In diesem Augenblick signalisierte ihm ein tief verwurzelter Instinkt, vorsichtig zu sein. Diese Stern und er standen hier ganz offensichtlich unter Beobachtung. Wie zwei Pantoffeltierchen unter einem Mikroskop. Wenn es riecht wie eine tote Ratte und aussieht wie eine tote Ratte, dann ist es in der Regel auch eine tote Ratte. Oder anders formuliert, Misstrauen kommt nie zu früh, aber oftmals zu spät.

Vor allem, wenn es darum ging, ihm eine neue Kollegin aufs Auge zu drücken. Außerdem sah sie aus, als wäre sie eben erst aus einem Kinderheim ausgebüchst. Eigentlich sollte Sabine es besser wissen, schließlich war sie es gewesen, die sein Verhalten als Hauptargument bei der Scheidung genannt hatte. Wie hatte sie es noch gleich umschrieben? Ach ja, er sei ein egomanisches Arschloch, dessen eigene Interessen über allem und jedem standen. Warum also versuchten dieser Schmierlappen von Jørgen und sie, ihm diese Frau aufs Auge zu drücken?

Langsam ließ er den Blick zurück zu der Kollegin vom LKA wandern. Lächelte friedfertig, während er abschätzig ihr Outfit begutachtete. „Und, Frau Kollegin, nach Feierabend noch was Bestimmtes vor?"

„Lassen Sie es gut sein", mischte sich Jørgen ein, der erahnte, was Fröhlig im Schilde führte.

„Ihr Streetlook passt doch eher zu einer Straßengang als zu einer erfahrenen Ermittlerin des Landeskriminalamtes." Er wollte sie nur ein bisschen provozieren. Nur so viel, um zu schauen, wie sie darauf reagierte.

„Wir sind doch hier in Duisburg?", antwortete sie kurz angebunden.

„Ja und?"

„Dann ist an meinem Outfit auch nichts auszusetzten oder wie erklären Sie das, was Sie tragen?"

Fragend schaute Fröhlig an sich herab.

„Ich mag Sie jetzt schon, Frau Kollegin Stern. Sie gefallen mir." Sabine strahlte geradezu.

„Warum hast du mich hierherzitiert? Doch bestimmt nicht, damit ich unter Leute komme", sagte er mürrisch.

„Jørgen und Frau Stern sind aus einem ganz bestimmten Grund hier." Sie pausierte. „Weil ich sie darum gebeten habe. Was eigentlich dein Job gewesen wäre, Frank."

„Meiner?", erkundigte er sich mit nach oben gezogenen Augenbrauen.

„Aber das konntest du ja nicht", fuhr sie unbeeindruckt fort, ohne auf seine Frage näher einzugehen, „denn du hast ja geschlafen."

Er hasste diesen vorwurfsvollen Unterton, vor allem, wenn sie in der Sache an sich recht behielt. „Alles klar, ich hab's verstanden. Mea culpa, mea maxima culpa."

„Da bin ich mir nicht ganz sicher." Ihr stechender Blick in Richtung des noch freien Stuhls war unmissverständlich. „Setz dich." Vor ihr auf dem Tisch lag eine rötliche Dokumentenmappe. Routiniert schnippte sie das Gummi beiseite und öffnete den Pappdeckel. Zum Vorschein kamen einige Fotos, die sie verdeckt zur Tischmitte schob.

Er beugte sich vor, um danach zu greifen, wurde aber umgehend zurückgepfiffen. „Noch nicht." Erst jetzt bemerkte er ihr repetitives Spiel mit einem Kugelschreiber. Klick, klick … klickklick. Es war ihm so gar nicht aufgefallen. Machte sie das schon die ganze Zeit über? „Erst, wenn *ich* es dir erlaube", herrschte sie ihn rüde an.

„Alles klar, du bist die Chefin." Dabei hob er beschwichtigend die Hände vor die Brust.

„Du hast dich sicherlich schon gefragt, wo die übliche Meute abgeblieben ist. Warum weder Tatort noch die Ermittlerteams mein Büro belagern, ganz so wie es die ordentlichen Regularien der allgemeinen Polizeiarbeit vorsehen."

„Ja, die Frage ist mir in den Sinn gekommen. Denn wenn sich nichts geändert hat, sind fünf abgeschlagene Köpfe nichts Alltägliches. Auch nicht für Duisburger Verhältnisse." Dabei zwinkerte er der Frau am Fenster verschwörerisch zu.

„Erinnerst du dich, dass Mel die Taucherstaffel anforderte?"

Natürlich erinnerte er sich. Schließlich war es erst wenige Stunden her, dass sie ihn wie einen Hund durch das Unwetter gejagt hatte. „Grob."

„Das ist gut, denn was sie im Pool der Villa gefunden haben, veranlasste mich, umgehend das LKA zu involvieren. Nachdem sich Jørgen noch in der Nacht ein Bild vor Ort machte, schlug er mir vor, Frau Stern vom Dezernat 31 zu involvieren."

„Das Einunddreißigste ist für die Auswertung bei gemeingefährlichen Sexual- und Gewaltdelikten zuständig", erklärte Stern.

„Ist das so?" Sein Interesse war ausschließlich geheuchelter Natur.

Sabines Augen verengten sich merklich zu schmalen Schlitzen.

„Sowie die Operative Fallanalyse", ergänzte Stern ihre Anmerkung nüchtern.

„Danke für diese überaus informative Ergänzung, Frau Kollegin, aber auch ich lese den Behördennewsletter gelegentlich."

„Wenn Sie es doch wussten, warum nötigen Sie dann Ihre Vorgesetzte dazu, es Ihnen ein weiteres Mal zu erklären? Haben Sie ein grundsätzliches Problem mit Frauen in höhergestellten Positionen oder gilt das im Besonderen nur für diejenigen, welche sich von Ihnen haben scheiden lassen?"

Er spürte, wie die Antipathie, die ursprünglich für Jørgen vorgesehen war, schleichend auf die Frau am Fenster überging.

„Wenn Sie erlauben? Vielleicht kann ich ja Licht ins Dunkel bringen", schaltete sich Jørgen dazwischen. „Das, was die Taucherstaffel zutage förderte, geht weit über das Normale hinaus, Frank. Als Ihre Vorgesetzte mich kontaktierte, war ich mir anfangs nicht sicher, ob sich jemand aus der Behörde einen makabren Scherz erlaubte. Denn das, was Ihre Vorgesetzte am Telefon erzählte, hörte sich alles doch sehr obskur an. Doch je mehr sie die Details vertiefte, desto eher war ich geneigt, dem Glauben zu schenken. Schnell wurde mir bewusst, welche Sprengkraft dieser Tatort in sich birgt. Weniger die Historie des Fundortes selbst als die Dimension, die bei Weitem alles überragt, was seit der Nachkriegszeit in einem solchen Zusammenhang in Westdeutschland aufgedeckt wurde. Das ist regelrecht spektakulär. Verstehen Sie den tieferen Aspekt, der sich dahinter verbirgt, Frank? Ich darf Sie doch weiterhin Frank nennen, oder?"

„Unbedingt, Jørgen!" Beinahe schon gönnerhaft winkte Fröhlig die Frage ab.

„Wir reden hier von einem Massengrab, in dem die zerstückelten Überreste von siebzehn Opfern liegen. Männer wie Frauen und vermutlich auch von Minderjährigen." Seine Stimme strauchelte, was beim Zuhörer den Eindruck von emotionaler Anteilnahme erzeugen sollte.

„Siebzehn?" Fröhlig glaubte sich bei der Zahl verhört zu haben. Ihm war bekannt, dass die Villa nach dem Krieg Flüchtlingen als Unterkunft gedient hatte und dass es in der näheren Umgebung immer wieder zu ungeklärten Mordfällen gekommen war. Aufgrund von Einschusslöchern in den Hinterköpfen vermutete man damals Exekutionen. Plötzlich spukte ein lange in Vergessenheit geratenes Wort durch seinen Kopf.

Kurz vor Kriegsende hatten die Nazis die Organisation Werwolf ins Leben gerufen. Bis Ende Mai 1945 verübten sogenannte Werwolf-Kommandos blutige Gräueltaten an Kollaborateuren, Widerständlern und jedem anderen, der als Feind des Reiches galt. Befand sich eines der größten Ausbildungslager für diese Kommandos auf Schloss Hülchrath in Grevenbroich? Das lag keine fünfzig Kilometer von Duisburg entfernt. Wie wahrscheinlich war es, dass der Parteifreund Klöckner ein solches Ausbildungslager auch auf seinem Gelände geduldet hatte? Schließlich hatte er Hitler und seinen Schergen einiges zu verdanken.

Es kamen aber auch nach Kriegsende Männer von den Schlachtfeldern Europas, die besser im Feld geblieben wären. Männer, die den Horror der Stahlgewitter mit nach Hause brachten, die das Grauen in sich trugen. Siebzehn Leichen, da gab es nur wenig Spielraum für Interpretationen. Entweder die armen Teufel waren damals dem NS-Regime zum Opfer gefallen oder aber der Zeitraum ihrer Tötung musste sich über viele Jahre hinweg ereignet haben. Was wiederum ein anderes Problem aufwarf. Keiner schlachtet mal eben siebzehn Menschen ab und niemandem fällt es auf. Wie wahrscheinlich war es, dass über die Jahre hinweg keiner von ihnen als vermisst gemeldet wurde? Noch in Gedanken verloren, nestelte er nach dem Stapel Fotos.

„Ich sagte, nein!" Sabines Ton war herrisch.

Was er missbilligend mit einer gelupften Augenbraue quittierte.

„Bei der Anzahl der Toten kann es sich doch nur um ein Massengrab aus dem Zweiten Weltkrieg handeln.

Der Archetyp des Bösen war in jener Zeit allgegenwärtig. Vielleicht war es schlichtweg purer Zufall, dass Glatze dort abgelegt wurde."

„Eine recht interessante These, mein lieber Frank. Doch lassen Sie uns bei dem bleiben, was wir mit Gewissheit sagen können, und ergeben uns nicht in wilden Spekulationen."

Fröhlig spürte, wie sein Gesicht warm wurde und er zunehmend genervt auf diesen Typen reagierte. Der unwiderstehliche Drang, dieser Made den Hals herumzudrehen, wurde sekündlich stärker. „Es sind Leichen und Leichenteile sowie skelettierte menschliche Überreste gefunden worden. Was die Umstände ein wenig verkompliziert, ist der unterschiedliche Verwesungszustand der einzelnen Subjekte." Jørgen legte eine künstlerische Pause ein, um sich der Aufmerksamkeit seines Publikums gewiss zu sein.

„Kommt da noch was oder kann ich mir in der Zwischenzeit einen Kaffee holen?" Sofort sanktionierte seine Ex diese Unverschämtheit mit einem missbilligenden Blick.

„Sechs der Körper befinden sich in unterschiedlichen Stadien der Verwesung. Wobei der jüngste Mord, laut Frau Doktor Kramer, vor gut einem Jahr verübt wurde. Somit steht außer Frage, dass die Toten nicht in der Zeit um den WK II ums Leben kamen. Außerdem gibt es eine markante Differenzierung, die eine Aufspaltung in zwei Gruppen zulässt. Die wohl ersichtlichste Unterscheidung liegt in dem eigentlichen Zustand unserer Toten. Auf den widrigen Umstand, dass wir sechs Torsi, aber nur fünf männliche abgeschlagene Köpfe gefunden haben, komme ich später noch einmal zurück. Wir können aber davon ausgehen, dass die fünf Köpfe eindeutig sechs der siebzehn Opfer zuzuordnen sind. Was die übrigen elf angeht, da kann ich nur sagen, ab hier wird es aus psychologischer Sicht abnorm. Denn im Gegensatz zu den Enthaupteten sind die übrigen elf bis auf die Knochen skelettiert. Und wenn ich Ihnen sage, skelettiert, dann meine ich genau das."

„Mel beschrieb die Knochen als regelrecht geschält", fügte Sabine an.

„Der Umstand wird auch durch die Tatsache erschwert", fuhr Jørgen fort, „dass Tierfraß und andere entomologische Einflüsse gänzlich auszuschließen sind."

„Wenn Sie von sechs Enthaupteten sprechen, aber nur fünf Köpfe bisher gefunden haben, ist das nicht eine Diskrepanz von eins oder habe ich nicht richtig aufgepasst, Jørgen?" Fragend warf Fröhlig einen Blick in die Runde.

„Nein, das haben Sie, Herr Kriminalkommissar Fröhlig", erwachte Jørgens Mündel zum Leben. „Bei dem fehlenden Kopf gehe ich davon aus, dass der Täter ihn noch zurückhält. Ihn noch benötigt, um das eigentliche Ritual zu einem Abschluss zu bringen."

„Und wenn ich fragen darf, was bringt sie zu der Annahme, dass es sich hierbei um einen Mann handelt?" Fröhlig bemerkte, wie Miss LKA unmerklich den Kopf zur Seite neigte und ihn unbestimmt anschaute.

„Täterinnen sind meist vom verschlossenen Typ. Sie haben nicht gelernt, aufkommende oder bestehende Konflikte zu handhaben oder zu reflektieren. Meist nehmen sie daher in einer Beziehung die Opferrolle ein. Dadurch ist auch die Entscheidung, einen Menschen zu töten, für sie eine rein rationale Entscheidung. Frauen töten, wenn ihnen etwas im Weg steht: ihr Baby, ihr Partner oder Individuen, die ihren Weg beruflich kreuzen." Regungslos schaute sie aus dem Fenster. Stand einfach da und würdigte ihn keines Blickes.

„Drohen Sie mir etwa gerade indirekt, Frau Kollegin?" Feindseligkeit war gut, sogar sehr gut!

„Fühlen Sie sich denn von mir bedroht?" Langsam, die Hände tief in der Bomberjacke vergraben, wandte sie sich ihm zu. „Männliche Serienmörder hingegen töten, um sich zu bereichern und/oder um sexualisierte Gewalt und Macht auszuüben. Somit gehe ich davon aus, um Ihre Frage jetzt zu beantworten, dass es sich bei den männlichen Opfern um eine sexualisierte Gewaltausübung mit Machtfantasien handelt. Also ist die logische Schlussfolgerung daraus, bei unserem Täter handelt es sich um einen Mann."

„Kann es vielleicht sein, dass Sie etwas zu oft die *Psychologie heute* gelesen haben?"

„Nein, aber ich habe einen Doktor in forensischer Psychologie. Die Zeitschrift *Psychologie heute* ist eine populärwissenschaftliche Zeitschrift, in der solche Analysen nicht vorkommen. Wie kommen Sie also darauf, dass ich mein Wissen daraus bezogen habe?" Dabei kippte sie den Kopf leicht zur Seite.

„Verstehst du jetzt, Frank, warum ich es für eine außerordentlich gute Idee gehalten habe, die Kollegin mit ins Boot zu holen?"

Nein, verstand er nicht und wollte es auch nicht!

„Du wirst mit Frau Hauptkommissarin Stern zusammenarbeiten und du wirst zu einhundert Prozent, nein, zu zweihundert Prozent mit ihr kooperieren. Und damit erst gar keine Missverständnisse aufkommen, das ist eine Dienstanweisung." Ihre Tonlage ließ nur wenig Spielraum für Interpretationen übrig.

Sich leise räuspernd, versuchte Jørgen die Aufmerksamkeit wieder auf sich zurückzulenken. „Wir möchten was ausprobieren, Frank. Mal etwas wagen, verstehen Sie? Etwas, das woanders durchaus schon zum Erfolg geführt hat. Sozusagen die Weiterführung eines gelungenen Experimentes, wenn Sie so wollen."

Sabines repetitives Spiel mit dem Kugelschreiber verstummte abrupt. Ein untrügliches Anzeichen dafür, dass sie sich dem eigentlichen Kern der Sache annäherten. „Was du bisher noch nicht weißt, Frau Stern ist der Auffassung, dass der oder die Täter sich in nächster Zeit neue Opfer beschaffen werden." Einen trostlosen Augenblick lang herrschte absolute Stille.

Beinahe so leise, dass er seine Mühe hatte, sie zu verstehen, ergriff die LKA-Beamtin das Wort.

„Eine Hypothese bei Sexualmördern besagt, dass Taten, die durch einen sadistischen Erlebnishintergrund dominiert werden, einem temporären Rhythmus unterliegen. Zwischen den ersten beiden Taten liegen durchschnittlich achtundzwanzig Monate. Der Zeitraum bis zur dritten und vierten Tat verkürzt sich statistisch auf sechs beziehungsweise drei Monate. Warum der Täter in immer kürzeren Abständen nach neuen Opfern verlangt, ist wissenschaftlich nachvollziehbar. Der erste Mord schockiert den Täter, prägt ihn aber gleichzeitig auch. Nachdem er einen Weg gefunden hat, sein Verlangen, seine Begierde zu befriedigen, wird er in den Monaten danach nur noch von den Erinnerungen zehren. Doch um der seelischen und sexuellen Entspannung gerecht zu werden, benötigt er neues Material. Vergleichbar mit einem Junkie, der zunehmend an Drogen gewöhnt ist und in immer kürzeren Abständen nach Erlösung sucht. Ich möchte jetzt von Ihnen genau wissen, was Sie sehen und was Sie nicht sehen."

Er hatte nur die Hälfte von dem verstanden, worüber diese Frau gerade doziert hatte, und der Rest erschloss sich ihm auch nicht gerade. „Hören Sie auf, in Rätseln zu sprechen, vielleicht kann ich Ihnen ja dann folgen."

Mit einem Kopfnicken gab Stern Sabine zu verstehen, den Stapel Fotos freizugeben.

„Dort auf den Bildern. Ich möchte, dass Sie sich jetzt jedes einzelne Foto genau anschauen. Danach erzählen Sie uns, was Ihnen aufgefallen ist."

„Überspringen wir der Einfachheit halber doch das Kryptische und kommen gleich zum Wesentlichen. Was genau soll ich sehen?"

Fröhlig spürte, wie das Kribbeln auf seinem Gesicht zurückkehrte.

„Ihre Vorgesetzte beschrieb Sie uns als einen erfahrenen Ermittler. Ist ihre Einschätzung nicht korrekt?“

Obwohl sie ihn direkt anschaute, hatte er das Gefühl, ihr Blick ging mitten durch ihn hindurch. Auch die Art, wie sie sprach oder einzelne Sätze merkwürdig betonte. Alles klang unnatürlich, beinahe so, als hätte sie die menschliche Art zu reden auswendig gelernt.

Wiederwillig schob er den Stapel Fotos auseinander, zog das eine oder andere heraus, drehte es auf die Rückseite oder separierte es von den anderen. Neben den Angaben wie Dienststelle, zugehörige Aktenzahl, Ereignisort, Datum, Uhrzeit und Sachbearbeiter hatte Mel auch das Größenverhältnis von eins zu fünf auf den Rückseiten vermerkt.

Er richtete sein Augenmerk auf die Stiche, mit denen der Täter Mund und Augen vernäht hatte. Für eine Knotenschrift waren sie zu grob und handwerklich schlecht ausgeführt. Die abnorme Verformung der vorderen Gesichtspartie war dem Schrumpfungsprozess geschuldet, sofern er Mel Glauben schenken konnte. Zwei der Schrumpfköpfe besaßen drahtigen Bartwuchs und bis auf die Glatze hatten alle überproportional langes Haar. Auffällig war auch, die Kopfhaut war geschrumpft, während die Haare ihre ursprüngliche Länge beibehielten.

Als Nächstes konzentrierte er sich auf den Stapel der Detailfotografien mit den durchtrennten Hälsen. Auf den ersten Blick wiesen die Wundquerschnitte keinerlei gröbere Ausfransungen auf, weder am harten noch am weichen Material. Er nahm das Bild und betrachtete es genauer. Die Amputation verlief glatt von einer Seite zur anderen und hatte beinahe chirurgische Qualität. Der Täter musste viel Energie in den Hieb gesetzt haben, außerdem musste die Klinge extrem scharf gewesen sein. Die Amputationsstellen besaßen keine Absätze, also ging die Klinge in einem durch. Fröhlig sortierte die Makroaufnahme mit dem durchtrennten Halswirbel heraus. Blätterte vor, legte die Aufnahme neben den ersten Stapel. Nahm einen weiteren Abzug in die Hand und hielt beide Aufnahmen vergleichend auf Augenhöhe. Auf dem linken Foto waren die Wirbel gesplittert. Nicht viel, aber bei genauerer Betrachtung sah er kleinere weiße Stippen im schwarzen Fleisch. Augenscheinlich hatte hier der Täter ein anderes Hiebwerkzeug benutzt, um das Opfer zu enthaupten.

Hastig schob er die Fotos zusammen und bildete einen weiteren Stapel. Jetzt suchte er in den noch verbliebenen Fotografien nach Aufnahmen von Oberarm- und Schulterknochen. Schnell wurde seine Befürchtung zur Gewissheit. Der Täter hatte die Klinge mit äußerster Präzision angesetzt. Exakt an der Stelle, wo sich beim menschlichen Gewebe Arm- und Schultergelenke miteinander verbinden, an dieser Stelle gab es eine kleine Vertiefung. Ob beim Rind oder Schwein, Metzger kannten diese Stelle und setzten dort ihr Ausbeinmesser an. Wollte man Gliedmaßen voneinander trennen, war das der Punkt.

Hüft- und Oberschenkel ergaben ein ganz ähnliches Bild. Sauber herausgetrennte Knochen, ohne die Gelenke zu verletzen. Dieser Freak machte das nicht zum ersten Mal, dafür besaß er definitiv zu viel Erfahrung im Umgang mit dem Messer.

Aus den Thorax-Aufnahmen suchte er die heraus, wo die Rippenbögen gut zu erkennen waren. Leise zählte er durch. „Dritte, vierte, fünfte." Dann legte er die restlichen Aufnahmen beiseite. Schaute auf und blickte fassungslos in die Runde. „Er lernt!"

„Woraus genau schließen Sie das?", fragte Jørgen hörbar interessiert.

„Bei den Skeletten sind auf den ersten Blick Schnittmarken zu erkennen, deren Tiefe von Opfer zu Opfer variabel erscheint. Immer an denselben Stellen. Selbst der Punkt, an dem er die Klinge angesetzt hat, ist gut zu erkennen. Genau hier, da, wo das kleine Dreieck zu sehen ist." Fröhlig deutete mit dem Finger darauf. „Genau hier hat er das Messer angesetzt." Er reichte seinem Gegenüber das Foto. „Das gleiche Muster finden wir an Arm- und Beingelenken sowie bei den kreisförmigen Schnittmarken über den dritten, vierten und fünften Rippenbögen." Und fügte dann noch hinzu: „Auf beiden Seiten, wohlgemerkt. Jeweils immer im vorderen Drittel." Er pausierte mehr ungewollt, als dass es beabsichtigt war. Sorgsam wog er die Wörter ab, die er als Nächstes sagte. „Er hat den Opfern die Brüste herausgeschnitten." Fröhlig fühlte einen Schauer über sich kommen. „Vergleichbare Schnittmarken sind auch auf

Höhe der Schambeine zu finden. Beidseitig und in elliptischer Form! Ich vermute, dass es sich hierbei um seine ersten Opfer gehandelt hat. Die übrigen Skelette weisen auf der Knochenoberfläche kaum noch Verletzungen auf, die mit dem bloßen Auge zu erkennen sind. Das ist der Grund, warum ich vermute, dass diese hier", er tippte mit dem Finger auf den Stapel vor sich, „die ersten fünf seiner Opfer waren."

„Und was genau schließen Sie daraus?", wollte Jørgen wissen.

„Wie ich schon sagte, der Täter hat im Laufe der Zeit gelernt, präziser mit der Klinge umzugehen."

„Es gibt aber noch eine zweite Möglichkeit, Frank", fügte Jørgen an.

„Klären Sie mich auf?" Er lehnte sich in Jørgens Richtung.

„Schauen Sie genauer hin. Die Opfer sind allesamt weiblich. Die sexualdimorphen skelettalen Merkmale, insbesondere von Becken und Schädeln, verweisen eindeutig darauf. Ferner schätze ich das Alter der letzten sechs weiblichen Opfer zwischen achtzehn und fünfundzwanzig Jahre ein. Der Umstand, dass die Schnittmarken sich exakt an den Stellen befinden, wo Brüste und Vulva ihren Platz haben, lässt Rückschlüsse darauf zu, dass er die abgetrennten Sekundärgeschlechtsmerkmale aus libidinösen Gründen verzerrt hat. Wir haben es also höchstwahrscheinlich auch noch mit Kannibalismus zu tun. Der Täter tötet nicht ausschließlich, er vereint sich mit ihnen. So weit so gut."

So weit so gut?, echote es in Fröhligs Kopf.

„Doch ab hier wird es ungewöhnlich, wenn man das überhaupt noch so benennen kann. Der Täter durchbricht plötzlich den Kreislauf der Routine und verändert den Modus Operandi. Nach elf Morden an Frauen ändert sich seine Signatur schlagartig. Beinahe so, als hätte er einen Trieb gegen einen völlig anderen ausgetauscht, was in absolutem Widerspruch zu jedem Krankheitsbild steht, das wir in einem solchen Zusammenhang kennen. Nun scheint es so, dass seine Fixierung auf Frauen plötzlich und ohne ersichtlichen Grund auf Männer überspringt." Jørgen griff nach einem der Fotos und warf einen flüchtigen Blick darauf. Beinahe so, als wollte er die gerade getroffene Aussage vor sich selbst bestätigen.

Fröhlig sog hörbar Luft ein. „Ich bin zwar kein Psychologe, aber selbst mir kommt eine solche Verhaltensänderung eher ungewöhnlich vor. Es gibt doch bestimmt schon eine vage Theorie, warum er das macht?" Er stellte die Frage bewusst in Richtung Fenster.

Er schaute auf die ausdruckslose Fassade einer Frau, die ihn gespenstisch ruhig anschaute.

„Unser Nominativ Täter war Typ Sexual- beziehungsweise Lustmörder. Vereinfacht ausgedrückt, er war ein bisher von triebhaften Spannungszuständen Geleiteter, der seine Opfer dehumanisiert und instrumentalisiert hat, ausschließlich um seine sexuellen und emotionalen Gewaltfantasien auszuleben. Egal wie bizarr und grausam die Tötungsfantasien dieses Mannes auch bisher waren, es wird alles Bisherige wie Doktorspiele aussehen lassen, Herr Fröhlig!" Entweder war diese Frau so cool oder aber sie war innerlich total abgestumpft. Fröhlig versuchte aus dem, wie sie es gesagt hatte, schlau zu werden.

„Okay, aber nur, weil Sie es sind, Frau Stern. Warum?"

„Meiner Theorie nach hat er vor Kurzem jemanden gefunden."

Fröhlig hielt ihrem Blick stand, hatte aber das Gefühl, von ihr gescannt zu werden.

„Eine Person, die in ihm etwas auslöste. Jemand, der einen Serienmörder dazu bringt, von seinem beherrschenden Trieb abzulassen. Jemand, der dominant und manipulativ genug ist, um ihn umzuprogrammieren."

„Sie meinen, unser Mörder ist inzwischen liiert? So in der Richtung, Hannibal Lecter hat sich eine kleine Spielkameradin zugelegt?"

„Ist das so abwegig für Sie? Einsamkeit gehört ebenso zum Individuum wie das Verlangen nach Liebe und Aufmerksamkeit. Was zwangsläufig nicht bedeutet, dass er ausschließlich heterosexuell orientiert ist." Ohne dass sie sich ihm genähert hatte, war ihr Blick plötzlich distanzlos und unangenehm aufdringlich. Ihre Augen fixierten ihn regelrecht. „Sie sollten aufhören, in geozentrischen Moralvorstellungen zu denken, Herr Fröhlig. Empathie ist der Zugang zu jeder Seele, egal wie deformiert sie auch zu sein scheint. Vorurteile sind die Sackgassen in Ihrem Leben, Herr Kriminalkommissar.

Selten ist das, was wir als das Offensichtliche erkennen, auch die Lösung des Problems. Die sexuelle Orientierung eines Individuums gibt uns keinerlei Aufschluss darüber, mit wem wir es zu tun haben. Sie kann dazu beitragen, aber sie ist nicht die Lösung. Um Serienmörder besser verstehen zu können, müssen wir die grundlegende Konstante in ihrem Leben bestimmen. Wie sie zu der Person wurden, die sie geworden sind. Dazu gehört die Vergangenheit ebenso wie die Gegenwart. Zum Beispiel kann ein jahrelanger sexueller Missbrauch zu ihrer emotionalen Deformation geführt haben, ebenso eine Hirnhautentzündung. Der Grad einer Perversion lässt sich daraus nicht ableiten. Sie ist bestenfalls der Auslöser. Die fehlende Konstante hier ist die Zeit, in der dieser Zustand reift. Der Umstand, dass er aufgehört hat, sich mit seinen Opfern zu vereinen oder sich an ihnen zu vergehen, weist zwar auf eine neue Macht in seinem Leben hin. Diese kann Femina aber ebenso wie Homo sein."

Er hatte es begriffen, aber die indirekte Anspielung, er sei homophob, wollte er unter gar keinen Umständen so stehen lassen. Schließlich hatte er einen guten Bekannten, der schwul war, und das war gut so. Er wollte den Vorwurf gerade aus dem Weg räumen, als seine Ex ihm in die Parade fuhr.

„Frank, ich weiß, du bist kein Teamplayer." War sie anfangs noch herrisch und dominant, ging Sabine plötzlich in einen kameradschaftlichen Tonfall über. Weg von dem der Vorgesetzten hin zu so etwas wie Freundschaft?

„Wenn du das sagst, dann muss es ja stimmen“, ergriff er seine Chance, schob den Stuhl nach hinten weg und war im Begriff, aufzustehen, als sie ihn daran hinderte.

„Setzen, ich war noch nicht fertig mit dir.“ Und da war er wieder, dieser Ton, den er nur allzu gut kannte. Doch musste er angesichts ihres schlechten Schmierentheaters innerlich schmunzeln. Seine Ex war alles, aber geheimnisvoll war sie nicht.

„Jørgen hat mir sehr gute Gründe dafür geliefert, warum wir das in einem kleinen Kreis behandeln werden. Und mit kleinem Kreis meine ich ausschließlich dich und Frau Stern.“

Jørgen fing an, sich zu räuspern. „Wir hatten vor Jahren in Köln einen ähnlich gelagerten Fall. Es handelte sich um einen Serienmörder mit einer äußerst bestialischen Veranlagung. Verzeihen Sie mir, wenn ich aus Gründen, die ich nicht näher erläutern kann, nicht ins Detail gehe.“ Er warf einen merkwürdig anmutenden Blick auf seine Untergebene. „Die Art und Weise, wie er über seine Opfer hergefallen war, brachte mich noch Monate später um den Schlaf. Zu diesem Zeitpunkt war uns bekannt, dass er relativ schnell ein neues Opfer brauchte, es anschließend einem tagelangen Martyrium aussetzte, bevor er ihm gestattete, zu sterben. Danach verging sich diese Bestie noch über Wochen an der Leiche. So lange, bis das Objekt seiner Begierde für ihn den Reiz verlor. Glauben Sie mir, wenn ich sage, was Kollegin Stern und ich gesehen haben, sprengt den Rahmen Ihrer Vorstellung.“ Fröhlig bemerkte, dass die LKA-Ermittlerin seinen Erzählungen ausdruckslos folgte, doch innerlich schien sie beunruhigt. Für einen winzigen Moment glaubte er, eine reflexhafte Weitung ihrer Pupillen bemerkt zu haben. „Und ich sage Ihnen, der klassische polizeiliche Ermittlungsansatz brachte uns damals keinen Millimeter weiter."

„Jetzt, wo Sie es sagen." Fröhlig glaubte, sich dunkel daran zu erinnern. Der Fall hatte intern für Furore gesorgt. Auch deshalb schon, weil gemunkelt wurde, dass einer der Ermittler dem Täter zum Opfer gefallen war und dass sein Partner es gerade so geschafft hatte.

„Was wir der Journaille damals nicht mitgeteilt haben: Entgegen aller Dienstvorschriften bestand das gesamte Ermittlerteam vor Ort aus zwei Personen. Das hatte den Vorteil, dass die Beamten schnell und kompromisslos die Spur dieses Monsters aufnehmen konnten. Maximale Ermittlung bei minimaler Bürokratie. Erkennen Sie den tieferen Sinn in dieser unorthodoxen Strategie? Kennen Sie den Begriff der asymmetrischen Kriegsführung, Frank?"

Was Fröhlig kopfschüttelnd verneinte.

„Mit der asymmetrischen Kriegsführung ist eine Auseinandersetzung zwischen zwei Parteien gemeint, die sich organisatorisch, waffentechnisch und strategisch stark voneinander unterscheiden. Das heißt nichts anderes, als dass, während die Polizei fair spielt, weil wir an Gesetze gebunden sind, der Gegner das Arschloch ist, das auf gesellschaftliche Konventionen sprichwörtlich scheißt. Und das ist nicht metaphorisch gemeint. Dieser Tätertypus verhöhnt in erster Linie das Opfer und zu guter Letzt auch unsere Wertegesellschaft. Verstehen Sie jetzt den tieferen Kern meiner Aussage?"

„Klar, wenn nicht ich, wer dann? Aber gehört das nicht zum großen Spiel dazu? Dass die anderen sich grundsätzlich nicht an die Spielregeln halten? Ansonsten wäre doch der gesamte Apparat hier überflüssig." Solche Sätze aus seinem Mund. Er überraschte sich immer wieder selbst.

„Ich gebe Ihnen so weit recht, wenn es das Alltägliche betrifft. Nur leider ist es das nicht. Nichts an alldem ist normal und schon gar nicht alltäglich."

Fröhlig beugte sich leicht in Richtung seiner Vorgesetzten. „Verstehe ich dich richtig, Sabine? Du forderst mich auf, am Rechtsstaat vorbei zu ermitteln? Dich mit deiner Erlaubnis zu ignorieren und geltende Gesetze vorsätzlich zu missachten?" Ein schelmischer Ausdruck legte sich über sein Gesicht.

„Frank, das, was wir benötigen, ist die Präzision eines Skalpells und das Durchsetzungsvermögen eines Breitschwerts. Und Sie sind in unserem Fall …"

„Lass mich raten, Jørgen: das Breitschwert", führte er den Satz zu Ende. „Und Frau Kollegin Stern das Skalpell." Wenn etwas aussieht wie eine schleimige Kröte und spricht wie eine schleimige Kröte, dann ist es in der Regel auch eine schleimige Kröte. Sabine war vielleicht nicht das, was man gemeinhin als seinen größten Fan bezeichnen konnte, aber eines war sie mit absoluter Sicherheit nicht: durchtrieben.

Wieso beschlich ihn dann nur der ungute Gedanke, trotz Absolution als Bauernopfer zu fungieren, sollte sich die Sache nicht so entwickeln wie ursprünglich gewünscht?

„Genau, Frank. Ich merke, wir verstehen uns." Der LKA-Beamte warf die Beine übereinander und nahm eine entspannte Sitzhaltung ein.

„Außerdem", meldete sich Sabine zu Wort, „können wir jederzeit die Meute dazurufen. Das gesamte Team. Doch im Augenblick möchten wir den Kreis der Eingeweihten so klein wie irgend möglich halten."

„Sabine, versteh mich bitte nicht falsch. Dich als meine Vorgesetzte zu ignorieren und die Vorschriften zu umgehen, ist mein tägliches Brot. Und unter normalen Umständen mache ich das auch gerne."

Sie seufzte schwer. Wie eine Mutter, die vor ihrem schwer erziehbaren Sohn resignierte. „Genau und jetzt auch mit meinem Segen. Nur eben nicht alleine", schob sie hinterher.

So verführerisch der Gedanke auch war, verringerte er nicht das ungute Gefühl in der Magengegend. Ihm kam es so vor, als würde er zu einem faustischen Pakt genötigt. „Du weißt schon, in der Regel reite ich mich ganz gerne alleine ins Verderben. Und bekanntermaßen benötige ich dafür kein helfendes Händchen, Sabine."

„Frank, lass es mich so formulieren: entweder mit Frau Stern im Team oder ohne sie auf Streife im Norden." Ihr Ton wurde schärfer, kompromissloser.

„Und was ist, wenn ich trotzdem ablehne?“ Immer mehr beschlich ihn das ungute Gefühl, die Katze im Sack zu kaufen. Ohne Recht auf Umtausch.

„In diesem Fall hat mich M. gebeten, ihr endgültig deine Kronjuwelen bis spätestens zwölf Uhr auf ihren Schreibtisch zu legen.“ Sie zögerte für einen winzigen Moment. Dann fuhr sie fort: „Und der Gedanke reizt mich, je mehr ich darüber nachdenke.“

Das glaubte er ihr aufs Wort. „Im Übrigen nennt man das Erpressung, und die wird mit einer Freiheitsstrafe von bis zu fünf Jahren geahndet“, konstatierte er grimmig.

„Nenn es, wie du willst, es ist mir egal. Du und Frau Stern bildet dieses Team, und damit ist die Diskussion beendet. Und was Sie angeht, Frau Stern, haben Sie ein wenig Nachsicht mit Ihrem neuen Kollegen. Sollte er sich allerdings Ihnen gegenüber despektierlich verhalten, erschießen Sie ihn und werfen die Leiche in den Rhein. Dann macht er zwar auch wieder Arbeit, aber in diesem Fall würde es mir nicht allzu viel ausmachen.“

3. Kapitel

Cathy Hayworth gab dem Taxifahrer durch eine Handbewegung zu verstehen, dass er das Wechselgeld behalten konnte. Übermütig sprang die junge Frau aus dem Wagen und wäre um Haaresbreite mit einem Fahrradfahrer kollidiert.

„Pass doch auf, du dusselige Kuh!“, brüllte der Mann ihr wutschnaubend hinterher. Doch sie hatte es zu eilig, um sich bei ihm für ihre Unachtsamkeit zu entschuldigen.

Während sie die ersten beiden Stufen zu ihrer Wohnung auf einmal nahm, fiel ihr Blick auf die Armbanduhr. Die junge Amerikanerin konnte ihr Glück kaum fassen, als die NGO mit Sitz auf Bali ihre Bewerbung positiv beantwortete. Daron konnte es prinzipiell ja egal sein, von wo aus er arbeitete. Er war einer dieser digitalen Nomaden, die von überall auf der Welt aus arbeiten konnten. Warum dann also nicht auch auf Bali? Es gab weitaus schlimmere Orte. Noch eine Etage. Sie spürte, wie der Puls im Hals anfing zu beschleunigen. Cathy flog förmlich die Stufen hinauf, landete gerade noch so mit der Spitze des Turnschuhs auf dem Treppenabsatz, spürte, wie sie sie den Halt verlor und anfing, das Gleichgewicht gefährlich weit nach hinten zu verlagern.

Ihr linker Arm vollzog eine rudernde Bewegung und versuchte, der Schwerkraft wirbelnd entgegenzuwirken. Gerade noch rechtzeitig bekam ihre rechte Hand das Geländer zu fassen. Hörbar erleichtert atmete die junge Amerikanerin aus. „Das wäre es noch gewesen. Sich so kurz vor dem Ziel den Hals zu brechen.“ Mit einem Hauch schwarzen Humors nahm sie das abgewendete Missgeschick locker.

Jetzt, wo sie endlich einen Job gefunden hatte und nicht nur irgendeinen. Nein, man hatte ihr den Traumjob ihres Lebens angeboten. Zwar nicht ganz ohne die Hilfe ihres läufigen Professors, aber was spielte das jetzt noch für eine Rolle? Das bisschen Tätscheln und Grabschen war die Sache wert gewesen.

Just in time, als Cathy den Wohnungsschlüssel in Händen hielt, öffnete Daron die Tür. Spontan fing sie an, hochfrequent wie eine Frühpubertierende zu quietschen und dabei auf der Stelle zu hüpfen. Auf und ab und auf und ab, und wedelte mit angewinkelten Armen aufgeregt vor der Brust herum.

„Ahhhhhhh, Daron! Bali! Ich habe den Job!“ Ihr freudiges Gebrüll war ohrenbetäubend. Dann zog sie eine Kopie aus der Jackentasche und hielt ihm den vorläufigen Arbeitsvertrag dicht vor die Nase. „Sweety, Bali! Nur du und ich.“ Euphorisch sprang die junge Frau ihren Verlobten an, umschlang ihn mit Armen und Beinen, sodass er aufpassen musste, nicht rücklings in die Diele zu fallen. Gerade noch rechtzeitig konnte er den Schwung abfangen. Unelegant stolpernd glitten die beiden zu Boden. „You're a crazy chick! Willst du, dass wir uns alle Knochen brechen?" Daron versuchte, den Klammergriff um seinen Hals wenigstens ein bisschen zu lösen.

„Bali!", kreischte sie wiederholt heiser auf. „Wir fliegen nach Bali", und überhäufte ihren Verlobten mit feuchten Küssen. „Ich will wenigstens drei Kinder von dir und jedes Einzelne machst du mir am Payung Beach!"

„Cathy, wenn du deinen Griff um meinen Hals nicht löst, fliegen wir nirgendwo hin. Dann hast du mich nämlich erwürgt."

„Stell dich nicht so an, Sweety", und schlug ihm spielerisch auf die Schulter, „hat alles geklappt oder gab es Schwierigkeiten?"

Daron verschränkte die Arme hinter dem Kopf und tat so, als dächte er angestrengt nach. „Der Hausmeister will, dass wir die Schlüssel in den Briefkasten werfen. Kaution und die übrige Miete verrechnet das Studentenwerk miteinander. Sollte was übrig bleiben, überweisen sie den Differenzbetrag auf unser Konto. Strom und Wasser habe ich wie mir befohlen für Ende des Monats gekündigt." Nachdenklich legte er die Fingerspitze gegen die Nase. „War noch was? Ach so, meine geliebte Schwiegermutter hat angerufen und wollte wissen, ob du mich tatsächlich heiraten willst."

„Ja, das will ich." Sie beugte sich vornüber und küsste ihn leidenschaftlich.

„Haben wir noch Zeit?", hauchte sie ihm sanft entgegen. Genussvoll öffnete sie den Reißverschluss ihrer

Jacke, griff nach seiner Hand und führte sie unter ihren Pullover. Augenblicklich spürte sie die Wärme, die von ihr ausging. Fühlte die Berührungen seiner schweren Hand auf der Haut und wie diese anfing, über die Rundung zu streichen. Sanft erhöhte er den Druck, was sie mit einem leisen Stöhnen quittierte. Das Piercing, das sie sich letztes Jahr hatte durch die Brustwarze stechen lassen, war jeden einzelnen Cent wert. Er fing an, daran zu drehen, es leicht in die Höhe zu ziehen. Der Schmerz erregte sie zunehmend und Cathy fing an, sich auf ihm zu winden. Daron ließ sie währenddessen nicht aus den Augen, beobachtete genau, wie sie darauf reagierte. Millimeter um Millimeter zog er ihre Brustwarze langsam in die Länge. Bis zu dem Punkt, wo aus Lust Schmerz wurde und sie nachgab. Daron wusste genau, wie sie es mochte. Die Kunst lag darin, die Schwelle nicht zu überschreiten. Nur gerade so viel, dass er sie aus dem Konzept brachte.

Seine Hand kämmte wie ein Pflug durch das lange rotbraune Haar. Durchfurchte es, zog es streng nach hinten. Seine Lippen waren warm und weich, als er ihren Hals küsste. Der Griff wurde fordernder. Zog ihren Kopf noch tiefer in den Nacken, legte den makellosen Hals jetzt komplett frei. Wie ein Vampir legte er seinen Mund auf die Stelle, wo die Ader am stärksten pulsierte. Seine Zunge fing an, in kreisenden Bewegungen die Stelle zu massieren. Cathy schlang ihre Beine noch fester um seine Taille. Spürte, wie er immer größer und härter wurde. Ihren Verlobten geil zu machen war keine wirkliche Herausforderung. In der Regel reichte schon eine bloße Andeutung, und er stand Gewehr bei Fuß. Sie stöhnte erneut vor Lust leise auf, als er anfing, an ihrem Ohrläppchen zu knabbern. Was das Vorspiel anging, war Daron ein Virtuose. Er wusste genau, welche Knöpfe er bei ihr zu drücken hatte.

Kurz hielt der Amerikaner inne, überlegte, in welche Richtung es als Nächstes gehen sollte. Die Wohnzimmercouch oder der kleine bewährte Küchentisch?

Nach einer knappen halben Stunde lagen beide keuchend rücklings auf dem Küchenboden.

„Ich werde den Tisch auf jeden Fall vermissen, Sweety", stieß Cathy immer noch kurzatmig hervor.

„Ich bau dir einen neuen, versprochen", keuchte Daron völlig verausgabt. „Was hast zu essen mitgebracht?"

Ihre Finger nestelten nach dem lilafarbenen Slip, der zur Hälfte am Herd hing. „Heute gibt es chinesisch!"

„Perfekt, das ist genau das, was mein Körper jetzt benötigt."

Als sich die Mikrowelle mit einem Glockenschlag meldete, roch die kleine Studentenwohnung nach Glutamat und altem Fett. Cathy war immer noch leicht fahrig, als das Essen auf den Küchentisch kam. Ohne Umwege griff Daron zu der Sojasauce und ertränkte die Frühlingsrolle darin. Gerade als er die Teigtasche zwischen die Finger nahm, hörte er das verstimmte Räuspern seiner Verlobten.

„Was denn?“, erkundigte er sich dümmlich.

„Nimmst du wohl das Besteck, du Hillbilly“, meinte sie und zwinkerte amüsiert über den Tisch hinweg.

„Jawohl, Ma'am.“ Die Rolle war kross, schmeckte herrlich salzig und triefte nur so vor Fett. Es dauerte nicht lange und seine Mundpartie glänzte wie Fettpapier. Daron war kompromisslos, beim Essen genauso wie beim Sex.

Sie hatte eine ganz genaue Vorstellung davon, wie sich ihr Leben entwickeln sollte. In den ersten Jahren würden sie für eine solide finanzielle Grundlage sorgen. Danach ein Auto, elektro- oder wasserstoffbetrieben, das war ihr egal. Hauptsache nachhaltig, das war ihr wichtig. Ein kleines Häuschen am Strand und vielleicht sogar eine eigene Hauswirtschafterin. Beide würden in den ersten Jahren viel leisten müssen. Das war ihr klar. Die Bezahlung war mehr als nur gut, dafür wollte ihr neuer Arbeitgeber aber auch eine Gegenleistung bekommen. Nachdenklich betrachtete sie ihren Verlobten und wie er sich das Fett von jedem einzelnen seiner Finger schleckte. Vielleicht sollte sie lieber zuallererst in seine Tischmanieren investieren.

„Weißt du, woran ich gerade denke?“ Irgendwie überkam sie das Gefühl, beschwipst zu sein. Albern kichernd fing sie an, alles doppelt zu sehen. „Padang, Padang“, fing sie an, sich selbst nachzuäffen. „Padang, Padang.“ Die eigene Stimme war mit einem Mal so verzerrt und hallte lallend nach. „Padang, Padang, Padang Padang.“ Die junge Frau riss die Augen unnatürlich weit auf, spürte, wie sie kaum noch Luft bekam. In ihrer Panik griff sie in den Saum ihres T-Shirts. Mit einem reißenden Geräusch weitete sich der Stoff um ihren Hals. Scheppernd fiel die Gabel in den Teller, und plötzlich geriet alles in Bewegung, schien wie in einem Bild von Salvador Dalí in sich zu zerfließen. Daron, die kleine Küchenzeile, das lustige Bild mit dem Gecko an der Wand. Alles schmolz wie Wachs in der Sonne. Als hätte jemand einen Eimer Säure über ihrer Realität ausgegossen. Ihre Zunge schwoll an und ein Taubheitsgefühl breitete sich kribbelnd in ihr aus. Immer stärker driftete ihr Bewusstsein ab. Die Küche glich jetzt einer einzigen Wellenbewegung. Sie hörte sich übergeben und spürte das Warme ihres Erbrochenen im Schoß. Schluckend und würgend zugleich rang sie stotternd nach Luft.

„Daron?“ Die eigene Stimme klang so dünn, dass sie Mühe hatte, sich selbst zu hören. „Mir geht es nicht gut. Ich, ich brauche einen Arzt.“ Kalter Schweiß lief ihren Rücken hinunter. „Bitte hilf mir!“ Ohne eine Chance, sich festzuhalten, kippte die junge Frau seitwärts vom Stuhl.

Sie musste es irgendwie bis in die Diele schaffen. Dort war die einzige Chance auf Rettung. „Muss … Sideboard, 112.“ Cathys Hand glitt kraftlos vorwärts, durchpflügte das eigene Erbrochene mit weit gespreizten Fingern. Erneut setzte der Würgereflex ein und aufsteigende Magensäure verätzte ihr die Speiseröhre. Vor ihr breitete sich Erbrochenes aus und in ihrem Schritt wurde es warm.

Immer wieder fiel ihr Kopf schwer wie Blei zu Boden und sie hatte Mühe, die Augen offen zu halten. „Muss wach bleiben", feuerte sie sich selbst an. Kraftlos schob sich der rechte Arm weiter vorwärts, während ihre Beine versuchten, sich abzudrücken. Und plötzlich waren sie da, wie aus dem Nichts. Ein Paar weiße Schuhe.

„Hilfe … ich brauche Hilfe!" Stammelnd streckte die junge Frau ihm die Hand entgegen. Millimeter um Millimeter kämpfte sie sich in seine Richtung. Streckte die Hand vergebens nach dem Mann aus. Die Augen wurden schwerer und eine bleierne Dunkelheit gewann die Oberhand.

„Bitte." Mit wirrem Blick starrte sie in ein Gesicht, das immer grotesker zu werden schien.

Oszillierend blähte es sich auf. Wie ein Luftballon, den niemand vom Kompressor zog. Die Mimik längte sich unaufhörlich, bis zu dem Punkt, wo sie wie ein Soufflé in sich zusammenfiel.

Dudum, dudum, dudum, ihr eigener Herzschlag dröhnte hämmernd in den Ohren. Kurz bevor sie das Bewusstsein verlor, konnte sie es riechen.

Eine schwere Süße, die sich wie ein Leichentuch über sie legte.

Dann übermannte sie die Dunkelheit.

Diesmal war der Zeitpunkt nahezu perfekt abgepasst. Auf all ihre Fragen die Antworten schuldig zu bleiben amüsierte ihn jedes Mal aufs Neue. Das sardonische Lächeln verzog sich zu einer Fratze.

Sie war wirklich eine Naturschönheit, und es grenzte schon an Verschwendung, nicht von ihr zu kosten. Als die Spitze seines Schuhs ihr Kinn touchierte, beschrieb der Kopf eine halbkreisförmige Bewegung. Genießerisch wanderte sein Blick über den leblosen Körper. Langsam federte er in die Hocke, nahm das untere Ende ihres T-Shirts und wischte Stücke von Erbrochenem aus den Mundwinkeln. Zaghaft, fast schon liebevoll näherten sich ihre Lippen. Der Geruch von Fett und Glutamat schlug ihm entgegen, und er musste schmunzeln. Als sie sich küssten, schmeckten sie säuerlich.

Für den winzigen Moment eines Lidschlages öffnete er seine Augen. Vielleicht gehörte sie ja zu den Frauen, die ihren Partner beim Küssen gerne ansahen. Diesen gemeinsamen Moment der Vertrautheit mochte er ganz besonders. Zärtlich strich er Cathy eine klebrige Strähne aus der Stirn. Sein Blick wanderte tiefer.

Forschend folgten seine Finger der Abwärtsbewegung. Ihre blutleere Haut wirkte so aristokratisch. Tiefer über den Hals hinweg zu der kleinen Grube unterhalb des Kehlkopfes. Er fühlte den Knorpel ihres Brustbeins und folgte aufgeregt dem ansteigenden Fleisch ihres Dekolletés. Die Brust war fest, prall und einladend.

Mit kindlicher Neugierde folgte er seiner Hand unter dem Stoff. Wie ihr Fleisch auf seine Bewegung reagierte. Ein grimassiertes Lächeln legte sich über sein Gesicht. Die Asiatin konnte Cathy auch nicht im Ansatz das Wasser reichen. So viel stand jetzt fest. Im

Nachhinein war es enttäuschend, denn insgeheim hatte er sich mehr von ihr versprochen. Den Gedanken noch nicht ganz zu Ende gebracht, fing er trocken an zu kichern.

„Wie hatte sie es noch gleich formuliert? Die haben alle ein und dieselbe Mutter." Es gab aber auch signifikante Unterschiede, zumindest oberflächlich.

Erneut drang ein unheimliches Kichern über seine Lippen.

Geschmacklich konnte man jedoch nicht darüber streiten. Süßlich schmeckten sie allesamt. Da machte die Rasse keinen Unterschied.

Er wartete einen kurzen Moment, blickte sich zu allen Seiten um, so als wollte er sich vergewissern, dass ihn niemand hören konnte, dann lachte er gedämpft auf. Schlug sich aber sofort mit der flachen Hand vor den Mund. Er mochte sein neues Ich, es war eloquent und witzig. „Eloquent," wiederholte er das Wort gedankenverloren.

Künstlerisch vollzog er mit dem Fingernagel eine imaginäre Linie auf ihren seitlichen Rippenbögen. Bestimmt hätte sie gekichert, wäre sie noch wach. So wie sie es immer tat, wenn Daron sie albern ärgerte. Ihre Hüfte besaß kaum Speck und über den Beckenknochen spannte sich verführerisch die Bikini Bridge.

Er überlegte, wo genau er das Messer ansetzen würde. Inzwischen war er so gut darin geworden, dass selbst die Knochenhaut nicht verletzt wurde. Er konnte durchaus mit Stolz von sich behaupten, dass er zu einem wahren Meister am Messer geworden war. Sozusagen ein Virtuose an der Klinge. Wieder schlug er sich mit der Hand vor den Mund, unterdrückte spielerisch ein Kichern. Virtuose, ein weiteres eloquentes Wort, das ihm früher nie eingefallen war. Unentschlossen wanderte sein Blick zwischen Brust und Hüfte hin und her. Alle Amerikanerinnen besaßen gefakte Titten, das war kein Geheimnis. Das wusste schließlich jeder. Auf der anderen Seite war sie gepierct. Hätten sie dann nicht leerlaufen müssen? Wie auch immer, er würde es bald herausfinden. Der Gedanke daran verursachte ein Kribbeln wie von Ameisen in seinem Bauch, was seine Hose angenehm eng werden ließ. Mit ihrer Erlaubnis durfte er sich etwas von ihr aussuchen. Das war der Deal. Und er hatte auch schon eine ganz genaue Vorstellung von dem Was und Wie.

4. Kapitel

Der backsteinrote Bremssattel wurde zum größten Teil durch die wuchtige, nachtschwarze 21-Zoll-Leichtbaufelge verdeckt. Einige der Anbauteile des Tesla S waren aus kohlenstofffaserverstärktem Material gefertigt, wodurch die silberfarbene Limousine auf eine subtile Art aggressiver wirkte.

Zielstrebig hastete Julia Stern auf den Wagen zu. Sie machte keinerlei Anstalten, zu warten, bis der Duisburger Kollege aufgeschlossen hatte.

„Sie wollen mich doch verarschen, oder?“ In gebührendem Abstand zu dem Elektro-Boliden blieb er stehen. „Das ist Ihr Dienstwagen?“

Das, was als Nächstes kam, kannte sie nur allzu gut. Jedes Mal, wenn ein Mann sie mit dem Auto in Verbindung brachte, löste das was in ihnen aus. In der Regel bewunderten sie ihr Fahrzeug als Erstes. In Stufe zwei unter Vorbehalt gelobt, um in Stufe drei alles mit einem unterschwelligen Machismo als nicht angemessen für eine Frau zu erklären.

Männer waren so, und in seinem speziellen Fall konnte sie damit gut leben.

„Ja!“ Sie legte ein einstudiertes, unschuldig wirkendes Lächeln auf.

„Wenn unser Job erledigt ist, werde ich wohl auch einmal beim LKA vorstellig." Fast schon anmutig streichelte er die Karosse der Limousine.

„Warum sollten Sie das tun, Herr Fröhlig? Ihr Dienstgrad wird bei uns nicht benötigt?", wobei sie fragend in seine Richtung blickte.

„Na", holte er gönnerhaft aus, „wenn ich mir so anschaue, mit welchen Dienstwagen ihr so in der Landschaft herumkutschiert. Was kostet der? Siebzigtausend, achzigtausend?"

Sie hatte keineswegs vor, ihn zu früh zu desillusionieren. Vielmehr amüsierte sie der Gedanke, seine kleinen Vorurteile zu bedienen.

„In der Ausführung P100D hundertfünfundvierzigtausend Euro. Dazu kommen fünfzigtausend Euro für den Umbausatz. Arbeitsstunden und Steuer nicht mit eingerechnet. Warum genau interessiert Sie das?" Ihr Kopf zuckte leicht zur Seite.

„Ich habe mich nur gefragt, was eine normalsterbliche Beamtin beim LKA im Monat verdient. Oder gibt es da etwa einen kleinen lukrativen Nebenverdienst? Einen, von dem Ihr Vorgesetzter vielleicht nichts weiß?" Dabei zwinkerte er ihr verschwörerisch zu.

„Wollen Sie andeuten, ich sei korrupt?" Die Frage nach dem Nebenverdienst beantwortete sie nicht zum ersten und wohl auch nicht zum letzten Mal. Sein plumper Versuch, sie so aus der Reserve zu locken, wertete sie nicht als Angriff auf ihre Intelligenz. Fröhlig versuchte, das Gesicht der Frau zu deuten. Nicht einmal, nachdem er sie der Korruption verdächtigt hatte, war sie zu einer emotionalen Reaktion bereit. Jeder andere Mensch hätte zumindest mit Empörung darauf reagiert.

„Jetzt habe ich es", holte er oberschullehrerhaft aus und deutete mit wippendem Finger auf sie. „Sie sind ein Roboter in humanoider Gestalt. Ihr Plan ist es, die Menschheit auszuspionieren, um dann die Weltherrschaft an sich zu reißen. Richtig oder habe ich recht?" Dabei schaute er sie wenig subtil an.

„Nein." Diese Theorie war ausgefallener als die üblichen Herabsetzungen, das musste sie ihm zugestehen, aber auch hier lag er falsch. Sie war sich ihrer Außenwirkung auf die Umwelt durchaus bewusst. Mal reagierten die Menschen mit Abgrenzung, mal mit Gutmenschentum und im schlimmsten Fall mit Sarkasmus. Diese bitterste Form des Spotts traf sie jedes Mal am härtesten.

Erst mit dem Studium der Psychologie fing sie an zu verstehen, wie die anderen funktionierten. Wie die Normalen mit dem von ihnen katalogisierten Abnormalen umgingen. Es war nicht ihre Schuld. Es ist die grundsätzliche Angst vor dem Fremden, die die Menschen verunsichert. In einer globalisierten Welt hat Homo sapiens im Prinzip immer noch Angst vor dem Säbelzahntiger.

Sie öffnete die Wagentür und duckte sich schweigend weg.

„Sie besitzen wirklich nicht einen Funken Humor, oder, Frau Kollegin?"

Leise summend glitt die Seitenscheibe des Tesla herunter. „Nein. Humor setzt sich aus sechs verschiedenen Faktoren zusammen, wovon mir zwei fehlen."

„Sie haben aber schon verstanden, dass die Frage rhetorischer Natur war?"

„Die korrekten Antworten auf Ihre Frage lauten: nein. Ich bin weder korrupt noch besitze ich die Charaktereigenschaft des Humors. Ich bin, wie ich bin. Sollten Sie mich im Rahmen unserer Zusammenarbeit besser kennenlernen, werden Sie mich mögen. Bis dahin empfehle ich Ihnen, finden Sie sich damit ab."

Das werde ich ganz bestimmt nicht, Kindchen, dachte Fröhlig bei sich, entschied sich aber dagegen, den Gedanken laut auszusprechen. Und wieder war da dieser unbestimmte Gesichtsausdruck. Er überlegte für einen kurzen Moment, ob sie das wohl in voller Absicht machte. Vielleicht war das auch ihre Masche, um Männer wie ihn auf Distanz zu halten. Oder Frauen oder divers oder Außerirdische von wo auch immer her. Insgeheim musste er zugeben, gänzlich unattraktiv war sie nicht. Ein wenig durchgeknallt, aber wer war das heutzutage nicht. Mit dem Ausdruck eines Welpen schaute er ins Wageninnere.

„Nehmen Sie mich ein Stück mit?"

„Nein", antwortete die Frau im Inneren lapidar.

„Wäre es vermessen zu fragen, warum nicht?" Seine Stirn legte sich sichtlich in Falten.

„Ich glaube, der richtige Zeitpunkt, um mich zu mögen, ist für Sie noch nicht gekommen. Bis dahin sollten wir auf jeden Fall den aktuellen Status quo aufrechterhalten."

Sie trat das Bremspedal des Tesla und startete lautlos den Elektromotor. „Ich fahre zur Gerichtsmedizin. Wie haben Sie vor, Ihre Arbeitszeit in der Zwischenzeit effektiv zu nutzen?"

„Ähm", zögerte er die Antwort wortkarg hinaus, „ich glaube, ich fahre zur Villa Hartenfels und schaue mich da ein wenig um. Vielleicht hat die KTU ja was übersehen."

„Gut, machen Sie das." Leise surrend setzte sich die silberfarbene Limousine in Bewegung.

Er seufzte vernehmlich. Vielleicht nicht gerade sein bester Start mit einer neuen Kollegin, aber weiß Gott auch nicht sein schlechtester. Laut Sabine gab es dazwischen ausreichend Platz für Interpretationen.

Er warf einen flüchtigen Blick auf die Armbanduhr. Jetzt war es kurz vor zehn und ein kleiner Fußmarsch konnte sicherlich nicht schaden. Keine fünfzehn Minuten später betrat er mit der Aktenmappe unter dem Arm den Zugang zur U-Bahn-Station. Dabei fiel ihm die hohe Anzahl an Obdachlosen auf. Vermutlich hatten sie in der Nacht Schutz vor dem Sturm gesucht und waren hier unten gestrandet. Neben verwahrlosten Gestalten tobten Hunde schwanzwedelnd durch die Vorhalle, bellten nahezu jeden auf Distanz, der sich wagte, sich ihnen zu nähern.

Wer auf der Straße lebte, wurde mit der Zeit vorsichtig. Das galt ganz offensichtlich nicht nur für Menschen.

Weiter hinten stand eine Gruppe Männer, die lautstark gestikulierten. Vermutlich ging es dabei um die gerechte Verteilung des zweiten Frühstücks. Er überflog die Anzeige mit den Abfahrtszeiten, als sich von der Seite her eine junge Frau schleppend näherte. Sie war hübsch anzusehen, aber die Straße fing an, erste Spuren auf dem Gesicht zu hinterlassen. Ausgehend von Größe und Statur, schätzte er sie auf Anfang zwanzig.

„Haste was Kleingeld, Alter?" Die Pupillen waren geweitet und die Stimme klang unnatürlich dünn. Es war eine Schande, aber war es das nicht immer?

„Klar." Mit einem abschätzenden Blick ins Portemonnaie gab er ihr seinen letzten Zehn-Euro-Schein. Blitzschnell griff sie danach und warf einen misstrauischen Blick über die Schulter.

„Danke." Wortkarg wankte sie schlafwandlerisch in die Richtung, aus der sie gekommen war. Frauen hatten es in dem Milieu sowieso schon schwer. Wenn sie dann aber noch hübsch waren und Platte machten, konnte das Leben so richtig scheiße sein.

Als die U-Bahn einfuhr, erschien sie unnatürlich leer. Er setzte sich auf die hinterste Bank, zog die Akte unterm Arm hervor und begann, darin zu lesen.

Für einen Augenblick überlegte er, Mel zu kontaktieren, entschied sich aber dagegen. Wenn sie neue Erkenntnisse hatte, würde sie sich schon bei ihm melden.

Mit dem Finger überflog er die ersten Zeilen des Tatortbefundes. Fundort war nicht gleich Tatort und die Tatzeit war ebenfalls als unklar deklariert. Auffindung der Leichen oder Leichenteile. Mel hatte dazu in dem freien Feld darunter eine kleine Skizze angefertigt.

Sein Blick wanderte gedankenverloren durch die Scheibe. Dunkelgrauer Stahlbeton raste an ihm vorbei und wurde nur durch hastig aufgesprühte Graffitischmierereien unterbrochen.

In der Regel kommunizieren Serienmörder über ihre Taten. Sie wollen sich mitteilen. Geistesabwesend wanderte sein Blick starr über die leeren Sitze der U-Bahn hinweg. Warum? Warum löst sich ein Täter auf so radikale Weise vom Trieb der Vereinigung? Dass er aus heiterem Himmel zum Philanthropen mutierte und deswegen Kannibalismus nicht mehr infrage kam, konnte er mit ruhigem Gewissen ausschließen.

Wie hatte sie es noch gleich formuliert? Eine dominante Macht muss in sein Leben getreten sein. Er sah, wie seine milchigen Augen in der Scheibe durch ihn hindurch starrten. Und was wäre, wenn die Enthauptungen anders als vermutet gar keine Ritualmorde waren, sondern ein chiffriertes Verbrechen? Wäre es dann nicht der künstlerische Hilfeschrei eines bisher unauffälligen Serienmörders mit Aufmerksamkeitsdefizit?

Was allerdings gegen diese Theorie sprach, war das handwerkliche Geschick, mit dem der Täter die Schrumpfköpfe anfertigte. Dafür benötigte man schon ein gewisses Know-how. Die menschliche Haut ist widerstandsfähiger als gemeinhin bekannt. Doch das ändert sich schlagartig in dem Moment, wenn sie anfängt abzusterben. Er begann, in den Fotos herumzublättern, suchte nach den Detailaufnahmen, die die vernähten Körperöffnungen zeigten. Fröhlig hielt die Aufnahmen dicht vor die Augen. Kein einziger der Stiche wies Ausfransungen auf. Was merkwürdig war, denn er selbst war kaum imstande, einen simplen Knopf richtig anzunähen.

Der triste Beton wurde heller und Tageslicht flutete die vorderen Abteile. Die Bahn verließ die Katakomben und fuhr den Rest der Strecke jetzt oberirdisch.

Dass Sabine weder ein Tatort- noch ein Ermittlungsteam zusammengestellt hatte, störte ihn. Seine Ex war ein Profi, und gerade deshalb sollte sie es besser wissen. Wenn er recht darüber nachdachte, die Schmeißfliege allein konnte sie nicht dazu bewegt haben. Dafür reichte Jørgens Einfluss auf Sabine bei Weitem nicht aus! Allein der Gedanke daran, was die Journaille daraus machte, bekäme sie Wind davon, verursachte Sodbrennen bei ihm. Begriffe wie unverantwortliches Dilettantentum, maßlose Inkompetenz und die einstimmige Aufforderung nach einer öffentlichen Hinrichtung aller Beteiligten wären noch das Geringste.

All das ließ nur einen möglichen Schluss zu.

Jemand oder etwas hatte seiner Exfrau gehörig zugesetzt. Sabine musste unter enormem Druck gestanden haben, dass sie die Grundregeln für Ermittlungen so strafbar vernachlässigte. Nicht Jørgen war die Laus im Pelz, dafür kam nur eine einzige Person infrage. Jemand, der seine Position missbrauchte und der skrupellos genug war, die beste Freundin, wenn nötig, ans Messer zu liefern.

„M!“

Das ergab Sinn. Denn er glaubte sich zu erinnern, dass der Flurfunk von politischen Ambitionen sprach. Ränkespiele waren dieser Intrigantin liebstes Hobby. Was für eine durchtriebene Bitch sie doch war.

Fröhlig lachte kurz und trocken auf. Im Umkehrschluss – brachten sie den Freak zur Strecke, stand ihrer politischen Karriere nichts mehr im Weg. Und wer hing wie ein Darmparasit am Erfolg der anderen? „Jørgen!“, spie er den Namen abschätzig aus. „Die Made vom LKA.“

Haus Hartenfels hatte auch am Tage nichts von seiner einschüchternden Architektur verloren. Eingebettet in englischen Rasen, ragte das Burgschloss aus der Waldlichtung auf wie ein Monument längst vergangener Tage.

Das Vernehmungsprotokoll der Person, die den Fall ins Rollen gebracht hatte, gab nicht viel her. Der Mann war Mitarbeiter einer Sicherheitsfirma und auf nächtlicher Patrouille gewesen, als ihm im Pool etwas Verdächtiges auffiel.

Fröhlig fragte sich, was er noch hier zu finden glaubte. Die Wassermassen, die das nächtliche Unwetter mit sich gebracht hatte, waren von biblischem Ausmaß. Nicht nur Duisburg hatte es hart getroffen, halb Deutschland war in den letzten Stunden regelrecht abgesoffen. Vielleicht hatte er ja Glück und das Schicksal war ausnahmsweise mal kein mieser Verräter.

Fröhlig lehnte sich gegen das schwere Eisentor, das nur widerwillig nachgab. Mit Gleichmut betrat er den Rasen, der mit *Nicht-Betreten*-Schildern nur so gespickt war.

Der Pool lag auf der rückwärtigen Seite. Abschätzend wanderten seine Augen über das Anwesen. Die Schäden, die der Sturm hinterlassen hatte, waren beträchtlich. Ganze Baumreihen im angrenzenden Wald waren umgeknickt wie Streichhölzer. Hatten Teile der Einzäunung regelrecht unter sich zermalmt. Vermutlich würde es Wochen dauern, bis der Besitzer das ganze Chaos beseitigt hatte. Auch das Haus hatte es aufs Übelste erwischt. Dachpfannen lagen über dem Areal verteilt und wirkten auf dem akkurat gepflegten Rasen wie ungeliebte Maulwurfshügel. Weiter hinten flatterte das rot-weiße Absperrband im kalten Wind hektisch umher. Rings um den Pool verteilt steckten noch die Markierungsschildchen der KTU. Aber schon von Weitem konnte er sehen, dass dort nicht mehr viel zu holen war. Sollten sich dort tatsächlich Spuren befunden haben, hatten sie Wind und Wasser regelrecht ausradiert. Fröhligs Blick schweifte sensorisch über das Gelände, suchte nach Anomalien in der Landschaft. Etwas, das die Spürnasen der KTU vielleicht in der Nacht übersehen hatten. Schmatzend und saugend kommentierte der Rasen jeden einzelnen seiner Schritte.

In der Regel stellte sich der Abtransport der Leiche als das größte Problem für den Täter da. Hier wurde in der Regel am meisten geschlampt. Aus Hektik oder aus purer Selbstüberschätzung hinterließen die Täter dabei die besten Spuren. Doch angesichts der Bodenbeschaffenheit … Er steckte die Hände noch etwas tiefer in die Jackentaschen und zog die Schultern schützend nach oben. Immer noch peitschten Windböen durch die Wipfel der Bäume, brachten die Stämme im nahe gelegenen Wald gefährlich stark ins Schwanken.

Haus Hartenfels war laut der Unterlagen zurzeit nicht bewohnt. Einzig und alleine die Sicherheitsfirma ging hier auf Patrouille. Es war ihm ein Rätsel, wie die Mitarbeiter all die Jahre über nichts mitbekommen hatten wollen.

Der Täter musste die Leichen über Jahre hierher abtransportiert haben. Vielleicht hatte er die Security ausspioniert und kannte so die Laufpläne. Vielleicht war er auch einer von ihnen. Vielleicht? Vielleicht aber auch nicht.

Gerade als er im Begriff war, auf dem Absatz kehrtzumachen, blitzte hinter der Einzäunung ein schwach rot leuchtendes Licht auf. Nicht viel heller als die Reflexion einer bunten Glasscherbe, aber auch viel zu schwach, um zu einer Taschenlampe zu gehören. Es sei denn, der Lampe ging langsam der Saft aus. Mit zusammengekniffenen Augen versuchte er, eine bessere Sicht hinzubekommen. Wie groß war die Wahrscheinlichkeit, dass die KTU das in der Nacht übersehen hatte? Vielleicht aber hatte auch einer der Techniker seine Lampe verloren, und nun lag sie in den letzten Zügen drüben im Geäst. Andererseits war dieses Licht für die

Spurensuche gänzlich kontraproduktiv, da Rotlicht keinen Schatten ausbildete, weshalb es auch von Jägern und Militärs verwendet wurde. Gerade als er der Sache auf den Grund gehen wollte, erlosch es. Dafür schien sich im Unterholz etwas zu bewegen. Eine schemenhafte Gestalt löste sich aus dem Grün. Ob im Stehen oder gebückt, konnte er auf diese Entfernung nicht genau erkennen. Mit zu Schlitzen verengten Augen versuchte er, die Gestalt zu fokussieren.

„Hallo!" Er hatte Mühe, gegen den Wind anzuschreien. „Polizei! Kommen Sie raus! Ich weiß, dass Sie da sind." Aus den Augenwinkeln heraus suchte er nach dem kürzesten Weg. Da, wo die Einzäunung durch herabgestürzte Bäume heruntergedrückt worden war, erschien ihm die Stelle am geeignetsten. Einer der entwurzelten Bäume hatte den Zaun nahezu bis auf den Boden niedergewalzt. Geschätzt keine zwanzig Meter von der Stelle entfernt, wo die Person sich eben noch aufgehalten hatte.

Langsam nahm er an Fahrt auf, hörte, wie das Wasser unter seinen Füßen beiseitespritzte. Keine zehn Meter hatte er geschafft, als die Gestalt plötzlich aufstand und im Dickicht des Waldes verschwand.

„Bleiben Sie stehen, Polizei!" Der Zaun hatte dem tonnenschweren Baum nichts entgegenzusetzen. Wie billiges Fliegengitter war er in sich gefaltet. Hastig suchte Fröhlig einen Weg durch das Gewirr aus Stahl und Holz, lief wie ein Terrier vor der Bresche auf und ab, bis er fand, wonach er suchte.

Vorsichtig zwängte er sich hindurch. Drängte weiter vorwärts, zwängte sich durch das Labyrinth aus Holz und Metall, hörte, wie der Stoff seiner Jacke am Rücken zerriss, dann war er durch. Er richtete sich auf und lauschte einem Erdmännchen gleich in den Wald. Wo war der Typ hin? Zwischen den kahlen Kronen der Bäume ertönte ein krächzendes Spektakel. Dutzende von Rabenvögeln kamen wie aus dem Nichts angeflogen. Der nachtschwarze Schwarm war auf der Suche nach einem geeigneten Quartier für die Nacht und zog unheilvoll über seinen Kopf hinweg.

Misstrauisch beäugte er die Kronen der Bäume. Ineinander verkeilt hingen dort armdicke Äste wie an einem Mobile.

Plötzlich Knacken. Das Geräusch kam aus Richtung elf Uhr. Trotz eines ziemlich miesen Gefühls sprintete er los. Schon nach wenigen Metern war der Puls so hoch, dass seine Halsschlagader gefährlich pulsierte. Die Verfolgungsjagd glich einem wahren Querfeldeinlauf. Von überallher zielten kleine Äste mit ihren spitzen Enden auf seine Augen, und der Boden war übersät mit brüchigen Baumstämmen. Hoch, dann wieder runter, ausweichen und nach links wegducken. Er kam sich vor wie ein Boxdebütant im Profilager. Und immer wieder musste er höllisch aufpassen, wollte er sich nicht zwischen zwei Stämmen die Bänder abreißen.

Schon nach hundert Metern war sein Puls gefühlt auf weit über zweihundert. Weißer Nebel stieg vor dem Mund auf, und er spürte, wie das T-Shirt sich mehr und mehr mit Schweiß vollsog. Von Weitem machte die Reihe Bäume nicht den Eindruck, als stellte sie ein unüberwindbares Hindernis dar. Doch je mehr er sich der Schonung näherte, umso dichter wurde das Geäst. Baute sich wie eine kaum zu durchdringende Mauer aus Holz und grünem Nadelwerk auf. Und plötzlich war der Mann weg. Er hatte ihn aus den Augen verloren. Wo verflucht war er hin? Der Kerl konnte sich doch nicht in Luft aufgelöst haben. Wie in drei Teufels Namen hatte er das geschafft? Unmöglich, im aufrechten Gang durch die Schonung zu laufen. Dafür standen die Bäume einfach viel zu dicht beieinander! Sein Blut rauschte in den Ohren und er war völlig außer Atem. Keuchend wie ein altes Dampfross stützte er sich auf den Oberschenkel, rang kurzatmig nach Luft. Das Rauschen in seinen Ohren glich immer mehr einem Wasserfall. „Na gut, dann eben wie die Indianer." Indigene, verbesserte er sich in Gedanken. Kurz entschlossen warf er sich zu Boden. Auf eine angenehme Weise fühlte sich der Untergrund weich an und roch würzig nach Baumharz, frischen Pilzen und modrigem Blattwerk.

Es roch nach Kräuterbad. Der untere Bereich der Nadelbäume war kahl und gab die Sicht auf die Umgebung frei. Immer noch stieg Nebel vor ihm auf, während sich sein Puls langsam normalisierte. Wie er so dalag und regungslos die Schonung beobachtete, fiel ihm mit einem Mal auf, dass die Krähen sich inzwischen beruhigt hatten. Nur noch vereinzelt hallte ihr anklagendes Krächzen durch den diesigen Wald. Mehr als eine Irritation war es nicht gewesen, aber weiter vorne hatte sich definitiv etwas bewegt. Nicht viel, mehr eine Unschärfe in den akribisch angepflanzten Baumreihen. Fröhlig feixte hämisch in sich hinein.

„Alte Beamtenweisheit, mein Guter: Wer sich bewegt, verliert."

Sein Gegenspieler stand keine zwanzig Meter in westlicher Richtung von ihm entfernt. Lautlos erhob sich Fröhlig, verlagerte das Gewicht auf den vorderen Fuß. Schützend nahm er die Hände vors Gesicht, dann stürmte er blindlings in das immergrüne Dickicht des Nadelgehölzes. Immer tiefer kämpfte er sich in die Schonung vor. Je mehr Bäume er dabei streifte, umso mehr hatte er das Gefühl, von Nadeln und klebrigem Baumharz überzogen zu sein. Die kleinen spitzen Äste schafften es zwar nicht, die Haut zu durchstoßen, machten sich in der Summe aber durchaus bemerkbar. Blitzartig bremste er ab, schlug Haken, um einem mannshohen Ast auf Kopfhöhe auszuweichen. Gehetzt warf er einen ungeschützten Blick nach vorne. Keine zehn Meter, dann hatte er den Drecksack bei den Eiern. Ohne das Tempo herauszunehmen, verfolgte er das Ziel in geduckter Haltung weiter, ließ es keine Sekunde aus den Augen. Jeder Schritt wurde von Abertausenden Tannennadeln geräuschlos abgefedert. Das Ganze kam ihm vor, als liefe er über einen hochflorigen Teppich. Bis zu dem Moment, wo unter seinem Fuß ein Ast verräterisch zerbrach. Noch im gleichen Moment sprang die Gestalt auf und begann wie von der Tarantel gestochen zu rennen. So als hätte er den Leibhaftigen persönlich im Nacken.

„Bleib stehen!“ Ohne Rücksicht auf Verluste kämpfte Fröhlig sich jetzt durch das immer dichter werdende Nadelgehölz, versuchte mit aller Kraft, den grünen Vorhang niederzuwalzen. Eine junge Tanne nach der anderen schob er lieblos beiseite. Die Gestalt vor ihm machte an Metern gut, vergrößerte die Distanz zwischen ihnen mit jedem Schritt. Noch zwei Reihen Bäume, dann war er durch. Während er die jüngeren Bäume rigoros beiseitepflügte, nestelte die andere Hand am Verschluss des Schulterholsters. Der Griff der Waffe fühlte sich nass an. Inzwischen schwitzte Fröhlig wie ein Schwein. Urplötzlich verringerte der Schatten vor ihm das Tempo. Schaute sich hektisch um, so als suchte er nach etwas Bestimmtem. Dann änderte er abrupt die Laufrichtung und schlug mehrere kurze Haken nach links ein.

Fröhligs Herz schlug wie wild. Lange konnte er das Tempo nicht mehr mithalten. Seine Atemfrequenz war jetzt schon fernab von Gut und Böse. Erneut schlug der Schatten vor ihm einen Neunzig-Grad-Haken, wechselte komplett die Richtung. Der Abstand zwischen ihnen wurde größer. Dann reichte es ihm! Fröhlig riss die Pistole aus dem Holster und gab einen Warnschuss ab. Der Knall war ohrenbetäubend und hallte ungebremst durch den Wald.

Schwärme schwarzer Vögel, die zu Dutzenden in den Baumkronen hockten, flogen unter krächzendem Geschrei panisch davon.

In weniger als dreißig Metern Entfernung war die Gestalt zur Salzsäule erstarrt.

„Lassen Sie die Hände da, wo ich sie sehen kann, Arschloch." Unter seinen Füßen brach totes Holz. Zwanzig Meter. Die Gestalt bewegte sich keinen Millimeter. Blieb wie angenagelt stehen. „Umdrehen", herrschte er sie an. Mit einem Auge auf dem Boden näherte sich Fröhlig ihr Schritt um Schritt. Fünfzehn Meter. „Ich sagte, umdrehen!", schrie er mit wesentlich mehr Nachdruck in die Richtung der Gestalt. Doch die Ansage blieb ohne jede Wirkung. Die Waffe im Anschlag, versuchte er, die natürliche Deckung der Bäume für sich zu nutzen. Zehn Meter. „Was ist, brauchst du eine extra Einladung? Umdrehen, habe ich gesagt." Keine Reaktion.

„Also gut, dann auf die Knie und die Hände in den Nacken. Los, runter, wird's bald?" Nur mit Widerwillen bewegte sich die Gestalt, tat wie ihr geheißen. „Na, geht doch!" Die Person hatte die Kapuze so tief im Gesicht sitzen, dass es unmöglich war, mehr zu erkennen. Fünf Meter. „Schön unten bleiben und nicht bewegen." Die Gestalt schien keinerlei Interesse daran zu haben, Gegenwehr zu leisten. Fröhlig trat von hinten an den am Boden Liegenden heran. Spreizte unsanft seine Beine und schob den linken Fuß in seinen Schritt. Sollte er auch nur in Erwägung ziehen zu zucken, war seine Familienplanung passé.

„Hände in den Nacken." Um seiner Forderung Nachdruck zu verleihen, presste er den Fuß stärker gegen seine Genitalien. Der Mann vor ihm stöhnte auf und zuckte mit den Lenden.

„Schön langsam. Wir wollen doch nicht, dass ich mich erschrecke und aus Versehen dir ein zweites Arschloch schieße?" Und um auch dieser Aussage Nachdruck zu verleihen, erhöhte er den Druck auf seine Testikel. Wieder stöhnte der Mann leidend auf. Lauter und auch glaubhafter, was Fröhlig ein Lächeln entlockte.

Plötzlich vernahm er das splitternde Geräusch von Holz über seinem Kopf. Mehr aus einem Reflex denn aus der sicheren Vorahnung heraus riss er schützend die Arme hoch. Der Ast traf ihn mit voller Wucht und begrub ihn unter einem Meer von totem Laub und armdickem Geäst.

5. Kapitel

Ihre Augäpfel flatterten zaghaft, als sie das Bewusstsein wiedererlangte. Cathy Hayworth umgab eine Aura der Schwerelosigkeit. Aus irgendeinem Grund konnte sie sich nur nicht bewegen. Spürte weder Arme noch Beine. Sie versuchte, einen klaren Gedanken zu fassen. Versuchte zu rekonstruieren, was geschehen war; versuchte, die flüchtigen Gedanken in ihrem Kopf in die richtige Reihenfolge zu bekommen. Ihre Augenlider waren schwer wie Blei, so schwer, dass ihr Kopf vornüberfiel. Schwindel setzte ein und der Magen krampfte in Schüben. Magensäure stieg in ihr auf und verätzte ihre Speiseröhre. Nur empfand sie dabei weder Schmerz noch schmeckte es säuerlich.

Wie ängstliche Schmetterlinge begannen ihre Augenlider zu flattern. Was war nur los mit ihr? Warum hatte sie keine Kontrolle über sich und ihren Körper? Sie spürte, wie die aufkommende Panik ihr immer mehr die Kehle abschnürte. Sie musste atmen, musste sich zwingen, dagegen anzuatmen. Kontrolle, sie musste die Kontrolle über sich zurückbekommen. In flachen Atemzügen inhalierte sie die abgestandene Luft ein.

Ein heftiger Schlag durchfuhr ihren Oberkörper und sie fiel wie eine abgeschnittene Marionette kraftlos vornüber. Schwach glaubte sie, die eigenen Beine zu erkennen. Empfinden aber konnte sie sie nicht. Gott oh Gott, was war nur los mit ihr? Hatte sie etwa einen Unfall gehabt und konnte sich deshalb nicht bewegen? Schemenhaft glaubte sie am Handgelenk ein schmales Band zu erkennen. Ein weißes Band, das fest, zu fest in ihr Fleisch schnitt. Versah man nicht Krankenhauspatienten mit ganz ähnlichen Identifikationsbändern? War das der Grund, warum sie sich an nichts mehr erinnern konnte?

Unter größten Anstrengungen hob Cathy den Kopf ein Stück weit an. Jemand hatte sie in einen Rollstuhl gesetzt und festgebunden. Also doch, sie hatte einen Unfall. Beinahe schon erleichtert, atmete die junge Frau auf. Der Blick der Amerikanerin haftete auf ihrem Unterleib. Komisch war nur, das war kein herkömmlicher Gurt. Jemand hatte ein silberfarbenes Klebeband benutzt, um sie zu fixieren. Warum in aller Welt sollte jemand so etwas tun? Adrenalin flutete ihren Organismus. Dann gewann die Panik die Überhand. Halb wahnsinnig vor Angst zerrte sie wie eine Wilde an den Fesseln. Bäumte sich auf, warf sich zu allen Seiten. Zerrte mit aller ihr zur Verfügung stehenden Kraft an den Fesseln. Schrie und bockte wie ein Pferd in ihrem Stuhl. Nach wenigen Sekunden war alles wieder vorbei. Die junge Frau hing kraftlos wie ein Sack vornüber. Die schmalen Bänder hatten sich noch tiefer in die Handgelenke eingeschnitten, und rote Flüssigkeit tropfte darunter hervor. Aber sie verspürte immer noch keinen Schmerz.

Dann bemerkte sie seine Finger und wie er über ihren Pony strich. Sie wollte schreien, brachte aber nur einen gutturalen Laut hervor. Die Wucht, mit der er ihr den Kopf nach hinten riss, hatte ein Haarbüschel ausgerissen.

Hätte sie nicht was spüren sollen? Sie spürte rein gar nichts, nicht das Geringste! Und plötzlich wucherte ein grausamer Gedanke in ihr, ließ die Erkenntnis wie ein Krebsgeschwür in ihr wachsen. Er konnte mit ihr machen, was er wollte, und das bei vollem Bewusstsein!

Im kalten Lichtkegel der Stirnlampe betrachtete er das Haarbüschel in seiner Hand. Dabei fiel ihm auf, dass an einigen noch rosafarbene Haarfollikel klebten.

Er knäulte das Büschel zusammen und schnupperte daran. Nachdem Cathy häufiger Haare im Abfluss gefunden hatte, hatte sie erst vor Kurzem das Shampoo gewechselt, war von Kastanien- auf Arganöl-Shampoo umgestiegen. Wobei er den süßlichen Duft der nordamerikanischen Kastanien besonders an ihr mochte. In kurzen aufeinanderfolgenden Abständen roch er immer wieder an dem Knäuel. Er versuchte, die unterschiedlichen Nuancen zu lokalisieren. In sich gekehrt betätigte er die Bremse des Rollstuhls. Die Hauptnote war eher herb bis nussig, besaß einen Hauch von Leder. Hierbei handelte es sich definitiv nicht um den Duft des Maghreb, Heimat des Arganbaums. Was ihn zu der Überlegung brachte, die Kameras in ihrer Wohnung zu entfernen. Blindlings löste er die Feststellbremse und setzte seinen Weg fort.

Zärtlich strich er der Amerikanerin über das Haar. Da, wo die rosa Lücke klaffte, trat Blut aus winzigen Poren hervor. Als der Rollstuhl erneut anhielt, wackelte ihr Oberkörper bedenklich instabil nach vorne.

Sie hatte zwar gesagt, dass er sich immer nur einen Teil von ihnen wünschen durfte, aber von vorab probieren war nie wirklich die Rede gewesen. Verstohlen blickte er um sich. Dann tupfte er genießerisch die Fingerspitzen in die nässende Wunde. Rieb sie wie ein Stück trocken Brot darin umher. Der rote Saft war wie erwartet warm und leicht cremig. Ohne viel Druck zerrieb er den Saft zwischen Daumen und Zeigefinger. Öffnete und schloss den Fingerschnabel und beobachtete interessiert die klebrigen Fäden dazwischen.

„Hm", kommentierte er die Geste wissenschaftlich, dann steckte er den Daumen genießerisch in den Mund. „Eindeutig Kupfer! Nicht wie sonst die Note von schwitzendem Eisen." Er empfand den Geruch von altem Knoblauch als widerlich. Schnalzend und schmatzend schmeckte er nach. Ein klein wenig Zucker, aber das konnte auch an ihrer ungesunden Ernährung liegen. Er hatte nie beobachtet, dass sie zwischendurch auch mal Obst aß. Der Zeigefinger schmeckte nach hinten raus leicht bitter. Nicht wirklich dominant, aber schon etwas unangenehm. Irgendwie … muffig. Wahrscheinlich lag das an dem erhöhten Hormonspiegel. Denn wenn er richtig mitgerechnet hatte, stand sie kurz davor, die Mensis zu bekommen.

Er versuchte, sich an Xiangmei zu erinnern. Die Chinesin stammte, soweit er wusste, aus dem Südosten Chinas. Bekanntermaßen gab es dort überwiegend Reis, Kräuter und viel grünen Tee. Also eine völlig andere Ernährung, als sie zum Beispiel Europäer für sich favorisierten. Da lag es ja förmlich auf der Hand, dass das Blut einer Amerikanerin anders schmeckte als das einer gewöhnlichen Chinesin. Inzwischen war ja auch der Zusammenhang bekannt, dass Kühe, die ausschließlich Kräuter zu fressen bekamen, besser schmeckten als ihre Artgenossen aus Mastbetrieben.

Interessant fand er auch den Umstand, dass sie innerlich kaum zu unterscheiden waren. Erst als er auf die Idee gekommen war, einzelne Knochen miteinander zu vergleichen, war es ihm aufgefallen. Vereinzelt waren die der Asiatinnen kleiner als die ihrer europäischen Schwestern. Nicht viel, aber ihm war es aufgefallen.

Der menschliche Körper besteht aus zweihundertsechs bis zweihundertzwölf Knochen. Säuglinge hingegen haben dreihundertfünfzig Knochen. Komischerweise hatte er das nie wirklich verstanden. Katzen haben vierzig Knochen mehr als ein ausgewachsener Mensch. Das wusste er noch aus seiner Kindheit.

Der Steigbügel im Mittelohr eines Erwachsenen misst weniger als drei Millimeter und wiegt drei Gramm, hat also eine Dichte von eins. Das musste man sich einmal vorstellen! Bei seinem ersten Mal hatte er ihn doch glatt übersehen und ihn mit all dem Blut die Kanalisation heruntergespült. Wenn er schon früher angefangen hätte, sich in dieser Richtung zu engagieren, wäre seine Sammlung sehr viel weiter fortgeschritten. Das war ärgerlich, aber nicht mehr zu ändern. So wäre er jetzt im Besitz des weltweit ersten und einzigartigen Sammelalbums von menschlichen Steigbügelknochen. Und ähnlich wie bei den Sammelheften aus seiner Kindheit hätte er ja jemanden suchen können, der seine Leidenschaft mit ihm teilte. Sich mit ihm austauschte. Einen Erfahrungsaustausch sozusagen. Mit den Bildern und Videos hatte das ja ganz passabel funktioniert.

Anderthalb Meter vor der grauen, schweren Panzertür, auf der in Normschrift der Satz stand: *Deutscher, denke und schweige*, blieb er stehen. Alleine das Öffnen trieb ihm jedes Mal den Schweiß ins Gesicht. Und damit der Rollstuhl den abschüssigen Gang nicht zurückrollte, betätigte er sicherheitshalber die Feststellbremse.

Das rostige Quietschen der alten Scharniere hallte in dem übel riechenden Labyrinth der Bunkeranlage auf gespenstische Weise nach.

Cathy konnte den kalten Luftzug, der aus dem Inneren der Anlage strömte, zwar nicht spüren, dafür aber deutlich sehen. Ihr Atem kondensierte in der feuchtkalten Luft und ließ zarte Nebelschwaden aufsteigen.

Das Atmen fiel ihr zunehmend schwerer. Hatte er das Klebeband noch straffer gewickelt? Cathy senkte den Blick, betrachtete teilnahmslos, wie ihr Oberkörper bei jedem Atemzug bebte. Das verdammte Band war so fest um ihren Bauch gewickelt, dass sie nicht richtig Luft bekam. Das konnte doch alles nicht wahr sein. Lieber

Gott, mach, dass das alles nur ein böser Traum ist!, flehte sie innerlich. Warum hatte er ausgerechnet sie ausgesucht? Sie hatte doch nie jemandem irgendetwas getan! Sie begann zu frösteln und kalter Schweiß lief ihr den Rücken herunter. Sie wollte, dass das hier aufhörte. Dass sie aufwachte, dass alles nur ein Missverständnis war. Ein schlechter Traum. Ein Witz. Dass Daron neben ihr lag und sie streichelte, wie er es immer tat, wenn sie schlecht träumte.

Mit jedem Atemzug verstärkte sich das Zittern. Die Angst schnürte ihr bei vollem Bewusstsein den Hals zu. Ihre Atemgeräusche glichen einem heiseren Pfeifen, wie bei einem Football, in dem die Klinge eines Messers steckte. Der Gedanke befeuerte ihre Fantasie. Die Halsschlagader pochte wie verrückt. Sie bekam es mit der Angst zu tun, ihr eigener Herzbeutel könnte jeden Augenblick platzen. Je lauter es rauschte, desto unregelmäßiger schlug es.

Dummdum, dummdum, dumm … dummdum dum… dum… Immer stärker wurde der Druck auf ihren Brustkorb. Inzwischen hatte sie das Gefühl, lebendig begraben zu sein. Schwindel setzte ein und jeden Moment drohte sie das Bewusstsein zu verlieren.

Das Wenige, was sie noch zu erkennen glaubte, war verschwommen. Alles nur ein einziger Brei aus dunklen Farben. Sie hyperventilierte; die Luft, die sie so dringend brauchte, wollte einfach nicht in ihr bleiben. Hilflos schluchzend sah die junge Frau mit an, wie Tränen und Rotz aus ihrem Gesicht tropften.

„Cathy", meldete sich ihre innere Stimme gedämpft, „niemand wird kommen, um dich zu retten. Finde dich damit ab." Die Wörter schlugen wie Nägel in sie hinein. „Verstehst du, was das bedeutet?" Der Kehlkopf entließ einen gequälten Laut. „Wenn du viel Glück hast, wird er dich vielleicht sofort töten, bevor er sich an dir vergeht. Du wirst hier nicht mehr lebend herauskommen. Du bist schon so gut wie tot."

Die Worte wirkten wie Krebsgeschwüre, die jede Hoffnung von innen heraus auffraßen. Für ihn war sie nichts weiter als ein stumpfer Klumpen Fleisch, mit dem er machen konnte, was immer er wollte.

Aber was wäre, wenn es nur eine Entführung wäre? Schließlich besaß ihre Familie Geld. Nicht viel, aber es reichte aus, um ein sorgenfreies Leben zu führen. Vielleicht hatte er davon Wind bekommen und war nur darauf aus. Dann war das hier nichts weiter als ein Tauschgeschäft. Ihr Leben gegen Geld. Das musste es sein. Das war logisch, genauso war es. Vielleicht würde er ihr vor laufender Kamera grob ins Gesicht schlagen, um seiner Forderung Nachdruck zu verleihen. Sie konnte mitspielen, so die Sache beschleunigen. Aber unter gar keinen Umständen durfte sie ihren Entführer provozieren. Vielleicht gelang es ihr, eine persönliche Bindung aufzubauen. Ihn davon zu überzeugen, dass er ihr nicht wehtun durfte. Eine beschädigte Ware senkte den Preis. Das war kein Geheimnis. Ein Problem allerdings stellte die Geldübergabe da. Was wäre, wenn er erschossen würde? Niemand wusste, wo er sie versteckt hielt. Gott, sie wusste ja nicht einmal selbst, wo sie war! Vermisste sie denn überhaupt jemand? Wenn er wirklich auf das Geld aus war, musste sie nur stillhalten. Vielleicht dreißig Tage oder weniger. Sie wusste, in der Regel dauerte eine Entführung in zivilisierten Gesellschaften maximal dreißig Tage. Das kannte sie aus *CSI New York*. Einen ganzen Monat, danach waren die Entführungsopfer frei. Bekamen ihr Leben zurück. Waren es neunzig Prozent oder fünfundneunzig Prozent, in denen die Entführung für die Opfer gut ausging? Wie auch immer, neunzig Prozent hörte sich verdammt gut an. Was hatte Grandma ihr immer eingebläut? Alles unter Hundert sei etwas für Looser. Sie war eine Neunzig, wenn nicht sogar eine Fünfundneunzig. In diesem Moment glaubte sie zu lächeln. Und mit einem Mal keimte Hoffnung in ihr auf.

Sicherlich, ein Plan B konnte nicht schaden. Sollte sich eine Möglichkeit zur Flucht ergeben, dann musste sie bereit sein.

Erst jetzt bemerkte sie, dass sie zum Stehen gekommen waren. Schuhe staksten durch die dreckige Brühe aus Schlamm und Morast. Verursachten beim Abrollen ein schmatzendes Geräusch. Im Irrlicht seiner Stirnlampe zeichnete sich weiter vorne eine Tür ab. Sie war grau und breit genug, um eine Schubkarre hindurchzuschieben. Vielleicht war das hier ein still gelegter Industriekomplex. Das würde auch den langen Gang und das Regenwasser auf dem Boden erklären.

Du musst dir alles einprägen, was du siehst, Cathy, ermahnte sie sich selbst. Das ist überlebenswichtig.

Los, konzentriere dich, Türen, Kabel, Abzweigungen, einfach alles. Wenn ihre Zeit gekommen war, musste es schnell gehen. Das Irrlicht bewegte sich schwankend auf sie zu.

Cathy versuchte, den Schriftzug auf dem abgeplatzten Emailleschild zu entziffern, konnte aber mit dem Wort *Befehlsstand* nichts anfangen.

Das war es also. Ihr Gefängnis für die nächsten dreißig Tage.

Das Vorhängeschloss war neu und glänzte im Schein des Lichts. Mit einem Fuß gegen die Wand gestemmt, zog er die Tür quietschend auf. Sofort übermannte sie ein übel riechender Gestank und raubte ihr den Atem. Unkontrolliert ergoss sich ein Schwall Erbrochenes über ihren Schoß. Die Mischung aus Fäkalien, altem Urin und ranzigem Fett waren zu viel für ihren geschwächten Zustand. Die Erkenntnis traf sie wie ein Schlag. Sie war in der Hölle und Satan höchstpersönlich hielt ihr die Tür auf.

Nur eine einzige Glühlampe erhellte schwach den Raum. Die Wände waren mit Schmutz und Dreck übersät. Fliesen, die ursprünglich den Raum geschmückt hatten, waren nur noch bruchstückhaft vorhanden oder fehlten gänzlich. An der Längsseite stand ein maroder Schreibtisch und darüber hingen schief zwei verrostete Metallschränke. Das Wasser war hier knöcheltief und schwappte bei jeder seiner Bewegungen klatschend gegen die Wände. Überall schwamm Unrat auf der Oberfläche. Unbeeindruckt von alldem schob er schweigend den Rollstuhl durch das eiskalte Wasser. Erst jetzt bemerkte sie den Holzstumpf, dessen oberes Drittel mit einem Eisenring eingefasst war. Je näher sie dem Klotz kamen, desto intensiver wurde der Geruch von altem Knoblauch. Er schien in ihr etwas zu verursachen. Besaß Grandma nicht einen ganz ähnlichen Holzklotz? Hinter der Scheune? Zwischen den Traktoren und dem alten, verrosteten Heuwender? Zu Thanksgiving war sie mit den Truthähnen … Weiter kam sie nicht. Dann wurde ihr schwarz vor Augen.

6. Kapitel

Der Laut, der seinen Zustand am besten beschrieb, war „Arrgh!“

Vorsichtig ertastete er die Stelle, an der eine riesige Beule den Hinterkopf zierte.

Er lag rücklings im nasskalten Blätterwerk des Waldes und versuchte sich zu erinnern, was geschehen war. Da war dieser Mann gewesen, den er verfolgt hatte. Oder war es doch eine Frau, die ihm entwischt war? Das Geräusch von berstendem Holz drängte sich in den Vordergrund seiner Erinnerung und dann ... Funkstille. Nada, niente, nichts mehr außer grauem Hintergrundrauschen im Denkstübchen. Mal abgesehen von den mörderischen Kopfschmerzen. Über ihm zogen die letzten Sturmausläufer hinweg. Zerrissene Wolkenfetzen vor einem nahezu sternenklaren Nachthimmel. Eigentlich ganz schön anzuschauen, dachte er sich in einem leidenschaftslosen Anflug von Romantik. Inzwischen waren die Temperaturen so empfindlich gesunken, dass seine Zehen sich taub anfühlten, von der Nase ganz zu schweigen.

„Fuuuck!“ Mit einem Mal spürte er Puls. Sehr viel Puls.

Die Pistole! Wo war die verdammte Walther? So schnell wie er sich aufrichtete, so schnell fiel er rücklings zurück ins nasskalte Laub. „Arrgh." In seinem Kopf begann es zu kribbeln. Sterne blitzten auf. Vorsichtig hob er den Arm und versuchte, die Zeiger auf der Armbanduhr abzulesen. Siebzehn Uhr fünfunddreißig. Das waren mehr als sechs Stunden gewesen, die er hier bewusstlos gelegen hatte. Behutsam stützte er sich ab und brachte sich in eine aufrechte Position. Erst jetzt bemerkte er den in der Mitte zerborstenen Ast. Das Ding hatte gut und gerne die Ausmaße eines ausgewachsenen Oberschenkels. Zu seinem Glück waren die letzten Sommer heiß und trocken gewesen. Vielleicht sollte er auch dem Borkenkäfer seinen Dank aussprechen.

Dann sah er sie. Den brünierten Stahl der Automatik, wie er kalt im silbrigen Licht des Mondes reflektierte. Das Letzte, was er gebrauchen konnte, war seine Dienstwaffe in den Händen eines durchgeknallten Psychopathen.

Fröhlig versuchte, sich in der Finsternis zu orientieren. Nur ein leises Rauschen drang vorsichtig an sein Ohr – wenn er sich nicht täuschte, musste das die Autobahn sein! Wenn er dem Geräusch folgte, kreuzte er unweigerlich die Universität.

Keine zwanzig Minuten später tauchte zwischen den Bäumen die erste Laterne auf. In der Zivilisation noch nicht ganz angekommen, spürte er ein sanftes Vibrieren.

„Ja." Zu mehr menschlicher Wärme konnte und wollte er sich nicht durchringen.

„Hauptkommissarin Julia Stern, LKA, spreche ich mit Kriminalkommissar Frank Fröhlig?"

Ein blutleeres Lächeln trat in sein Gesicht. Ihre Stimme klang ausdruckslos wie die eines Roboters.

„Wer will das wissen?", senkte er seine Stimme in voller Absicht.

„Das sagte ich Ihnen bereits, Herr Fröhlig."

Spielverderberin, ging es ihm durch den Kopf.

„Ich habe versucht, Sie in Ihrer regulären Dienstzeit zu erreichen."

Er hielt das Gerät abseits des Ohrs und betrachtete den oberen Rand des Displays. „Stimmt, jetzt wo Sie es sagen. Exakt siebenmal." Wobei drei Anrufe auf die Nummer seiner Ex verfielen.

„Wir müssen uns heute noch treffen, bevor ich meine Arbeitszeit beende."

Das Letzte, wonach ihm jetzt der Sinn stand, war ein Vier-Augen-Gespräch mit dieser Nervensäge. Er konnte sich eine Ausrede einfallen lassen oder sie mit der Wahrheit konfrontieren. Die Beule würde morgen immer noch groß genug sein, um sich rechtfertigen zu können. Andererseits war gegen einen Happen zu essen und das eine oder andere Bierchen nichts einzuwenden. Und warum nicht auch mal wieder in Gesellschaft und wenn auch nur mit der Schwester von E.T.?

„Wo?" Ja, er wusste genau, wie man mit Frauen redete.

„Schlagen Sie etwas vor. Mein Blutzuckerspiegel ist in der letzten Stunde gesunken, und ich kenne mich in dieser Stadt nicht aus."

Sollte wohl übersetzt heißen: Ich habe Hunger.

„Kennen Sie das WinzigSchön in Duissern?"

„Nein, warum?“

„Sie sagten doch, dass Sie Hunger haben, oder?“

„Das ist korrekt. Können Sie mir die genaue Adresse durchgeben?“

Natürlich konnte er das, verspürte aber keine Lust dazu.

„Sie sind schon ein großes Mädchen. Ich bin mir sicher, Sie finden es auch ohne meine Hilfe.“

„Dann sehen wir uns dort in dreißig Minuten.“

„Nicht, wenn ich Sie nicht zuerst sehe.“

Stille am anderen Ende.

Zwischendurch hatte es wieder angefangen zu regnen, und als er das kleine Bistro betrat, war er völlig durchnässt.

„Gott, was ist denn mit dir passiert?“, spöttelte die Bedienung hinterm Tresen. „Hast du dich vorsichtshalber selbst zur Fahndung ausgeschrieben und bist in der städtischen Kanalisation untergetaucht?“

„Ja, ich habe dich auch lieb, Sylvia. Anstatt mich zu verspotten, solltest du mir lieber Trost und einen wärmenden Schnaps spendieren.“

„Klar, das könnte ich tun, werde ich aber nicht. Ach, im Übrigen, Frank, du hast Besuch.“

Dabei nickte sie angefressen zu einem der Tische herüber. „Sag deiner kleinen Freundin, sie ist hier nicht zu Hause. Auch wenn sie die Schuhe ausgezogen hat, soll sie die Füße von der Bank nehmen. Und sag ihr auch, dass sie diese widerwärtigen Fotos vom Tisch nehmen soll. Einige meiner Gäste haben sich schon bei mir beschwert. Das hier ist ein Bistro, Frank, und nicht euer Büro!"

„Ich habe dich auch lieb, Sylvia." Fröhlig versuchte sich an einem begriffsstutzigen Lächeln, das Heranwachsende so gerne auflegen, wenn sie ihr Gegenüber nicht für voll nehmen.

Er zog die völlig durchnässte Jacke aus und warf sie über die Bomberjacke seiner neuen Kollegin.

„Was ist passiert? Sie sehen fürchterlich aus."

Das hörte er heute nicht zum ersten Mal. „Danke für die aufmunternden Worte, Frau Kollegin. Und wie war Ihr Tag so?"

Zynismus war etwas, mit dem sie nicht umgehen konnte. Der Zugang zu dieser Art toxischen Humors war ihr bis heute versperrt geblieben. „Danke, gut", und versenkte teilnahmslos den Blick zurück in die Fotografien.

„Geben Sie es doch einfach zu." Er winkte währenddessen Sylvia zu.

„Was genau soll ich Ihrer Meinung nach zugeben?"

„Sie sind auf unserem Planeten gelandet, um uns zu studieren. In Wahrheit sind Sie eine außerirdische Lebensform, basierend auf Kohlenstoff, die uns alle versklaven will."

Julia Stern würdigte ihn keines Blickes. Stattdessen blätterte sie beschäftigt in dem Stapel mit Bildern herum.

„Man hat Sie über meine Besonderheit in Unkenntnis gelassen. Ist das richtig, Herr Fröhlig?" Immer noch keine menschlich anmutende Reaktion.

„Gibt es denn bezüglich Ihres liebreizenden Wesens etwas, das ich unbedingt in Erfahrung bringen sollte?" Jetzt wusste er, an wen sie ihn tatsächlich erinnerte. An Simon Ritchie, den ehemaligen Bassisten der englischen Punkband The Sex Pistols. Sie hätte durchaus die kleine Schwester von ihm sein können. Sie war ihm wie aus dem Gesicht geschnitten. Vielleicht auch wegen des androgynen Aussehens, aber auch sonst. Selbst die Frisur war identisch geschnitten. Zufall?

„Wenn unsere Zusammenarbeit effektiv sein soll, ist es wichtig, dass Sie mich verstehen. Wie ich denke, wie ich ticke und warum ich so bin, wie ich bin."

Für ihn war es nicht mal unter Laborbedingungen möglich, eine Frau zu verstehen, und jetzt sollte er ausgerechnet bei ihr Empathie beweisen. Ausgeschlossen! Die Frauen von diesem Planeten gaben ihm schon genügend Rätsel auf.

Sie nestelte an der Innentasche der Bomberjacke herum, bis sie ein rechteckiges Kärtchen in Händen hielt.

„Lesen Sie."

Die Frau war echt der Knaller. Was erwartete sie eigentlich von ihm? Sie würdigte ihn ja nicht einmal eines einzigen Blickes. „Herzlichen Dank, Frau Kollegin, aber ich weiß schon, wer Sie sind." Das Lächeln war überheblich, aber genauso war es von ihm gewollt. „Sie sind Frau Hauptkommissarin Julia Stern vom LKA. Oder doch nicht?" Ungerührt hielt sie ihm das Pappkärtchen weiter entgegen.

„Ich glaube, dass man Sie in voller Absicht über meine Besonderheit im Unklaren gelassen hat. Entweder um sich einen Spaß zu erlauben, was nicht das erste Mal wäre, oder um unsere Beziehung von vorneherein zu sabotieren. Also bitte, lesen Sie!"

Das schlicht gehaltene Kärtchen verwies weder auf eine Adresse noch auf eine Behörde. Stattdessen war dort beidseitig ein schlicht gehaltener Text abgedruckt:

Ich habe das Asperger-Syndrom.
Dies ist eine Variante des Autismus,
weshalb es sein kann, dass ich den
einwandfreien emotionalen Zugang zu
anderen Menschen nicht auf Anhieb treffe.
Wenn ich Ihnen diese Karte überreicht habe,
bedeutet das, dass Sie mein Verhalten
als mehrdeutig interpretiert haben.

„Was soll das sein? Etwa so was wie ein Scherz, Frau Stern?" Er kannte zwar den Begriff des Autismus, durch Filme wie *Rain Man* oder *Das Mercury Puzzle*, aber das war es auch schon.

„Haben Sie vielleicht den Inhalt des abgedruckten Textes nicht verstanden?"

Er musste sich beherrschen, wollte er sich nicht wieder vor Sabine wegen ungebührlichen Verhaltens verantworten müssen. „Ich bin vielleicht nicht ganz so blöde, wie Sie vielleicht vermuten." Er spürte, wie sich Rippelmarken auf seiner Stirn ausbildeten.

„Gut, dann haben Sie ja auch verstanden, dass ich zu Humor keinerlei Zugang finde. Weder bei Ihnen noch bei irgendwem anders."

„Das meinte ich damit nicht." In einem Seminar für Aggressionsbewältigung hatte er leidvoll lernen müssen, dem Konflikt aus dem Weg zu gehen. Und nicht, wie es sonst sein Ding war, geradewegs darauf loszurennen. Sein Schädel brummte inzwischen von außen wie von innen. Das hier entwickelte sich mehr und mehr zu einem rhetorischen Minenfeld. Egal was er sagte oder auch nicht – auf kurz oder lang flog es ihm um die Ohren.

„Was war es dann, das Sie meinten? Dass ich das Asperger-Syndrom habe?"

„Ja, nein, Ich …" Er begann zu schwimmen. Eine Frau, dann auch noch geistig behindert, und er hatte sich die ganze Zeit über sie lustig gemacht. Er sah sich schon wieder im Büro der kleinen pummeligen Gleichstellungsbeauftragten Rede und Antwort stehen. „Nein, natürlich habe ich erst einmal kein Problem damit, dass Sie behindert sind", ruderte er zurück ans vermeintlich sichere Ufer.

„Wieso glauben Sie, dass ich eine Frau mit einer geistigen Behinderung bin? Ich habe das Asperger-Syndrom." Früher hatte sie es gekränkt, wenn ein Normaler sie so bezeichnete. Sie war weder krank noch ansteckend. Sie besaß eine Gabe. Etwas, das sie zu jemand Besonderem machte.

„Was ich eigentlich sagen wollte ..." Dass er ein Idiot und ein ignorantes Arschloch war.

„Entschuldigung …!“ Wenn man wusste, worauf man zu achten hatte, war das leichte Zucken ihrer Mundwinkel als ein Lächeln zu interpretieren.

Gerade als er nachbohren wollte, stellte die Bedienung zwei Blonde auf den Tisch.

Julia nahm einen Schluck und leerte das Glas bis knapp oberhalb des Bodens. „Ich habe einen mtDNA und morphometrischen Abgleich mit der Forensic Data Bank veranlasst“, sprach sie gewohnt tonlos.

„Aha.“ Man konnte ihr wirklich nicht nachsagen, dass sie nicht gleich zur Sache kam. „Würde es Sie sehr stören, es mir so zu erklären, dass auch ich es verstehe?“ Man konnte ihm ansehen, dass er keine Ahnung hatte, wovon sie sprach.

„Anhand von mtDNA kann die geografische Herkunft eines Menschen bestimmt werden. Nehmen Sie zum Beispiel die mtDNA-Haplogruppe J und K. Diese steht für Südeuropa. Aber hingegen J und N für den Nahen Osten. Asien wiederum hat A, B, C, D, E, F, G. Erkennen Sie das System?“

Ein schweigender Blick traf auf Gleichgültigkeit.

„Ausgehend von der mtDNA“, fuhr sie unbeteiligt weiter fort, „und den eingegebenen Messergebnissen der morphometrischen Untersuchung ergibt sich die genaue geografische Herkunft unserer Toten.“

„Stopp!“, rief Fröhlig aus und formte mit beiden Händen ein T. „Was haben Sie an ‚verständlich‘ nicht kapiert? Sehe ich für Sie aus wie eine Ihrer Laborratten?“

„Warum fragen Sie ständig nach Sachen, die offensichtlich sind?“

„Weil das, was Sie von sich geben, wieder nur außerirdisches Kauderwelsch ist.“

„Was stimmt daran nicht?“ In ihrem Blick war echter Zweifel zu erkennen.

„Vergessen Sie es einfach. Mir knurrt nur der Magen und in meinem Kopf übt ein wenig begabter Drummer Schlagzeug. Obendrein befinde ich mich auf der falschen Seite der fünfzig. Reicht das nicht, um meinen Gesichtsausdruck zu rechtfertigen?“ Jetzt grinste er schon genauso schräg wie sie.

„Mir war nicht bewusst, Herr Fröhlig, dass es eine richtige und eine falsche Seite für das Problem gibt.“ Kurz froren ihre Gesichtszüge ein, dann imitierte sie sein verzerrtes Lächeln.

„Frau Doktor Kramer“, fuhr sie unbeirrt fort, „sind bei den Toten übereinstimmende Merkmale aufgefallen.“ Sie schob ihm einen von zwei akkurat vorsortierten Bilderstapeln zu.

„Das sind Makroaufnahmen des jeweiligen rechten Femurs. Entschuldigung, natürlich des rechten Oberschenkelknochens.“ Dieses Mal entschied sie sich für einen andeutungsweise neckischen Gesichtsausdruck. „Was genau sehen Sie?“

Er stellte die Augen auf Scharf und versuchte, das Offensichtliche zu erkennen. „Ich bin mir nicht ganz sicher. Bei dem hier gibt es dreieckige Einkerbungen. Ausgehend von Breite und dem markant geschwungenen Dreieck würde ich auf ein Jagdmesser tippen. Dafür spricht auch die Tiefe der Kerbe. Die Klinge musste eine gewisse Stabilität und ein Eigengewicht besitzen." Er drehte die beiden Aufnahmen um und legte sie beiseite. „Bei denen hier tippe ich ad hoc auf Verwesung. Der Knochen weist keinerlei mechanische oder sonstige Fremdeinwirkung auf. Nichts, was darauf schließen lässt, dass sich jemand daran zu schaffen gemacht hat."

„Schauen Sie genauer hin", forderte sie ihn auf.

Er verglich die Größe der beiden Knochen anhand des abfotografierten Messstabes. Auch ihr Gewicht sowie der Umfang erschienen nahezu identisch.

„Die Opfer waren gleich alt und sie waren gleich groß!" Er blätterte in dem Stapel Fotos vor und wieder zurück, zog zwei weitere Aufnahmen heraus und betrachtete die darauf abgebildete Form der Beckenknochen. „Und vom selben Geschlecht?"

„Richtig, und weiter?"

Fröhlig schob die Bilder beiseite, schaffte Platz, um sie neu anzuordnen. Als Erstes breitete er die mit den Knochen vor sich aus, sortierte sie nach den fortlaufenden Nummern, die der digitale Prägestempel auf ihnen hinterlassen hatte. Vor ihm lagen jetzt elf Stapel, in denen elf tote Frauen steckten.

Was ihn so aber nicht weiterbrachte. Ähnlich wie beim Tarot fing er an, die Karten neu zu sortieren. Legte sie nicht nach Nummern aus, sondern nach ihrer Zusammengehörigkeit. Jetzt lagen über den Tisch verteilt elf makaber anzusehende Papierskelette. „Hm", murmelte er in sich hinein. Worauf genau wollte sie ihn aufmerksam machen? Was hatte Mel gefunden, das er ganz offensichtlich hier übersah?

Mit vor der Brust verschränkten Armen lehnte er sich nachdenklich zurück und hantierte gedankenverloren mit dem Bierglas herum. Gerade in dem Moment, als er es zur Seite stellen wollte, bemerkte er in der gelblichen Lichtbrechung des Bieres unterschiedliche Hell- und Dunkeltöne. Mit ein Grund dafür, warum Gelb als Signalfarbe verwendet wird, ist, dass Grau sich am längsten davon differenziert. Das war es also, was Mel aufgefallen war. Durch den Boden des goldgelben Glases waren nur noch wenige Farbschattierungen deutlich zu erkennen. Nur die Grautöne, mit ihrem hellen und dunklen Spektrum, setzten sich deutlich davon ab. Er zückte das Smartphone und schaltete die App für die Lupe ein.

Wenige Augenblicke später blickte er zu ihr auf.

„Ich bezweifle, dass Mel auch nur eine einzelne Faser menschlichen Gewebes an den Skeletten gefunden hat. Ich kann mich täuschen, aber er hat die Knochen seiner Opfer nicht nur gekocht und anschließend geschält, einige scheint er auch gebleicht zu haben. Ob mit Säure oder Lauge ist ohne ein Labor unmöglich zu sagen. Schauen Sie hier.“ Er verwies auf einige der auf dem Tisch liegenden Fotos. „Die unterschiedlichen Grauschattierungen der Gebeine lassen Rückschlüsse darauf zu, dass sie thermisch behandelt wurden. Bis ein Knochen die Farbe einer dem Frost ausgesetzten sibirischen

Fichte annimmt, dauert es Jahrzehnte. Außerdem ist mir aufgefallen, dass die Struktur der Knochenbälkchen verändert ist und dass ihnen die Knochenhaut fehlt. Selbst die Knochenmarkhöhlen sind hohl." Dabei lenkte er ihre Aufmerksamkeit auf ein Foto, auf dem die leeren Gänge in der Mitte gut zu erkennen waren. „So was geht nur durch Erhitzung oder den Einsatz einer stark ätzenden Flüssigkeit." Zögerlich hielt er inne, überlegte seinen nächsten Satz. „Bis gerade war ich der Auffassung, er will die weiblichen Opfer assimilieren. Sozusagen, aus zwei mach eins. Inzwischen glaube ich das nicht mehr. Vielmehr denke ich, er wollte sie komplett zerstören, sie kaputtmachen, weshalb er ihnen anfänglich nicht nur das Fleisch von den Knochen gekocht hat. Er ist hingegangen und hat alles ausgelöscht, was sie ausmachte – Haut, Fleisch, Fett, Knorpel, selbst das Knochenmark hat er ihnen genommen, einfach alles!" Die Brutalität des Falls machte ihm mehr und mehr zu schaffen. „Er geht dabei mit schonungsloser Effizienz vor."

Eigentlich sollte es ausreichen, um Miss LKA zu beweisen, dass er nicht der Neandertaler war, für den sie ihn hielt.

Doch statt Gegenfragen zu stellen, schaute sie ihm direkt in die Augen. Nicht, wie es sonst ihre Art war, an ihm vorbei. Vielmehr schien es, als wäre sie auf der Suche nach etwas. Er hielt dem Blickkontakt stand und ließ sie gewähren. Wobei ihm erst jetzt auffiel, wie intensiv das Grün ihrer Augen tatsächlich war.

Sollte sie jedoch in den Abgründen seiner Seele etwas finden, das ihr nicht gefiel, war das nicht sein Problem. Schließlich hatte er alles darangesetzt, sie sich vom Hals zu halten. Auch wenn er sich eingestehen musste, dass sie auf eine verschrobene Art und Weise eine gewisse Anziehungskraft auf ihn ausübte.

Er wusste nicht, ob er gelächelt hatte oder nicht, aber als er das Bierglas wieder ansetzte, veränderte sich ihr Gesichtsausdruck. Zurück zu der normativen Fassade, die sie sonst trug.

„Sie hatten Sex mit Frau Doktor Melanie Kramer!" Sie hatte in voller Absicht so lange damit gewartet, bis er das Glas ansetzte. Die Erfahrung, dass Männer mit heruntergelassenen Hosen schlecht lügen konnten, war eine Tatsache, keine Feststellung.

„Wie bitte?", echauffierte er sich, während er Bier von seinem Kinn abwischte.

Sie bemerkte, dass er Zeit zu schinden versuchte. Abgesehen davon gab es mehr als zehntausend mimische Ausdrucksformen, die sein Leugnen Lügen straften.

„Sie haben mich schon verstanden! Sie hatten Geschlechtsverkehr mit Frau Doktor Melanie Kramer."

„Blödsinn, wir hatten keinen Sex! Wie kommen Sie denn auf dieses schmale Brett?" Außerdem ging sie das nun wirklich nichts an.

„Als Polizist befinden Sie sich in einem Dilemma. Durch die Stigmata der Wechselschicht sind Sie gesellschaftlich isoliert. Daher finden Sie privat kaum bis gar keinen Anschluss. Wenn Sie dann doch einen Partner oder eine Partnerin gefunden haben, erzählen Sie, wegen mangelnder Alternativen, ausschließlich von Ihrem Beruf. Daran ist nichts Ungewöhnliches oder Verwerfliches, müssen Sie wissen. Viele Menschen wie Sie ziehen ihre Existenzberechtigung aus dem beruflichen Umfeld. Daraus ergibt sich für das einzelne Individuum, dass für zwischenmenschliche Entspannungspraktiken so gut wie keine Zeit bleibt. Man nimmt, was man kriegt. Und Sie haben, um nach dem Geschlechtsverkehr mit Frau Doktor Kramer nicht reden zu müssen, zugehört. Ihre Kenntnisse aus der Gerichtmedizin sind beeindruckend. Lobenswert zu erwähnen wäre noch, dass Sie neben dem gemeinschaftlichen Koitus auch noch etwas gelernt haben."

„Das ist doch … " Er hörte sich selbst stottern. „Und selbst wenn, geht Sie das ja wohl kaum etwas an."

„Nein, natürlich tut es das nicht. Doch es zeigt mir in Teilen auf, was für ein Mensch Sie tatsächlich sind."

„Aha, und was für ein Mensch bin ich Ihrer Meinung nach, *Frau Doktor?*", und malte Anführungszeichen in die Luft.

„Das genau wird sich noch herausstellen." Damit war das Thema für sie hier beendet. Sie fühlte sich nicht weiter verpflichtet, mit ihm über seine Bindungsprobleme zu reden. Schließlich war sie keine klassische Psychoanalytikerin und die eigentliche Aufgabenstellung eine gänzlich andere. Behutsam umfasste sie mit beiden Händen das fast leere Glas und führte es zu den Lippen. Nippte einmal kurz und bekam wieder diesen starren

Blick, der komplett an ihm vorbeiging. „Serienmörder kommunizieren über ihre Taten. Sie wollen sich mitteilen“, dozierte sie leise vor sich hin.

Er schaute sie völlig entgeistert an. So als säße plötzlich Jim Knopf und die wilde 13 ihm gegenüber. Das war doch jetzt nicht ihr Ernst! Gerade eben noch mimt sie die Psychoemanze und hält ihm indirekt den One-Night-Stand mit Mel vor, obwohl sie das einen feuchten Kehricht angeht. Trinkt danach einen Schluck Bier und macht weiter, als wäre nichts gewesen. Diese Frau war doch ihr eigener Kunde. Wäre sie ein Mann gewesen, dann …

Er atmete hörbar durch die Nase ein und durch den Mund wieder aus. Du musst den Gedanken zulassen, um ihn ignorieren zu können, rezitierte er sein einstudiertes Mantra so lange, bis von seinen Mordfantasien kaum noch etwas übrig war.

Dieses Spiel konnte man durchaus auch zu zweit spielen. Den Kopf leicht abgewinkelt, lächelte er sein Gegenüber sanftmütig an. „Die nächste Runde geht auf mich, Frau Kollegin?“

Noch ehe sie darauf antworten konnte, winkte er der Bedienung zu.

„Wie muss ich mir das vorstellen, wenn Sie sagen, dass Serienmörder sich über ihre Arbeit definieren?“, gab er den Interessierten.

„In meiner Arbeit ist es existenziell wichtig, zu verstehen, wie ein Individuum funktioniert. Das kann ich aber nur dann, wenn mir sein grundlegendes Verhaltensschema zuvor bekannt ist. Also müssen wir, um die

Wirkung zu verstehen, die Ursachen seines Handelns herausfinden. Check the baseline. A ist die Ursache für die Wirkung B, wenn B von A herbeigeführt wurde.

Bevor wir also damit anfangen, einen Menschen zu analysieren, sollten wir zuallererst herausfinden, wer er war, bevor er zu dem wurde, was er ist. Nichts ist von Geburt aus böse, das gilt selbst für die übelsten Massenmörder der Geschichte. Nicht einmal ein Monster wie Wladimir Putin war von Geburt an verdorben.

Im Fall unseres Täters generiert seine abnormale Neigung ein sozial abweichendes Verhalten. Ergo reduziert seine Abartigkeit den gesellschaftlichen Umgang. Mit der Enttarnung seiner geheimsten Fantasie würden Erniedrigung, Enttäuschung und eine lebenslange Stigmatisierung einhergehen. Daher ist davon auszugehen, dass er große Probleme mit zwischenmenschlichen Beziehungen hat. Wenn überhaupt sind gesellschaftliche Kontakte oberflächlicher Natur und nicht selten ein Gespinst der eigenen Fantasie. Diese subjektiven Außenseiterpositionen sind bei dieser Art von Tätern nicht selten anzutreffen.

Realitätsferne Selbstdiagnosen der eigenen Unzulänglichkeit bestärken ihn in seinem Verlangen, in der Masse der Gesellschaft unsichtbar zu werden. Ferner ist anzunehmen, dass sein Durchsetzungsvermögen sowie die Konfliktbereitschaft eher mangelhaft sind, was durch eine grundlegend feindselige Einstellung der Gesellschaft gegenüber noch verstärkt wird. Daher fühlt er sich da am wohlsten, wo er sich nicht rechtfertigen muss, und wie jedes empfindungsfähige Wesen strebt auch er nach Geborgenheit und Zuwendung. Ich schätze, dass er vom Wesen und vom Erscheinungsbild her der introvertierte Typ ist. Da wir jetzt seine Baseline kennen, Herr Kollege", dabei betonte sie das Wort überdeutlich, „sind wir in der Lage, ihm zuzuhören. Das zu erfahren, was er uns zu sagen hat."

„Das heißt also, wir suchen einen Mann, dessen Selbstbewusstsein kaum bis gar nicht vorhanden ist. Gesellschaftlich eher der unauffällige Typ und obendrein Single oder zumindest nicht verheiratet. Ist das so weit richtig?"

Ihr sparsames Nicken bestätigte seine Zusammenfassung.

Allein in seinem Bekanntenkreis traf das auf über die Hälfte aller Männer zu. Er überlegte, ob Sabine nicht doch besser das Ermittlerteam einberief. Wenigstens für die Hintergrundüberprüfungen. Duisburg besaß über eine halbe Millionen Einwohner, davon schätzungsweise die Hälfte Männer.

„Geht das nicht ein wenig genauer, Frau Kollegin?"

„Lassen Sie mich überlegen. Medizinisch weisen Serienmörder eine bis zu dreißigprozentige Abnormität des Temporallappens rechts auf. Diese Hirnanomalien sind bei Sexualmördern sehr häufig. Studien haben bewiesen, dass eine frühkindliche Schädigung des Hirns und psychopathologische Auffälligkeiten in direktem Zusammenhang stehen. Das heißt, dass bei dreiundneunzig Prozent von schwer erziehbaren Jugendlichen der Nachweis positiv verlief. Die zerebralen Dysfunktionen können durch eine ganz simple Hirnhautentzündung verursacht werden, und diese wiederum verursacht durch einen viralen Infekt durch Pneumokokken oder Meningokokken. Bei sadistischen Serienmördern hingegen wurden hirnregressive Anomalien diagnostiziert, die entweder eine Verengung oder Erweiterung der Seitenventrikel beinhalten. Das sind die Bereiche der Gehirnkammern, die mit Flüssigkeit gefüllt sind."

„Also suchen wir einen Mann, unauffällig, wenig Selbstbewusstsein, der sich in seiner Jugend aggressiv verhalten hat und den Dachschaden mit ins Erwachsenenalter herübergeschleppt hat." Und plötzlich befand er sich selbst in seiner eigenen Schnittmenge. „Na super", seufzte er laut auf. „Das bringt uns kein Stück weiter. Wir müssten Berge von Krankenakten sichten und sie auf Hirnanomalien durchsuchen. Das dauert Jahre. Ganz abgesehen vom Datenschutz, der uns aushebelt, bevor wir überhaupt richtig angefangen haben."

Er nahm einen Schluck von dem frisch Gezapften. „Es muss einen einfacheren Weg geben. Zahnabdrücke, DNA, irgendwas in dieser Richtung."

„Frau Doktor Kramer ist dran." Sie tat es ihm gleich und nahm ebenfalls einen Schluck Bier, wobei sie ihn über den Rand des Glases hinweg beobachtete. Aus einer sadomasochistischen Perspektive betrachtet, übte sein kaputtes männliches Wesen durchaus eine gewisse Anziehungskraft auf sie aus.

Sie überlegte, ob es an einem ihrer Urinstinkte lag.

„Was heißt, sie ist dran?" Er wischte sich den Schaum vom Mund.

„Sie verfolgt in meinem Auftrag noch einen anderen Ansatz."

Ihre Dating-Erfahrungen hatten meist in Katastrophen geendet. Gerade in den Anfängen ihrer Pubertät hatte sie regelrecht Schiffbruch erlitten. Nein, sie war regelmäßig auf ein Riff gelaufen und bis zum Grund des Meeres gesunken. Inklusive des kleinen bisschen Selbstbewusstseins, das sie besaß. Ihre unverblümte Sprache und endlosen Monologe hatten viele junge Männer abgeschreckt. Dazu kamen Tics, selektiver Autismus und eine Unbeholfenheit auf dem gesellschaftlichen Parkett, die ihresgleichen suchte. Und was die Wahl der späteren Sexualpartner anging, war es eine noch viel größere Katastrophe. Erst nachdem sie sich einer Therapeutin anvertraut hatte, fingen die Dinge langsam an, sich für sie zum Besseren zu wenden.

Sie spielte in einer Theatergruppe nur für Menschen mit Autismus. Lernte so, die Gestik und Mimik der Normalen spielerisch zu imitieren. Imitation war, ähnlich wie im Tierreich, zu einer notwendigen Überlebensstrategie für sie geworden. Ein überaus wichtiger Behelf, um sich in der Welt der Normalen zu behaupten.

Als sie das Glas abstellte, war es bis auf den Boden geleert. Ein feiner weißer Schaum hatte sich auf ihre Oberlippe gelegt, den sie genüsslich abschleckte.

„Noch eins", rief sie der Kellnerin tonlos zu.

„Was soll das werden, wollen Sie mich unter den Tisch trinken?“ Das konnte sie getrost vergessen. Er wog beinahe hundert Kilo und war in Bestform.

„Das ist nicht der eigentliche Sinn meiner Intention.“

„Ah, und was ist der tiefere Sinn der Intention?“ Er prostete ihr überspitzt galant zu und setzte das kühle Blonde an die Unterlippe.

„Meine Intention ist es, zielorientiert und effektiv Dinge zu erledigen. Aus diesem Grund ist die Notwendigkeit von gemeinschaftlich praktiziertem Sex unumgänglich.“

Als er wieder Luft bekam, war ein Großteil der Fotos mit Bier getränkt.

Ein positiver Nebeneffekt einer solch aggressiv gehaltenen Taktik bestand darin, dass sie viele Männer irritierte und diese verängstigt reagierten. Somit blieben diejenigen über, deren Wesen stark genug war, um es mit einer außergewöhnlichen Frau und ihren Besonderheiten aufzunehmen.

„Wie bitte?“ Eilig nahm er sich eine Serviette und betupfte hastig die Fotos.

„Wieso wollen Sie, dass ich mich ständig wiederhole? Stimmen Sie mir zu, dass wir Sex haben sollten? Ja oder nein?“

„Nein … ich meine ja. Ist das Ihr Ernst?“ Mit weit aufgerissenen Augen schossen ihm Gedanken durch den Kopf. Sie war eine Frau. Er ein Mann. Sie vom LKA, er von der Kripo. Sie hübsch und gute zwanzig Jahre jünger. Er alt und ein klein wenig aus der Form geraten. Wenn er in den letzten Jahren Sex hatte, musste er dafür bezahlen. Andererseits, durfte er überhaupt mit ihr Sex haben? Schließlich war sie … Er fror in dem Gedanken ein. Bullshit, Alter!, widersprach er sich noch im gleichen Augenblick. Sie war nicht nur Doktor der Psychologie und hatte es beruflich weiter gebracht, als er es jemals schaffen würde. Wenn man es genau nehmen wollte, war Julia auch seine Vorgesetzte. Zumindest vom Dienstgrad her. Andererseits, hatte ihn nicht seine Ex ausdrücklich und unmissverständlich zur Kooperation aufgefordert, ja genötigt? Wie hatte sie gleich noch gesagt? Wenn er nicht zu zweihundert Prozent kooperiert, durfte sie ihn erschießen und seine Leiche entsorgen.

7. Kapitel

Dienstag

Als der Tesla rechts in die Düsseldorfer Straße abbog, nahm der Berufsverkehr gerade erst richtig Fahrt auf. Die Lichter der Scheinwerfer funkelten in den Pfützen der Straße wie weggeworfene Edelsteine.

Fröhlig warf einen übernächtigten Blick auf die Anzeige, riss die Hand vor den Mund und gähnte unüberhörbar.

Die Nacht und der letzte Tag hatten es wahrlich in sich gehabt, aber es gab für ihn keinen Grund zu jammern. Er hatte Sex gehabt und für seine Verhältnisse gar keinen so schlechten.

Julia Stern setzte den Blinker und parkte den Wagen auf der gegenüberliegenden Straßenseite der PI Mitte.

„Warum schaust du mich an? Stimmt etwas nicht mit mir?", fragte sie irritiert.

„Ich überlege, wie es mit uns weitergeht?"

„Wir gehen in dein Büro und ich werde ein paar Telefonate führen. Danach …"

„Das meinte ich nicht, Julia. Wie geht es mit uns beiden weiter?"

„Habe ich mich bezüglich unserer Zusammenarbeit unklar ausgedrückt, Frank? Dann möchte ich mich bei dir dafür entschuldigen. Ich dachte, ich hätte deutlich gemacht, dass der Geschlechtsverkehr ausschließlich der zwischenmenschlichen Intervention diente, um aufkommende Spannungen im Vorfeld …“

„Okay.“ Allmählich bekam er einen ungefähren Eindruck davon, wie sich eine Frau fühlte, wenn sie am Morgen danach kalt abserviert wurde.

„Okay.“ Sie hatte es wieder getan, hatte ihr Asperger vorgeschoben, um einen anderen Menschen auf Distanz zu halten. Die Narben auf dem Rücken waren verheilt, die auf ihrer Seele noch lange nicht. „Haben Sie auch einen PC, von dem aus ich arbeiten kann?“

Ihm war nicht entgangen, dass sie angefangen hatte ihn wieder zu siezen. Gut auch damit konnte er leben.

Fröhlig schloss die Tür zu seinem Büro auf, knipste das Licht an und warf die Jacke quer über die Garderobe. „Fühlen Sie sich ganz wie zu Hause, Frau Kriminalhauptkommissarin Stern. Mi casa es tu casa.“

„Aus irgendeinem Grund habe ich mir Ihr Büro anders vorgestellt.“

Ohne sie weiter zu beachten, ging er herüber zur Kaffeemaschine. „Passwort und Benutzername finden Sie unter der Schreibtischunterlage.“ Was einem verbalen Achselzucken gleichkam.

Als er auf das rot blinkende Lämpchen des Anrufbeantworters drückte, ertönte die bekannte mechanische Stimme.

„Sie haben eine neue Nachricht. Nachricht eins."

„Guten Morgen, Entlein. Gehe ich recht in der Annahme, dass deine neue Freundin neben dir steht?" Die Aufnahme pausierte. „Auch Ihnen einen schönen guten Morgen, Frau Doktor Stern. Ich habe veranlasst, worum Sie mich gebeten haben. Ihre Idee mit der Isotopenanalyse war ein Volltreffer. Es gibt Übereinstimmungen bei insgesamt zehn der Opfer. Bei fünf der Enthaupteten sowie fünf der Skelette sind die Isotopenzahlen nahezu identisch. Die Daten sollten ausreichen, damit die gute Miss Wright etwas damit anfangen kann. Und drücken Sie ihr noch einmal mein Bedauern aus. Die Gute steckte gerade in einer sehr privaten Ermittlung. Also, wenn die auf der Insel genauso wenig Privatleben haben wie wir, ich wäre nicht ans Telefon gegangen. So what! Sobald mir Miss Wright die ersten Ergebnisse liefert, melde ich mich wieder."

Julia Stern loggte sich wortlos von seinem PC aus auf dem Server des LKA Düsseldorf ein. Im Posteingang befand sich der übliche E-Mail-Verkehr, aber keine E-Mail mit dem Absender @ljmu.ac.uk.

„Wir müssen zu Frau Doktor Kramer in die Gerichtsmedizin. Wenn Ruby sich meldet, brauche ich genaue Angaben."

„Wer zum Teufel ist diese Ruby und was hat sie mit unserem Fall zu tun?"

„Ruby Wright ist Expertin für Gesichtsrekonstruktion an der John Moores Universität in Liverpool." Obendrein eine gute Freundin und Mentorin, ohne die ich die Zeit bei der Metropolitan Police nie überstanden hätte. „Ich hatte sie gebeten, Bildmaterial von unseren Schädeln unter Zuhilfenahme einer speziellen Software zu rekonstruieren." Sie drückte zweimal kurz hintereinander Alt-F4 und der Rechner fuhr surrend herunter.

„Was genau hat es mit dieser Isotopenanalyse auf sich, von der Mel da gerade gesprochen hat?"

„Wie gut kennen Sie sich mit dem Periodensystem aus, Herr Fröhlig?"

Ihm schwante Böses. „Sagen wir mal, bisher gab es in meinem Leben wichtigere Dinge."

Was wusste er überhaupt? Jedes Jahr kam ein neues Element hinzu und man konnte schnell den Überblick verlieren.

„Isotope sind verschiedene Sorten von Atomen des gleichen Elements. Allerdings gibt es Differenzen bei der Anzahl der Neutronen."

„Ist das so? Natürlich ist das, wie alles, was Sie sagen, wahnsinnig spannend, aber wie genau soll uns das hier weiterhelfen?" Er bereute die Frage schon in dem Moment, in dem er sie gestellt hatte.

„Es ist die Anzahl der Neutronen, die uns interessiert. Erinnern Sie sich noch an die Katastrophe von Tschernobyl?"

Natürlich erinnerte er sich an die Kernschmelze von vor knapp fünfunddreißig Jahren. Wer tat das nicht? Schließlich explodierte ja nicht jeden Tag ein Kernreaktor und verstrahlte anschließend halb Europa.

„Am 26. April 1986 kam es im Reaktor Block 4 zu einer Explosion, die große Mengen Caesium 137 freisetzte. Nehmen wir jetzt einmal an, Sie finden rein hypothetisch zwei unterschiedliche Leichen und wollen deren Herkunft bestimmen. Ohne Ausweispapiere und körperliche Merkmale, die Sie zur Identifizierung heranziehen können. In der einen finden Sie große Mengen an Caesium 137 und in der anderen", sie überlegte kurz, „Samarium 147. Dann können wir grob bestimmen, aus welcher Region die Toten stammen. Der eine aus Tschernobyl und der andere aus einer bestimmten Provinz in China. Denn China ist das einzige Land, das Samarium 147 abbaut. Daraus können wir schlussfolgern: Je mehr Elemente wir in unseren Toten finden, die eine bestimmte Anzahl von Isotopen besitzen, umso präziser können wir sagen, woher sie ursprünglich stammen. Das ist es, was wir einen isotopischen Fingerabdruck nennen. Wir müssten noch die Halbwertzeiten berücksichtigen, aber darauf will ich Ihnen zuliebe nicht näher eingehen."

Welches Pech er doch hatte. „Was hilft es, wenn ich weiß, dass er oder sie aus einer Provinz mit mehr als hundert Millionen Menschen stammt?"

Julia bemerkte, wie die feinen Rillen auf der Stirn ihres Gegenübers immer tiefer wurden.

„Mit dem Wissen über die Herkunft eines Menschen habe ich auch das Wissen über sein ungefähres Aussehen. Wie ich eben erwähnt habe, besitzt die John Moores Universität in Liverpool eine ganz spezielle Abteilung für die Rekonstruktion von Gesichtern und arbeitet eng mit Scotland Yard zusammen. Das sollte an Information vorerst reichen. Alles Weitere erkläre ich Ihnen von unterwegs.“ Fragend schaute sie ihr Gegenüber an. „Sollen wir dann?“

Um zu dem Institut für Rechtsmedizin zu gelangen, mussten sie quer über das Gelände der Duisburger Sana-Kliniken fahren. Müde Gestalten, deren Gesichter die Strapazen der vergangenen Nacht nur erahnen ließen, kreuzten ihren Weg. Kleine Gruppen von Reinigungsteams eilten mit bunten Plastikeimern von Gebäude zu Gebäude. Weiter oben stand eine Handvoll Krankenschwestern in der Einfahrt zur Notaufnahme. Die erste Zigarette nach der letzten Schicht rauchten sie im Windschatten eines Notarztwagens.

Als sie die schwere Schiebetür zur Gerichtsmedizin aufzogen, empfing sie ein übel riechender Gestank.

Chlor und Formaldehyd überlagerten schwach Fäulnis und Verwesung. Dem Aroma nach waren die zwölf vorhandenen Kühlfächer doppelt und dreifach belegt. Fröhlig schritt die Edelstahlfächer ab und drückte eine der offen stehenden Türen mit der Nummer acht darauf lässig ins Schloss.

In der Mitte des weiß gefliesten Raumes standen drei Obduktionstische hintereinander aufgereiht. Alle waren sie mit grünen Tüchern abgedeckt, sodass der Besucher nur erahnen konnte, was sich darunter befand. Silberne Edelstahlwannen an den Kopfenden hielten Zangen, Messer, Sägen, Meisel, diverse Haken und alles, was man sonst noch benötigte, um einen Menschen zu zerteilen, bereit. Fröhlig griff wie selbstverständlich zu einer der kleinen blauen Dosen und schmierte sich die stark nach Eukalyptus riechende Paste unter die Nase.

Die Gerichtsmedizin wirkte wie ausgestorben. Keine Spur von Mel noch von ihrer Assistenz.

„Hallo, jemand zu Hause?", rief Fröhlig lauter als gewollt.

„Ich vermute, dass Frau Dr. Kramer zu Hause ist und schläft", meldete sich Julia neben einem der Obduktionstische zu Wort.

Ungern gab er ihr recht, aber da konnte was dran sein. So wie er Mel einschätzte, hatte die Gute bestimmt doppelt und dreifach Schichten gefahren. Aus dem Augenwinkel heraus konnte er beobachten, wie Julia neugierig die grünliche Decke anhob.

„Das würde ich an Ihrer Stelle lieber unterlassen, Frau Kollegin. Denn das, was da so gut riecht, ist nur der Vorbote dessen, was sich darunter befindet."

„Er hat recht, Frau Doktor Stern. Das da drunter ist wahrlich kein schöner Anblick." Aus der kleinen Teeküche kam eine völlig übermüdete Assistenzärztin, die bei ihrem Anblick lauthals zu gähnen anfing.

„Guten Morgen, Manjula. Na, eine kurze Nacht gehabt?" Die Frage beantwortete die Ärztin mit einer weiteren Gähnattacke. „Wo finden wir Frau Dr. Kramer?"

„Warten Sie, lassen Sie mich überlegen", gähnte die Frau erneut halb schlaftrunken, knöpfte den weißen Assistenzkittel akkurat zu und zog ihn glatt. „Ich glaube in der Sechs, nein, warten Sie", verbesserte sie sich schnell. „Die Acht. Frau Dr. Kramer liegt in der Acht. In der Sechs war sie gestern."

Er überlegte, was genau sie damit meinte, in der Acht. Dann fiel es ihm wie Schuppen von den Augen.

Das würde Mel ihm nie verzeihen.

Ihre grau-grünen Augen funkelten im Licht der Neonröhren, als er sie aus der Leichenkühlzelle zog.

„Entlein, bist du das?" Die Augen blinzelten im Gegenlicht der Deckenbeleuchtung wässrig.

„Kannst du mir in drei Teufels Namen mal erzählen, wieso du in einem Kühlschrank für Leichen liegst?", versuchte er im aufrechten Ton seiner Empörung sich zu rechtfertigen.

„Die Einheit hier funktioniert seit Monaten nicht mehr und außerdem liegt man darin gar nicht mal so schlecht."

Melanie Kramer setzte sich aufrecht hin und hüpfte lässig von der Leichenmulde herunter. Sie sah fürchterlich aus. Dunkle Ringe unter den Augen und der desaströse Zustand ihrer Gesamterscheinung verrieten ihm, dass sie die letzten zwei Tage die Gerichtsmedizin nicht verlassen hatte. „Wo ist sie, hast du sie mitgebracht?"

Er nickte schweigend in die Richtung der Teeküche.

Julia Stern stand mit dem Rücken zum Raum und betrachtete fasziniert ein Gerät, das auch aus einem Baumarkt hätte stammen können.

„Hallo Frau Doktor Stern, was Sie da in Händen halten, ist eine oszillierende Autopsiesäge. Damit sägen wir gewöhnlich die Schädeldecken und Thoraxe unserer Patienten auf.“ Dabei griente Mel wie ein Honigkuchenpferd. Es war beruhigend zu sehen, dass sie nicht die Einzige war, die seit gut achtundvierzig Stunden die Kleidung nicht gewechselt hatte.

„Sie haben auf den Anrufbeantworter von Kriminalkommissar Fröhlig gesprochen.“

„Ja genau. Ihr kleines süßes Näschen hat Sie nicht getäuscht, Frau Kollegin.“ Dabei tippte Mel sich kurz hintereinander mit der Fingerkuppe gegen die Nasenspitze. „Zu Anfang, zugegebenenermaßen, hatte ich meine Zweifel, doch inzwischen liegen mir die ersten Ergebnisse vor. Wenn Ihre Freundin in Liverpool tatsächlich in der Lage ist, aus den gewonnenen Daten ein Gesicht zu rekonstruieren, ziehe ich ernsthaft meinen Hut vor ihr.“

„Das hat nicht das Geringste mit Zauberei zu tun, das ist reine Wissenschaft“, sagte Julia in sich hinein.

Mel zog die orangefarbenen Mappen mit den Ergebnissen der Isotopen-Analyse von der Ablage und gab sie Frank.

„Hier steht, dass die abgeschlagenen Köpfe aus der Ukraine, Deutschland, Italien, Südafrika und England stammen. Was ist mit Torso Nummer sechs? Was wissen wir inzwischen über ihn?“

„Tja, viel ist es nicht, was ich dir anbieten kann. Der Gute war Asiate, genauer gesagt stammte er aus dem Süden Chinas, aus der Provinz Guangxi. Das ergab der Abgleich aus mtDNA und Isotopenanalyse. Ich habe mir erlaubt, Muskelgewebe zu entnehmen. Das Alter des Toten liegt schätzungsweise bei Mitte bis Ende zwanzig", wobei ihr Daumen wie ein Lämmerschwanz hin und her wackelte. „Was interessant ist, denn alle männlichen Opfer befanden sich nahezu in demselben Alter. Wenn auch die Todesursache nicht überrascht, gibt doch die Art der Ausführung tiefere Einblicke in die Vorgehensweise. Ein schneller Hieb mit einer sehr scharfen Klinge. Und da die Schneide die Hälse der Opfer überragte, tippe ich auf ein Schwert, eine Spaltaxt oder was Vergleichbares. Wäre die Klinge nur um wenige Zentimeter kürzer, hätte er mehr als nur einen Schlag benötigt. Hier, seht ihr", sie deutete mit dem Finger auf den Ausschnitt, der die Schnittränder abbildete. „Mit einem einzigen Hieb waren sämtliche Schlagadern durchtrennt, was augenblicklich zu einem großen Verlust an arteriellem Blut führte. Das Fiese daran ist, zur Zeit der Enthauptung war der arme Teufel noch am Leben!"

„Und wie kommen Sie darauf, Frau Doktor Kramer? Er wird es Ihnen ja wohl kaum mitgeteilt haben."

„Im Prinzip schon! Nur weil sie tot sind, bedeutet es nicht zwangsläufig, dass sie nicht zu uns sprechen. Beide Lungenflügel waren mit Blut gefüllt. Bei Halsschnitten ist die Blutaspiration, also das Verschlucken des eigenen Blutes, nicht ungewöhnlich. Bei einem Kehlschnitt wird auch die Luftröhre durchtrennt und damit ist die Luftzufuhr unterbrochen. Also beginnt der Körper, nach Luft zu schnappen. Doch anstelle der so dringend benötigten Atemluft saugt die Lunge das eigene Blut ein. Faktisch ist es ein wenig wie Ertrinken, würde man nicht vorher verbluten. Erwähnenswert wäre da auch noch der Umstand, dass es sich bei dem Toten hier um das bisher letzte Opfer handelt. Hinzufügen möchte ich in diesem Zusammenhang noch, dass wir den Kopf des Mannes noch immer nicht gefunden haben. Doch dazu später mehr."

Fröhlig ließ die Seiten der Akte über den Daumen laufen. „Gibt es Parallelen zwischen den Opfern, etwas, das uns aus Sicht der Gerichtsmedizinerin weiterbringt? Ich meine, bei siebzehn Toten muss es doch irgendwelche Übereinstimmungen geben. Wie alt sie waren, Größe, Krankheiten, erbliche Krankheiten, Krankheiten im Allgemeinen, Zahnabdrücke? Gib uns irgendetwas, das uns weiterbringt, Mel." Er warf die Akte achtlos auf einen der Tische.

„Also gut." Mel griff nach ihr und klappte sie auf. „Unsere männlichen Opfer waren zu Lebzeiten alle unter dreißig, bei bester Gesundheit und allen wurde mit dem gleichen Gegenstand der Kopf von den Schultern getrennt. Wie schon gesagt, ergab die mtDNA- sowie die Isotopenanalyse Übereinstimmungen. Es müsste schon mit dem Teufel zugehen, sollte es sich dabei um einen Zufall handeln. Bisher konnte ich drei Frauen drei Männern zuordnen, vermutlich Pärchen. Eines stammt aus Südafrika, eines aus Italien und das Letzte kam aus der Umgebung rund um Sellafield in England. Die morphometrische Untersuchung der Inselbewohner ließ keinen Zweifel offen." Bei dem Gedanken daran huschte ihr ein winziges Lächeln über das Gesicht. „Nein, Spaß beiseite, das wissen wir nur deshalb so genau, weil wir Plutonium 239 in ihrem Knochenmark nachweisen konnten. Sellafield war seinerzeit das englische Manhattan-Projekt der Amis und genauso dreckig. Tschernobyl und Fukushima kamen aufgrund der Zusammensetzung von Alpha-, Beta- und Gammastrahlung nicht infrage."

„Das war doch schon mal ein Anfang, Mel." Und gar kein so übler, wie er fand. England und Italien hörten sich vielversprechend an. Das waren zivilisierte Länder mit einer gut funktionierenden Bürokratie. Vielleicht lag den Konsulaten schon eine Vermisstenanzeige vor? Südafrika hingegen … Wo genau befand sich eigentlich die ständige Vertretung von Südafrika? Köln, Düsseldorf oder noch weiter weg?

„Bei den Frauen", fuhr Mel fort, „konnte ich innerhalb dieser Gruppe zwei wesentliche Unterscheidungsmerkmale ausfindig machen. Alle elf Frauen waren zum Todeszeitpunkt um die ein Meter fünfzig groß. Plus minus einen Zentimeter. Was zu präzise ist, als dass es ein Zufall sein kann. Aber den markantesten Zusammenhang fand ich im Alter der toten Frauen. Fünf waren allesamt nicht älter als Anfang bis Mitte zwanzig, was sich aus den Knochenkernen, Wachstumsfugen und der Knochenbälkchenstruktur der Oberarmköpfe ergab. Bei den fünf Frauen gab es auch die meisten Übereinstimmungsmerkmale mit den Enthaupteten. Was mich zu der Annahme führt, dass sie im selben Zeitraum ermordet wurden."

Die Gerichtsmedizinerin wechselte schweigend zu einem der anderen Tische. „Diese hier gehörten zu seinen ersten Opfern." Vorsichtig schlug sie die grüne Decke beiseite und legte unzählige Knochenfragmente frei. „Das hier sind die sterblichen Überreste von sechs Frauen. Seine ersten Opfer. Keine war jünger als sechzig." Fröhlig kam nicht umher zu bemerken, dass ihre Stimme leicht brach. „Degenerative Skelettmerkmale an der Schädelnaht verweisen auf diese Altersgruppe." Beinahe schon zärtlich strich sie über die Wölbung eines der Schädel. „Unser Körper bildet im Alter immer weniger an Eiweiß und Kollagen aus. Sprich, die Knochendichte nimmt im Verhältnis zum Älterwerden ab und lässt sich dadurch leichter brechen. Einige hier", ihr Zeigfinger kreiste über einer Anhäufung an Knochenfragmenten, „sind an den Übergängen zu den Kugelgelenken herausgebrochen oder unter extremer Gewalteinwirkung zertrümmert worden. Eine Übereinstimmung gibt es in der Art, wie er abschließend mit beiden Gruppen verfahren ist. Die Knochen wurden bei allen elf gekocht und anschließend in Ätznatron gebleicht. Es gehört zwar nicht zu meinem Aufgabengebiet, Frau Doktor Stern, aber, wenn ich Sie wäre, würde ich Kannibalismus nicht ausschließen. Es gibt keine Zahnabdrücke und auch keine Zahnzementringe, die ich in einer Datenbank abgleichen könnte. Alle Ober- und Unterkiefer sind zahnlos. Weil er sie herausgebrochen hat!"

So hatte er Mel noch nie erlebt. Sie war immer bester Laune und verfügte über einen besonders robusten Humor. Vermutlich brauchte man den auch in ihrem Beruf.

Bestimmt hätte sie es nicht vergessen zu erwähnen, aber er musste einfach fragen. „Was ist mit unseren Schrumpfköpfen?"

Schweigend ging sie zu einem der gefliesten Arbeitstische, der an der Wand stand. „Bei der traditionellen Herstellung solcher rituellen Trophäen wird dem Opfer unterhalb des Halswirbelansatzes ein Schnitt zugefügt. Ungefähr hier." Sie legte ihren Finger in seinen Nacken und vollzog eine geradlinige Bewegung nach oben. So kalt wie sich ihr Finger anfühlte, erinnerte er ihn an einen Sargnagel. Erst als sie auf der Mitte seines Kopfes angekommen war, stoppte ihre Aufwärtsbewegung.

„Im Anschluss wird die Haut vom Schädel gelöst. In Fachkreisen nennt man diese Prozedur auch ‚aus der Maske schlagen'. Um also einen schönen kleinen Schrumpfkopf herzustellen, benötigst du nichts weiter als dessen Epidermis. Klingt komisch, ist aber so! Wenn also die Maske vom Knochen gelöst ist, werden ihr direkt im Anschluss mit grobem Garn Augen und Mund vernäht. Man sollte sich dabei nicht allzu viel Zeit lassen, denn das geht nur so lange, wie die Haut noch frisch ist. Ansonsten reißt sie bei dem Versuch, das Garn festzuziehen. Nasen- und Ohrenöffnungen werden anders als Augen und Mund nur verstopft." Zur praktischen Untermalung deutete sie auf einen der

Schrumpfköpfe. „Dafür reichte eine ortsübliche Lehm- oder Baumharzmischung. Den Shuar nach, einem indigenen Volk aus dem Amazonasbecken, verhindert das Verschließen der Körperöffnungen, dass der neue Besitzer von Flüchen heimgesucht wird."

„Verdammt, Mel, wieso weißt du so etwas?" Fröhlig war sichtlich beeindruckt, was ihr Wissen über diesen Indianerstamm anging.

Die Gerichtsmedizinerin zuckte gleichmütig mit den Schultern. Dann fuhr sie fort an der Stelle, wo sie auf schmeichelhafte Weise unterbrochen worden waren.

„In der Sprache der indigenen Shuar werden solche rituellen Kriegstrophäen auch Tzantza genannt. Was übersetzt nichts anderes als Kopftrophäe heißt. Um allerdings einen solchen Tzantza herzustellen, musste eine exakte Abfolge beachtet werden. Zu Anfang wird ein Sud aus Wurzeln und Kräutern angesetzt. Wenn das Wasser exakt sechzig Grad erreicht hat, wird die Maske des Toten hinzugefügt. Das bringt die Kollagenfasern der Haut dazu, sich zusammenzuziehen. Was entscheidend für den eigentlichen Schrumpfungsprozess ist. Ein klassischer Tzantza, müsst ihr wissen, ist nur ein Fünftel so groß wie das Original. Wird das Wasser zu heiß, kann es passieren, dass die Maske reißt oder sich die Haare von der Kopfhaut ablösen. Ist es zu kalt, ziehen sich die Kollagenfasern nicht zusammen. Hat der Krieger hingegen alles richtig gemacht, wird die Haut im Anschluss mit heißem

Sand verfüllt und Rauch ausgesetzt. Das beschleunigt nicht nur den Trocknungsprozess, es konserviert den Tzantza auch gegen das zersetzende Klima des Amazonas. Und zu guter Letzt wird die Haut unter Zuhilfenahme eines heißen Steins geglättet. Et voilà, fertig ist dein ganz persönlicher Tzantza. Das ist auch der Grund, warum die Haut die Oberfläche und Widerstandskraft von Glattleder besitzt. Und das trotz der Zeit, die sie im Wasser gelegen hat! Erinnerst du dich noch an Glatze, Entlein?" Die Frage war rhetorischer Natur.

Fröhlig blickte herüber zu der düster dreinblickenden Kugel, die ihn mit zugenähten Augen finster anstarrte.

„Das war der Kopf, der das Ganze erst ins Rollen brachte." Mel hatte sichtlich Spaß an ihren kleinen Wortspielchen.

„Wir lagen völlig falsch, nein, ich lag falsch. Unter Zuhilfenahme der Infrarotreflektografie habe ich bei dem Kleinen noch etwas ganz anderes zum Vorschein gebracht. Unterhalb der Hakenkreuztätowierung wurde eine kaum ausgeprägte Läsion sichtbar. Mit dem bloßen Auge nicht zu erkennen, aber im Ultrarotspektrum eine unverkennbare Verwesungsspur. Eine von der Art, wie sie nur dann entsteht, wenn der Organismus schon abgestorben ist. In diesem Fall Glatze hier. Was wiederum bedeutet, dass er schon tot war, als unser Mörder ihn aus der Maske geschlagen hat. Für die Krieger der Shuar hingegen war es existenziell, die Köpfe ihrer Gegner sofort zu verarbeiten. Denn nur so konnten sie sichergehen, der Rache ihrer Opfer zu entgehen."

„Du kommst uns doch jetzt nicht mit irgendeinem okkulten Märchen, oder? Wonach der Geist der Verstorbenen auf Rache aus ist." Woraufhin er eine ausladende Geste vollzog.

„Blödsinn, Entlein, natürlich nicht. Ich bin Wissenschaftlerin und keine Märchentante. Will sagen, er verbessert auch hier mit jedem weiteren Opfer die Technik, wie auch bei den Frauen. Die nachfolgenden Schrumpfköpfe hat er sofort verarbeitet, diesen aber erst nach seinem Tod. So, ihr beiden Hübschen, kommen wir jetzt zu meiner Theorie, wo Kopf Nummer sechs abgeblieben ist." Dabei klatschte sie in die Hände und rieb wie aus Freude die Innenflächen aneinander. „Versucht euch vorzustellen, wie ein Krieger der Shuar mit seiner Trophäe am Gürtel stolz durch den Dschungel lief. Aus heutiger Sicht erscheint es grausam und makaber, doch aus der Sicht eines Indigenen machte es Sinn, die Kopfhaare als Befestigung zu benutzen. Ressourcen sind knapp, weswegen alles eine nützliche Verwendung findet.

Nach spätestens zwölf Monden waren die Kraft und der Mut des Toten auf den Träger übergegangen. Der Tzantza hatte damit seinen Zweck erfüllt. Er hatte für den Träger keinerlei Wert mehr, weswegen er den Kopf achtlos ins Dickicht des Dschungels warf.

Und hier kommt eine nicht unerhebliche Abweichung zu den Plagiaten, die wir im Pool gefunden haben. Um im feuchtwarmen Klima des Amazonasbeckens Fleisch zu konservieren, wird es bis heute geräuchert. Was die ebenholzfarbene Oberfläche bei Schrumpfköpfen aus jener Zeit erklärt. Unsere hingegen sind entschieden heller." Sie blätterte einige Seiten vor und reichte ihnen mehrere Farbkopien. „Das sind original Aufnahmen, sie stammen aus einem Museum in Ecuador. Hier könnt ihr ganz deutlich den Farbunterschied zu einem Schrumpfkopf aus der viktorianischen Epoche erkennen."

„Ha!", schrie Fröhlig unvermittelt laut auf und ballte die Faust in Siegerpose. „Habe ich doch recht gehabt! Viktorianische Epoche."

„Ja, unser Frank ist ein ganz Schlauer, und wenn du gleich rausgehst, gibt dir die Tante auch ein Bonbon." Frank quittierte diese Frechheit mit überlegender Ignoranz. „Also, unsere sind um einige Farbschattierungen heller als die echten. Fast schon blass, möchte man sagen." Mel richtete den Blick auf die Reihe abgeschlagener Köpfe. „Das bedeutet, dass unser Täter zu Anfang seiner Karriere über ein entscheidendes Detail noch nicht verfügt hat."

„Wenn wir davon ausgehen, dass es sich bei unseren Opfern um Pärchen handelt – müsste der Chinese dann nicht auch eine Freundin haben?" Franks Augen wanderten zu dem Tisch, auf dem der enthauptete Asiate lag.

Die Gerichtsmedizinerin schüttelte müde den Kopf. Auch wenn sie es nicht wahrhaben wollte, sie sah fürchterlich aus. Inzwischen tat es ihm fast schon leid, sie aus dem Leichenkühlschrank gezogen zu haben. „Könnte es dann nicht auch sein, dass die Chinesin noch lebt?" Fragend blickte er zwischen den beiden Frauen umher.

„In Entführungsfällen von Sexualstraftätern bleiben den Opfern statistisch zwischen zweiundsiebzig und neunundsiebzig Stunden." Der Roboter vom LKA war aus der Wartungsstarre erwacht. Julia hatte wieder diesen unbestimmten Tonfall angenommen. „Danach ist die Wahrscheinlichkeit, die Person noch lebend aufzufinden, nahezu gleich null." Warum sollte sie es schönreden, wenn damit niemandem geholfen war? Weder dem Opfer noch ihren Ermittlungen.

„Und was, wenn nicht? Was, wenn sie genau in diesem Moment um ihr Leben bettelt? Ist das für Sie wirklich so abstrakt, dass Sie es nicht einmal in Erwägung ziehen? Vielleicht stimmen Ihre Theorien mit dem realen Leben nicht immer überein? Darüber schon einmal nachgedacht, Frau Doktor Stern?" Ungewollt hatte er sich in Rage geredet, doch wenn sie falschlag, hätte sie nicht nur einen Fehler begangen. Sie hätte damit auch das Schicksal einer jungen Frau besiegelt.

„Das habe ich weder so gesagt noch gemeint." Sein Ton gefiel ihr nicht, sie konnte ihn in Teilen aber nachvollziehen.

„Was ich zum Ausdruck bringen wollte, ist, wie wir unsere Bemühungen darauf lenken sollten, die Lebenden zu schützen und nicht …", weiter kam die Frau vom LKA nicht.

„Nicht die Toten, das wollten Sie doch gerade sagen," fiel er ihr ins Wort. Auch wenn er es nicht gerne zugeben wollte, hatte Julia recht. Warum also steigerte er sich so hinein? Die Chinesin war nicht das erste Opfer einer Gewalttat, das nach einer Zeit x aus der Gleichung gestrichen wurde, und für Sentimentalitäten war er definitiv zu jung. Schaute Julia ihn jetzt gerade an oder ging der Blick an ihm vorbei? Schon bei normalen Frauen grenzte es ans Unmögliche, zu erraten, was sie von ihm wollten. Sie hingegen setzte der ganzen Sache die Krone auf. Glaubte er gestern sie zu verstehen, war sie heute wieder ein Buch mit sieben Siegeln, auf Sumerisch, inklusive einer 265-Bit-Verschlüsselung. Verstehe einer die Frauen! Blickte sie ihn jetzt an oder nicht? Egal!

„Es mag ja sein, dass Sie in Ihrem schönen Düsseldorf einen Menschen statistisch recht schnell aus Ihrer Gleichung streichen, wir hier in Duisburg tun das nicht, Frau Kollegin Stern!" Das kam härter rüber als beabsichtigt.

„Ok, das war's, Kinder. Jetzt geht jeder schön zurück in seine Ecke und wir kommen alle mal wieder runter, ja?" Mel verzog die Augen zu schmalen Schlitzen und beäugte die beiden Streithähne mahnend.

„Frank, wir wissen doch noch gar nicht, was wirklich mit der Asiatin passiert ist. Und ob sie überhaupt existiert. Genauso gut kann unser Chinese auch Single sein. Schließlich gibt es im Reich der Mitte mehr Männer als Frauen. Du bist ein hervorragender Ermittler mit einem außerordentlich guten Gespür, was solche Fälle angeht. Vielleicht kommt für die Frau aber auch jede Hilfe zu spät und du verschwendest kostbare Zeit und Ressourcen darauf, einer Toten hinterher zu jagen. Ja, vielleicht setzt du sogar ein weiteres Leben unnötig aufs Spiel. Überlege dir also gut, ob dein Ego so wichtig ist, dass du dafür ein weiteres Menschenleben riskierst?"

Missmutig warf er der Gerichtsmedizinerin einen abschätzigen Blick zu. Auf welcher Seite stand Mel eigentlich?

„Frank, ich glaube inzwischen, dass Sabine eurer Zusammenarbeit nicht ganz ohne Grund zugestimmt hat. Vor mir stehen zwei erfahrene Ermittlungsbeamte, die vom Wesen her nicht unterschiedlicher sein könnten. Sie, Frau Kollegin Stern, verkörpern das Rationale, den analytischen Part in eurer unheiligen Allianz. Und du, Frank, besitzt die Straßenschläue und das feine Näschen einer waschechten Promenadenmischung." Dabei tippte sie sich mit der Fingerspitze gegen die eigene Nase.

Ihm war nicht ganz klar, wie sie das gerade gemeint hatte. War das als Kompliment zu verstehen oder nur der klägliche Versuch, ihn Julia gegenüber gut dastehen zu lassen?

„Ihr seid beide Menschen, die das Leid der Opfer nicht kaltlässt. Wenn ihr beiden also euren Zwist nicht schnellstmöglich beilegt – und mir ist ehrlich gesagt scheißegal, wie ihr das anstellt –, wird dieses Monster da draußen ungestraft weiter Jagd auf Unschuldige machen. Und wir wissen doch alle, er wird erst dann damit aufhören, wenn ihr ihn stoppt. Kommt mal mit, ich möchte euch was zeigen.“ Mel löste sich und ging in Richtung der Teeküche. „Na los, ich bin mir sicher, das wird euch gefallen. Seht ihr die fünf unscheinbar wirkenden Plastikeimer? Die, die so aussehen, als würden wir da drinnen unsere alten Putzlappen aufbewahren?“ Er kannte Mel inzwischen lange genug, um auch zwischen den Zeilen lesen zu können. Sie wartete gar nicht erst auf die Antwort und öffnete einen der Deckel. Der bestialische Gestank, der sie augenblicklich umschloss, löste bei beiden einen Würgereflex aus. Julia schaffte es gerade so noch, nach einer Nierenschale zu greifen. Ihm selber gelang es, den aufsteigenden Mageninhalt wieder herunterzuwürgen. „Gott, Mel!“ Als wenn es was brächte, hielt er sich schützend den Ärmel vor den Mund.

„Was zum Teufel ist das?“

„Nachdem der Pool trockengelegt war, fanden wir im Schlamm mehrere Plastiktüten." Sie hörte, wie ihre eigene Stimme anfing zu beben. „Das sind alles Innereien, die schwer oder gar nicht zu verdauen sind. Fünf Eimer, mehr ist von seinen jüngsten Opfern nicht übrig geblieben. Dieser Freak ist extremst gestört. Wer so etwas anderen Menschen antut, der gehört …“ Sie hielt inne, rang hörbar um Fassung.

Er konnte sich nicht daran erinnern, dass Mel die Neutralität der Gerichtsmedizinerin jemals aufgegeben hatte. Der Fall schien ihr mehr an die Nieren zu gehen, als gut für sie war.

Mit einer Sache hatte sie allerdings recht. Dieses kranke Individuum musste schnellstmöglich zur Strecke gebracht werden. Dafür brauchten sie allerdings die Unterstützung des gesamten Teams. Das volle Programm, Aktenführer, Tatortermittler, Kommissionsleiter, eine Heerschar an Ermittlern. Mel war emotional angeschlagen, angesichts der Umstände konnte er das gut nachvollziehen. Was aber nicht automatisch bedeutete, dass er genauso empfand.

„Okay, war es das, Mel?"

„Fröhlig, du bist und bleibst ein Arsch! Und ich bereue den Tag, an dem wir ..." Mitten im Satz brach sie ab, spürte den bohrenden Blick im Nacken.

„Wenn der Chinese, wie Frank vermutet, tatsächlich eine Partnerin hatte, wo befindet sie sich jetzt?" Julia stellte die Frage in erster Linie nicht der Frage wegen. Vielmehr diente sie der Kollegin dazu, Raum zu schaffen.

„Was genau meinen Sie damit?", nahm Mel das kleine Ablenkungsmanöver dankbar auf.

„Ist es möglich, dass er die Chinesin woanders abgelegt hat oder sie tatsächlich noch am Leben ist?" Der private Kram zwischen der Gerichtsmedizinerin und Frank ging sie nichts an. Sie hatte mit ihm ebenfalls Sex gehabt, mehr nicht. Mehr wollte sie auch nicht und trotzdem verspürte sie eine winzige emotionale Regung.

„Das wäre im Rahmen des Möglichen, aber wenn Sie mich fragen, glaube ich nicht daran. Nein, das glaube ich nicht."

„Sie glauben?" Julia hob die Stimme beim letzten Wort merklich an.

Die Gerichtsmedizinerin begriff, worauf sie hinauswollte. Aber sie wollte auch nicht lügen. „Die Chance dafür, dass die Frau noch am Leben ist, liegt bei unter einem Prozent." Und vergrub beide Hände tief in den Taschen ihres weißen Kittels.

„Aber es gibt sie?", bohrte Frank nach.

Julia Stern war eigentlich nicht daran gelegen, Hoffnungen zu säen, wo es keine gab. Aber manchmal, das wusste sie aus eigener leidvoller Erfahrung, reichte dem menschlichen Geist ein einzelner Strohhalm, um nicht zu ertrinken. Etwas, an das sich das Bewusstsein klammern konnte, um am Leben zu bleiben. Doch wenn sich partout kein Strohhalm finden ließ? In Gedanken hielt sie inne. Fing an, das, was war und das, was sein konnte, gegeneinander aufzuwiegen. Nein, sie war forensische Psychologin und keine mystische Kassandra, die jene Kraft der Prophezeiung besaß. „Entschuldige, Frank, sie ist tot!" Und damit war das Thema für sie abgeschlossen.

8. Kapitel

„Mir ist schleierhaft, Frau Hauptkommissarin Stern, wie Ihnen das Leben eines Menschen so dermaßen am Arsch vorbeigehen kann."

„Darum geht es nicht, Herr Kriminalkommissar Fröhlig. So leid es mir auch tut, Sie Ihrer Illusion zu berauben, aber die Frau ist nicht mehr zu retten, wenn es sie überhaupt gibt."

Mächtige kahle Platanen, deren Äste wie knorrige Finger in den Himmel ragten, säumten den Straßenrand.

Sie hatte es vorgezogen, die silberfarbene Limousine entgegen seiner Empfehlung direkt vor dem Haupteingang der PI Mitte zu parken. Es hatte wieder angefangen zu regnen und sie hatte keine Lust, mit nassen Haaren das Präsidium zu betreten. So wie sie keine Lust hatte auf unbequeme oder kratzige Kleidung, auf laute Geräusche und zu enge Beziehungen. Oder Fragen, deren eigentlicher Sinn darin bestand, sich wie selbsterfüllende Prophezeiungen zu verhalten. Der Sex mit ihm war ganz in Ordnung gewesen. Was durchaus für ihn sprach. In Ordnung war auch, dass sie ihre Orgasmen bekommen hatte und er eine Zeit lang mithalten konnte. Nicht in Ordnung war, dass er sich nicht an die getroffene Vereinbarung hielt. Sie hatten die Nacht miteinander verbracht und jetzt entwickelte er zunehmend Emotionen für sie. Was dem Umstand geschuldet war, dass er als Mann das Weibchen penetrierte. Viele seiner Artgenossen steckten in diesem regressiv evolutionären Stadium noch immer fest. Vergeblich hatte sie versucht, ihren Liebhabern dieses Verhalten abzuerziehen. Zu Anfang mit einer Variante der Pawlowschen Methodik-Konditionierung durch Sex. Ein schneller Fick, ohne danach auf gesellschaftlich genormte Verpflichtungen zu bestehen. Es ging ihr schließlich immer nur um Sex und nicht um die Wahl zur Päpstin.

Das war mit der Grund dafür, warum sie am nächsten Morgen die dritte Person Plural bevorzugte. Das zeigte allen Beteiligten nicht nur eine imaginäre Grenze auf, es verhinderte auch die peinlichen Nachwehen einer unverbindlichen Nacht.

Im vorderen Sicherheitsbereich der PI Mitte warteten schon die üblichen Verdächtigen. Zwei heruntergekommene Gestalten, vermutlich beide wegen BTM vorgeladen. Eine Hochschwangere, deren fettiges Haar strähnig auf der Stirn klebte, sowie einige Südosteuropäer, deren Verständnis für das Eigentum anderer regelmäßig mit der ganz allgemeinen Vorstellung von gerechter Kapitalumverteilung kollidierte.

Erst als der diensthabende Beamte Fröhlig identifizierte, öffnete sich die zweite Schleusentür.

„Frank, hast du mal einen Augenblick?" Fröhlig kannte den Kollegen gut. M. hatte sich damals gegen jede Erwartung für ihn ausgesprochen. Polizeikommissar Jens Feldmann war damals zu einem Einsatz gerufen worden. Ein Wort ergab das nächste, und laut Zeugenaussagen brauchte er weniger als zehn Minuten, um das Vereinsheim in Schutt und Asche zu legen. Nachdem der Vorwurf des übertrieben harten Einsatzes vom Tisch diskutiert war, attestierte ihm der Polizeipsychologe eine bipolare Störung. Kurzum, die Dienststellenleitung befürchtete, dass der Gute über kurz oder lang jemandem den Schädel wegblies. Entweder den eigenen oder den eines anderen, da war man sich zu dieser Zeit nicht ganz sicher. Feldmann versah seitdem nur noch unbewaffneten Innendienst, wurde von einer Abteilung zur nächsten weitergereicht, bis er im Pfortenbereich des Präsidiums die letzten Jahre fristen sollte. Seitdem wartete er mit einem Becher Kaffee in der Hand, tagein, tagaus auf den ruhmlosen Tag seiner Pensionierung.

„Jens, was kann ich für dich tun?"

„Mir ist zu Ohren gekommen, dass M. dich wieder ermitteln lässt?"

Die Behörde war ein einziger Tratschhaufen. „Wer erzählt denn so was?" Fröhlig versuchte gar nicht erst, ihm einen Bären aufzubinden. Schließlich war Feldmann immer noch einer von ihnen und damit nicht ganz auf den Kopf gefallen.

„Lass es mich so formulieren: Das hat mir ein Vögelchen gezwitschert. Wie auch immer, Frank, gestern kurz vor Dienstschluss war noch so ein junges Ding bei mir, Marke Pädagogikstudentin. Hennagefärbtes Haar,

Schlabberpulli und blass wie ein Vampir. Die wollte eine Vermisstenanzeige aufgeben."

„Okay, spannend, aber was hat das mit mir zu tun? Ich bin vom KK 11. Vermisste und Menschenhandel macht das KK 12. Das solltest du aber inzwischen wissen, Jens." Und richtete die Fingerpistole auf ihn.

„Haha, lustig", Feldmann lachte hohl auf. „Etwas hat mich an der Maus gestört. Nichts, was man greifen kann, vielmehr so ein Gefühl. Ich war lang genug auf Streife, um den Unterschied zwischen Hysterie und aufrichtiger Fürsorge zu erkennen. Sie erzählte mir das, was sie auch dem Kollegen vom KK 12 schon zuvor erzählt hatte. Ich kann es nicht mit Bestimmtheit sagen, was es war, das mich an ihrer Erzählung störte. Ob es die Art war, wie sie es geschildert hat, oder die Angst in ihrer Stimme. Auf jeden Fall hörte es sich nicht wie eine der üblichen Vermisstenanzeigen an. Weißt du, was ich meine? Irgendetwas daran war anders."

„Komm zur Sache, Jens. Ich habe einen Termin mit meiner Ex." Was gelogen war.

„Ich will dich und deine niedliche Praktikantin ja auch gar nicht lange aufhalten, schau einfach mal drüber." Er schob ihm konspirativ zwei ordentlich zusammengefaltete DIN-A4-Blätter über die Theke. „Das ist das Gedächtnisprotokoll."

Fröhlig drehte sich fragend zu Julia herum. Feldmann hatte recht. Auf die Entfernung wirkte sie in der Tat wie ein Überbleibsel der Generation X. Oder wie er sie auch gerne bezeichnete: die Pommes-Generation.

Er kannte Jens Feldmann gut genug, um zu begreifen, dass er nicht grundlos einen Gefallen einforderte. „Okay, Feldmann, sobald ich die Zeit finde, werfe ich einen Blick drauf, großes Indianerehrenwort."

„Was wollte er?" So wie Julia da in der Tür des Aufzugs stand, machte sie den Eindruck, in einer Lesbendisco die Rausschmeißerin zu sein.

„Es ging um einen Gefallen, den ich ihm tun soll." Mehr musste sie nicht wissen. Mit tief in die Hosentaschen vergrabenen Händen lehnte er sich lässig an die Kabinenwand.

„Ist Ihnen in letzter Zeit mal die Frage gekommen, warum unser Täter sich plötzlich nur noch für Pärchen interessiert? Ich meine, das Risiko von einem der männlichen Opfer selbst überwältig zu werden, ist ja nicht ganz unerheblich. Aus der Erfahrung heraus gehen Täter, die selbst Gefahr laufen, zum Opfer zu werden, nur sehr widerwillig ein solches Risiko ein. In der Regel ist dieser Tätertyp doch eher feige. Meidet das Licht und agiert am liebsten aus der Deckung heraus. Aber wem erzähle ich das, Frau Doktor Stern? Also, was glauben Sie, warum macht unser Täter das?"

Wollte er sie erneut provozieren? „Das Warum ist durchaus ein Aspekt in der Ermittlungsarbeit, was immer wiederkehrt." Sie entschied sich für Provokation. „Nur so lernen wir, den Täter zu verstehen und können ihm im besten Fall einen Schritt voraus sein. Hingegen kann das Wie uns im besten Fall zu dem Ort des Verbrechens führen."

„Alles schön und gut, Miss Sherlock, aber bei dem Wie treten wir doch ein wenig auf der Stelle. Finden Sie nicht auch? Und das alles nur, weil Ihre mtDNA wichtiger war. Gut, in der Regel wird ein Standard-DNA-Abgleich gerne schon einmal überbewertet. Dafür können wir jetzt mit absoluter Gewissheit sagen, dass eines unserer Opfer definitiv ein Chinese war. Chapeau, davon gibt es ja nur knapp 1,4 Milliarden. Oh, warten Sie, mir kommt da gerade eine geniale Idee." Dabei tippte er sich schnell hintereinander mit dem Finger gegen das Kinn. „Ich fang gleich schon einmal an, eine E-Mail zu verfassen, in der ich frage, ob jemand von denen unseren Mann schon mal zu Gesicht bekommen hat. Oh nein! Das geht ja nicht. Denn unser Mann hat ja gar kein Gesicht!"

„Das wird so auch nicht funktionieren!" Sie kam nicht umhin, zu bemerken, dass er genervt war.

„Aha, und warum nicht, Frau Doktor? Klären Sie mich auf."

„Wie Sie schon richtig bemerkt haben, fehlt ihm der Kopf, und zum anderen sprechen 1,42 Milliarden Chinesen acht verschiedene Dialektgruppen, wovon Google keine korrekt übersetzt. Nur falls Sie mit dem Gedanken gespielt haben, Google für sich zu missbrauchen."

Er bastelte immer noch an einer Retourkutsche, als die Türen des Fahrstuhls sich schleifend öffneten. Julia Stern zuckte leicht mit dem Kopf fragend zur Seite, als er keine Anstalten machte, auszusteigen. „Auf dieser Etage liegt Ihr Büro."

„Ich weiß, aber ich bin zu der Auffassung gelangt, dass es Zeit wird, mit meiner Vorgesetzten über das weitere Vorgehen zu sprechen. Es mag ja zutreffen, dass das LKA gewöhnlich andere Ermittlungsansätze verfolgt. Wir hier machen das nicht. Wir gehen einen sehr klassischen Weg der Verbrechensbekämpfung." Und das aus seinem Mund.

„War es aus deiner Sicht ein Fehler, dass wir Sex miteinander hatten?", fragte sie unvermittelt.

„Was? Nein, das hat doch nichts mit dem zu tun, was letzte Nacht passiert ist." Oder doch? „Du ziehst hier einen Voodoo ab, den ich nicht zu deuten weiß. MtDNA, Isotopen, was soll der ganze Mist? Wir sind hier nicht in Hollywood. Verstehst du eigentlich in deinem abgedrehten Gehirn, was ich versuche, dir zu sagen?"

Sie verstand sehr wohl, nur wollte sie nicht darüber reden. Zumindest nicht jetzt und nicht gerade hier. „Das hat mit Voodoo nicht das Geringste zu tun, Frank. Im Gegenteil, das ist Wissenschaft und zwar eine hoch effektive."

„Wissenschaft am Arsch, Julia!" Fröhlig erschrak innerlich. Was war denn plötzlich in ihn gefahren, dass er sie so anging? „Ich werde jetzt zu meiner Ex gehen und sie festnageln, uns ein ordentliches Ermittlerteam an die Seite zu stellen. Wir können es uns schlichtweg nicht leisten, noch ein weiteres Menschenleben zu riskieren, nur um dein verschrobenes Ego zu befriedigen. Ab sofort werden wir die Ermittlung so handhaben, wie es sich für gute Polizisten gehört." Er glaubte gerade selber nicht, was er da sagte. „Du kannst gerne dein Scherflein dazu beitragen, wenn es um Fragen der Psyche geht. Oder meinetwegen auch, seinen nächsten Schritt vorherzusagen. Aber ansonsten …"

Wie sollte sie das machen? Sie war weder eine Hellseherin noch ließ sie sich zu Spekulationen hinreißen. Er war emotional aufgewühlt, und offensichtlich trug sie einen großen Anteil dazu bei.

Die Tür des Aufzugs öffnete sich erneut und er drängte sich unsanft an ihr vorbei. „Kommen Sie, Frau Stern, jetzt gilt es, echte Polizeiarbeit zu erledigen."

Mit erhobenem Zeigefinger signalisierte sie ihm, kurz auf sie zu warten.

„Was denn jetzt noch?" Er betrachtete das ausdruckslose Mienenspiel und dachte kurz darüber nach, ob das, was er ihr an den Kopf geworfen hatte, die Adressatin überhaupt erreicht hatte.

Sie zückte das Smartphone und überflog die eingegangene Nachricht. Dann verschwand das Gerät so schnell, wie sie es hervorgeholt hatte, zurück in der Gesäßtasche. „Können wir?", fragte sie mechanisch, als sie zu ihm aufschloss.

Die Rocket Giotto Evoluzione Siebträgermaschine war das Glanzstück in ihrem Büro. Wie sonst auch, legte sie als Erstes den kleinen Kippschalter um. Das gute Stück kostete eigentlich vierzehnhundert Euro. Da aber ihr Verlobter der Landesvorsitzende der Liberalen NRWs war, kostete sie das Prachtexemplar nicht einen lausigen Cent. Manche Vergünstigungen waren es wert, dass Frau nicht näher über sie nachdachte.

Leise fing die Maschine an zu röcheln und verbreitete das unwiderstehliche Aroma von gerösteten Espressobohnen in ihrem Büro. Sabine nahm eine der kleinen Tassen von der Ablage und stellte sie andächtig unter den Ausguss. Braun melierte Flüssigkeit tropfte zäh in das weiße Porzellan, als sich die Tür hinter ihr öffnete.

„Wir müssen reden!" Er klang wütender als sonst.

„Guten Morgen, Frank. Was kann ich dir zu so früher Stunde denn schon Gutes tun?" Die Frage war eher platonischer Natur und strotzte nur so vor Sarkasmus.

„Ah, Frau Stern, möchten Sie auch einen frisch gepressten Espresso? Er besitzt einen leicht sardischen Charme, mit der Note von grünem Kardamom", säuselte seine Ex zuckersüß.

„Ist das eine Giotto?" Julia machte einige Schritte tiefer in das Büro.

In den Augen seiner Ex blitzte so etwas wie Stolz auf.

„Ich merke, Sie kennen sich mit den schönen Dingen des Lebens aus. Das gefällt mir so an Ihnen", und lächelte kokett die LKA-Beamtin an.

„Wir haben ein Problem, Sabine, und darüber müssen wir reden. Jetzt." Er wirkte nervös, ja schon leicht fahrig.

Früher als erwartet, später als gedacht, ging es Sabine durch den Kopf. „Aber bitte setzt euch doch, Frank, Frau Stern." Sie verwies auf die beiden freien Stühle gegenüber ihrem Bürotisch. Sie selbst zog es vor, an der Fensterbank stehen zu bleiben.

Das gefiel ihm ganz und gar nicht. Ein ungutes Gefühl breitete sich in ihm aus. Für diese Uhrzeit war sie viel zu umgänglich. Beinahe schon nett! „Sabine, wir werden jetzt und hier darüber reden, wie wir zu ermitteln haben."

„Gerne, Frank." Sanft pustete sie über den Rand der Espressotasse hinweg. Dabei fiel ihr auf, dass sein Hinterkopf eine recht ansehnliche Ausbeulung aufwies. „Kann ich vorab nur noch eine winzige Kleinigkeit loswerden, Frank?"

„Wenn es sein muss." Kurz überlegte er, ob er sie ebenfalls um einen Kaffee bitten sollte.

„Frank?" Schlagartig verdunkelte sich ihr Lächeln. „Wenn du noch ein einziges Mal mein Büro betrittst, ohne zuvor anzuklopfen", leise schlürfend nahm sie einen winzigen Schluck, „dann schwöre ich dir, wirst du mich von einer Seite kennenlernen, die du für eine sehr lange Zeit bereuen wirst." Im bläulichen Gegenlicht der frühen Morgenstunde wirkte sie fast wie eine sinistre Femme fatale – verführerisch schön und unheimlich zugleich.

So sehr er auch ihre kleinen Grabenkriege mochte, dieses Mal war nicht die richtige Zeit dafür, wollte er Sabine für sich gewinnen.

„Ich gedenke es zu beherzigen."

„Du gedenkst?", wiederholte sie seine Worte schnippisch.

„Frau Kollegin Stern und ich haben …"

„Haben einen Durchbruch in den laufenden Ermittlungen erzielt", führte Julia den Satz monoton fort.

„Was?“, stammelte er ungläubig. Hatte er sich gerade verhört oder sagte sie tatsächlich die Worte „Durchbruch“ und „erzielt“? Das konnte doch nicht wirklich ihr Ernst sein. Auf eine so hinterhältig miese Tour den Kopf aus der Schlinge zu ziehen.

Gerade als er Einspruch erheben wollte, zückte sie das Smartphone aus der Gesäßtasche und überreichte es seiner Vorgesetzten.

„Diese Aufnahmen sind an einem Computer in Liverpool rekonstruiert worden und zeigen die enthaupteten Männer, bevor sie geköpft wurden. Ich möchte in diesem Zusammenhang darauf hinweisen, dass ohne die Initiative von Herrn Kriminalkommissar Fröhlig sie nie zustande gekommen wären.“ Staunendes Schweigen erfüllte die Runde. „Er war es, der die Idee dazu hatte, Datensätze aus einer mtDNA- und Isotopenanalyse für unseren Fall zu nutzen.“

„Ich glaube, Frau Stern, ich kann Ihnen nicht ganz folgen?“ In den Augen seiner Ex leuchtete echtes Interesse auf.

Mit diesem Problem stand Sabine nicht alleine da. Was führte Julia jetzt schon wieder im Schilde?

„Kommissar Fröhlig hatte die Idee, aus den gewonnenen Daten und mittels einer Gesichtsweichteilrekonstruktions-Software den enthaupteten Männern das ursprüngliche Gesicht wiederzugeben. Wir saßen gerade beim Essen, als ich über Isotopen und eine Methode sprach, die sich gemeinhin mtDNA-Analyse nennt. Diese Verbindung zwischen mtDNA und Isotopenanalyse war es, die Kommissar Fröhlig erkannt hat. Im Nachgang hat er Kontakt zu einer gewissen Ruby Wright in England aufgenommen. Sie ist eine Spezialistin im Bereich der Gesichtsrekonstruktion an der John Moores Universität in Liverpool. Wo sie in enger Kooperation mit dem Yard steht. Sie können mir glauben, die Reputation dieser Abteilung ist makellos, Frau Kriminalrätin. Ich habe das persönlich überprüft." Bei dem letzten Satz war sich Julia nicht sicher, ob sie es nicht übertrieben hat.

„Nennen Sie mich doch Sabine, Frau Stern. Für Förmlichkeiten vor dem zweiten Espresso ist es mir noch etwas zu früh." Dabei deutete seine Ex an, zwei weitere Espressi machen zu wollen. Was Julia wohlwollend abnickte.

„Und nachdem Miss Wright der Amtshilfe bereitwillig zugestimmt hatte ..."

„Ähm, dazu würde ich auch noch gerne was sagen."

„Später, Frank. Erzählen Sie weiter, Frau Stern." Sabine hing förmlich an Julias Lippen.

Ging's noch?! Er hatte keinen blassen Schimmer, wovon diese Frau da gerade sprach. Geschweige denn eine Ahnung, warum seine Ex das Schmierentheater so bereitwillig mitspielte.

Sabine bekam eine vage Vermutung, warum Jørgen ihr Julia Stern als Ermittlerin nahegelegt hatte.

Zu Anfang konnte sie die LKA-Ermittlerin nicht ausstehen. Julia Stern war arrogant, von sich selbst überzeugt und besserwisserisch. Die besten Voraussetzungen, um in einem ordentlichen Team die Ersatzbank ihr Zuhause zu nennen. Doch so wie Julia sich gerade für Frank einsetzte und ihm die Lorbeeren überließ, musste Sabine wohl oder übel ihre Meinung revidieren.

„Habe ich es nicht immer gesagt, Frank? In dir steckt mehr, als so manch anderer dir zutraut.“ Auf die kleine Spitze gegen ihn wollte und konnte Sabine nicht verzichten.

„Sehr gut, Kollegen, nur weiter so. Es überrascht mich nicht, dass ihr beide in so kurzer Zeit zueinander gefunden habt. Ihr Vorgesetzter hat Ihre Fähigkeit, sich schnell und effektiv in ein Team einzufinden, mehr als nur hervorgehoben“.

Wurde er gerade von Sabine zum zweiten Mal gelobt und das, obwohl der Betrug so offensichtlich war? Was ging hier gerade vor sich?

„Frank“, ihre Stimme hatte wieder diesen engelsgleichen Unterton angenommen. „Du sprachst zu Anfang von einem Problem. Um was handelt es sich und wie kann ich euch dabei helfen?“

„Sabine“, langsam wurde es gruselig, „ähm, der Grund, warum ich dich sprechen wollte, war …“ Er fing an zu rudern, versuchte, Zeit zu schinden. „Ich, wir brauchen Unterstützung“, formten sich die Wörter zögerlich auf seinen Lippen. „Jetzt, wo wir die Gesichter unserer Toten kennen, können wir uns daranmachen, deren Identität zu ermitteln. Dafür brauchen wir aber Personal. Ein Team aus erfahrenen Ermittlern, das uns vom Büro aus unterstützt und leitet. Ich muss dich doch nicht daran erinnern, wie mühselig es ist, das Informationssystem der Polizei nach Vermissten zu durchforsten. Wir beide wären Tage damit beschäftigt, INPOL zu durchsuchen. Tage, in denen sich unser Täter das nächste Pärchen greift. Sabine, uns läuft die Zeit davon. Wir sind davon überzeugt, dass die Abstände zwischen den Morden immer kürzer werden." Was er als Nächstes sagte, benötigte sehr viel Fingerspitzengefühl. Weniger aus Gründen der Pietät gegenüber den Opfern, als aus Selbsterhaltungstrieb.

„Du willst doch keine Schuld daran tragen, aus rein bürokratischen Gründen weitere Leben zu riskieren, oder?"

Stille.

9. Kapitel

Die dünnen Enden des Betonstahls bahnten sich rostigen Tentakeln gleich einen Weg durch den düsteren Gang. Was ihn aber wirklich in Unruhe versetzte, waren die versteckten Kammern, knapp unterhalb der Wasserlinie. Manche waren so winzig, dass gerade so ein Fuß darin Platz fand. Vor denen musste er sich besonders in Acht nehmen. Darin lauerte fingerdicker Eisenschrott, dessen Enden mühelos jede Schuhsohle aufschlitzten.

Suchend glitt das Licht der Stirnlampe über die bemoosten Bunkerwände. Immer das grau-grüne Nass fest im Blick. Schon aus der Ferne konnte er deutlich die warnenden Rufe der Nager hören. Eine Kakophonie animalisch klingender Laute, die mit jedem Schritt bedrohlicher wurde. Hunderte, vielleicht gar Tausende, die piepsige, fiepende Laute von sich gaben! Es war ein unausgesprochenes Agreement, dass sich beide Parteien verpflichteten, sich von dem jeweils anderen Revier fernzuhalten. Weshalb er auch nie den direkten Weg zur Kloake nahm. Die stinkende, glibberig-graue Brühe schwappte gefährlich nah an den Rand der Plastikschüssel, als er vor dem nächsten Bunkerabschnitt verharrte. Langsam ging er in die Knie, ohne dabei den

Rand der Schüssel aus den Augen zu verlieren. Behutsam stellte er das Gefäß ab.

Mit aller Kraft stemmte er sich gegen die schwere Eisentür und zerrte an dem verrosteten Griff. Das schreiende Geräusch, das die Scharniere verursachten, ging durch Mark und Bein.

Je weiter die Tür sich öffnete, desto tiefer drang das rostige Echo in das Areal vor. Ab jetzt musste er sich sputen; wenn die Ratten seine Fährte witterten, wollte er aus diesem Teil der Anlage verschwunden sein.

Sein eigentliches Ziel lag weiter vorne, in nordöstlicher Richtung. Bevor er die Schüssel wieder aufhob, warf er einen verstohlenen Blick über die Schulter. Das Licht der Lampe zerstreute sich im diesigen Dunst des nachtschwarzen Tunnels. Die seichten Kraterränder, die seine Schuhe im Schlick hinterlassen hatten, füllten sich wie von Geisterhand mit Wasser.

Je mehr er sich dem Ziel näherte, desto beißender wurde der Gestank von Rattenpisse und Verwesung. Das war der Abschnitt, in dem sich die Nager am liebsten aufhielten. Weil er für sie so unwiderstehlich verführerisch duftete. Vor der nächsten Abzweigung machte er Halt, nahm ein Eisenrohr und schlug schnell hintereinander gegen die Stahlbetonwand.

Augenblicklich verstummten die Ratten und Hunderte kleiner pelziger Füße flüchteten tiefer in den Schutz der Dunkelheit. Ein sanfter Luftzug umwehte ihn und brachte den Geruch von Verwesung und Fäulnis mit sich. Zu seiner Linken befand sich ein

Lüftungsschacht, der diesen Abschnitt mit Frischluft versorgte.

Das Licht explodierte förmlich, und ein brennender Schmerz schoss durch seine linke Gehirnhälfte. Seine Beine wurden weich und er suchte Halt an der eiskalten Wand.

„Ahrrg, scheiße … nicht ausgerechnet jetzt.“ Der Schmerz fühlte sich an wie ein rot glühender Nagel, der durch sein rechtes Auge getrieben wurde. Heiser vor Schmerzen keuchte er auf. „Nicht hier, nicht jetzt.“ Alles fing an, im Schein der Lampe zu verschwimmen. Der Boden wurde schwammig, während er unter kehligem Stöhnen auf die Knie sank.

Mit zittrigen Händen stellte er die Schüssel ab. Fühlte, wie die zähe Brühe glibberig über seine Hand schwappte.

„Arrrrgh!!!“

Schmerzverzerrt griff er sich an die Stirn und presste die Handballen fest dagegen. Übelkeit machte sich breit und er fing zu würgen an. Alles wurde wässrig, und der Lichtkegel verfinsterte sich mit jedem Herzschlag. „Nicht ohnmächtig werden“, stammelte er. „Ratten!“ Und mit einem Mal wurde es dunkel um ihn und er fiel kopfüber in den modrigen Schlamm des Tunnels.

Nervös lauschte er den zänkischen Lauten, die inzwischen bedrohlich nahe herangekommen waren. Sein Zeitgefühl war ihm abhandengekommen, und er hatte keine Ahnung, wie lange er so gelegen hatte. Doch definitiv war es zu lang gewesen. Er musste sich beeilen, musste schauen, dass er hier wegkam, bevor ihre Gier sie mutiger werden ließ.

Immer noch desorientiert und unter Schwindel leidend, stand er auf, stolperte mehr, als dass er ging, durch das eisige Wasser. Im schwachen Schein der Kopflampe, sah er, wie sich Wellen an den Wänden brachen. Er musste sich beeilen.

Er zog den süßlich-ranzigen Geruch hinter sich her wie eine Schleppe. Was Absender wie Adressat gleichermaßen nervös zu machen schien. Bis zum Swimmingpool der Villa würde er es unter gar keinen Umständen mehr schaffen. Dafür reichte die Zeit nicht mehr. Die Ratten hatten seine Fährte aufgenommen. Außerdem hatte er ihr versprochen, heute noch für sie zu kochen.

So als schüttete er eine Schüssel mit Spülwasser aus, katapultierte er das zähe Nass weit von sich. Plätschernd verteilte sich das, was von ihr übrig war, in dem Gang.

Seine Augen gewöhnten sich schnell an das romantische Licht der Kerze.

Unruhig züngelte die Flamme umher und tauchte den Befehlsstand in eine hyggelige Atmosphäre. Die ersten Frühlingsrollen färbten sich goldgelb. Mit geübtem Schwung schwenkte er die Rollen in dem Topf umher. Siedendes Öl schwappte über sie hinweg und ließ sie knusprig werden. „Au, verdammt!“ Schützend hielt er sich die Hand. Da, wo das Öl seine Haut verbrannt hatte, bildete sich ein rötlicher Fleck aus.

„Hast du dir wehgetan, mein Engel?“ Ihre Fürsorge klang aufrichtig. Er mochte es, wenn sie sich um ihn sorgte. Irgendwie löste der Klang ihrer Stimme was in ihm aus. „Ein Indianer kennt keinen Schmerz“, flunkerte er ihr zu, während er sich über den Handrücken leckte.

„Zeig her.“ Mit ausgestrecktem Arm forderte sie seine Hand ein. Als sie sanft über die verbrannte Stelle blies, trafen sich ihre Blicke.

„Du weißt, dass ich es nicht mag, wenn du mich so ansiehst“, rüffelte sie ihn mütterlich, wobei sich ihr Gesicht tadelnd verfinsterte.

Das Letzte, was er wollte, war, sie wütend zu machen. Dann konnte sie richtig fies werden. „Es tut mir leid“, antwortete er kleinlaut, „ganz ehrlich.“ Wie ein Hund, der seiner Besitzerin um jeden Preis gefallen will, flunkerte er sie an.

Sie schwieg, schien seine Worte abzuwägen. Im schwachen Schein der Kerze war ihre Mimik nicht gut zu erkennen.

„Gut, dann lass uns beten.“ Mit vor der Brust verschränkten Armen legte sie den Kopf in den Nacken, verdrehte die Augen, bis nur noch das Weiße darin zu erkennen war.

In seiner Stimme lagen Wahrhaftigkeit und Inbrunst.

„Erschaffer des Universums,
stets bist Du an meiner Seite,
ist dein Geist Teil von meinem Geist.

Du bist allgegenwertig, allmächtig
mit unendlicher Weisheit gesegnet
und vollkommen in deinem ... Handeln.
Vom falschen Propheten führtest du mich ins Licht
der Erkenntnis.
Vom Dunkel herüber ins Licht.
Vom fleischlichen Tod in die Unsterblichkeit
deiner Ahnen.
Nimm mich auf und ich gelobe dir ...“

„Stopf dieser Schlampe endlich das Maul. Das Geschrei ist ja kaum auszuhalten!“, unterbrach sie ihn schroff. Das Gebrüll kam aus dem ehemaligen Sanitätsraum. „Diese Hure hat keinen Respekt vor dir“, keifte sie hasserfüllt. „Das lässt du ihr doch nicht durchgehen?“

Sie hatte nicht unrecht. Entweder heulte dieses amerikanische Flittchen ununterbrochen oder aber sie schrie. Leider war er in den vergangenen Tagen nicht dazu gekommen, neues Betäubungsmittel zu besorgen. Was er inzwischen bereute. Sein Blick fiel auf das Blasrohr. Wieder begann Cathy laut zu schreien, beschimpfte sie beide aufs Übelste.

„Halt deine Fresse, du Miststück!“, brüllte er gegen die schwere Eisentür an. „Halt die verdammte Fresse, Fresse, Fresse, Fresse! Hast du mich verstanden? Du – sollst – die – Fresse – halten!“

„Los, geh da rein, du Schlappschwanz, und bläu dem Flittchen Respekt ein. Zeig mir, dass ich mich in dir nicht geirrt habe. Bestraf sie, und zwar so, dass es wehtut. So richtig wehtut. Wenn sie schreien will, na gut.

Dann gib ihr aber auch einen Grund." Ihre Augen funkelten vor Niedertracht im Schein der Kerze.

Er konnte fühlen, wie seine Kopfschmerzen zurückkamen. Er fing an, sich in seiner Haut unwohl zu fühlen. Und daran war sie schuld. Sie ganz alleine. Sein Blick blieb auf dem Topf mit dem Öl hängen. Der Griff war immer noch so heiß, dass er einen der Lappen benötigte, wollte er sich nicht selbst verbrennen.

„Cathy", seine Stimme klang wie aus einem zusammengeschnürten Korsett. Heiser und irgendwie gepresst. „Meine kleine Cathy", echote seine eigene Stimme. „Ich habe da was für dich." Seine Stimme sprang einige Oktaven höher, was sie kindlich wirken ließ.

Die eiserne Tür war nur angelehnt. Weshalb sie nur erraten konnte, was genau sich auf der anderen Seite abspielte. Aber seine Stimme klang erregt. Vielleicht würde er sich so weit nähern, dass sie ihm die Kette um den Hals legen konnte. Sie maß gut und gerne fünf Fuß. Das sollte ausreichen, wenn er nur nahe genug herankam.

Cathy krabbelte über das Kopfende der Pritsche hinweg. Drückte sich regelrecht in die Wand dahinter. Hier war die dunkelste Stelle. Wie ein Raubtier kauerte sie in der Ecke und hoffte auf ihre Chance. Sie hörte, wie das eigene Herz pulsierte, und spürte den Puls in der Halsschlagader hämmern. So wie sie es vorhergesehen hatte, öffnete sich die Eisentür. Sie sah seine Kontur und wie diese sich im Türspalt absetzte. „Nicht das Licht einschalten, bitte nicht das Licht einschalten", flüsterte sie kaum hörbar.

Die Tür öffnete sich weiter. Cathy konnte einen vagen Blick auf die andere Seite werfen. Das war ihr Weg in die Freiheit, als plötzlich etwas auf sie zugeflogen kam.

Der Topf traf die Wand an der Stelle, wo sie vor wenigen Sekunden noch gesessen hatte. Ein Großteil der siedend heißen Flüssigkeit verteilte sich über das Bett. Doch das Öl, das sie traf, brannte sich wie Säure tief in ihr Fleisch ein.

Cathys gellender Schrei hallte durch den Raum. Tränen schossen ihr in die Augen, während die klebrige, heiße Flüssigkeit ihre makellose Haut für immer entstellte. Immer noch vor Schmerz schreiend, bespritzte sie die verbrannten Stellen mit kaltem Wasser. Versuchte, die Stellen, wo das Öl sie getroffen hatte, herunterzukühlen.

Wie ein Güterzug überrollte sie die Realität. Er hatte den Topf in voller Absicht nach ihr geworfen. Er hatte gar nicht vor, sie freizulassen.

Er wollte sie bestrafen und es war ihm egal, wie sie danach aussah. Du beschädigst doch die Ware nicht, die du umtauschen willst, flüsterte eine weinerliche Stimme tief in ihr.

„Daron“, Rotz lief ihr aus der Nase, und das Weinen fing wieder an. „Bitte, Daron, wach auf!“ Ihre Stimme klang flehend. „Daron, ich bitte dich. Lass mich hier nicht allein. Hilf mir!“ Dann schrie sie seinen Namen aus voller Seele.

„Daaaron!“

„Ich hoffe, das war dir eine Lehre! Vielleicht bist du ja beim nächsten Mal so freundlich und hältst dein verdammtes Schandmaul, wenn ich dich *freundlich* darum bitte."

Das Donnern der Eisentür grollte unheimlich, als er sie mit voller Wucht ins Schloss warf.

Das war es, der Abend war gelaufen. Er holte tief Luft und drehte sich zu ihr herum. „Es tut mir wirklich leid, aber du siehst ja selbst, wie …" Der Platz, an dem sie eben noch gesessen hatte, war verwaist. Sein Gast war gegangen. In ihm regte sich ein düsterer Gedanke.

Das hatte eine gute und eine weniger gute Seite.

Die gute Seite, sie würde nicht mitbekommen, wenn er sich gleich mit der Amerikanerin noch ein bisschen amüsierte. Sie würde gar nicht mitbekommen, wenn der guten Cathy ein Stück fehlte. Schließlich war es in dem Raum dunkel wie in einem Kohlenkeller. Dabei kamen ihm spontan die Bäckchen in den Sinn. An einer Marsalajus nahezu eine Köstlichkeit. Dazu Röstgemüse an Kartoffelstampf. Der bloße Gedanke daran trieb ihm das Wasser in den Mund.

„Du darfst sie nicht anfassen, du hast es ihr versprochen", mahnte ihn eine heisere Stimme. „Das weißt du doch noch!" Die Augen leuchteten silbrig in dem ledrigen Kopf.

„Was?" Er klang nervös.

„Du hast mich schon verstanden", setzte die Stimme bedrohlich nach.

„Ich habe nur laut darüber nachgedacht. Mehr nicht."

„Lüg mich nicht an. Ich weiß genau, was du vorhattest. Du wolltest sie für dich alleine haben. Du willst die Amerikanerin nicht mit ihr teilen."

„Nein, so war das nicht", blaffte er und haute, um seiner Rechtschaffenheit Nachdruck zu verleihen, mit der flachen Hand auf den Tisch. „Was erzählst du denn da?" Der Typ war eine ausgemachte Petze und er musste sich gut vor ihm in Acht nehmen.

„Na, dann ist ja gut. Du weißt ja, was passiert, wenn sie sich hintergangen fühlt. Dann macht sie schlimme Dinge mit dir." Sein Lächeln zerschmolz zu einer ledrigen Fratze.

Der bloße Gedanke versetzte seiner Leistengegend ein taubes Stechen. Das letzte Mal hatte sie mit einer heißen Nadel seine Hoden traktiert. So sehr, dass er Tage später noch Probleme beim Wasserlassen hatte.

Vielleicht war es gar nicht so schlimm, dass der Abend früh zu Ende ging. Cathys Wohnung musste noch gereinigt und aufgeräumt werden. Der Hausmeister sollte keinen Grund finden, den beiden eine Nachforderung nach… Er stutzte. Wie hieß die Insel noch gleich? Er rieb sich die Schläfen und spürte den pochenden Druck dahinter. Die Amerikanerin hatte es ihm vergangene Tage doch noch unter die Nase gerieben. Dann fiel es ihm wieder ein: Bali!

In etlichen der Zwei-Zimmer-Appartements des Studentenwohnheims brannte noch Licht. Er warf einen kurzen

Blick auf die Armbanduhr, es war inzwischen Essenszeit und vermutlich gab es bei den meisten Pizzen oder Döner. Wie auch immer, er drückte auf einen der Knöpfe und wartete. Keine Sekunde später ertönte ein elektrisch surrendes Geräusch und die Tür sprang auf.

„Pizza!", schrie er das Treppenhaus hinauf. Zwei Etagen über ihm murmelte jemand etwas mürrisch in einer Sprache, die er nicht kannte. Danach flog die Tür unsanft ins Schloss zurück.

Als erstens nahm er sich die Kamera im Bad vor. Anschließend schraubte er den Rauchmelder im Wohnbereich auf und entnahm die winzige Spycam. Als Nächstes waren die Säcke dran, die für die Altkleidersammlung bestimmt waren. Die Rolle mit den Müllsäcken lag noch auf dem Schlafsofa, bei dessen Anblick ihm ihre akrobatischen Darbietungen einfielen. Und wie laut sie dabei gewesen war. Wie ein kleines Ferkel hatte sie geschrien. „Quiek, quiek", äffte er sie nach.

Er fischte die Rolle von dem Sofa und riss eine der Tüten ab, als er plötzlich zur Salzsäule erstarrte. Das verräterische Klimpern war unmissverständlich. Jemand im Treppenhaus suchte nach dem Schlüssel zur Wohnung.

Hastig suchten seine Augen nach einem passenden Versteck. Einer Deckung, irgendwas, wo er unsichtbar werden konnte. Der Spalt zwischen Tür und Rahmen wurde immer breiter.

„Cathy", die weibliche Stimme klang zögerlich. „Ich bin es, Vivien. Seid ihr da?" Der Frau war es offensichtlich unangenehm, die Wohnung ungefragt zu betreten.

„Cathy, Daron, hallo?“ Das ungute Gefühl hatte seinen Ursprung nicht in ihrer Mensis. Das hier war etwas anderes. Als lauerte ein Tier aus der Dunkelheit heraus auf sie. Auf Zehenspitzen betrat sie lautlos die Wohnung.

Eigentlich wäre sie heute Abend verabredet gewesen, aber ihre verfluchte Periode kam früher als erwartet. Vivien Klein hätte heulen können. Da traf sie endlich mal einen adäquaten Typen, für den Körperhygiene kein Fremdwort war, und ausgerechnet dann machte Mutter Natur ihr einen Strich durch die Rechnung. Manchmal war das Schicksal eben doch eine Bitch.

Also schnappte sie sich die Wärmflasche, schlug das letzte Kapitel von der *Rückkehr des Kriegers* von Chris Bradford auf und machte es sich auf der kleinen Couch bequem. Der Yogi-Tee dampfte vor sich hin und die Walkers-Shortbread-Kekse lagen griffbereit. Sobald das reißende Gefühl hinter dem Bauchnabel abklang, würde sie zu Bett gehen. Behutsam schürzte Viv die Lippen und schlürfte vom Rand der Tasse. Noch ehe sie den ersten Schluck genommen hatte, drehte sie den Kopf zur Seite und lauschte in den Raum. Rückte da gerade jemand Möbel nebenan? Sollte die kleine Ami-Schlampe, wie sie Cathy liebevoll nannte, zu Hause sein und sie hatte sich völlig umsonst Sorgen gemacht? Da war es wieder, das gleiche Geräusch wie eben. Definitiv war jemand nebenan.

Na warte, die konnte was erleben!

Sie warf die Plüsch-Wärmflasche vom Bauch und schlüpfte in die Filzpantoffeln.

Im Laufe der Jahre waren aus den beiden jungen Frauen beste Freundinnen geworden. Aber erzählten sich beste Freundinnen gewöhnlich nicht alles oder meldeten sich zumindest ab? Damit die andere sich keine Sorgen machte? Auf jeden Fall riefen sie einander immer an, um nicht bei den Bullen wie eine hysterische Kuh dazustehen. Besser wäre es, Cathy würde sich schon einmal warm anziehen. Die sollte was zu hören bekommen!

Den Zweitschlüssel zu ihrer Wohnung bewahrte Vivien in einer kleinen Messingschale neben der Eingangstür auf. Mit einem Mal krampfte ihr Unterleib. Im nächsten Leben, und darauf würde sie bestehen, sollte Gott sie zu einem Mann machen. Was war das nur für eine bescheuerte Idee, dass ausschließlich Frauen Kinder bekommen konnten?

Geräuschlos steckte die Studentin den Schlüssel ins Schloss.

„Cathy, ich bin es, Vivien. Seid ihr da?" Warum flüsterte sie, eigentlich sollte sie schreien. Doch etwas hielt sie davon ab.

Das ungute Gefühl hatte seinen Ursprung nicht in ihrer Mensis. Das hier war etwas anderes. Als lauerte ein Tier aus der Dunkelheit heraus auf sie. Schlurfend glitten die Filzpantoffeln über die stumpfen Fliesen.

Im Bad brannte Licht, also muss jemand hier sein.

Das mulmige Gefühl kroch regelrecht in ihr hoch. Nichts Greifbares, aber etwas tief in ihr drin riet ihr tunlichst davon ab, weiterzugehen.

„Hallo?“ Gott, Viv, was soll denn passieren? Stell dich nicht so mädchenhaft an, versuchte sie sich selbst zu beruhigen. Das Schlimmste, was passieren kann, ist, dass du die beiden wieder einmal beim Vögeln erwischst. Bei dem Gedanken daran trübte sich ihr Gesichtsausdruck. Die Ami-Schlampe hatte wenigstens ein Sexleben, ganz im Gegensatz zu ihr. Vivien Klein machte einen weiteren Schritt tiefer in die Wohnung hinein. Dann hörte sie es, ein schleifendes Geräusch.

Die Studentin fuhr herum und fror bei seinem Anblick ein. Wie aus dem Nichts löste sich der Schatten von der Wand. Zu Tode erschreckt, schaute sie in ein Gesicht, das sie kannte.

Mit weit ausgestrecktem Arm drückte der Mann die Tür zurück ins Schloss.

„Gott, du hast mich vielleicht erschreckt!“, schrie sie auf und griff sich theatralisch an die Brust. „Was um alles in der Welt machst du hier?“

Noch ehe sie begriff, durchfuhr ein gleißender Schmerz ihren Bauch. Dann zog er die blutverschmierte Klinge des Mehrzweckmessers heraus und stach erneut zu.

10. Kapitel

Der Tag war, charmant ausgedrückt, genauso gehaltvoll gewesen wie ein holländisches Vollkornbrot. Äußerlich einigermaßen ansprechend, wenn es dann aber um den Nährwert ging, kaum noch der Rede wert.

Das Einzige, was funktioniert hatte, war die Bewilligung der Sonderkommission. Sabine hatte ihm ihr Wort darauf gegeben, bis spätestens morgen für ausreichend Personal zu sorgen, konnte allerdings nicht mit Bestimmtheit sagen, wen und wie viele es treffen würde. Immerhin.

Den Rest des Tages hatten sie damit verbracht, INPOL nach den Gesichtern ihrer Vermissten zu durchforsten. Allerdings ohne jeglichen Erfolg.

Er musste zugeben, die Frau aus Liverpool hatte einen recht passablen Job hingelegt. Mel hatte mit ihrer Hilfe herausgefunden, aus welchen Ländern die enthaupteten Männer kamen. Sie stammten sowohl aus dem Süden Chinas, der Ukraine, aus Deutschland, Italien, Südafrika als auch aus England.

Das musste im Umkehrschluss aber nicht gleich bedeuten, dass sie die dazugehörige Staatsangehörigkeit auch besaßen. Ebenso gut konnte der Chinese einen deutschen Pass besitzen. Genauso gut war es möglich, dass die englischen Opfer einen französischen Pass besaßen oder die Ukrainer Belgier waren. Er hielt in Gedanken inne.

Es war ihm so was von egal, ob Julia Stern einen Doktortitel besaß oder übers Wasser laufen konnte. Diese Frau hatte gehörig einen an der Klatsche und das nicht zu knapp. Was bildete sie sich eigentlich ein?

Wie ein gefällter Baum ließ er sich in seine Sofalandschaft fallen. Im Nachhinein war es ein Fehler gewesen, mit ihr zu schlafen. Inzwischen wusste er das auch. Am Altersunterschied lag es allerdings nicht, da hatte er schon jüngere Kaliber im Bett gehabt. Das Asperger war es auch nicht. Im Gegenteil, auf eine sonderbar verschrobene Art fand er es irgendwie sogar sexy. Die Mischung aus Intelligenzbestie mit einem Hauch naiver Domina hatte was. Er drehte sich auf den Rücken und verschränkte die Arme hinter dem Kopf. Was ihren Körperbau anging, da brauchte sie sich auch nicht zu verstecken. Hübscher Arsch und feste Titten, welcher Mann konnte da schon widerstehen. Sein Blick glitt herüber zu der Stelle, wo sie gestern noch gestanden hatte.

„Hm", seufzte er leise in sich hinein. Eine ganz andere Frage war: Sollte er besser vor oder nach der Pizza duschen?

Die Frage war zwar nicht von existenzieller Bedeutung, aber um ein Vielfaches einfacher zu beantworten, als über seine Gefühle für Julia nachzudenken.

Eine weitere Frage lautete, ob sich Bier auf dem Balkon befand. Sie hatte gestern keines mehr getrunken und ihn angehalten, vor dem Sex die Finger davon zu lassen. Wie hatte sie es gleich noch so nett umschrieben? „Alkohol, in Verbindung mit deinem Alter, kann zu Erektionsproblemen führen." Den Gedanken noch nicht ganz zu Ende ausgesprochen, bildeten sich kleine Grübchen in seinen Wangen aus. „Na vielen Dank noch, Frau Doktor." Auf der anderen Seite war ihre Fürsorge dafür verantwortlich, dass sich auf dem Balkon noch zwei Flaschen Bier befanden.

So gesehen waren sie also quitt.

Den ersten Schluck nahm er auf dem Balkon. Die Nacht war sternenklar und er hatte einen fantastischen Blick über die Stadt. Fröhlig nahm einen tiefen Atemzug. Spürte, wie die feuchte Kälte seine Lunge ausfüllte. Aus irgendeinem Grund kam ihm die obdachlose Frau von gestern in den Sinn. Alleine der Gedanke, jetzt Platte zu machen, ließ ihn frösteln. Der Oktober war noch nicht ganz zu Ende gewesen, da hatten die Meteorologen schon vor einem sibirischen Winter gewarnt.

Das Tief, das sich über dem Nordatlantik befand, bewegte sich dort seit Wochen nicht von der Stelle. Die Eierköpfe hatten den immer schwächer werdenden Jetstream dafür verantwortlich gemacht, der durch den von Menschen verursachten Klimawandel zunehmend an Energie verlor.

Der Winter war ihm immer die liebste Jahreszeit. Stellte sich angesichts solcher Zukunftsaussichten nur die Frage, wie lange noch?

Ein leichter Schauer kroch ihm den Rücken empor, woraufhin er entschied, die zweite Flasche im Warmen zu köpfen.

Fröhlig warf sich in seine Sofalandschaft und zog die Decke bis über beide Ohren. Er spürte, wie die Wärme von den Füßen her emporstieg. Doch etwas zwischen Hüfte und kurzer Rippe störte die häusliche Idylle. Forschend fingerte er danach. Zum Vorschein kam das Papier, das Feldmann ihm mit auf den Weg gegeben hatte. Vermutlich war es ihm aus der Jacke gefallen und er hatte es nicht bemerkt. Zielsicher warf er die Notiz auf den Wohnzimmertisch. Job war Job und jetzt hatte er Feierabend. Für heute galt es nur noch, zu entscheiden, Pizza Diavolo oder Calzone mit allem, was hineinpasste? Da Roberto oder La Barca? Fröhlig überließ es der Göttin Fortuna. Welcher Flyer oben lag, der sollte das Rennen machen.

Während er am Telefon darauf wartete, seine Bestellung aufzugeben, wanderte sein Blick unbewusst herüber zu dem Blatt Papier. Weiter unten hatte Feldmann zwei Namen notiert, die grundlos sein Interesse weckten.

Cathy Hayworth und Daron Schmidt. „Cathy und Daron", las er in Gedanken laut mit.

„Buona sera, pizzeria Da Roberto, che cosa posso fare per te?", meldete sich eine raue Männerstimme am anderen Ende. „Pronto?"

„Ich rufe zurück!" Woraufhin er das Gespräch wegdrückte. Vielleicht war es Zufall oder Intuition, aber die beiden Namen lösten etwas in ihm aus.

Hatte Jens' Zeugin nicht zu Protokoll gegeben, dass ihre Freundin seit Anfang letzter Woche verschwunden war? Weder Freunde noch Bekannte hatten Hayworth und Schmidt danach noch einmal gesehen. Fröhlig überflog das Protokoll. Keine E-Mails, Chats oder sonstigen Aktivitäten auf irgendwelchen sozialen Plattformen, nichts, was auf ein aktuelles Lebenszeichen verwies. Die Eltern beider Vermissten lebten in den USA. Er stockte. Weiter unten gab es eine handschriftliche Randnotiz, versehen hatte Jens sie mit drei Ausrufe- und einem Fragezeichen:

Auswandern nach Bali am kommenden Sonntag!!!?

Feldmanns aufsteigender Stern befand sich seit dem Vorfall im Vereinsheim im permanenten Sinkflug. Doch sein Ruf, ein unfehlbares Näschen für den Gleichklang des Universums zu besitzen, hatte nie darunter gelitten.

Cathy und Daron wollten am kommenden Sonntag nach Bali auswandern, Deutschland ein für alle Mal den Rücken kehren und für immer von der Bildfläche verschwinden, und Feldmann fand diesen Umstand ganze drei Ausrufe- und ein Fragezeichen wert.

„Du alter Fuchs!", kam es ihm anerkennend über die Lippen.

Er überflog die Zeilen bis zu der Stelle, wo die Kontaktdaten von Vivien Klein und ihrer Nachbarin Cathy Hayworth notiert standen.

Duisburger Straße 449, dahinter eine Mobilfunknummer. Fröhlig entschied sich dagegen, sie anzurufen. Solche Gespräche führte man besser von Angesicht zu Angesicht.

Als das Taxi vor dem Studentenwohnheim hielt, erhellten nur noch wenige Lichter die Fassade. Fröhlig drückte dem Fahrer fünfzehn Euro in die Hand und wünschte eine erfolgreiche Nacht. Der Wohnkomplex war nicht besonders groß und hatte im Laufe der Zeit gelitten. Grüne Ablagerungen hingen wie schmutzige Decken unterhalb der Fenster. Hier und da war die Außenfarbe abgeplatzt, und vor der Eingangstür stapelte sich Werbung.

Die Studentin wohnte Feldmanns Notizen zufolge im mittleren Trakt, erste Etage links. Doch trotz mehrmaligen Klingelns öffnete niemand.

Fröhlig machte einige Schritte rückwärts und hielt nach der Wohnung Ausschau. In beiden Fenstern über ihm brannte noch Licht, also sollte auch jemand zu Hause sein. Er zückte das Smartphone und wählte die von Feldmann notierte Nummer. Freizeichen, dann noch eins und noch eins, so lange, bis die Mailbox von Vivien Klein ansprang. Den Kopf im Nacken, legte er auf. Es konnte zahlreiche Gründe dafür geben, warum in der Wohnung das Licht noch brannte. Angst oder dieses neumodische Hygge-Zeugs. Vielleicht aber auch nur, weil sie es schlichtweg vergessen hatte auszuschalten. Das kam vor, war völlig normal. Gerade als er auf dem Absatz kehrtmachte, hörte er ein schwaches Glockengeläut. Vivien Kleins Telefonanbieter hatte sie gerade darüber informiert, dass sie einen Anruf verpasst hatte. Und er fragte sich, welcher Mensch ging heute noch ohne sein Smartphone vor die Tür? Niemand und schon gar nicht, wenn er unter dreißig war und weiblich.

Mit der flachen Hand drückte er auf alle Klingelknöpfe des Tableaus. Woraufhin ein durchgehend elektrisches Surren ertönte.

Zu seiner Überraschung war die Tür zu ihrer Wohnung nur angelehnt. Lautlos schob er sie ein Stück weit auf.

„Frau Klein, Frau Vivien Klein? Ich bin von der Polizei." Die Wohnung wirkte aufgeräumt und sauber. Kein Stuhl war umgekippt, auch keine Zeitschriften oder sonstigen Besitztümer lagen auf dem Boden verteilt. Nichts, was auf einen Kampf oder Ähnliches verwies. „Ich habe ein paar Fragen bezüglich Ihrer Vermisstenanzeige." Stille. „Frau Klein, ich komme jetzt rein." Es roch nach Heizungsluft und etwas, das er schon lange nicht mehr gerochen hatte, dem Wohlfühltee einer Frau.

Einen Schritt vor den anderen setzend, schlich er lautlos durch die Wohnung. Doch weder im Bad noch in der Küche war ein Lebenszeichen von der Studentin. Vielleicht war sie doch auf einen Sprung bei einem der Nachbarn. Oder vielleicht kaufte sie auch nur noch eben schnell ein Sixpack an der Tanke gegenüber. Andererseits stand vor ihm auf dem Tisch eine Teetasse. Wer trank Tee und holte sich Bier an der Tanke? Vielleicht aber waren ihr auch nur die Zigaretten ausgegangen. Zu viele Wenns und Abers. Ihm bleibt nichts anderes übrig, als hier auf sie warten. Und der Sessel erschien ihm wie dafür geschaffen.

Jetzt noch ein Bier und eine Tüte Chips und der Abend wäre gerettet. Ziellos wanderte sein Blick umher. In ihm kam eine leichte Nervosität auf. Nichts Bestimmtes, vielmehr so ein Gefühl. Fröhlig setzte sich aufrecht. Alles um ihn herum war auf Feierabend ausgelegt. Die Kekse, der Tee, das Buch. Zielsicher drückte er die Wahlwiederholung auf seinem Smartphone. Augenblicklich brummte es sonor von der schmalen Couch gegenüber. Die Studentin schien die Anruffunktion auf Lautlos gestellt zu haben. Mit einem Wisch klappte er die Plüsch-Kuscheldecke beiseite. Und da lag es, allerdings nicht nur das. Weiter unten befand sich auch noch eine Wärmflasche. Prüfend legte er die Hand darauf. Das Ding war noch warm. Keine Frau legte ohne einen triftigen Grund ihren Trostspender beiseite. Zumindest keine, die er kannte!

Es sei denn, jemand oder etwas besaß eine noch höhere Priorität. Von außen meinte er gesehen zu haben, dass in der Wohnung nebenan ebenfalls noch Licht brannte.

Als er an der Nachbartür klopfte, zog er den Dienstausweis und machte gleichzeitig einen Schritt rückwärts. Um diese Uhrzeit konnte fremder, älterer Herrenbesuch durchaus verstörend auf junge Frauen wirken. Selbst, wenn er so gut aussehend war wie er.

Keine Reaktion. Neugierig legte er das Ohr an die Tür und lauschte. Nichts. Kein Laut. Fröhlig drehte sich herum und entschied sich, die Suche nach Vivien Klein in der nächsthöheren Etage fortzusetzen. Die Spitze seines Schuhs berührte noch nicht ganz den Absatz, als er plötzlich abrutschte. Gerade noch rechtzeitig gelang es ihm, den Handlauf des Geländers zu fassen.

„Welcher Idiot hat denn hier …?“ Fröhlig lehnte sich gegen das Geländer und betrachtete missmutig die Schmiere, die unter seiner Schuhsohle klebte. Die Flüssigkeit war zäh und tropfte rostrot auf den Tritt. „Ach du schei…!“ Noch ehe er das Wort aussprach, verfolgten seine Augen die Fußspur zurück. Hin zu der Stelle, wo er vor wenigen Sekunden noch gestanden hatte. Zwischen Tür und dem grau-weißen Marmor züngelte eine rote Flüssigkeit sämig hervor.

Mit nur einem einzigen Tritt flog die Tür aus ihren Angeln. Auf der anderen Seite tat sich ein Bild des Grauens auf. Zu seinen Füßen lag eine junge Frau, eingerahmt von einer mäßig expandierenden Blutlache. Reglos und mit leerem Ausdruck in den Augen starrte Vivien Klein zur Decke. Jemand hatte der Frau mehrmals ein Messer in den Oberkörper gestoßen. Zweimal in den Bauch und ein weiteres Mal knapp unterhalb der Brust. In seinem Kopf spulte sich ein Film ab.

Noch während er herüber ins Bad rannte, setzte er den Notruf ab. Bei der Anzahl der multiplen Verletzungen war es zwecklos, einen Druckverband anzulegen. Dafür waren es zu viele Einstichwunden und zu weit auseinander.

Gezählt hatte er drei; ob es auf dem Rücken weitere gab, konnte er nur vermuten. Er war zwar kein Arzt, aber eines war sicher: Sollte es ihm nicht gelingen, die Blutungen zu stoppen, war Vivien Klein so gut wie tot. Im Spiegelschrank fand er, wonach er suchte. Eilig griff er nach dem rosafarbenen Pappkarton und riss ihn auf.

Während er mit der einen Hand den blutdurchtränkten Pullover nach oben schob, versuchte er mit der anderen, die Plastikfolie des Tampons abzulösen.

„Das wird jetzt ziemlich weh tun, Kleines!“, wobei er nicht wusste, ob sie ihn überhaupt hören konnte. Dann presste er den ersten Tampon in die nasswarme Wunde.

Kraftlos stöhnte die Frau auf. Das war gut, so signalisierte ihr Körper, dass er noch am Leben war. Noch leben wollte.

„Halte durch.“ Mit dem Eckzahn riss er den zweiten Tampon aus der Schutzfolie und drückte ihn in die nächste klaffende Wunde. „Das machst du großartig, Vivien. Einen noch, dann hast du es geschafft.“ Zumindest hoffte er das.

Nachdem er die Blutungen im Bauchraum gestoppt hatte, drehte er sie behutsam auf die Seite. Wieder stöhnte Viv leise auf.

„Bleib bloß bei mir, hast du gehört? Du machst das wirklich großartig!“, feuerte er sie an.

Suchend glitt seine Hand über den klebrigen Rücken. Keine weiteren Einstichwunden, das war gut. Das war sehr gut.

„Wir schaffen das, hörst du? Der Arzt ist gleich da! Halte durch.“ Langsam begannen sich ihre Lippen blau zu verfärben.

Was gar nicht gut war, ganz und gar nicht gut.

„Scheiße, Mädchen, lass mich hier nicht hängen. Komm schon, bleib bei mir. Hast du gehört?“ Er nahm ihr Handgelenk und fühlte den Puls. Er musste nachfassen, um ihn überhaupt zu spüren.

„Fuck.“ Die Kleine entglitt ihm. Er musste überlegen. Angesichts der Verletzungen im Bauch kam eine Herzdruckmassage nicht infrage. Schließlich wollte er sie nicht leerpumpen. Behutsam hob er ihren Kopf an und schob ihn gefühlvoll in den Nacken. Dann begann er, sie zu beatmen, den Oberkörper nicht aus den Augen lassend. Nur der Brustkorb hob und senkte sich. Die Klinge hatte anscheinend nicht die Lunge perforiert. Erneut gab er ihr seine Atemluft. Auch ihre Bauchdecke bewegte sich nur minimal.

Er hatte keine Ahnung, wie lange er sie beatmet hatte, aufgehört hatte er erst, als der Notarzt ihm von hinten auf die Schulter klopfte.

Völlig erschöpft kroch er herüber zu der Wand und schaute den Rettungskräften dabei zu, wie sie versuchten, das Leben der Studentin zu retten.

„Haben Sie die Frau gefunden und erstversorgt?“, drang eine Stimme dumpf zu ihm hindurch. Er hatte gar nicht mitbekommen, wie der Mann sich ihm genähert hatte.

„Ja“, hauchte erschöpft.

„Ich weiß ja nicht, was Sie geritten hat, Freundchen, der Frau Tampons in den Bauch zu schieben“, der Arzt machte eine Pause und ließ den Satz in der Luft hängen,

„aber mit dieser unorthodoxen Methode haben Sie ihr vermutlich das Leben gerettet.“ Er hielt ihm die Hand entgegen. „Gut gemacht. Kommen Sie klar?“ Die Fürsorge in dem Gesicht des Arztes war nicht nur berufsbedingt.

Fröhlig winkte erschöpft ab. „Danke, geht schon.“ Musste es irgendwie.

Ihr Blut klebte überall, an seiner Kleidung, den Händen und vermutlich auch im Gesicht. Er kam sich vor wie die billige Kopie von Patrick Bateman aus *American Psycho*. Nur ohne dessen makellosen Körper zu besitzen.

Was er jetzt brauchte, waren eine Dusche, eine Pizza und ein Sixpack von der Tanke. Als sein Blick auf die Armbanduhr fiel, kam eine bittere Erkenntnis. Die Pizza konnte er sich abschminken.

11. Kapitel

Mittwoch

Draußen vor dem Fenster trillerte fröhlich eine einsame Amsel ihr allmorgendliches Lied. Leichter Wind bog die Wipfel der Bäume beiseite und irgendwo in der Nachbarschaft bellte ein Hund. So tief wie die letzte Nacht hatte er schon seit Langem nicht mehr geschlafen. Er fühlte sich frisch und ausgeruht und selbst sein Lendenwirbel schmerzte ausnahmsweise nicht. Fröhlig verschränkte die Arme hinter dem Kopf und starrte schlaftrunken zur Decke hin. Dabei fiel ihm auf, dass sich direkt neben der Lampe ein schmaler Riss gebildet hatte. Nicht groß, doch gerade breit genug, dass er störte. Er überlegte, ob der Riss gestern auch schon da gewesen war, als feiner Staub anfing, aus ihm zu rieseln. Im Schein der Morgensonne teilte der feine Vorhang den Raum in zwei Hälften. Von Neugierde gepackt, schob er sich dem Kopfende entgegen, starrte wie hypnotisiert auf die sich androhende Katastrophe. Waren das Schritte, wenn auch keine besonders lauten? Eher solche, wie Kinder sie machten, wenn sie versuchten, auf Zehenspitzen zu gehen, um nicht gehört zu werden. Doch das war unmöglich! Das Haus besaß ein Giebeldach, und er wohnte im Dachstuhl. Außerdem war Sonntag. Fröhlig beobachtete mit Argwohn, wie sich rings um den Riss eine Blase ausformte. Langsam fing die Sache an, ihm unheimlich zu werden. Wie hypnotisiert schaute er auf die immer größer werdende Beule in der Deckenmitte. Erst fing es an zu tröpfeln, nicht viel, nur ein wenig. Kurz darauf vereinten sich die Tropfen zu klebrigen, roten Fäden. Und plötzlich gab die Decke unter einem berstenden Geräusch nach. Wie ein fetter Schweinebauch, der von einer Seite zur anderen aufriss. Die klaffende Wunde gebar Unmengen von Blut, das sich wie ein albtraumhafter Wasserfall über ihn ergoss. Kalte Furcht kroch an ihm hoch. In seiner Panik hatte Fröhlig nicht mitbekommen, dass noch etwas anderes aus dem Spalt gefallen war. Etwas Fleischiges, Lebendiges, etwas, das jetzt vom Fußende her zu ihm emporkroch. Schmatzend, geifernd, von Hass zerfressen. Die Kreatur war blutbesudelt und strampelte wie wild um sich. Wie ein Insekt, das unter Todesqualen litt. Nackte Angst packte ihn. Das Wesen zog sich fauchend, geifernd an ihm hoch. Fröhlig schrie auf. Bäumte sich wie ein wilder Stier auf, wand sich wie eine Schlange um die eigene Achse. Versuchte im Todeskampf, die Kreatur abzuwerfen. Fröhlig schrie immer lauter, doch sein Schrei erstickte. Und plötzlich war sie über ihm. Schaute aus leeren Augenhöhlen anklagend in sein Gesicht, dann biss sie zu!

Der Wecker zeigte drei Uhr siebenundzwanzig, und er lag schweißgebadet in seinem Bett.

„Um alles in der Welt, was war das denn?!" Keuchend wischte er sich den Schweiß von der Stirn. Das war mit Abstand das Krankeste der letzten Wochen, wenn nicht sogar Monate. Langsam regulierte sich sein Puls. Ihm war kalt und er musste pinkeln. An Schlaf war nicht mehr zu denken, also konnte er genauso gut auch aufstehen. Müde drehte er sich aus dem Bett und schlurfte in Richtung Bad. Danach orientierte er sich, noch immer schlaftrunken, in Richtung Küche. Der kleine Tisch besaß eine Schublade, in der er für den Notfall noch immer eine Packung Zigaretten aufhob. Eigentlich hatte er das Laster schon so gut wie abgelegt, doch nach diesem Albtraum hatte er sich eine verdient.

Er kippte mit dem Stuhl nach hinten und legte die Füße auf den Tisch, verfolgte die kleinen Rauchkringel und wie sie sich unterhalb der schwedischen Küchenlampe verfingen, um kurz darauf zu zerfleddern.

Das Nikotin verfehlte die gewünschte Wirkung nicht. Der Kreislauf sackte ab und ein leichter Schwindel setzte ein. Das war der Zustand, den er bei dem Giftzeug am liebsten mochte.

Sein erster wirklich klarer Gedanke galt der jungen Frau im Krankenhaus. Er stellte sich die Frage, ob er anrufen sollte, um sich nach ihrem Zustand zu erkundigen.

Vielleicht hatte sie ihren Angreifer erkennen können. Die Kollegin aus der Portraitabteilung war wirklich eine Künstlerin mit dem Bleistift. Nur, dafür musste Vivien Klein die Nacht überleben, und die Chancen, dass das passierte, standen nicht besonders gut.

Fröhlig schnippte die Asche der Zigarette in die hohle Hand. Aus dem Bauch heraus würde er auf Daron Schmidt tippen. In achzig Prozent aller Mordfälle, kamen die Täter aus dem näheren Umfeld. Partner, Familie, Lover, Ex-Lover, Nachbarn. Selbst die statistische Altersgruppe zwischen fünfundzwanzig und neunundzwanzig passte wie die Faust aufs Auge. Aus seiner Sicht gab es nichts, was dagegen sprach. Daron Schmidt war gerade im Begriff gewesen, die Mordspuren an Cathy Hayworth zu beseitigen, als ihm Vivien Klein in die Quere kam. Sie hatte doch auch zu Protokoll gegeben, dass beide am kommenden Sonntag das Land verlassen wollten. Fröhlig war hin und her gerissen. Noch offensichtlicher wäre beinahe schon obszön. Als Erstes erzähle ich herum, dass sie auf die andere Seite der Erdhalbkugel ziehen. Auf Bali angekommen, warte ich ein klein wenig ab und melde anschließend meine Verlobte bei den örtlichen Behörden als vermisst. So etwas nannte man für gewöhnlich einen runden Plan. Zwar nicht ganz neu, aber in Ländern mit schlecht arbeitenden Ermittlungsbehörden machbar.

Was ihn jedoch bei der Herumtheoretisiererei störte, war der handschriftliche Vermerk von Feldmann. Unter normalen Umständen wäre der Fall glasklar. Vivien Klein hatte zu Protokoll gegeben und ausdrücklich darauf bestanden, dass die beiden kompromisslos ineinander verliebt waren ... sind, verbesserte er sich selbst. Was nichts zu bedeuten hatte, im Gegenteil. Das Leben verlief nicht immer linear und damit einhergehend auch nicht die Lebensplanung seiner Nutzer.

Wenn die beiden auf Bali Fuß gefasst hätten, sollte Hochzeit gefeiert werden. Allem Anschein nach hatten sie an dem Plan bis zum Zeitpunkt ihres Verschwindens festgehalten. Doch was wäre, wenn Daron keine Affäre hätte und Hayworth einem Verbrechen zum Opfer gefallen war? Vielleicht war es wirklich nicht Daron, der seine Spuren verwischt hatte? Was wäre … Er fing an, sich selbst zu nerven. Früher oder später würde er die Antworten bekommen, die er suchte. Doch zu diesem Zeitpunkt blockierten die Fragen mehr, als dass sie die Antworten lieferten. Knisternd brannte der Tabak in der Zigarette ab, als er an ihr zog.

Aber was, wenn sein Fall und der Angriff auf Vivien Klein in Zusammenhang standen? Möglicherweise hätte sie dann nicht nur ihren Angreifer gesehen, sondern auch dem Mann gegenübergestanden, der für siebzehn Morde verantwortlich war. Die beiden waren Amerikaner, ein Paar und passten nahezu perfekt in das Beuteschema dieses Irren.

Was hatte Mel noch gleich gesagt? Alle weiblichen Opfer waren um die ein Meter fünfzig groß und nicht viel älter als Anfang bis Mitte zwanzig. Bei den männlichen Pendants verhielt es sich nicht viel anders. Selbst die Größenverhältnisse waren stimmig. Vorausgesetzt, die Personenangaben von Vivien Klein entsprachen den Tatsachen.

Gedankenverloren stand er auf und ging herüber zu der Kaffeemaschine, stellte den Becher vom Vortag darunter und drückte auf Start.

Zeitversetzt erwachte die Maschine röchelnd zum Leben.

Das konnte kein Zufall sein. Der Gedanke, dass Vivien Klein nicht Daron bei der Beseitigung der Spuren gestört hatte, sondern ihren Serienmörder, gefiel ihm zunehmend.

Dabei fiel ihm ein, dass er ganz vergessen hatte, den Notarzt zu fragen, in welches Krankenhaus sie die junge Frau gebracht hatten. Andererseits kam für Notoperationen dieser Art nur ein Haus infrage.

Fröhlig griff zum Telefon und wählte die Nummer der Sana-Kliniken. Als der Empfang sich meldete, ließ er sich mit der diensthabenden Ärztin der Intensivstation verbinden.

Die Stimme am anderen Ende klang müde und ausgebrannt.

„Institut für Notfallmedizin Prof. Dr. Loreine Gian Corvo.“ Bis gerade eben hatte sie knöcheltief in blutigem Mull gestanden und um das Leben von ein paar leichtsinnigen Idioten gekämpft.

Die Nacht hatte es in sich gehabt. Eine junge Frau mit mehreren Stichverletzungen im Abdomen, der irgend so ein hirnloser Bulle Tampons in den Bauch gestopft hatte. Die Assoziationskette bei manchen Typen war echt kurz. Frau – Blut, Blut – Tampon! Ihr Team um sie herum hatte allein drei Stunden benötigt, um alle Baumwollfasern aus der Bauchhöhle zu entfernen. Wobei sie eine Infektion trotz der verabreichten Antibiotika nicht auszuschließen vermochte. So etwas war ihr in all den Jahren noch nicht untergekommen. Die Welt da draußen war voller Irrer und selbst ernannter Experten.

Dann war da noch der Verkehrsunfall auf der A59. Das Resultat der nächtlichen Raserei zwischen zwei testosterongesteuerten Idioten: ein amputiertes Bein, drei Tote und ein Mädchen, das nie wieder würde laufen können. Für heute reichte es ihr!

„Guten Morgen, Kommissar Fröhlig KK 11."

„Was kann ich für Sie tun?"

„Es geht um eine junge Frau, die gestern gegen einundzwanzig Uhr mit drei Messerstichen im Bauch eingeliefert wurde. Ich wollte nachfragen, wie es ihr inzwischen geht."

„Das unterliegt dem Datenschutz, Herr Kommissar, aber das muss ich Ihnen ja nicht erklären. Sonst noch was?" Sie war müde, hatte Hunger und ihre Füße brannten wie Feuer.

„Verstehen Sie mich bitte nicht falsch, ich kann hören, wie abgearbeitet Sie sind, aber wenn ich nicht gewesen wäre, dann würden wir dieses Telefonat nicht führen. Ich habe die halbe Nacht wach gelegen. Ich will nur wissen, wie …"

„Sie waren das mit den Tampons!" Die Notfallmedizinerin war schlagartig wach. „Sie haben der Frau die Tampons in den Unterleib geschoben?" Die Tonlage der Frau gefiel ihm ganz und gar nicht. Das Gespräch entwickelte sich nicht einmal im Ansatz so, wie er es sich erhofft hatte. Was hätte er denn anderes tun sollen? Die Verletzungen lagen einfach zu weit auseinander, als dass ein provisorisch angelegter Druckverband etwas gebracht hätte. „Hören Sie, Frau Doktor, warum was bereuen, das man nicht mehr ändern kann?“ Er konnte hören, wie die Frau am anderen Ende schnaubte. „Ja, das war ich, und ja, ich stehe zu einhundert Prozent hinter dem, was ich in dieser Situation getan habe. Sie wissen genauso gut wie ich, dass die Stichwunden zu weit auseinander lagen, als dass ein provisorischer Verband die Blutung hätte stoppen können. Vivien Klein wäre noch in der Wohnung verstorben, also.“ Das Schweigen am anderen Ende war nur schwer zu interpretieren.

„Na gut, schießen Sie los, was genau wollen Sie wissen?“ Sie war es so leid, was Menschen sich untereinander antaten. Im Guten wie im Bösen.

„Können Sie mir sagen, in welchem Zustand sie sich befindet?“

Sein zögerliches Fragen verriet ihr, dass es ihm wirklich nicht egal war, wie es um die junge Frau stand. „Mit absoluter Bestimmtheit nicht. Wir haben sie in ein künstliches Koma versetzt. Die Stiche wurden mit einer solch immensen Aggression ausgeführt, dass sie ein dramatisches körperliches Trauma hinterlassen haben. Angesichts der Beschaffenheit der Klinge war die Wirkung verheerend. Der Tiefe der Verletzung nach schätze ich ihre Länge auf sieben Zentimeter. Sie müssen wissen, ein normales Messer dringt ein und hinterlässt eine tiefe Wunde, fertig. Was an sich schon fürchterlich genug ist. Diese Klinge aber besaß einen Wellenschliff, vergleichbar mit dem eines Brotmessers.

Sie hat nicht nur verschiedene Organe perforiert, sie hat sie regelrecht aufgerissen. Einer der Stiche hat die Leber durchbohrt und dabei die Milz so stark verletzt, dass wir sie herausoperiert haben. Die Gebärmutter konnten wir ebenfalls nicht retten." Sie atmete schwer aus. „Sollte sie jemals den Wunsch gehabt haben, eigene Kinder zu bekommen ..." Die Ärztin am anderen Ende schluckte hörbar. „Ihr Organismus ist extrem durch die Traumata und den Blutverlust geschwächt. Von den Beschädigungen des Darms ganz zu schweigen. Teile des Dünndarms mussten ebenfalls entfernt werden. Im Moment können wir alle nur für sie beten. Beten Sie für ihre Genesung Herr Kommissar, und für ihre Seele. Wenn sie das überleben will, wird sie beides gut gebrauchen können." Die Italienerin fasste sich an den Hals und zog eine goldene Halskette hervor. Das kleine Amulett aus Perlmutt zeigte den Erzengel Raphael, den Schutzengel der Kranken.

„Salvezza con l'aiuto di Dio." Dann küsste sie es.

„Wie bitte?" Das Letzte hatte er nicht verstanden.

„Heile mit Gottes Hilfe", sagte sie in sich gekehrt. „Da, wo ich herkomme, Signore Commissario, glauben wir an die Kraft der Gebete." Die Erschöpfung, die in ihrer Stimme mitschwang, war beinahe schon körperlich. Dann legte die Ärztin auf, ohne sich zu verabschieden.

Das waren die Situationen in seinem Beruf, auf die er verzichten konnte. Doch Trübsal half niemandem und schon gar nicht dem Opfer, das in diesem Moment um sein Leben kämpfte.

Die Schachtel Zigaretten, deren Mitte das Logo eines gallischen Flügelhelms zierte, steckte er lässig in den Bund der Boxershorts. Er schnappte sich die Tasse mit Kaffee und ging hinaus auf den Balkon. Nach dem Gespräch würde ihm die kalte Luft guttun.

Egal wie er es drehte und wendete, es musste einen Zusammenhang zwischen den Ereignissen geben. Allerdings gefiel ihm die Schlussfolgerung, die sich daraus ergab, ganz und gar nicht. Denn das würde bedeuten, dass der Mörder sich ein neues Pärchen gesucht und es in seine Gewalt gebracht hatte. Er verfolgte den Rauch der Zigarette, den der Wind davontrieb.

Organisierte Serienmörder waren in ihrer Planung akribisch. Sie spionierten die Opfer aus. Was bisher noch nicht ganz passte, bei organisierten Serienmördern spielte Sexualität eine große Rolle. In der Regel waren es Prostituierte, die solchen Monstern als Erstes zum Opfer fielen. Die Ressource Frau stand unbegrenzt zur Verfügung und galt von jeher als leichte Beute. Weshalb sie bei der Aufklärung solcher Fälle eine entscheidende Rolle spielen konnte.

Handelte es sich bei den Damen allerdings um Illegale, wurde es schwierig. Denn verschwindet eines der Mädchen spurlos, bestellt der Zuhälter einfach neue Ware. Vorzugsweise aus Osteuropa oder neuerdings bei der kenianischen Mafia. Das war unkomplizierter, als den materiellen Verlust zur Anzeige zu bringen.

Die Worte, die die Ärztin am Telefon gesprochen hatte, kamen ihm wieder in den Sinn. „Die einzelnen

Stiche wurden mit einer immensen Aggression ausgeführt …" Da trug jemand viel negative Energie mit sich herum. Er zog an der Zigarette und betrachtete die verdorrten Pflanzen in seinen Balkonkästen.

Hätte es sich dabei nur um einen simplen Einbruch gehandelt oder eine Vertuschung, wäre möglicherweise Vivien Klein trotzdem Opfer geworden. Nur hätte dann der Angreifer die Klinge weniger brutal geführt. Die Impulskontrolle musste bei diesem Typen komplett fehlen. Wir alle hegen Mordfantasien, aber nur die wenigsten setzen sie auch in die Tat um. Ich eingeschlossen. Er nahm einen weiteren Zug von der Zigarette. Knisternd brannte die Glut ab. „Deswegen treiben Menschen Sport oder reden mit Therapeuten. In jedem steckt ein kleiner Soziopath. Die Frage lautet doch nur, wie weit hat jeder von uns ihn unter Kontrolle?", dachte er laut.

So sehr es ihm auch widerstrebte, er kam nicht umhin, Julia an seinen Gedanken teilhaben zu lassen.

Sein Blick fiel auf die Zigarettenstummel, die kopfüber im Blumenkasten steckten. Er fühlte die Kälte und wie sie Besitz von ihm ergriff. Ein letzter Zug, dann schnippte er die Kippe zitternd über die Balustrade.

Kurz bevor er die Polizeiinspektion betrat, glaubte er den silberfarbenen Tesla erspäht zu haben. Seine Armbanduhr zeigte zehn nach sechs.

Man konnte nicht gerade behaupten, dass sie gestern im Guten auseinandergegangen waren. Selbst wenn der

Gedanke, ihn bei Sabine gut aussehen zu lassen, von edler Natur war, rückte es ihn in ein völlig falsches Licht. Das Letzte, was er brauchte, war jemand, der für ihn sprach.

Die Glastüren der Sicherheitsschleuse glitten auseinander und eine Frauenstimme begrüßte ihn sachlich. Eigentlich hatte er im Stillen darauf gehofft, Feldmann anzutreffen, doch stattdessen saß dort eine Frau.

Gerade als er ihr ein paar aufmunternde Worte schenken wollte, drang aus dem Gang zu seiner Rechten hysterisches Gelächter. Eine Frauenstimme überschlug sich regelrecht vor Lachen, während Fäuste wie wild auf Tische eindroschen. In dem Gang zur Leitwarte sah es aus wie bei Hempels unterm Sofa. Etliche schusssichere Westen lagen auf dem Boden verteilt. Weiter hinten versperrten Einsatztaschen den Weg und überall lagen Schlagstöcke wie Mikadostäbe verteilt. Fröhlig zückte sein Handy und öffnete die App für die Kamera. Dann brüllte er im Kasernenton: „Wer ist für diesen Saustall verantwortlich?" Er legte ein diabolisches Grinsen auf und wartete.

Das Gelächter verstummte und schwere Stiefel donnerten militärisch über den Linoleumboden. Noch bevor der Dienstgruppenleiter überhaupt begriff, wie ihm geschah, war er in grelles Xenonlicht gehüllt.

„Fröhlig, was soll der Scheiß? Bist du jetzt völlig von Sinnen?" Der Leiter der Dienstgruppe A stand breitbeinig wie ein Kirmesboxer mitten im Gang.

„Wird Zeit, mein Bester, dass deine Mischpoke mal eine Lektion in Sachen Ordnung bekommt. Schließlich ist das hier immer noch eine Polizeistation und nicht dein ganz persönlicher Saustall. Was soll der Bürger von uns denken, wenn er so was da sieht?", und drückte erneut auf den Auslöser. Der Schatten, den der Mann warf, füllte den Gang gespenstisch aus.

„Fröhlig, ich warne dich!"

„Was sonst, hm? Drohst du mir?" Über Fröhligs Gesicht legte sich ein sardonisches Lächeln.

„Sonst pack ich dich bei deinen Eiern und schleif dich persönlich zu M." Der Dienstgruppenleiter schäumte vor Wut.

„Mach mir kein Angebot, zu dem du später nicht mehr stehst. Du weißt doch, in meinem Alter nimmst du, was du kriegst." Gott, er liebte diese kleinen Scharmützel mit der Trachtengruppe und insbesondere mit ihm.

Als er die mit d-c-fix beklebte Tür öffnete, erwartete ihn eine Überraschung. Dass in seinem Büro noch Licht brannte, war nichts Ungewöhnliches. Hingegen der Umstand, dass auf dem Boden eine Frau lag, schon.

In unbestimmtem Morsecode legte er den Lichtschalter schnell hintereinander um, woraufhin die Neonröhren kaum in der Lage waren, dem Rhythmus zu folgen.

„Langsam verstehe ich, warum deine Ausstrahlung auf das andere Geschlecht mit der degenerierten Empathie grundsätzlich im Konflikt steht." Sie sah fürchterlich aus.

„Ist dir schon mal in den Sinn gekommen, dass deine mäandernden Sätze für Normalsterbliche kaum bis gar nicht zu verstehen sind? Außerdem, wenn es dem Roboter-Mensch-Kontakter nicht gefällt, kann er beim nächsten Mal sich ja ein Hotelzimmer nehmen. Kaffee?“ Punkt, Satz und Sieg!

Sie bemerkte die unterschwellige Resonanz in der Art, wie er den zweiten Teil betonte. Viele Menschen hatten in den Morgenstunden Probleme damit, Emotionen richtig zu kommunizieren. Das war an sich nichts Ungewöhnliches. Wohingegen er Wert darauf legte, das offensichtlich zu kaschieren, was einer Aufforderung gleichkam, ihn danach zu fragen. Allerdings handelte es sich dabei um nichts Privates, ansonsten hätte er die Notwendigkeit der Wahl ihres Nachtquartiers nicht in die Zukunft gestellt. Ein Roboter war in den Köpfen vieler Menschen eine logisch arbeitende Maschine, und das Hotelzimmer stand stellvertretend für einen Aufenthalt an einem temporär begrenzten Ort.

„Was möchtest du, dass ich dich frage?“ Julia richtete sich auf und reckte die Arme zur Decke.

„Wieso glaubst du, dass ich will, dass du mich etwas fragst?“ Er hielt inne. „Oder so ähnlich“, fügte er korrigierend hinzu.

„Weil ich Psychologin bin und wir Sex miteinander hatten. Das verbindet mehr, als Mann zu glauben bereit ist.“

Seine Augen verengten sich zu schmalen Schlitzen. Fischte sie gerade im Trüben oder war es für sie wirklich so einfach, ihn zu durchschauen? „Ach verdammt, was soll’s.“

Nicht nur Roboter-Mensch-Kontakter, sondern auch noch Lügendetektor. Es wurde von Tag zu Tag immer besser mit dieser Frau.

Frank erzählte ihr von den Notizen, die der Mann von der Pforte ihm überreicht hatte. Von Vivien Klein und wie er sie in ihrem eigenen Blut aufgefunden hatte.

Seiner Ansicht nach war sie die bisher beste Spur, um ihrem Serienkiller einen Schritt näher zu kommen. Gesetzt, sie überlebte die Attacke.

„Hast du Polizeischutz veranlasst?" Fragend drehte sie den Kopf zur Seite.

Er stand mit dem Rücken zu ihr und reckte den Daumen in die Höhe. Gleichzeitig befüllte er den Filter der Kaffeemaschine.

„Glaubst du, ich fantasiere, Julia, oder ist da was daran?"

„Ich glaube, dass du ein erfahrener Ermittler bist, Frank, und dass dein Gespür für solche Dinge als sehr sensibel einzustufen ist."

Dass er sensibel war, hatte noch keine Frau von ihm behauptet.

Julia strubbelte sich das schwarze, geschorene Haar.

In diesem Augenblick klopfte es an der Tür und Feldmann stand im Rahmen. In den Händen hielt er einen weißen Karton, aus dem eine solarbetriebene Plastikblume debil herüberwinkte.

„Sabine sagt, ich soll euch ab jetzt unterstützen."

Jens wirkte wie ein Pennäler am Tag seiner Einschulung.

„Weißt du auch, warum sie das gesagt hat?", hakte Fröhlig irritiert nach und schaltete die Kaffeemaschine ein.

„Nö, nur dass sie sagte, dass du meine Hilfe brauchst."

„Frau Kriminalrätin Fröhlig hatte Sie mir schon angekündigt. Ich bin Julia Stern, Hauptkommissarin vom LKA Düsseldorf." Sie legte eines ihrer einstudierten Lächeln auf.

„Glaub mir, Kindchen, in der Behörde weiß jeder, wer du bist. Freut mich, dich kennenzulernen." Er streckte der Frau am Boden die Hand entgegen.

„Sie kommen aus der Gegend von Thüringen, wenn ich den Akzent richtig interpretiere." Wobei sie die entgegengestreckte Hand geflissentlich ignorierte.

„Respekt. Um genau zu sein, aus der Gegend um Jena. Hab rübergemacht, lange bevor die Mauer gefallen ist." Sollte indirekt heißen, er war geflohen. „Gut, wäre das auch geklärt. Wo sitze ich?", fragte Feldmann und schaute in Fröhligs Richtung.

„Da, Herr Polizeikommissar Feldmann." Julia verwies auf den einzigen freien Bürostuhl. „Eines vorweg, Herr Feldmann, meine korrekte Anrede ist Frau Hauptkommissarin Julia Stern."

„Ist das so? Dann lass dir gesagt sein, gewöhn dich lieber gleich dran. Ich kann mit Dünkeldenken nicht besonders viel anfangen. Bin da wohl irgendwie vorbelastet. Außerdem wollt ihr beiden Hübschen doch was von mir und nicht umgekehrt." Feldmann schaute fragend zu Frank herüber, der aber nur gleichgültig mit den Schultern zuckte.

„Kaffee?" Und hielt Jens schwankend die braun verfärbte Glaskanne entgegen.

„Oh ja, gerne, Frank". Feldmann nestelte in den Kartons herum und zauberte einen Kaffeebecher hervor, der eine fast identische Patina besaß.

Mit dem Kaffee in der Hand machte es sich Jens Feldmann bequem. Nippte ab und zu an dem Becher, während er repetitiv die Schreibunterlage anlupfte und darunterschaute. „Ah ja, der Klassiker", dabei griente er spöttisch.

„Herr Polizeikommissar Feldmann, bezüglich Ihrer Versetzung zu uns, haben Sie noch Fragen?"

„Wäre es zu viel verlangt, wenn Sie mich Jens nennen, Frau Hauptkommissarin Julia Stern vom LKA Düsseldorf? Keiner hier nennt mich Herr Feldmann und schon gar nicht Herr Polizeikommissar." Er tippte Benutzername und Passwort in eine Maske ein. Dann drückte er auf Enter.

„Schließen wir einen Kompromiss, Herr Feldmann. Einigen wir uns auf das Hamburger Sie", sagte sie mechanisch.

„Das was?" Feldmann hob den Kopf und schaute fragend über den Monitor hinweg.

„Sie nennt dich beim Vornamen, Jens, siezt dich aber weiterhin", fügte Frank ergänzend hinzu.

Die Lösung für ihr Problem schien Jens zu amüsieren.

Jens schenkte ihr ein Lächeln. „Und jetzt, was ist der aktuelle Stand bei unseren Ermittlungen?“ Dabei klatschte er in die Hände und rieb sie aufgeregt aneinander.

Als Frank Julias Täterprofil näher erläuterte, unterbrach sie ihn.

„Dabei ist es wichtig zu verstehen, dass unser Täter vom eigentlichen Modus Operandi abgewichen ist. Im Moment weist alles darauf hin, dass er eine Partnerin gefunden hat.“

„Und was bedeutet das für den Fall im Speziellen?“, fragte Feldmann nach.

Julia hielt sich an der Schreibtischkante fest und zog sich in die Höhe. „Die Frau scheint Einfluss zu nehmen. Die für ihn so wichtige sexualisierte Gewalt wird durch sie verwehrt – was von Vorteil für uns ist.“ Julia bemerkte in den Gesichtern der beiden, dass sie Mühe hatten, ihr zu folgen.

„Übersetzt, wenn der Täter nicht mehr alleine agiert, wird er über kurz oder lang Fehler machen. All die Jahre über hatte er penibel darauf geachtet, keine Spuren zu hinterlassen, nicht aufzufallen und erst recht, nicht in Erscheinung zu treten. Er kennt sein Jagdrevier und rechnet mit allen Eventualitäten. Nichts bisher wurde in seinem Universum dem Zufall überlassen. Er ist Perfektionist. Diese Leute planen und denken meist zwei Schritte im Voraus und genau da liegt sein Schwachpunkt und unsere Hoffnung. Bisher war er in der Lage, seinen inneren Druck selbstständig zu kontrollieren.

Dem Trieb dann nachzugeben, wenn der seelische Druck zu groß wird. Doch das geht jetzt nicht mehr, was zwangsläufig dazu führt, dass die unterdrückte sexuelle Präferenz den inneren Druck täglich erhöht. Kommt es bei Menschen mit mangelhafter Impulskontrolle zu einer sexualisierten Reizüberflutung, ist das Resultat der Kontrollverlust über sich und sein Handeln."

„Heißt, weil er sich nicht mehr an den Frauen vergehen darf, wie und wann er will, wird er einen Fehler machen?" Jens' Augen wurden hellwach.

„Das habe ich doch gerade erst so gesagt, Jens."

Feldmanns Antwort auf diese kleine Zurechtweisung war ein freundschaftliches Lächeln.

„Frau Kollegin Stern tut sich manchmal schwer mit den irdischen Possen der Ureinwohner", bemerkte Frank jovial.

Feldmann verstand nicht. Musste er wohl auch nicht. „Nehmt mir die Sache nicht persönlich, aber so wie ich die Sache sehe, ist das doch eher was für die Meute."

„Ha, genau mein Reden!", stimmte Frank ihm etwas zu enthusiastisch zu.

„Ich fühle mich wirklich geschmeichelt, aber ich bin nur ein einfacher Streifenbulle, und ihr zwei seid auch nicht gerade die *Crème de la Crème*. Wenn man dem Flurfunk Glauben schenken darf."

Wo er recht hatte. Fröhlig pustete über den Rand der Tasse hinweg. „So ganz kann ich dir die Frage auch nicht beantworten, Jens." Eigentlich hatte er fest damit gerechnet, dass seine Ex ihm ein ganzes Team an die Seite stellte. Stattdessen bekamen sie ihn, einen abgehalfterten Streifenpolizisten, dessen Impulskontrolle einer scharfen Handgranate glich.

„Ich war es, die Sie direkt bei seiner Vorgesetzten angefordert hat." Warum sollte sie die beiden vor den Kopf stoßen? Damit war niemandem geholfen.

„Aha?", kam es sparsam aus den Mündern der anwesenden Männer.

„Frau Kriminalrätin Fröhlig und ich sind gestern Abend noch die Listen mit den Personen durchgegangen, die für uns infrage kommen. Sie, Jens, entsprechen dem Typus Ermittler, den ich in einem solchen Fall bevorzuge. Eigenständig, zielorientiert, belastbar und mit einer Art Intelligenz ausgestattet, die für diesen Fall von Vorteil ist."

„Na, da sag ich jetzt aber mal ein fettes Danke." Das mit der Intelligenz ließ er mal auf sich beruhen. Allem Anschein nach war das wohl als Kompliment gemeint.

„Jens, ich möchte, dass Sie sich so schnell, wie es Ihnen möglich ist, in diesen Fall einarbeiten. Alles, was Sie dafür benötigen, finden Sie in den Schubladen da." Woraufhin Julia auf einen in die Jahre gekommenen Rollcontainer verwies.

„Ich ermittle nicht mit euch beiden vor Ort?" In seiner Stimme war Enttäuschung zu hören. Dann erhellte sich seine Miene ein stück weit wieder. Feldmann war durchaus bewusst, das hier konnte seine letzte Chance sein, sich innerhalb der Behörde zu beweisen.

Lieber den Spatz in der Hand als die Taube auf dem Dach.

„Alles klar, ihr lieben Leute, soll mir nur recht sein, bei dem Scheißwetter da draußen bleib ich eh viel lieber in der Nähe der Heizung." Ihm war es nie besonders schwergefallen, sich in neue Rollen einzufinden. Vor allem, wenn es versprach, spannend zu werden.

„Jens, ich möchte, dass du hiermit anfängst." Fröhlig zerpflückte die Akte und schob die rekonstruierten Gesichtsfotografien zu ihm herüber. „Schau mal, ob du Übereinstimmungen in INPOL findest."

„Mach ich, Chef."

„Und kontaktiere sämtliche Mobilfunknetzanbieter und finde heraus, wer alles zu dem angegebenen Zeitpunkt hier eingeloggt war." Er überreichte ihm einen handgeschriebenen Zettel mit Uhrzeit, Datum und einigen Koordinatensätzen, die Feldmann umgehend eintippte. „Das ist im Stadtwald, keine dreihundert Meter südwestlich der Villa Hartenfels gelegen! Wofür brauchst du mitten im Nichts gelegen eine Funkzellenabfrage?"

„Ungefähr an dieser Stelle bin ich vorgestern zu Boden gegangen, nachdem ich mir mit einer verdächtigen Person eine Verfolgungsjagd quer durch den Stadtwald geliefert habe." Was nur leicht übertrieben war.

Er berichtete von dem Erlebten und versuchte, nichts Wesentliches dabei auszulassen. An dem Punkt, an dem er die Dienstwaffe abfeuerte, nahm er das Tempo aus der Erzählung und verdüsterte die Szenerie. „Und als ich ihn endlich so weit hatte, spürte ich einen heftigen Schlag." Er beugte sich vornüber und strich das Haar heroisch beiseite. Zum Vorschein kam eine noch immer ansehnliche Beule.

„Oha, das sieht wirklich schmerzhaft aus", bedauerte Feldmann den Kollegen aufrichtig.

„Das kann ich dir sagen!", pflichtete er ihm heldenhaft bei. „Auf der Rückseite der Akte findest du einige handschriftliche Notizen, die mir im Nachhinein noch eingefallen sind." Das menschliche Gedächtnis konnte trügerisch sein, wenn es darum ging, Erinnerungen abzurufen.

„Du hast eine fürchterliche Sauklaue, weißt du das, Frank? Soll ich ein Team von der KTU zu der Stelle schicken?"

„Ich glaube nicht, dass das was bringt. Der Boden ist voller Laub, und selbst wenn der Kerl DNA oder einen Fußabdruck hinterlassen hat, der Regen wird alle Spuren vernichtet haben. Ich glaube, wir haben bessere Chancen, die Person zu ermitteln, wenn du an die Logdatei der Netzanbieter kommst."

„Ich kann dir nicht ganz folgen, Frank. Warum willst du, dass Jens die Logdaten ermittelt? In welchem Zusammenhang steht die Person mit unserem Fall?", fragte Julia aus rein beruflichem Interesse.

„Nenn es Bauchgefühl, Julia. Ich kann es dir nicht näher erklären, aber dieser Typ … Etwas stimmte mit ihm nicht. So wie er dastand, wie er sich bewegte, alles schien irgendwie auf Flucht ausgelegt. Wenn ich so darüber nachdenke, gab es vielleicht einen guten Grund, warum er genau diese Richtung eingeschlagen hat."

Julia bemerkte, wie Feldmanns Augenbraue leicht zuckte. „Oder aber die Person hatte schlichtweg Angst vor dir. Ich meine, schau dich an, Frank. Ich würde auch machen, dass ich Land gewinne, wenn du hinter mir her wärst." Dabei feixte Jens Julia an.

„Vielen lieben Dank, Kollege, aber nein, das war es nicht. Er ist nicht in blinder Angst vor mir davongerannt. Er wusste ganz genau, wo er hinwollte. Und nein, das war weder ein Hundebesitzer noch ein Pilzsammler", fügte Fröhlig ergänzend hinzu, bevor Feldmann auf die Idee kam.

„Was nicht geht, da die Pilzsaison vorbei ist, Frank. Die geht nur von Anfang September bis Ende Oktober."

Fröhlig schaute ihn fragend an, so als wollte er sich nach dem tieferen Sinn seiner Antwort erkundigen.

„Nicht vergessen, ich komme aus dem Osten. Wir hatten doch nöscht." Dabei grinste Jens schelmisch in die Runde.

„Nachdem ich Vivien Klein in ihrem eigenen Blut gefunden habe, betrachte ich den Zwischenfall in einem differenzierteren Licht."

„Was hat die denn auf einmal damit zu tun?" Feldmann glaubte sich verhört zu haben.

„Ach so, das weißt du ja noch nicht. Nachdem ich mir gestern Abend deinen Bericht durchgelesen habe, ist mir darin etwas aufgefallen. Vermutlich hast du ihr mit deiner kleinen Randnotiz das Leben gerettet. Sie ist gestern mit drei Stichverletzungen ins Krankenhaus eingeliefert worden. Ich nehme an, nachdem sie aus der Nachbarwohnung Geräusche gehört hat, ist sie rübergegangen, um nachzusehen. Daraufhin ist sie in der Wohnung der beiden US-Amerikaner niedergestochen worden. Und jetzt liegt sie auf der Intensivstation der Sana-Kliniken und kämpft um ihr Leben. In dem Zusammenhang, frag bitte nach, wie es ihr geht. Verlang nach einer Frau Dr. Gian Carlo. Sag, dass du dich in meinem Auftrag erkundigst und ab wann wir mit Frau Klein sprechen können. Mach ihr klar, dass Vivien Klein nicht nur in diesem, sondern auch in einem anderen Fall eine wichtige Zeugin ist. Ach, und sei nett zu der Guten. Ich habe bei unserem letzten Telefonat den Eindruck bekommen, dass ein paar aufmunternde Worte ihr ganz guttun."

„Sonst noch etwas, was ich für euch tun kann?"

„Ruf noch bei der leitenden Gerichtsmedizinerin Frau Doktor Melanie Kramer an und erkundige dich nach ihrem aktuellen Zwischenstand. Das Übliche, du weißt schon, DNA, Käferlarven, Farbpartikel, Pollen aus den Nebenhöhlen, eben alles, was für uns von Interesse ist! Und wenn du schon einmal dabei bist, steig auch den Jungs von der Verkehrsinspektion aufs Dach. Die sollen dir alle Aufzeichnungen geben, die sie in einem Umkreis von zwei Kilometern um den Tatort haben. Anschließend nimm dir selbst die Umgebung vor. Such nach Webcams, privater Verkehrsüberwachung, Friseursalons, Pommesbuden, auch die Eingangsbereiche von illegalen Bordellen. Dabei soll dir die Sitte zur Hand gehen. Sollten die Faxen machen, erinnere sie daran, wer beim vorletzten Behördenfest das Spanferkel spendiert hat.“ Feldmann nickte wie zur Bestätigung. „Einfach alles und jeden, der so eine Webcam zur Tatzeit des Angriffs auf Vivien Klein online hatte.“ Manche Verdächtige verweilten nach der Tat noch in der näheren Umgebung. Wurden regelrecht magisch vom Rundumlicht angezogen.

„Nimm dir explizit den Zeitraum zwischen achzehn und einundzwanzig Uhr vor. Der Angriff muss kurz vor meinem Erscheinen passiert sein. Also gegen zwanzig Uhr fünfzehn und zwanzig Uhr dreißig. Bekommst du das hin, Jens?“

„Klaro, Chef.“ Er notierte sich den letzten Satz und streckte optimistisch den Daumen in die Höhe.

Ganz so übel, wie alle behaupteten, schien Feldmann nicht zu sein. Zumindest konnte Fröhlig nichts Negatives an ihm feststellen. Er besaß einen munteren kollegialen Ton und sein außergewöhnliches Gespür hatte einer jungen Frau, so Gott wollte, das Leben gerettet. Selbst wenn Feldmann, wie alle behaupteten, ein Soziopath war, dann war er zumindest kein unsympathischer. Was aber nicht bedeutete, dass er jemals wieder eine Dienstwaffe in Händen hielt.

„So, und nun zu uns beiden Hübschen.“ Frank überkam ein seltenes Gefühl. Eines, das er schon lange Zeit nicht mehr wahrgenommen hatte. Er hatte Aufwind, und das galt es zu nutzen. „Du und ich, Julia, wir beide machen jetzt gute alte Polizeiarbeit." Er wertete ihre leicht verzerrte Mundpartie als ein Lächeln, das wohl Zustimmung signalisieren sollte.

„Wir fahren jetzt in die KTU und lassen uns briefen. Wenn unser Mann Spuren hinterlassen hat, werden sie diese auch gefunden haben. Und wenn wir sehr viel Glück haben, sind einige davon", er warf einen kurzen Blick auf die Wanduhr, „auch schon ausgewertet. Die Ergebnisse, Jens, lass ich dir auf meinen E-Mail-Account schicken. Passwort und Login findest du …"

Feldmann wedelte süffisant mit dem gelben Post-it umher, das er unterhalb der Schreibtischunterlage gefunden hatte.

„Ich merke, du kommst zurecht."

Erneut reckte sich Feldmanns Daumen wohlwollend in die Höhe.

Als der Tesla aus der lang gezogenen Kurve in die Schifferstraße einbog, spiegelte sich kraus das Landesamt für Zentrale Polizeiliche Dienste im Hafenbecken wider.

Die Abteilung für Kriminaltechnische Untersuchungen glich einem Hightechlabor. Wenn auch einige der anwesenden Kollegen große Ähnlichkeiten mit Prof. Dr. Honigtau Bunsenbrenner von den Muppets aufwiesen, waren die hier erzielten Ergebnisse alles andere als eine Lachnummer.

„Ach schau mal einer an, Frank Fröhlig, der letzte Retter der Republik." Die Weißkittel, die weiter vorne standen, wandten kurz ihre Köpfe von den stereoskopischen Mikroskopen ab und schauten zu dem ungleichen Paar am Eingang. Der Laborleiter machte keinerlei Anstalten, auch nur einen Schritt auf die beiden Kommissare zuzumachen.

„Lass mich raten, du kommst bestimmt wegen der Sauerei oben an der Monning?"

Fröhlig wollte gerade die Schwelle zum Labor übertreten, als der Mann mahnend die Hand erhob. „Wag es nicht, Fröhlig, auch nur einen einzigen Fuß in mein Labor zu setzen", giftete der Weißkittel ihn an. Julia konnte sehen, wie sich auf der Stirn des Mannes Zornesfalten abbildeten.

„Jetzt stell dich mal nicht so an. Wir wissen beide, dass ich damals nichts dafür konnte", wiegelte Fröhlig beschwichtigend ab.

„Es ist mir egal, und wenn der Papst persönlich dir Absolution erteilt hat, bis zur Tür und keinen Zentimeter weiter oder ich schwöre bei Gott, Fröhlig." Dabei ballte er drohend seine Hand zu einer Faust.

„Jetzt krieg dich mal wieder ein. So schlimm war das doch alles nicht", sagte Fröhlig leutselig. An dem Schlamassel war er schließlich nicht alleine schuld gewesen.

„Hast du gerade gesagt, ich, ich soll mich wieder einkriegen?" Die Stimme des Mannes stand kurz davor, sich zu überschlagen. „Nicht so schlimm!" Obendrauf kam eine nicht zu überhörende Vibration.

„Ich will doch nur wissen, wie der Stand der Dinge im Fall Klein ist. Dann bist du mich auch schon sofort wieder los. Großes Indianerehrenwort." Und um seinem Wort Nachdruck zu verleihen, zeigte er das Victory-Zeichen.

Schweigend fixierte der Weißkittel Fröhlig. „Beweg dich nicht von der Stelle. Hast du mich verstanden?" Dann drehte der Laborleiter ihnen den Rücken zu und entschwand in einen anderen Raum. Nach wenigen Minuten kehrte er mit einer grauen Pappmappe in der Hand zurück.

„Es tut mir leid, dir das mitzuteilen, aber wir haben so gut wie keine verwertbaren Spuren gefunden. Weder Fingerabdrücke noch brauchbare DNA. Allem Anschein nach hat der Täter die Wohnung mit einem scharfen Reinigungsmittel gesäubert."

Das erklärte auch den stechenden Geruch, den Fröhlig in der Wohnung wahrgenommen hatte. Er fragte sich, wie kaltschnäuzig jemand sein musste, der neben einer Sterbenden erst einmal die Wohnung putzte. Tief im Inneren hatte er darauf gesetzt, dass die KTU was vorzuweisen hatte. Und wenn auch nur auf molekularer Ebene. Aber nichts, rein gar nichts! Das war mehr als nur frustrierend. Der Fall verhielt sich immer mehr wie Treibsand. „Okay, trotzdem danke." Er wollte sich gerade herumdrehen, da räusperte sich der Laborleiter verhalten.

„Das heißt nicht, Fröhlig, dass wir gar nichts gefunden haben." Wie zur Salzsäule erstarrt, verharrte Frank in der Bewegung. Diese Typen kamen zu wenig an die frische Luft, was sie zu wahren Diven hatte werden lassen.

„Geht das auch etwas konkreter, was genau heißt ‚nicht nichts'?"

Weißkittel blätterte in der Mappe umher. „In der Dusche haben wir hinter einer angebohrten Fliese ein kleines Versteck gefunden. Ausgehend von dem Durchmesser des Lochs und seiner Position gehen wir von einer Spycam aus. Die dahinter versteckt war. Das ist aber noch nicht alles, Fröhlig." Während Franks Gesicht anfing, sich zu verfinstern, fing seines an zu strahlen. Des einen Leid ist des anderen Freud. „Außerdem Zellulose, der primäre Bestandteil von Holz." Der Laborkittel spürte, dass sein Moment gekommen war. „Als ihr Körper zu Boden ging, hat er das winzige Holzstück unter sich begraben und das austretende Blut tat sein Übriges dazu. Weshalb er es nicht gesehen hat. Was die Sache aber für euch wirklich interessant macht, ist die Fäulnis in dem Stück Holz. Wusstest du, dass es zehn verschiedene Arten der Holzfäule gibt? Die Weißfäule, Braunfäule, Rotfäule, Simultanfäule, Moderfäule, Stammfäule, Stockfäule, Wundfäule, Lagerfäule und die Hausfäule. Gemeinhin auch besser bekannt als Hausschwamm", dozierte der Mann mit stolzgeschwellter Brust. „Wir haben in der Zellulose Moderfäulnis gefunden. Dafür typisch sind die schmierige Oberfläche und der markante würfelartige Bruch. Kommen wir jetzt zum wirklich interessanten Teil, haltet euch beide gut fest. Die Zellulose stammt von Nyssa sylvatica, auch besser bekannt als Tupelobaum." Stille! „Diese Art hat ihren Ursprung im östlichen Nordamerika, wird hier aber wegen des galoppierenden Klimawandels inzwischen experimental angepflanzt. Ich war so frei und habe mich vorweg beim örtlichen Forstamt erkundigt. Dort bestätigte man mir, dass tatsächlich Nyssa sylvatica im Duisburger Stadtwald kultiviert wird. Leider sind in den letzten Jahren einige dieser schönen Gewächse durch Wildfraß und übermäßige Trockenperioden eingegangen." Er kam auf die beiden zu und überreichte ihnen mit lang ausgestrecktem Arm die Akte. „Ich war so frei und hab die Stellen grün markiert, wo Nyssa sylvatica kultiviert wird. Rot sind die Stellen, wo es die Bäume nicht geschafft haben."

Jens Feldmann stand auf und schüttete das, was Fröhlig allzu leichtfertig als Kaffee bezeichnet hatte, in den Ausguss. Zuallererst würde er sich mit der Verkehrsinspektion 22 in Verbindung setzen. Das Sichten der Videos würde die meiste Zeit in Anspruch nehmen, wobei er mit massivem Widerstand bei der Herausgabe des Materials rechnen musste. Totschlagargumente wie Datenschutz und Rechtsstaatlichkeit waren an der Tagesordnung und der Tod eines jeden kleinen Dienstweges.

Er hielt inne, überlegte, was er sagen konnte, dann steckte er den Finger in die Wählscheibe und fing an zu wählen. Erst nach dem fünften Freizeichen nahm endlich jemand den Hörer ab.

„Fröhlig, wie oft soll ich es dir denn noch sagen? Bezahl deine Strafzettel gefälligst selbst." Ein gewisses Maß an Subtilität schien der Stimme bei der angezeigten Rufnummer abhandengekommen zu sein.

„Guten Tag, Feldmann am Apparat von Kriminalkommissar Fröhlig.“ Stille am anderen Ende. Vermutlich brauchte er einige Sekunden, um die Information zu verarbeiten.

„Feldmann? Was treibst du an Franks Apparat?“, strauchelte die Stimme hörbar.

„Auf Anweisung von Frau Kriminalrätin Fröhlig ermitteln wir jetzt zusammen.“ In gewissen Situationen erwies es sich durchaus als vorteilshaft, die Obrigkeit ins Spiel zu bringen. Dumpfes Getuschel von Personen im Hintergrund drang schemenhaft an sein Ohr. Feldmann nahm es gelassen. Es war schließlich nicht das erste Mal, dass Dritte seine Telefonate mithörten.

„Alles klar, was kann ich denn für Sie tun, Herr Polizeikommissar Feldmann?“

„Kann ich offen sprechen?“ Die Frage war rhetorischer Natur, aber das wussten beide.

„Klar, schieß los, Kollege!“ Spöttisches Gelächter einiger Männerstimmen, die er zu erkennen glaubte, sprudelte dumpf aus der Leitung. „Im Umkreis von drei Kilometern an der Monning brauche ich alle zur Verfügung stehenden Videos, die deiner Inspektion vorliegen. Datum und Uhrzeit schicke ich dir zu.“

„Na klar, sonst noch was?“ Der Mann am anderen Ende hatte offensichtlich die Hand von der Sprechmuschel genommen, sodass das Gelächter der Umstehenden jetzt ungefiltert zu ihm durchdrang.

„Hören deine Kollegen etwa mit?“ Gut, wenn er es so haben wollte, seine Entscheidung. Jens kippelte mit dem Bürostuhl so weit nach hinten, bis er die Füße auf die Tischplatte ablegen konnte.

„Nein, wie kommst du denn darauf?" Jemand schlug sich im Hintergrund übertrieben laut auf den Oberschenkel.

„Dann ist ja gut", gab Jens den Naiven. „Wir brauchen die Aufzeichnungen so schnell wie irgend möglich. Die Sache eilt."

„Soso, Feldmann! Tut sie das?" Seine Arroganz war beinahe schon körperlich.

„Ich hatte gehofft, wir könnten das auf dem kleinen Dienstweg erledigen." Innerlich sträubte sich alles bei dem Gedanken, ihm einen Gefallen schuldig zu sein.

„Jaja, die gute alte Zeit, Genosse Feldmann, was?"

Eigentlich hätte er es besser wissen müssen. Der Typ war ein Parvenü. In der Funktion der Empfangsdame bestritt Feldmann zwar nur wenige bis gar keine Aufgaben, doch eine war ihm ganz besonders ans Herz gewachsen. Polizeikommissar Jens Feldmann galt als der Hüter aller Gerüchte und internen Geheimnisse. Er war sozusagen die Schaltzentrale des behördlichen Flurfunks. Und genau das machte sich jetzt bezahlt.

„Der war gut, ich lach später. Sag mal, hast du dein Handy zufällig am Mann?"

„Was geht es dich an, was ich am Körper trage? Die Zeiten sind ein für alle Mal vorbei, wo einfache Bürger wie ich darüber Auskunft schuldig sind."

Noch im gleichen Augenblick ertönte am anderen Ende das Signal einer eingehenden Nachricht.

Feldmann glaubte am anderen Ende der Leitung ein schweres Glucksen zu hören. „Wie ich höre, ist sie angekommen?“ Nur noch das Getuschel der Kollegen am anderen Ende war zu hören. „Du erinnerst dich noch an die Weihnachtsfeier zweizwanzig? Unser hauseigener Partykeller stand damals wegen Renovierungsarbeiten ja leider nicht zur Verfügung.“ Am anderen Ende wurde es hörbar leiser und die Stimmen verstummten.

Erneut ertönte das Signal des Messengerdienstes am anderen Ende.

„Erinnerst du dich an die kleine Polizeianwärterin?“ Die Atemgeräusche wurden flacher. „Wenn nicht, bin ich mir sicher, die Innere wird dir diesbezüglich gerne auf die Sprünge helfen.“

Die nächste WhatsApp-Nachricht zeigte ein Foto, wie er der jungen Beamtin gegen ihren Widerstand an die Bluse fasste.

„Bis wann spätestens benötigst du die Datensätze, Feldmann?“

„Am besten gestern schon.“ Dann legte Feldmann, ohne sich zu verabschieden, auf.

„Das lief doch besser als gedacht.“ Vielleicht war es nicht gerade die feine englische Art, aber der Typ war ein regelrechtes Schwein und eine Schande für seinen Berufsstand.

Die Wanduhr gegenüber zeigte jetzt halb zehn. Er fing an zu rechnen. Wenn Frank mit der Signora Dottore heute gegen vier Uhr in der Früh telefoniert hatte, dann war ihre Schicht noch nicht zu Ende gewesen. Das hieß, er konnte sie frühestens ab siebzehn Uhr wieder erreichen. So lange musste er warten.

„Was also als Nächstes?" Er überflog die Notizen auf der To-Do-Liste. Dann waren da noch die Providerdaten. Doch zuvor brauchte er einen Kaffee und zwar einen richtig guten. Den besten gab es natürlich bei Sabine im Büro, aber daran war nicht zu denken. Den zweitbesten bei den Kollegen für Organisierte Kriminalität und Korruption.

12. Kapitel

Mittwoch

Misstrauisch studierte er den Tunnel vor sich. Die schwarzen Bereiche hatten seit dem letzten Mal zugenommen. War das gut oder war das schlecht? Es konnte auch bedeuten, dass jemand die Beleuchtung mit Absicht zerstört hat. Um im Schutz der Schatten in Deckung zu gehen. Regungslos stand er einfach nur da, lauschte in den Gang vor sich. Dann setzte er seinen Weg fort, ohne dabei die dunklen Bereiche aus den Augen zu lassen. Vorbei an grau gestrichenen Türen, die großen Versorgungsrohre immer zu seiner Rechten. Nach exakt hundert Schritten blieb er stehen und warf einen schnellen Blick zurück über die Schulter. Dann bog er in den kleinen Gang zu seiner Linken ab. Die unscheinbare Tür am Ende war sein eigentliches Ziel. Dahinter lag ein Raum, so groß, dass man darin mühelos hätte Tennis spielen können. Der Türgriff war kalt und fühlte sich feucht an. Ein letztes Mal wagte er einen Blick hinter sich, dann wurde er eins mit der Schwärze im Raum. Die Hausmeister lagerten hier unten überwiegend Paletten voller Verbrauchsmaterialien für die Universität. Da sich die Paletten wie in einem römischen Feldlager verhielten, konnte er sich auch bei absoluter Dunkelheit gut zurechtfinden. Sein Ziel lag weiter hinten. Gut verborgen, befand es sich eingelassen in der Wand. Die Luke war ein Relikt längst vergangener Tage.

Beherzt umfasste er die eiserne Verriegelung der Luke.

Erst nachdem er wirklich verstanden hatte, welches Ausmaß die Anlage besaß, hatte sich ihm ihr Potenzial eröffnet.

Hier unten teilte er sein Reich nur mit Nagern. Außer ihm hatte in den vergangenen fünfundsiebzig Jahren niemand auch nur einen Fuß dort hineingesetzt. Hier unten war er der alleinige Herrscher mit viel Raum für Fantasie und Leidenschaft.

„Leidenschaft?" Er hob leise kichernd den Kopf. Ein Wort, dessen tiefere Bedeutung sich erst demjenigen offenbarte, welcher es in Gänze verstand. Denn nahm man das Wort und zerteilte es in der Mitte, standen beide Wortteile für sich allein. Fügte man diese aber anschließend verkehrtherum zusammen, wurde aus Leidenschaft „schafft Leiden". Sein kindliches Gekicher verhallte unheilvoll in der Schwärze des Tunnels.

Das Ritual stand kurz bevor und es gab noch einiges, um das er sich zu kümmern hatte.

Er musste an Cathy denken. Dieses Miststück hatte ihr gemeinsames Abendessen in voller Absicht sabotiert. Dabei hatte er sich so viel Mühe gegeben, es allen recht zu machen. Sogar ein frisches weißes Tuch lag über dem Tisch. Weiß Gott, aber das konnte er ihr nicht durchgehen lassen.

Heute bestand die Aufgabe einzig darin, die Vorbereitungen für die Abschlusszeremonie zu treffen. Der Alte war streng und verzieh keinerlei Fehler. Schon deswegen war es wichtig, das Ritual bis aufs kleinste i-Tüpfelchen minutiös zu planen. Nichts durfte dabei dem Zufall überlassen werden.

Die letzte Opferung hatte die gewünschte Wirkung leider verfehlt. Vielleicht lag es daran, dass es sich dabei um einen Chinesen gehandelt hatte? Vielleicht auch daran, dass die Energie zwischen Asiaten und Europäern nicht kompatibel war? Zumindest würde es erklären, warum der Chinese nicht so lange vorgehalten hatte.

Mit jedem Tag konnte er es mehr spüren. Es fiel ihm zunehmend schwerer, sich zu konzentrieren. Auch sein Körper fühlte sich matt und kraftloser an. Am besten konnte man es mit dem Gefühl einer aufkommenden Erkältung umschreiben. Er besaß zwar besondere Ressourcen, eine Art heroischer Urkraft, aber dieses Mal war alles anders. Der Asiate war ihm nicht gut bekommen. Jetzt lag seine ganze Hoffnung auf Daron. Die Kraft des Amerikaners würde ihn wieder nach vorne bringen, davon war er überzeugt. Die Asche heilte den Phönix und Daron heilte ihn.

Der Starter surrte elektrisch, bevor die Neonröhre den Raum in dystopisches Licht hüllte. Zu Anfang hatte sie noch um Hilfe geschrien, was ihn belustigte. Danach kam die Phase der Verzweiflung. Die mochte er eigentlich noch lieber. Zu mehr als nur einem leisen Wimmern waren sie zu diesem Zeitpunkt nicht mehr imstande.

Am liebsten jedoch mochte er sie, wenn sie ganz still waren. Nicht wild herumzappelten und nach ihm schlugen, ihn bespuckten und versuchten, ihm weh zutun. Das war so anstrengend. Mit einem Stoßseufzer verdrehte er die Augen nach oben. Konnten sie nicht einfach nur daliegen, und fertig?

Allerdings folgte auf die Erholungspause ein hysterisches Gekreische. Diese hohen Tonlagen waren für ihn das reinste Martyrium. Während dieser Zeit hielt er sich nur selten hier unten auf. Nach zwei bis drei Tagen hatten sie sich in ihre Bestimmung eingefunden. Vielleicht lag es an der Dunkelheit oder daran, dass er ihnen in dieser Zeit kein Essen brachte.

Das Licht der Neonröhre morste in kurzen Abständen. Im Reliquienschrein befanden sich die zeremoniellen Gegenstände.

Mit ernstem Blick öffnete er die Türen und trat andächtig einen Schritt zurück. Umgehend erfasste ihn ein Gefühl von Demut. Da war die Drehtrommel, die er der Tradition entsprechend nach jeder Darbringung neu beziehen musste. Die fein ziselierte Messingschale, deren Fassungsvermögen exakt einem halben Liter entsprach, und schließlich das mächtigste aller okkulten Gegenstände. Eine schwarz glänzende Axt aus lupenreinem Obsidian. Das Wertvollste in seinem Besitz.

Alles zusammen bildete ein mystisches Band, um die Kraft der Opfer auf sich zu übertragen.

Er löste die glänzende Axt aus der Halterung und wog sie schwer in Händen. Wie zur Bestätigung legte er den Daumen an die Schneide und strich längsseits darüber. Blut trat hervor und färbte den Finger rot. Unter schmatzenden Geräuschen lutschte er den Saft vom Finger, während er mit der anderen Hand in der Innentasche seiner Jacke nach der kleinen Glasflasche suchte. Extra wegen Daron hatte er noch einen Umweg gemacht, um bei der Zooapotheke vorbeizuschauen.

Den Pfeil mit dem Betäubungsmittel steckte er daumentief in das Blasrohr, legte an und zielte auf den bewegungslosen Körper.

Mit einem boshaften, koketten Ausdruck schaute er über das Blasrohr hinweg. Dann sang er mit kindlich naiver Stimme:

„Wo ist nur mein Liebchen geblieben?
Ist nicht hier, ist nicht da.
Ist wohl in Amerika."

Pfumb! Der Pfeil traf den Amerikaner bäuchlings.

Der Spalt der Tür stand gerade so weit offen, dass sein Kopf hindurchpasste. Die Stille auf der anderen Seite war friedhofsgleich. Vermutlich saß das Miststück irgendwo auf dem Bett und versank in Selbstmitleid.

„Cathy, meine kleine Cathy." In der Schwärze ihres Verlieses hörte sich die kindliche Stimme gruselig an. „Morgen ist es so weit." Nur ein leises Wimmern drang aus der Dunkelheit zu ihm hindurch. „Hab keine Angst, fürchte dich nicht, kleine Cathy. Auch wenn du nicht immer artig warst, trage ich dir das nicht nach. Ich verzeihe dir." Er war von sich selbst überrascht. So viel Nachsicht hatte sie eigentlich nicht verdient. „Was bleibt mir auch anderes übrig?", säuselte er wie ein verliebter Narr in die Schwärze. „Ich werde dich reinen Herzens empfangen. So wie das Leben vorbehaltlos auf die Erde kam, so werde ich dich vorbehaltlos aufnehmen." Der Gedanke daran verursachte ein eigenartiges Kribbeln im Bauch.

Nackt bis auf die Knochen, dachte er bei sich. Aber das sollte noch eine Überraschung werden.

13. Kapitel

Nicht eine einzige Person konnte sich an die Gesichter auf den Fotos erinnern.

Inzwischen schmerzten seine Füße und der Rücken stand kurz davor, in zwei Teile zu zerbrechen. Julia hingegen hatte sich erstaunlich gut geschlagen, besser als er insgeheim gehofft hatte. An dem Altersunterschied konnte es auf jeden Fall nicht liegen. Kein Jammern, dass ihr der Magen knurrte oder ihr die Füße brannten. Sie nahm es mit einer solch stoischen Gelassenheit, dass er sie ein Stück weit beneidete.

„Und was jetzt?", fragte sie im Stil einer KI.

„Ich würde sagen, wir machen Feierabend. Es reicht für heute, und ja, ich weiß, wir haben erst zwanzig Uhr dreißig." Eine gewisse Spöttelei konnte er sich nicht verkneifen.

„Willst du, dass ich dich nach Hause fahre?"

Er überlegte.

„Möchtest du, dass ich dich nach Hause fahre?"

Sie war süß, wenn sie nicht umgehend eine zufriedenstellende Antwort bekam. „Es gibt da noch einen Ort, an dem wir noch nicht waren", sagte er nicht ganz uneigennützig.

„Wo soll das sein?"

Warum er nicht sofort darauf gekommen war, blieb ihm ein Rätsel. „Fahr einfach weiter geradeaus und bieg an der nächsten Ampel rechts ab." Unkommentiert setzte sich die silberne Limousine in Bewegung.

Die Studentenkneipe rühmte sich, über zweihundert verschiedene Sorten Bier zu führen. Vom Fass oder aus der Flasche.

An den Tischen wurde gelacht, getrunken, und wild gestikulierend wurden die Probleme der Welt diskutiert. Bis auf den letzten Platz war die Kneipe gerammelt voll und dabei war nicht einmal Wochenende.

Er nahm Julia ins Schlepptau und bahnte sich einen Weg durch die Massen. An und für sich gingen ihm die Rotzigen so geballt auf die Nerven. Sie rempelten, beanspruchten mehr Platz, als ihnen von Alters wegen her zustand, und fühlten sich allesamt wie der kleine König Kalle Wirsch höchstpersönlich. Rotznasen allesamt.

Aus diesem bierseligem Gelächter und Stimmenwirrwarr erhob sich eine markante Männerstimme.

„Hey ihr beiden, hier drüben!" Von einem der großen Stehtische her winkte eine Hand aufgeregt aus der Menge. Darunter stand Feldmann und strahlte bis über beide Ohren.

Er breitete die Arme aus und stürmte euphorisch auf das ungleiche Paar zu.

Aus Julias Reaktion schlussfolgerte Fröhlig, dass sie anscheinend immer noch keine Lust auf Körperkontakt verspürte, daraufhin wurde er von Feldmann umso inniger geherzt.

„Kommt, stellt euch zu uns.“ Der Tisch war regelrecht belagert, sodass sie nur noch in der zweiten Reihe Platz fanden.

„Frank, wie immer?“ Einer der Kellner schwenkte eine Flasche Bier, deren Etikett ein Pinguin schmückte.

„Und was trinkt deine Tochter?“, brüllte der junge Mann gegen die Massen an. Woraufhin Fröhlig schief grinsend zwei Finger in die Luft hob.

„Wie seid ihr vorangekommen?“, wollte Feldmann neugierig wissen.

„Nicht so gut, wie wir gehofft hatten.“ Zufall war halt nichts, worauf man sich verlassen sollte.

„Aha!“ Feldmann setzte das helle Blonde an und nahm einen kräftigen Schluck.

„Wie war es bei dir, Jens? Konntest du die Kollegen von der Verkehrsinspektion erweichen? Bekommen wir die Videos?“

„Das war gar kein Problem, Frank. Die sind da wirklich sehr zugänglich. Ich brauchte nur an ihr Gewissen zu appellieren und versprechen, dass keines der Bilder weitergegeben wird. War ein bisschen wie die gute alte Zeit. Wenn du verstehst.“ Tat er zwar nicht, aber Fröhlig bemerkte seinen verschlagenen Gesichtsausdruck, sparte sich allerdings das Nachfragen. Wie hatte Reinhard Mey es einmal so schön besungen? *Im Westen ist es niemals gut, wenn einer zu viel weiß*. Und dabei wollte er es auch belassen.

„Im Übrigen habe ich das Videomaterial größtenteils schon gesichtet. Allerdings gab es keinen verwertbaren Treffer. Nichts, was auch nur im Ansatz vorbestraft oder bei uns digital hinterlegt ist. Die angeforderte Funkmastauswertung läuft inzwischen, kann sich aber wegen hoher Krankenstände bei einzelnen Providern noch in die Länge ziehen. Laut deren Aussage befinden sie sich inmitten einer Grippewelle."

„Okay! Gute Arbeit, Jens." Er kannte die Verkehrsinspektion und wusste, welche Diven die sein konnten. Jens war gut, das hatte er inzwischen begriffen.

Es dauerte keine fünf Minuten, da stellte eine Kellnerin mit einseitig kahl rasiertem Schädel ihr überbelegtes Tablett rigoros zwischen ihnen ab.

„Hast du schon eine Idee, wie es weitergeht?" Feldmann schien offensichtlich das gleiche Talent wie Julia zu besitzen, nämlich unangenehme Dinge ohne viel Chichi direkt anzusprechen. Die unangenehme Wahrheit war allerdings, dass ihnen die Spuren ausgingen, noch ehe sie welche gefunden hatten.

„Hast du nachgefragt, wie es Vivien Klein inzwischen geht? Wann können wir zu ihr?" Ein Strohhalm, er griff nach einem winzigen Strohhalm.

„Ich sage es nur ungern, Frank, aber Signora Dottore hat mir recht klar zu verstehen gegeben, dass in nächster Zeit nicht einmal daran zu denken ist. Im Übrigen ist sie weiß Gott nicht so nett, wie ihr Name klingt. Die Gute hat Haare auf den Zähnen, und das nicht zu knapp."

„Sollte ich was wissen, Jens?"

„Ich war der perfekte Gentleman, Frank."

„Natürlich warst du das“, sprach Fröhlig und hielt ihm sein Glas zum Anstoßen entgegen. „Vielleicht sollten wir die Fotos an Konsulate und Botschaften weiterleiten“, warf Jens Feldmann nachdenklich in die Runde, während er sich das Bierbärtchen abwischte. „Wie wäre es, wenn wir die ortsansässigen Ämter abklappern? Ich gebe allerdings zu bedenken, dass das nicht vom Büro aus zu erledigen ist. Wesentlich effektiver wäre es, die Menschen persönlich, also vor Ort, um den Gefallen zu bitten.“

„Ich habe schon verstanden! Sorry, aber kein Außendienst für dich. Anweisung von oben!“ Fröhlig spielte mit dem Hals der Flasche.

„Warum sollte er das nicht machen, Frank? So schlecht ist der Vorschlag nicht. Weder du noch ich besitzen genug Empathie, um andere Menschen freiwillig von etwas zu überzeugen.“ Julia konnte es zwar nicht zeigen, aber sie fing an, Gefallen an dieser Art von Humor zu entwickeln.

Indem er einen Schluck aus der Flasche nahm, verzögerte er die Antwort. Mit einem hatten beide recht. Jens hatte sich in der Kürze der Zeit bewährt. Außerdem, waren es nicht die Frauen, die ständig aufs Neue proklamierten, jeder habe eine zweite Chance verdient? Selbst ihm himself gestand Sabine zu, sich zu bewähren. Wenn auch unter eher fragwürdigen Bedingungen. Was hatte er schon zu verlieren, wenn er Feldmann auf die Menschheit losließ? Schließlich besaß er die Du-kommst-aus-dem-Gefängnis-frei-Karte. Fröhlig seufzte vernehmlich.

„Also gut, Feldmann, aber wehe, meine Ex erfährt hiervon."

Mit einer unmissverständlichen Geste strich Franks Daumen über den Hals. „Okay, Jens, dann schau, was du erreichen kannst. Klapper sämtliche Behörden ab und lass meinetwegen deinen so unwiderstehlichen Charme bei den Frauen spielen. Im Übrigen, hat sich die Gerichtsmedizin bei dir gemeldet?"

„Nicht persönlich, aber ich konnte mit einer ihrer Assistenzen sprechen. Die, wie ich finde, eine ziemlich sexy Telefonstimme hat."

Mit wem flirtete dieser Kerl eigentlich nicht?

„Sie sagt, dass es keinen Hinweis auf sexuellen Missbrauch und damit auch erst einmal keine weiteren verwertbaren DNA-Spuren gibt."

Innerlich fluchte Fröhlig laut auf. Gleichzeitig drängte sich ihm aber auch die Frage auf, woher Manjula das wissen konnte, dass kein sexueller Missbrauch vorlag. Gerade als er nachfragen wollte, erinnerte er sich an die fünf unscheinbar wirkenden Plastikeimer, die gleich neben dem Durchgang zur Teeküche standen. Mel hatte sie ins Spiel gebracht, als sie ihre Moralpredigt hielt.

„Allerdings – und das wollte sie ausdrücklich betont wissen – ist nicht auszuschließen, dass der Mörder ein Kondom benutzt hat", ergänzte Feldmann seine Informationen.

Julia war es, der sie zuerst auffiel. Die Frau besaß am linken Auge ein nicht zu übersehendes Ringhämatom.

Sie schätzte sie auf Anfang, vielleicht Mitte zwanzig. Sah man einmal von den äußeren Blessuren ab, war sie eine wahre Naturschönheit. Jemand musste ihr vor Kurzem übel mitgespielt haben. Die Wange war geschwollen, die Stirn verkratzt und an der Oberlippe klaffte ein echt übler Cut.

Wahrscheinlich war der Zahn dahinter auch ausgeschlagen.

Die Gute musste ordentlich was eingesteckt haben und Julia hoffte für sie, dass es bei der Prügelei geblieben war.

Die Frau öffnete ihre fleckige Umhängetasche und zog ein Bündel aufgeweichter Obdachlosenzeitschriften daraus hervor. Sie stand noch nicht ganz an einem der Tische, da zückten die ersten Männer auch schon ihr Portemonnaie. Anscheinend löste das Äußere der jungen Obdachlosen ein verkaufsförderndes Verhalten aus.

Jetzt bemerkte auch Fröhlig die Frau, die nur noch wenige Schritte von ihm entfernt stand. War das nicht die Tippelschwester, der er seinen letzten Zehner in die Hand gedrückt hatte? Sie sah fürchterlich aus. Irgendjemand hatte sie übelst aufgemischt.

„Um Gottes willen, was ist denn mit dir passiert?“ In seiner Stimme schwang echte Fürsorge mit.

„Ach schau mal einer an. Der spendable alte Sack.“ Und schenkte ihm ein abschätziges Lächeln.

Was hatten diese jungen Hühner nur bloß immer mit seinem Alter? Er war überrascht, wie klar und deutlich sie sich artikulieren konnte, trotz der fiesen Schwellung am Kiefer.

„Ach das“, meinte sie und bleckte ihre gelblichen Zähne. „Einer von den anderen wollte mir mein allerletztes Paar trockene Socken klauen. Das konnte ich doch nicht zulassen. Ohne trockene Socken, bei dem Wetter.“ Sie gluckste leise, und Fröhlig bemerkte, wie ihr Adamsapfel hoch- und runterrollte. „Wie soll das gehen? Ich meine …“ Eine Träne lief ihre Wange hinunter.

„Warte.“ Fröhlig zückte sein Portemonnaie und sortierte die Scheine nach Entbehrlichkeit.

„Nimm.“ Er hielt der Frau einen Zehn-Euro-Schein entgegen.

Es war Jens, der seine Hand beiseiteschob. „Wenn du deinem Geld böse bist, Frank, gib ihr auch gleich den Rest.“ Er blickte der Frau voller Verachtung ins Gesicht.

„Sugar, ich glaubte, mich zu erinnern, dass du wegen räuberischer Erpressung und schwerer Körperverletzung für drei Jahre eingefahren bist.“

„Feldmann, auch schön, dich zu sehen. Es wundert mich, dass noch keiner von den Schwarzfüßen dich plattgemacht hat. Verdient hättest du es. Du frauenverachtendes, rassistisches Arschloch!“

„Was nicht ist, kann ja noch werden.“ Diese Frau war mit Vorsicht zu genießen, und Feldmann tat gut daran, sie auf Abstand zu halten. „Und jetzt sieh zu, dass du Land gewinnst, Sugar, oder ich loche dich höchstpersönlich ein und schmeiß den Schlüssel weg.“

„Jetzt komm mal wieder runter“, versuchte Fröhlig Feldmann zu beruhigen.

„Genau, Feldmann, komm wieder runter“, äffte sie ihn nach.

„Weißt du, warum man sie Sugar nennt, Frank?“

Sie stieß ein trockenes Lachen aus. „Immer die gleichen alten Kamellen, Feldmann. Langweilt dich das nicht?“

„Das Unschuldslamm hatte vor ziemlich genau zweieinhalb Jahren eine fiese Schlägerei mit einem der anderen Penner gehabt. Die Gute wollte nicht nur dessen Revier übernehmen, sondern auch gleich seine Klaubande inklusive. Aus verständlichen Gründen hatte dieser kein Interesse gezeigt. Daraufhin hat sie eine Bierflasche zerschlagen und dem armen Teufel damit das Gesicht zerschnitten. Damit aber noch nicht genug. Während er am Boden lag und versuchte, das, was von seinem Gesicht noch übrig war, festzuhalten, ist sie in aller Seelenruhe in ein Café marschiert, nahm sich von dort ein paar Zuckerwürfel und kam zurück. Anschließend hat diese Teufelin ihm die Würfel in die Wunden gerieben. Weißt du, was Zucker in offenen Wunden verursacht? Ich werde es dir sagen, Frank. Narbenbildung. Sie hat ihn fürs Leben entstellt! Der Typ sieht heute aus wie der große Bruder von Freddy Krueger. Also, am Arsch mit ‚armes Mädchen‘.“

„Na und, Feldmann? Keiner von uns ist perfekt. Auch du nicht. Außerdem habe ich meine Strafe abgesessen. Also leck mich.“

Ehe Fröhlig sich versah, griff die Obdachlose blitzschnell nach dem Zehner, den er immer noch in Händen hielt, doch Julia war schneller. Bevor sie den Schein zu fassen bekam, umklammerten Julias Finger ihr zerbrechlich wirkendes Handgelenk.

Sugar war überrascht, wie viel Kraft die Frau besaß. „Fass mich nicht an!“, zischte sie Julia bedrohlich entgegen. Zwischen ihnen entstand eine irritierende Stille.

„Es reicht!“, blaffte Julia unmissverständlich zurück.

„Den da kenn ich“, wechselte die Obdachlose plötzlich und unvermittelt das Thema.

„Wen?“, fragte Fröhlig ungläubig nach.

„Na, den da, den Typ mit dem Tattoo am Hals“, ätzte Sugar verächtlich zurück.

Hastig wischte er den Stapel Fotos auseinander und drehte das besagte Bild in ihre Richtung.

„Ist aber schon eine ganze Weile her, dass der Typ mir über den Weg gelaufen ist. Der hatte so ein modernes Tattoo, direkt hier am Hals.“ Sie strich mit dem Finger grob in Richtung ihres Ohrs.

„Geht es vielleicht etwas genauer? Kannst du dich erinnern, wie die Tätowierung genau aussah? Das ist wirklich wichtig für uns“, insistierte Fröhlig.

Das war der Satz, den sie gerne hörte. Ab hier klingelte es in der Kasse.

„Wann und wo hast du ihn das letzte Mal gesehen?“ Fröhlig gab Julia zu verstehen, Sugars Handgelenk loszulassen.

„Klar könnte ich das.“ Das Blatt hatte sich zu ihren Gunsten gewendet. „Die Information kostet aber.“

Kommentarlos verdoppelte er den Zehner.

„Mach dich nicht lächerlich!“ Ihr Grinsen war so breit, dass es fast schon grotesk wirkte.

Aus zwanzig wurden vierzig.

„Schon besser, aber schau mich an.“ Ihr Handrücken glitt über das geschundene Gesicht. „Das Leben meint es nicht gerade gut mit mir.“

Im gleichen Augenblick knallte Feldmann einen Hundert-Euro-Schein auf die beiden Zehner.

„Aufschreiben und zwar alles.“ Jens überreichte ihr einen Stift. „Und solltest du uns verarscht haben, nagele ich dich persönlich an die nächstbeste Laterne.“

„Davon träumst du, Feldmann.“ Sie nahm den Stift, und vor den Augen der anderen entstand ein Kreis, in dem sich zwei senkrecht angeordnete Dreiecke mit der Spitze berührten.

„Das ist das Zeichen von Extinction-Rebellion. Eine Umweltschutzbewegung, die durch zivilen Ungehorsam auf das Massensterben und die globale Vernichtung von Lebensräumen aufmerksam macht“, dozierte Julia.

Hakenkreuz am Arsch, Frau Doktor Kramer, schmunzelte Fröhlig in sich hinein.

„Hat er was ausgefressen?“

„Das wissen wir nicht“, konstatierte Julia. „Der Mann ist tot.“

„Ah! Das ist schade.“

„Und was genau daran ist schade, Sugar?", hakte Fröhlig misstrauisch nach.

„Ich glaube nicht, dass ich das ausgerechnet einem Bullen auf die Nase binden möchte. In meiner Wellt seid ihr das manifestierte Böse."

„Wir wollen nur wissen, was du weißt." Fröhligs Mienenspiel verdunkelte sich messbar. „Oder willst du, dass mein Kollege das Gespräch auf der Wache weiterführt? Was meinst du, Jens? Die andere Gesichtshälfte sieht doch noch ganz passabel aus."

„Lachhaft", war das Einzige, was Sugar zu seiner Drohung einfiel.

Julia griff tief in ihre Hosentasche und holte eine dünne Rolle Geldscheine hervor. Sie löste das Gummi und entfaltete das Papier. Schweigend wechselte ein weiterer grüner Schein die Besitzerin.

„Okay, wir haben ab und zu Zeit miteinander verbracht."

„Ihr hattet Sex?" Bei dem Gedanken schüttelte es Feldmann innerlich.

„Nein, hatten wir nicht. Nicht immer läuft alles auf das eine hinaus. Geh mal zum Arzt, Feldmann, du bist doch krank!", fauchte sie zurück. „Unser Arrangement war rein finanzieller Natur. Wir haben uns nur getroffen, wenn Card Day war."

„Hör mit dieser kryptischen Scheiße auf, Sugar, und rede so, dass wir es verstehen", blaffte Feldmann zurück.

„Wie soll das funktionieren?"

Wenn Blicke töten könnten, wäre Jens in diesem Moment tot vom Hocker gefallen. Auf den Mund gefallen war sie jedenfalls nicht.

Ohne dass Fröhlig es verhindern konnte, kratzte schon die nächste Frage an der Oberfläche.

„Und was genau müssen wir uns unter diesem Card Day vorstellen?", versuchte Fröhlig, die Situation zu beschwichtigen.

„Der ist immer dann, wenn meine Schutzbefohlenen genügend Kreditkarten abgegriffen haben. Dann habe ich ihn kontaktiert. Der Typ war in erster Linie nicht nur Umweltaktivist. Der hatte richtig Ahnung von Computern und so 'nem Zeugs. Wenn ich mich recht erinnere, studierte er auch in der Richtung." Ihr war anzusehen, dass sie sich bemühte, sich zu erinnern. „Ich glaube, auch irgendwas mit Künstlicher Intelligenz, aber nagelt mich nicht darauf fest." Sugar schnappte sich Fröhligs Bier und trank es leer.

„Jetzt erklärt sich mir auch, warum dieser Penner nicht mehr ans Telefon gegangen ist." Sugars Augen wanderten suchend über den Tisch.

„Sagtest du gerade Telefon?" Fröhlig hätte einen Luftsprung vor Freude machen können.

„Hab schon gedacht", fuhr sie ungerührt fort, „dass seine Bitch den Umgang mit mir verboten hat und er deswegen alle Anrufe ignorierte. Na ja, weil wir uns immer nur nachts getroffen haben, um die Kreditkarten blank zu machen. Die Alte ist echt krankhaft eifersüchtig, müsst ihr wissen. Vielleicht aber auch nicht ganz grundlos.“ Ein merkwürdiger Glanz spiegelte sich in ihren Augen wider.

Fröhlig sparte sich das Nachfragen.

Angesichts ihres Erscheinungsbilds konnte er gut und gerne auf Kopfkino verzichten.

„Sugar, hast du seine Freundin jemals gesehen?“, hakte Julia nach.

„Klar, die Bitch war schlimmer als eine Klette. Hab sie mal durch Zufall zusammen in der City abhängen sehen. Keine Ahnung, was die Kerle an solchen Weibern finden, vermutlich aber haben die Talente, von denen andere nur träumen.“ Mit der Zunge an der Innenseite der Wange vollzog sie eine obszöne und unmissverständliche Geste.

„Der hier gehört dir.“ Fröhlig zog einen weiteren grünen Schein aus Julias Bündel, die das ohne Gegenwehr durchgehen ließ, „wenn du uns seine Adresse und die Telefonnummer aufschreibst.“

„Kein Problem, die Adresse von seiner Schlampe auch?“

Fröhlig überkam regelrecht ein Hochgefühl. Zwei Namen, zwei Adressen, eine Telefonnummer. Das könnte der Durchbruch sein, den sie so dringend brauchten.

Sugar hatte noch nicht den letzten Punkt gesetzt, da zog er ihr den Zettel unter dem Stift weg. „Ich muss telefonieren.“ Es brauchte Zeit, bis eine weibliche genervte Stimme das Gespräch entgegennahm. Keine zehn Minuten später hatte er seine Ex davon überzeugt, die KTU in Bewegung zu versetzen.

Die Informationen der Obdachlosen hatten sie binnen Minuten einen riesigen Schritt vorangebracht. Wenn auch nur durch Kommissar Zufall, aber auch das gehörte zu ihrem Job dazu. Das Universum stellt dich immer dahin, wo du seiner Meinung nach gebraucht wirst.

Er atmete tief durch. Die nasskalte Novemberluft schien nicht nur seinen Bronchien gutzutun. Er fühlte sich belebt und auf eine erfrischende Weise auch anders.

Der Feierabendverkehr auf den Straßen hatte sich merklich entspannt. Die Menschen saßen inzwischen zusammen mit ihren Liebsten bei Tisch oder entspannten vor dem Fernseher. Nicht einer von ihnen hatte auch nur den blassesten Schimmer, welches Monster sich unter ihnen bewegte.

So schwer es ihm auch fiel, ab hier musste er vorerst der KTU das Feld überlassen. Also sprach nichts dagegen, den kleinen Teilerfolg mit Julia und Jens ausgiebig zu feiern.

Feldmann war der Erste, der demonstrativ zu gähnen anfing.

„Seid mir nicht böse, aber für mich wird es Zeit.“ Sprach und trat schwankend den Heimweg an.

„Ich bin alkoholisiert und somit fahruntüchtig. Kann ich bei dir schlafen?“ Die letzte Runde hätte sie besser auslassen sollen, außerdem erwiesen sich die Hocker als unbequem. „Ich will aber keinen Sex. Weder mit mir noch mit dir. Stellt das ein Problem für dich dar?“

Frank schaute sie mit glasigen Augen an. Julia überlegte indes, ob sein rechtes Augen immer schon schielte und ihr es nur nie aufgefallen war.

„Alles klar, keinen Sex. Weder für dich noch für mich.“ Das konnte ihm nur recht sein. Nach der Anzahl von Bieren würde er es laut ihrer Richterskala nicht mal bis zur Null schaffen.

14. Kapitel

Donnerstag

Irgendwann in der Nacht musste sie vom Sofa ins Bett gekommen sein. Hatte sich nahtlos an ihn angeschmiegt, sodass er ihre Wärme spürte. Allein die Tatsache, dass neben ihm eine halb nackte, zwanzig Jahre jüngere Frau lag, war mehr als nur schmeichelhaft. Nicht dass ihm das zum ersten Mal passierte. Immerhin! Schmeichelhaft war es jedes Mal, nur anders als sonst brauchte er nicht dafür zu bezahlen.

Was genau stellte er sich eigentlich vor? Malte er sich allen Ernstes aus, mit ihr eine Beziehung einzugehen? Emotional war er ein Krüppel, zu lange schon alleine, als dass eine Beziehung eine realistische Zukunft hätte. Außerdem war Nähe absolut nicht sein Ding, das hatte er mehr als einmal unter Beweis gestellt, und doch spielte er seit gut einer Stunde toter Mann. Aus Rücksicht darauf, sie nicht zu wecken.

Das, was sie beide auf verstörende Weise verband, besaß genügend Stoff für eine tragische, drittklassige Hollywood-Inszenierung. Mehr aber auch nicht!

Doch wie er es auch drehte und wendete, Julia beschäftigte ihn mehr, als ihm guttat. Als gesund für ihn war. War sie zu Anfang eine nervtötende Gleichung bestehend aus zwei Unbekannten, glaubte er inzwischen verstanden zu haben, wie sie funktionierte. Dass die Angst davor, verletzt zu werden, ebenso tief saß wie bei ihm.

Behutsam hob er ihren Arm von seiner Schulter und versuchte, darunter hinwegzugleiten.

„Wie viel Uhr ist es?", murmelte eine unbetonte Stimme halb schlafend.

„Wir haben noch alle Zeit der Welt. Kaffee?"

„Nein danke, um diese Uhrzeit bin ich für Scherze noch nicht bereit."

„Autsch", so viel Ehrlichkeit am frühen Morgen, damit musste man erst einmal umgehen können. „Allmählich glaube ich zu verstehen, warum du keine Freunde hast." Behutsam drehte er sich zur Bettkante.

„Ich habe Freunde." Woraufhin sie ihm eins mit dem Kopfkissen überzog. „Du solltest darüber nachdenken, in eine Kaffeemaschine zu investieren. Eine, die den heutigen Standards entspricht." Lasziv drehte sie sich auf den Rücken, schob die Hände unter den Kopf. So lag sie da und starrte mit geschlossenen Augen zur Decke. In ihren Achseln zeichneten sich kleine feine Punkte ab. Das kurz geschnittene Haar zerzaust und auf dem Gesicht die feinen Linien des Kopfkissens. Ihr Mascara war aufs Übelste verwischt und hatte die gefürchteten Panda-Augen hinterlassen, wodurch sie einen düsteren Touch bekam, der ihn auf verstörende Weise erregte.

Gerade wollte er sich über sie beugen, als ihre Augenlider unmerklich zu zucken anfingen.

„Tee!“ Sie hatte jetzt Lust auf Tee.

„Was?“ Noch ehe er reagieren konnte, starrte er in zwei schwarz verschmierte Augen. Wie zwei Pingpong-Bälle wanderten ihre Augäpfel aufgeregt hin und her. Ganz offensichtlich war sie darauf nicht vorbereitet gewesen. Was für ein Trottel er doch war!

„Tee, ich hätte gerne eine Tasse Tee“, versuchte sie die Situation zu entschärfen.

„Was?“ Er kam sich vor wie das berüchtigte Kaninchen, das zu lange in die Augen einer Schlange schaute.

„Du wiederholst dich, Frank.“ Regungslos lag sie unter ihm.

„Klar, Tee habe ich.“ Als er sich aus dem Bett drehte, achtete er darauf, dass sie ausschließlich seinen Rücken zu Gesicht bekam. Einen ausführlichen Monolog über die unangebrachte Größe seines Schwellkörpers im Verhältnis zur mangelnden Paarungsbereitschaft des Weibchens war das Letzte, was er jetzt gebrauchen konnte.

Als Julia die Küche betrat, lagen seine Füße auf dem Küchentisch und ein nahezu perfekter Rauchkringel umschloss die schwedische Küchenlampe.

„Mir war nicht klar, dass du rauchst.“

Über den Rand seines Kaffeebechers hinweg begutachtete er die Person im Türrahmen. „Bist du sicher, dass du so auf die Wache möchtest?“ Dabei nickte er amüsiert ihr Outfit ab.

Fragend begutachtete sie ihr Äußeres und überlegte, wie er das gemeint hatte. Schließlich waren das dieselben Kleidungsstücke, die sie seit Sonntag trug. Warum also störte ihn das ausgerechnet heute? Die Kombination aus Jogginghose und Kapuzenpulli erwies sich als angenehm und zweckmäßig zu tragen.

„Im Übrigen würde dir eine Dusche auch gut zu Gesicht stehen", wobei er demonstrativ mit der Hand vor seinem Gesicht herumwedelte.

Allmählich dämmerte es ihr, worauf er hinauswollte. „Wenn das für dich in Ordnung ist, leihe ich mir ein paar Kleidungsstücke von dir."

Kommentarlos drehte sie sich herum und zog den Pulli über den Kopf. Fröhlig musterte die wulstigen Narben, die sich wie ein Schachbrettmuster kreuz und quer auf ihrem Rücken verteilten. Irgendwann würde er sie darauf ansprechen.

Kurz bevor sie ins Bad abbog, blieb sie im Halbdunkel der Diele stehen, machte eine betont langsame Drehung und lehnte sich lasziv gegen den beigefarbenen Türrahmen. Die festen Brüste und das indirekte Licht aus dem Bad hätte Helmut Newton nicht besser in Szene setzen können. Mit der einen Hand zerzauste sie sich das Haar, während die andere am Gummizug der Jogginghose nestelte.

„Auch Unterwäsche?", hauchte sie ihm die Frage entgegen.

Du kleines Biest, dachte er sich. War er als Mann wirklich so berechenbar? „Klar, nimm, was du brauchst", sagte er wie selbstverständlich, während er angestrengt versuchte, nicht daran zu denken, was sein könnte.

„Danke.“ Das Letzte, was er von ihr sah, war ihr Slip. Wie er im hohen Bogen quer durch die Diele ins Schlafzimmer segelte.

Knisternd brannte der Tabak ab, als er einen tiefen Zug an der Zigarette nahm. Es war wirklich erschreckend, wie schnell man sich an diese Dinger wieder gewöhnte.

Gerade als er im Begriff war, die Nummer der KTU anzurufen, stand sie tropfend und nur mit einem Handtuch um die Hüfte im Türrahmen.

„Zieh dich an, wir müssen los. Jens hat sich gemeldet, als ich unter der Dusche stand.“

Ihm schwante nichts Gutes. „Bitte sag mir nicht, dass du ihm auf die Nase gebunden hast, wo du gerade bist?“

Schweigen!

Das war Öl auf seinem ganz persönlichen Scheiterhaufen im Fegefeuer der Kollegenhölle. „Na, da wird sich der Flurfunk aber freuen, Julia.“

Das war jetzt schon das zweite Mal binnen einer Woche, dass er noch vor Dienstbeginn das Präsidium betrat. Die Uhr im Foyer zeigte kurz vor sieben, und so wie er Feldmann einschätzte, stand dieser bestimmt schon auf Posten.

„Moin.“ Feldmanns spitzbübischer Gesichtsausdruck sprach Bände.

Fröhlig versuchte erst gar nicht, die Angelegenheit aufzuklären, stattdessen winkte er gleichmütig in den Raum.

„Es gibt Neuigkeiten. Unser Toter mit der Tätowierung am Hals heißt Andreas Ortiz, geborener Kessler, und war bis dato sechsundzwanzig Jahre alt gewesen. Ursprünglich stammt er aus Leipzig und war an der Uni Duisburg-Essen im Master für Embedded Systems Engineering eingeschrieben. So, und jetzt haltet euch fest." Feldmanns künstlerische Pause war einen Tick zu lang. „Sugar hatte doch eine Begleitung erwähnt. Das war nicht wie vermutet die Freundin von Ortiz, sondern dessen Ehefrau. Eine gewisse Maria Ortiz. Kam ursprünglich aus Barcelona und studierte ebenfalls im gleichen Studienfach hier in Duisburg. Beide haben vor gut neun Monaten ihren Master gemacht und kurz darauf geheiratet. Aus ihrem E-Mail-Verkehr geht hervor, dass sie eine Hochzeitsreise quer durch Europa geplant hatten. Wollten wohl noch mal richtig Urlaub erleben, bevor der Ernst des Lebens sie einholt."

„Daraus wurde ja dann wohl nichts", spottete Fröhlig.

„Macht zumindest den Eindruck. Übrigens hatten beide ein sehr interessantes Jobangebot in ein- und demselben Start-up-Unternehmen bekommen. Keine sechzig Kilometer von Brüssel entfernt."

Fröhlig lehnte sich zurück und verschränkte die Arme hinter dem Kopf.

„Was hat es mit diesem Imbeddingsda-Studiengang auf sich?"

Feldmann blätterte einige Seiten zurück.

„Embedded Systems Engineering. Der Studiengang vermittelt das Wissen, Hardware und Software von rechnergestützten Systemen miteinander zu verbinden. Das Anwendungsgebiet, wenn ich es richtig gelesen habe, hat ein recht umfangreiches Spektrum. Telekommunikation und Robotik sind da nur einige Teilbereiche. Am interessantesten ist aber wohl der Zweig der Künstlichen Intelligenz. Da ist global gerade ein wahrer Goldrausch im Gange. Die Unternehmen werben sich gegenseitig die Entwickler ab und das nicht immer mit seriösen Mitteln. Wie so oft geht es auch hier um Geld. Um sehr viel Geld, Frank."

Franks Blick schweifte herüber zu Julia. „HAL 9000?"

„So oder so ähnlich, Frank. Es wird aber noch besser." Feldmann öffnete die Schublade und überreichte ihnen eine orangefarbene Mappe.

„Ich habe mir erlaubt, die bisher gewonnenen Erkenntnisse chronologisch abzuheften. Interessant wird es aber erst so richtig ab Seite vierunddreißig."

Schweigend befeuchteten sie die Daumen und blätterten stumm in der Mappe rückwärts.

„Okay, was genau ist daran neu?" Fröhlig entnahm das Foto von Ortiz und legte es obenauf. Feldmann hätte sie nicht darauf aufmerksam gemacht, gäbe es da nicht ein Detail.

Jens räusperte sich und forderte sie auf, die Rückseite des Fotos näher zu betrachten.

Auf dem weißen Hintergrund befand sich mit rotem Filzstift umrandet ein Name: *James Halliday.*

„Ich verstehe nicht ganz." Fröhlig blickte ihn fragend an.

„Die KTU hat auf Ortiz' Laptop eine ziemlich merkwürdige E-Mail gefunden, in deren Anhang sich das Teilfragment einer Baukastensoftware befindet. Und am 02.09. letzten Jahres ging diese E-Mail an eben diesen James Halliday." Feldmann blickte auffordernd in ihre Gesichter.

„Nöp, da rührt sich nicht das Geringste! Sagt dir der Name was?" Auch Julia war der Name völlig unbekannt.

„War klar, ihr Internetimmigranten", holte Jens verächtlich aus. „James Halliday ist der Protagonist in einem dystopischen Science-Fiction-Roman von Ernest Cline. Dieses Buch hatte es zu seiner Zeit binnen weniger Wochen auf die Bestsellerlisten geschafft. Es sieht danach aus, dass Ortiz und die fiktive Person James Halliday zu Lebzeiten gemeinsame Sache machten. Von dem, was wir wissen, bestand ihre Kooperation darin, lukrative Aufträge aus dem kriminellen Milieu entgegenzunehmen. Ihr Spezialgebiet war die auf Kundenwunsch zugeschnittene Baukastensoftware." Die Leere in den Gesichtern seiner Kollegen wurde zunehmend größer.

„Okay, weil ihr es seid. Vor einigen Jahren noch, da schrieb die Hackerszene Schadsoftware für ihre eigenen Bedürfnisse. Sagen wir mal", er fing an zu überlegen, „du wolltest das Kühlsystem eines AKWs herunterfahren. Dann musstest du damals im Vorfeld noch recherchieren. Welche Firewall zum Beispiel benutzt das Unternehmen, was für eine Betriebssoftware liegt vor und gibt es möglicherweise ein Antivirenprogramm, das es zuvor zu infiltrieren gilt? Ich will euch jetzt auch gar nicht mit den Details langweilen. Doch in den letzten Jahren hat sich eben diese Vorgehensweise komplett gewandelt. Die Ökonomie des Marktes hat auch in der Hackerszene Einzug gehalten. Was früher ein Tummelbecken für Anarchisten und Nerds mit destruktivem Spieltrieb war, ist heute zu einem sehr, sehr lukrativen Geschäft geworden. Warum etwas für kleines Geld anbieten, das nur für wenige von Interesse ist, wenn ich heute in der Lage bin, speziell auf Kundenwunsch zugeschnittene Schadsoftware anzubieten und so Zehntausende von Euro abzukassieren? Zu den Kunden gehören ebenso ausländische Geheimdienste wie ganz gewöhnliche Erpresser.

Doch im Gegensatz zu früher sind diese Softwarepakete zu wahren Hightechwaffen mutiert. Zum Beispiel bekommst du inzwischen perfekt ausgearbeitete Pläne zur Durchführung eines Cyberangriffs auf ein Krankenhaus oder ein mittelständisches Unternehmen. Und das für sage und schreibe knapp zehntausend Euro. Glaubt mir, die Investition lohnt sich. Ein Beispiel: Stellt euch vor, eine Gruppe russischer Hackeraktivisten nimmt euer multinational agierendes Unternehmen in digitale Geiselhaft und all eure Geschäftsdokumente werden verschlüsselt. Ohne das neue Passwort ist dein Unternehmen am Arsch. Der Hacker investiert also zehntausend Euro und macht auf einen Schlag daraus Millionen. Er kann Atomkraftwerke manipulieren, Krankenhäuser stilllegen, Stauwehre öffnen oder mit der Ampelschaltung einer Metropole *SimCity* spielen. Ganz nach Belieben. Könnt ihr euch noch an zwo fünfzehn und zwo sechzehn erinnern? Die russischen Cyberangriffe auf das ukrainische Stromnetz?"

Feldmann schaute resigniert in nichtssagende Gesichter.

„Gott, aber *Stuxnet*, das sagt euch was? Die Malware, die 2010 dafür Sorge getragen hat, dass die Iraner ihre Urananreicherungsanlagen in den Wind schießen konnten?"

Stille.

„Okay, was ich versuche, euch zu sagen: Die beiden, Ortiz und dieser Halliday, haben sich mit der Programmierung von eben solchen Baukastenprogrammen einen ziemlich lukrativen Studentenjob aufgebaut. So, und jetzt überlegt mal, was Ortiz mit den Kreditkarten von Sugar verdient hat und welche Gewinnmarge er mit solchen Programmen eingefahren hat."

„Was genau willst du uns damit sagen? Dass da noch mehr im Spiel gewesen war als nur Sex mit einer Obdachlosen und finanzielle Mildtätigkeit?"

Feldmanns Kopf zuckte unmerklich zur Seite. „Auffällig ist auch, dass auf dem Girokonto der Eheleute Ortiz gerade immer nur so viel Geld einging, dass sie nicht die Aufmerksamkeit der Banken auf sich zogen. Laufende Kosten wie Miete, Strom oder Studiengebühren waren stets gedeckt. Das ist vermutlich mit der Grund, warum sie bis heute nicht als vermisst gelten. Und bevor ihr fragt, für Interpol sind beide unbekannt.

Ich habe darüber hinaus die spanischen Behörden angeschrieben und um Amtshilfe gebeten. Vielleicht ist ja in deren System eine Maria Ortiz abgängig. Allerdings steht die Antwort noch aus."

„Sehr gut, Jens!" Fröhlig war sichtlich beeindruckt. Der Mann entwickelte sich zu einer wahren Bereicherung.

„Im Übrigen hat die KTU die Adresse für mehrere Bitcoin-Konten gefunden, woher vermutlich das Geld für die laufenden Kosten stammt. Ich soll euch aber gleich sagen, dass deren Computerfreaks ohne die Passwörter keine Möglichkeit sehen, an die Konten heranzukommen. Bitcoin-Konten besitzen eine Blockchain-Verschlüsselung und da ist ohne das Passwort nicht das Geringste zu machen", ergänzte er wissend.

Fröhlig fragte sich, woher Feldmann all das wusste. Über Baukästen und die Hackerszene. Klar, vom Darknet hatte auch er schon gehört, aber sein Wissen darüber war bei Weitem nicht so fundiert wie das von Feldmann.

„Woher weißt du das alles? Blockchain, Baukastensoftware, Urananreicherung, Geheimdienste. Ich meine, das fällt dir doch nicht mal eben so in den Schoß." Fröhlig wandte sich Julia zu, versuchte zu ergründen, wie sie darüber dachte.

„Wenn du tagein, tagaus an der Pforte sitzt, hast du zwei Möglichkeiten. Entweder du stumpfst mit jedem Tag mehr ab oder aber du nutzt die Zeit und machst das Beste daraus. Rate, für was ich mich entschieden habe?"

Fröhlig blieb ihm die Antwort darauf schuldig. Aber ein winziger Zweifel an der Ehrlichkeit seiner Antwort blieb bestehen

Feldmann legte die Hände vor sich auf den Schreibtisch. „Also, was meint ihr? Mord aus Vergeltung? Oder jemand wollte Zeugen aus dem Weg räumen? Das letzte Glied in einer Kette, das den Auftraggeber verraten könnte?“

Julia löste sich von der Wand und setzte sich ihm gegenüber. „Eine zwanghafte Persönlichkeitsstörung verhindert eher eine Spontantat, wie sie üblicherweise bei Vergeltungsaktionen aus dem organisierten Verbrechen vorzufinden ist. Hinzu kommt, dass eine Persönlichkeitsstörung unweigerlich zu reaktiv motivierten Handlungen führt, deren Ablauf unweigerlich kurz, dafür aber sehr emotional ausgeführt wird.“

„Also kein organisiertes Verbrechen?“, fragte Feldmann zögerlich.

„Definitiv nicht, und auch keine Enthauptung durch einen Geheimdienstmitarbeiter, Jens.“

Feldmann fügte dem Blatt eine weitere handschriftliche Notiz hinzu.

Fröhlig lehnte sich an die Wand und vergrub seine Hände tief in den Hosentaschen. „Hat Mel nicht das Alter der jüngsten Skelette auf achtzehn bis fünfundzwanzig festgelegt? Welchen Altersdurchschnitt haben Studierende heutzutage und welche Gruppe von jungen Menschen scheut gemeinhin das Tageslicht wie der Teufel das Weihwasser? Vielleicht ist das der Grund dafür, warum sie niemand auf den Bildern wiedererkannt hat. Weil die Toten schlichtweg nicht an den Orten verkehrt haben, wo sich üblicherweise sonst junge Menschen ihres Alters herumtreiben.

„Willst du damit andeuten, unser Mörder hält gezielt nach Studenten Ausschau?" Feldmann richtete sich auf. „Die Theorie würde auch das Verschwinden von Cathy Hayworth und Daron Schmidt erklären." Jens' Augen fingen an zu funkeln.

„Und vielleicht auch das der Eheleute Ortiz", fügte Fröhlig hinzu. „Weißt du was, Frau Stern? Wir beide nehmen uns jetzt mal diesen ominösen Lehrstuhl für Künstliche Intelligenz vor." Das konnte doch kein Zufall sein. Beide Pärchen waren an der Uni eingeschrieben und beide hatten irgendwas mit IT zu tun. Die Uhr zeigte kurz vor halb neun. Die Wahrscheinlichkeit, an der Universität um diese Uhrzeit auch nur einen einzigen Studierenden anzutreffen, ging fast gegen null. Also blieb noch genügend Zeit, um seiner Ex ein kurzes Update zu geben. Wenn Feldmann recht behalten sollte, dann war diese Hackergeschichte auf jeden Fall etwas, für das sich das BKA interessieren sollte oder wenigstens die Schnösel vom LKA. Über die Zuständigkeiten konnte sich M. und Jørgen die Haare raufen. Das entsprach nicht mehr seiner Gehaltsgruppe. Allerdings ergab sich daraus ein ganz anderes Problem. Sollte Sabine sich damit an eine übergeordnete Behörde wenden, waren sie raus. Sie drei würden von dem Fall abgezogen. Einen trostlosen Augenblick lang befürchtete er, wieder zur Tatenlosigkeit verdammt zu werden.

Es musste ihm gelingen, Sabine davon zu überzeugen, so lange die Füße stillzuhalten, bis sie nahe genug an ihn herangekommen waren. Danach konnte sie mit der Information machen, was immer sie wollte. Denn bis das BKA oder LKA auf Betriebstemperatur kam, dauerte es für gewöhnlich einige Tage.

Fröhlig griff zum Hörer und wählte ihre Durchwahl. Kurz darauf ertönte das Freizeichen, einmal, zweimal, dreimal. Die Stimme am anderen Ende machte keinen Hehl daraus, wie sehr sie sich darüber freute, von ihm zu hören.

„Was willst du?", zischte sie ihn an.

Diesen Unterton kannte er nur zu gut. Er beinhaltete ebenso Vorwürfe wie eine unterschwellige Aggression, ohne auch nur ein einziges Wort darüber zu verlieren, worum es ihr eigentlich ging. „Es ist wichtig." Manchmal war weniger mehr.

Er hatte nicht vorgehabt, sich so lange bei ihr im Büro aufzuhalten. Doch die laufende Ermittlung hatte einen neuen Ansatz mit sich gebracht, den es zu bereden galt. Er fragte sich, was schlimmer war: ein außer Kontrolle geratener Irrer oder ein paar Superschurken mit dem Finger am Abzug? In Sabine steckte noch mehr Ermittlerin, als es den Anschein hatte. Sie gab ihnen achtundvierzig Stunden, bevor sie es ans KK 31 weiterleitete mit der Bitte, das BKA zu involvieren.

Zwei Tage, und heute war Donnerstag. Das bedeutete, bis spätestens Freitagabend brauchten sie handfeste Resultate.

Er überlegte, wann die Kollegen von der Computerkriminalität ins Wochenende gingen. Sabine war nicht blöd. Den Posten als Erste Kriminalrätin bekam man nicht mal eben so geschenkt. Sie würde schon wissen, wann der richtige Zeitpunkt war, um die Informationen weiterzuleiten. Fünf Minuten vor oder nach Feierabend der Kollegen. Zehn Minuten, die darüber entschieden, wann das BKA informiert wurde. Freitag oder Montag. Dienstrechtlich konnte man sie deswegen unmöglich belangen. Wenn er richtig vermutete, wusste sie das auch. Dienst war Dienst und Schnaps war Schnaps. So funktionierte der Apparat nun einmal.

Kurz vor der Tür zu seinem Büro blieb er stehen. Er überlegte, ob er dem Team von dem Ultimatum erzählen sollte? Andererseits, was würde das bringen? Der Erfolgsdruck war schon groß genug. Da war die Aussicht, in zwei Tagen den Fall abzugeben, nicht sonderlich motivierend. Feldmann ging zurück an die Pforte und Julia diente Jørgen weiterhin als nützliches Zirkusäffchen. Und er?

Julia folgte dichtauf, als er mit der Jacke über der Schulter schweigend das Büro verließ.

Als sie auf die Straße traten, warf Fröhlig einen Blick nach oben. Die Sonne versuchte durchzubrechen und verlieh der Wolkendecke die Farbe einer Wasserleiche.

Den zwanzigminütigen Fußmarsch waren sie schweigend nebeneinander hergelaufen. Seit dem Gespräch mit Sabine wirkte er nachdenklich und hatte kaum ein Wort darüber verloren. Sie könnte nachfragen, doch sie war sich sicher, er würde ihr die Antwort schuldig bleiben.

Noch in den Zwanzigerjahren des vergangenen Jahrhunderts hatte der Teil der Universität den Duisburger Bürgern als Krankenhaus gedient. Ein nichtssagender Backsteinbau, dessen nüchterne Fassade stark an eine Kaserne erinnerte.

Er warf schweigend einen Blick auf den Zettel, den Feldmann ihm beim Verlassen des Büros zugesteckt hatte. Lotharstraße 65.

Einzig und allein ein schlicht gehaltenes Türschild verwies auf das Sekretariat. Kein Name, kein Titel. Nur die Bezeichnung des Fachbereichs.

Julia wollte gerade anklopfen, als er sie davon abhielt.

„Glaub mir, so macht es viel mehr Spaß." Noch ehe sie darauf etwas erwidern konnte, trat er ungefragt in das Büro.

Am offenem Fenster stand eine Frau, nicht viel älter als fünfzig. Sie trug schulterlanges rotbraunes Haar, eine hautenge Jeans und dazu einen mit Pailletten besetzten Pulli.

Der Hustenanfall hörte sich ernstzunehmend an.

„Wir hatten angeklopft", log er, ohne dabei rot zu werden.

Die Frau kämpfte arg damit, den Qualm aus der Lunge zu bekommen, und röchelte mehr, als dass sie sprach.

„Wer verflucht sind Sie?“ Ihre Stimme klang wie die von Bonnie Tyler nach einer Flasche englischem Whisky.

„Das ist meine Kollegin Frau Hauptkommissar Stern vom LKA und ich bin Kommissar Fröhlig, Kripo Duisburg, KK 11. Wir haben ein paar Fragen bezüglich dieser Herren.“ Er zückte die Fotos aus der Jackentasche und hielt sie der Frau entgegen. „Unseren Informationen nach studieren sie bei Ihnen.“

„Und selbst wenn, schon mal was von Datenschutz gehört?“ Sie zog eine Schublade auf und ließ die Zigarettenschachtel unsanft darin verschwinden. „Gerade Sie sollten das doch wissen.“ Sie verzog das Gesicht zu einem herablassenden Lächeln.

„Wir ermitteln hier in einem Mordfall, da ist mir der Datenschutz ziemlich schnuppe.“

„Ihnen vielleicht, mir aber nicht. Wenn Sie Fragen bezüglich unserer Studierenden haben, wenden Sie sich bitte an das Studierendensekretariat. Oder besser noch, wenden Sie sich doch gleich an diesen Scheißkerl von Professor.“ Fröhlig wollte gerade näher darauf eingehen, als Julia einen Schritt an ihm vorbei machte.

„Und wo können wir diesen … Scheißkerl finden?“ Sie verzögerte den Satz mit voller Absicht. Der Mensch strebt nach Macht und Anerkennung. Im Großen wie im Kleinen. Wird sie ihm verwehrt, können Frustration und destruktive Gedanken ein mögliches Resultat sein.

Was Menschen dazu bringt, sich Dinge von der Seele zu reden.

„Der feine Herr Professor, der kommt, wenn er was will. Ansonsten ist er in seinem Labor. Für ihn bin ich doch nichts weiter als eine Drohne, die zu funktionieren hat, so wie es ihm beliebt.“ Ihr Schluchzen war kaum zu überhören.

„Und wie er es möchte.“ Damit flog die Schublade krachend zu.

Selbst ein Blinder hätte sehen können, was hier falsch gelaufen war. Jemand hatte ganz offensichtlich die Finger nicht vom Buffet gelassen. Also ein Frauending und damit war er raus.

„Ich habe vor einigen Jahren selbst an einer Universität gearbeitet. Ich weiß, wie Sie sich fühlen“, stimmte Julia zu.

Bisher war er immer der Meinung gewesen, Empathie wäre für sie so etwas wie ein Fremdwort.

„Aber lassen Sie mich Ihnen eines sagen. Ohne die tatkräftige Unterstützung von Frauen wie Ihnen wären Forschung und Lehre nicht möglich“, fuhr sie beschwichtigend fort.

„Glauben Sie das wirklich oder sagen Sie das nur so?“, schluchzte die Sekretärin kleinlaut auf. Julia war wirklich ein Manipulator vor dem Herrn.

„Um diese Uhrzeit finden Sie ihn noch am ehesten in der Mensa. Warten Sie.“ Die Gute versuchte inzwischen, das gekränkte Timbre in der Stimme so gut es eben ging zu unterdrücken.

„Ich schreibe Ihnen noch seine Handynummer und die private Anschrift auf." Wobei sie durch die Nase schniefte.

„Eine Frage habe ich noch, Frau …?"

„Frau Henning", antwortete sie und schenkte Julia ein mütterliches Lächeln.

„Frau Henning, danke. Dem Namen nach, ist er Franzose?"

Jetzt lachte die Sekretärin gehässig auf.

„Ha, der und ein Franzose? Dass ich nicht lache. Zu seinem Leidwesen stammt er nur von der deutschen Seite des Elsass. Lassen Sie sich nicht in die Irre führen, meine Liebe, der preziöse, schwere französische Akzent ist nichts weiter als antrainiert. Wie ein affektierter Pudel, der um die Gunst des Beobachters buhlt. Er möchte die Leute glauben machen, er wäre gebürtig aus Paris. Dabei ist er nichts weiter als ein gewöhnlicher Straßenköter aus dem Bildungsbürgertum einer mickrigen deutschen Vorstadt. Dieser eitle Pfau!"

Jaja, die verschmähte Liebe einer Frau um die fünfzig, dachte er sich. Da war definitiv mehr an Emotionalität im Spiel, als einem einzelnen Mann guttat.

Als 2003 die beiden Universitäten Duisburg und Essen fusionierten, studierten an beiden Standorten über vierzigtausend Menschen gleichzeitig.

Einen besseren Ort, um auf Jagd zu gehen, gab es kaum.

Wie oft kam es vor, dass Studierende dem Druck der Lehranstalt nicht gewachsen waren? Das ungesunde

Verhältnis zwischen Drogen und Depressionen war an solchen Fakultäten ein offenes Geheimnis.

Fröhlig erinnerte sich daran, wie erschreckend hoch damals die Zahl der Selbstmörder an der Uni Bochum gewesen war, was ihr den zweifelhaften Ruf einer Selbstmord-Universität eingebracht hatte.

Hier war der Fall zur Gänze anders gelagert. Hier ging es nicht um eine Handvoll Heranwachsender, die sich überfordert fühlten. Jemand hatte den Campus zu seinem Jagdrevier erklärt, und Fröhligs Bauchgefühl sagte ihm, dass sich das auch nicht so schnell änderte.

Wenn sich Julias Theorie über die kürzer werdenden Abstände bewahrheitete … Angesicht sder vielen jungen Menschen schauderte es ihn bei dem Gedanken daran.

Als sie beide die Doppeltür zur Mensa durchschritten, empfang sie ein Schwall angenehm warmer Luft. Was sofort auffiel, war die helle und überraschend moderne, einladende Inneneinrichtung. Alles war augenscheinlich darauf ausgelegt, dem Gast eine angenehme Zeit zu bereiten.

An einigen der Tische saßen blass wirkende Gestalten, nebst dampfenden Tassen. Zahlreiche aufgeklappte Bücher oder Laptops waren wie Schutzwälle vor ihnen aufgetürmt, hinter denen sonores Gemurmel wie beschwörende Zaubersprüche erklang.

Eine Gruppe von asiatischen Studenten hatte zwei Tische zusammengeschoben und gestikulierte wild mit Armen und Händen. Ihre Rädelsführerin, eine junge Frau, hielt einen Zettel in die Höhe und echauffierte sich maßlos, worauf die Gruppe kollektiv verstummte. Weiter vorne kauerten drei Typen in Bundeswehr-Parkas. Der Vordere trug eine Baseball Cap mit dem Emblem der New York Yankees.

Einen Tisch weiter links eine blasse Gestalt mit hennagefärbten Haaren. Vermutlich war das die Fraktion der Unbestimmten. Nicht Fisch, nicht Fleisch und am besten nicht ansprechen. Manche Dinge änderten sich nie.

Allerdings fehlte von dem Professor jede Spur.

Fröhlig nestelte nach dem Zettel in der Jackentasche und wählte die darauf notierte Nummer.

Umgehend sprang die Mailbox an und eine weibliche Computerstimme erklärte sich bereit, seine Nachricht aufzunehmen.

„Ausgeschaltet! Kaffee?" Noch ehe Julia darauf reagieren konnte, verschwand er auch schon in Richtung der Essensausgabe.

Mit einer Hand jonglierte die Mensamitarbeiterin eine Metallschüssel, während sie mit der anderen für mehr Platz sorgte. Natürlich hatte sie den Mann bemerkt, ignorierte ihn aber professionell.

„Guten Morgen", versuchte er es ungewohnt höflich. „Was gibt es denn heute Gutes?"

„Essensausgabe erst ab elf Uhr fünfzehn", erwiderte sie abweisend und verwies auf ein Schild über sich.

Die Frau war dem Akzent nach Osteuropäerin. Er tippte auf Tschechin.

„Danke für den Hinweis, aber zwei Kaffee reichen voll und ganz aus."

„Ah, Polizei?“, kam die Antwort unerwartet direkt.

„Hm, doch so eindeutig?“

Ihr Blick war sanftmütig, als sie den Kopf ein Stück weit anhob. „Leider ja. Allerdings muss ich zugeben, dass die Verkleidung Ihrer jungen Kollegin gut gelungen ist. Ich hätte Sie doch fast für ihren Vater gehalten.“

„Leider ja?“, wiederholte er ihre Worte spielerisch empört.

„Wie ich schon sagte.“ Dabei schenkte sie ihm ein unverfängliches Lächeln.

„Ich sag's ja immer wieder, Augen auf bei der Berufswahl.“ Flirtete er gerade tatsächlich mit der Frau?

„Es ist nie zu spät, eine falsche Entscheidung zu überdenken.“ Sie stellte ein weiteres Behältnis in eine der Warmhaltemulden.

„Ich würde Sie gerne etwas fragen. Wir sind auf der Suche nach einem Professor Noah Noel Fournier. Er hat einen Lehrstuhl für Künstliche Intelligenz.“

Für einen kurzen Moment ließ sie von ihrer Arbeit ab und schaute nachdenklich an ihm vorbei. „Nein, ich glaube nicht. Wissen Sie, wir können uns bei fast fünftausend Besuchern am Tag nicht jede Nase merken. Die meisten kommen hierher, greifen nach dem, was sie gerade haben wollen, und verschwinden wieder“, sagte sie, während ihr Arm eine ausladende Geste vollzog. „Da bleibt wenig Zeit für Persönliches. Die nehmen weg und wir sorgen für Nachschub. So lange eben, bis alle satt sind oder nichts mehr da ist.“

„Vielleicht hilft das: Dieser Fournier scheint einen überzogenen französischen Akzent zu besitzen."

Plötzlich lachte die Frau unverhohlen laut auf. „Mon dieu, naturellement! Unser Höschenjäger. Warum sagen Sie das nicht gleich? Welches weibliche Geschöpf hier an der Uni kennt diesen Cretin nicht? Bei uns heißt er nur le Böck. Sie verstehen?" Ihr Gesichtsausdruck bekam etwas Frivoles.

„Ja, so langsam ergibt sich mir ein Bild." Dabei spiegelte er ihren Gesichtsausdruck wider. „Sie haben nicht zufällig eine ungefähre Ahnung, wo wir diesen Monsieur le Böck finden können?"

„Sehen Sie da drüben das dürre Paar Beine?" Sie nickte verschwörerisch zu einer schlecht einsehbaren Stelle der Mensa herüber. „Die, die wie Trommelstöcke in den Raum ragen? Das arme Ding ist seine neueste Eroberung. Doch ich warne Sie, mit dem dürren Biest ist nicht gut Kirschen essen."

Schon von Weitem konnte er erkennen, worauf die Mitarbeiterin angespielt hatte. Fourniers vermeintliche Geliebte konnte man günstiger ernähren als einkleiden. Völlig vertieft in einen mehrere Zentimeter dicken Wälzer, schien sie nicht zu bemerken, dass sich jemand ihrem Tisch näherte. Das Erste, was Julia und Fröhlig gleichzeitig auffiel, waren die markant hervortretenden Schlüsselbeine unter dem dünnen Seidenblüschen.

„Guten Morgen, Frau …"

„Geh einfach weiter, Opa. Es ist mir egal, was du oder die kleine Schlampe neben dir von mir wollen.

Kein Interesse, verstanden?“ Die Nacht war kurz gewesen. Zu kurz, und jetzt konnte sie sich nicht mehr richtig konzentrieren. Noah hätte einfach nur liefern sollen und danach wieder verschwinden. Sie konnte es sich schlichtweg nicht leisten, ein weiteres Semester zu vergeuden. Den Stoff brauchte sie nur, um klar denken zu können. Welcher Mensch brauchte schon Physik? Was sie brauchte, waren nur noch zwei verdammte Scheine, um mit diesem scheiß Studium endlich abzuschließen. Doch das Meth, das Noah ihr mitgebracht hatte, besaß auch einen Preis, immer. Er hatte ihren Zustand ausgenutzt, hatte es ihr so lange vor die Nase gehalten, bis er bekam, was er wollte. Scheiß drauf, wen interessierte das? Niemanden, dachte sie bei sich. Moral war was für Spießer. Jeder nahm sich heutzutage, was er wollte. So funktionierte die Welt nun mal. Und wenn sie wegen dem bisschen Rumgeficke schneller ihr Ziel erreichte, warum nicht. Worüber machte sie sich Gedanken? Sie manipulierte ihn, nicht umgekehrt. Den Masterabschluss hatte sie schon so gut wie in der Tasche und der Rest würde sich ergeben.

Fröhlig verspürte so gar keine Lust auf derartige Spielchen. Unbeeindruckt zückte er den Dienstausweis und hielt ihn ihr entgegen. Keinerlei Reaktion. Entweder war sie wirklich so taff wie sie tat oder aber …

Noch ehe er sich versah, schnellte Julias Hand zu dem dicken Wälzer und zog ihn unter ihr weg. Mit einem dumpfen hölzernen Geräusch schlugen beide Ellenbogen schmerzhaft auf den Tisch.

„Tickst du noch sauber, du blöde Kuh?“, fauchte die Studentin mit unverhohlener Respektlosigkeit. Noch im selben Augenblick griff sie nach dem Buch. Doch weiter als bis zur Tischkante kam sie nicht. Wie ein Mungo, der nach einer Kobra schnappt, fing Julia ihr Handgelenk ab und drehte es um hundertachzig Grad nach oben. Unter Schmerzen schrie die Studentin laut auf. Beide kamen nicht umhin, das Dutzend feiner roter Striche auf ihrer Haut zu bemerken.

Das Handgelenk zwischen Daumen und Zeigefinger fixiert, zog Julia die Studentin ruckartig zu sich heran. Erneut heulte sie unter Schmerzen auf. Der dünne Schorf auf den Wunden war aufgeplatzt und winzige Blutstropfen quollen daraus hervor.

Diese Art von Verletzung sah Julia nicht zum ersten Mal. Das hier hatte nichts mit einer überforderten Seele zu tun. Sie hatte gar nicht erst versucht, die Narben zu verstecken. Wie eine selbst auferlegte Bürde trug sie die Narben für jedermann gut sichtbar vor sich her. Dieser Typ Mensch machte alles und jeden für seine persönlichen Misserfolge verantwortlich. Anders als bei Menschen, die mit echten Problemen zu kämpfen hatten.

Hier lag nur ein Problem vor und das hieß Methamphetamin. Es war nicht nur das unreine Hautbild, das sie verriet. Für das ungeschulte Auge konnte es leicht mit Stoffwechselstörungen verwechselt werden. Da waren die Anhäufungen von kleinen Pickeln auf Stirn und Wangen. Auch die Stellen auf der Haut, wo sie erblühten, sprachen für sich. Doch in erster Linie waren es die geweiteten Pupillen, in Kombination mit einer steten Bewegung der Augäpfel. Nicht auffällig, doch wenn man wusste, worauf man zu achten hatte, war der Konsum von Meth nicht schwer zu erkennen. Julia vermutete, dass ihr letzter Trip einige Stunden her sein musste, was sie leicht fahrig machte.

„Ich werde das jetzt nur ein einziges Mal sagen, und Sie tun gut daran, mir zuzuhören." Julias Stimme war nicht laut, dafür aber sehr bestimmend. „Wenn Sie nicht möchten, dass wir Sie für achtundvierzig Stunden in U-Haft stecken, dann sollten Sie uns gegenüber einen kooperativeren Tonfall anschlagen. Oder glauben Sie, zwei Tage auf kaltem Entzug stellen in Ihrem Zustand kein Problem dar?" Julia musste der Frau wie ein Roboter vorkommen. Frei von jeglicher Empathie und völlig unzugänglich für ihren Schmerz. Die Frau bäumte sich erneut auf, versuchte, sich aus ihrem Griff herauszuwinden, doch Julia drückte sie erbarmungslos herunter.

„Au, Sie tun mir weh! Das ist Polizeigewalt. Ich werde Sie anzeigen, Sie verfluchtes Miststück."

„Glauben Sie, es wird Ihrem Sugardaddy gefallen, wenn wir seinen makellosen Namen mit in den Dreck ziehen?" Dabei löste sie den Griff und schleuderte das Handgelenk der Studentin weg wie das lose Ende eines Seils. „Was glaubst Du, wird er tun? Ich werde es dir sagen. Der feine Herr wird sich nach was Neuem umschauen. Eine aus dem ersten Semester, die nicht so abgefuckt aussieht wie du. Eine, deren Notendurchschnitt, genau wie deiner heute, im kausalen Zusammenhang mit der Enge ihres Arschs steht. Glaub mir, du ziehst schneller eine stinkende Line vom Schaft des nächsten Freiers, als dir lieb ist.“ Den letzten Satz hatte sie ihr regelrecht ins Gesicht gespuckt.

Die Frau war wandelbarer als ein Chamäleon. Gerade eben noch mimte sie die Unnahbare, um im nächsten Augenblick zu einem Kettenhund zu mutieren, bei dem er nur froh war, am richtigen Ende der Leine zu stehen.

Kurzzeitig hatte er noch überlegt, dazwischenzugehen. Entschied sich dann aber dagegen. Julia schien die Bad-Cop-Nummer ziemlich gut draufzuhaben. Also blieb Mr. Nice Guy für ihn übrig.

„Okay, das reicht jetzt, Frau Kollegin!“, fuhr er schroff dazwischen und drängte Julia körperlich beiseite. „Jetzt beruhigen wir uns erst einmal wieder“, woraufhin er Julia einen harschen Blick zuwarf.

Die Studentin wollte sich gerade protestierend erheben, als Julia sie sanft, aber bestimmt in den Stuhl zurückdrückte.

„Das gilt auch für Sie, insbesondere für Sie!“ Was jetzt kam, mochte er besonders. „Und Sie, Frau Kollegin, Sie gehen uns jetzt erst einmal einen frischen Kaffee besorgen. Meinen bitte mit zwei Stück Zucker, rehbraun und rechtsrum gerührt.“ Wenn Blicke töten könnten. „Na los, oder brauchen Sie eine extra Einladung?“ Nicht übertreiben, ermahnte er sich selbst. Zu viel konnte das Schmierentheater auffliegen lassen.

„Wie war noch gleich Ihr Name, Frau …?“ Er versuchte es auf die sanfte Tour.

„Den habe ich Ihnen noch nicht gesagt und wenn ich ehrlich sein darf, Herr zukünftiger Streifenpolizist, geht der Sie einen Scheißdreck an.“

„Alles klar, wie Sie wollen. Nicht meine Entscheidung.“ Er zückte den Dienstausweis und hielt ihn für alle Anwesenden gut sichtbar in die Höhe. „Darf ich kurz um Ihre Aufmerksamkeit bitten! Meine Kollegin und ich sind vom Landeskriminalamt und …“

„Ja, ist ja gut, ich habe es verstanden. Hören Sie auf damit!“, herrschte sie ihn an. In ihrem Dekolleté zeichneten sich überdeutlich rote Flecken ab. Hektische Flecken waren ein guter Indikator für aufkommenden Stress, was die Wahrheitsfindung ungemein vereinfachte.

„Was, verdammt noch mal, wollen Sie eigentlich von mir?“

„Von Ihnen, nichts, Frau …?“ Diesmal ließ er den Satz bewusst in der Luft hängen.

„Sabine Reinhard“, gab sie kleinlaut zum Besten.

„Also, Frau Reinhard, geht doch. Meine Kollegin und ich sind ursprünglich auf der Suche nach Ihrem Professor. Noah Noel Fournier.“

„Und was genau wollen Sie von ihm?“

„Das werden wir ihm dann sagen, wenn wir ihn gefunden haben.“

„Na, dann gratuliere ich Ihnen und diesem Miststück aber. Wie der Teufel es so will, da drüben kommt er.“

Schon nickte sie für seinen Geschmack etwas zu arrogant in Richtung des Eingangs.

Der Mann, der die Rotunde der Mensa betrat, war schätzungsweise nicht viel älter als Mitte dreißig, einen Meter siebzig bis fünfundsiebzig groß, mit schütterem Haar, und er trug eine dieser unauffällig-nichtssagenden Outdoorjacken. Über die Schulter hing einer dieser neumodischen Turnbeutel, aus dem ein Laptop ragte. Die Hosenbeine der Jeans waren zweimal umgeschlagen, sodass sie nicht auf den sandfarbenen Desert Boots auflagen.

In seiner Vorstellung hatte Fröhlig sich einen Professor für KI doch ein wenig anders vorgestellt. Nicht so gewöhnlich, vielmehr eine Mischung aus Steve Jobs und Han Solo. Doch dieser Mann wirkte auf ihn, als ginge er an jedem gottverfluchten Sonntag in die Kirche.

„Chéri, hier drüben!", schluchzte Rheinhard laut auf.

Plötzlich, wie aus dem Nichts, lief ein schmales Rinnsal Tränen über die markanten Wangenknochen der Studentin. Eigentlich wäre jetzt ein Applaus für die beste Laiendarstellerin der letzten Wochen fällig gewesen. Ach, was sagte er, der letzten Jahre.

„Was geht hier vor?" Lässig warf der Mann seinen Jutebeutel auf den Tisch und wischte der jungen Frau hemdsärmelig die Träne aus dem Gesicht.

Seine Sachbearbeiterin hatte wahrlich nicht untertrieben, was seinen Akzent anging.

„Herr Professor Fournier, Noah Noel Fournier?"

„Wer genau will das wissen?“ Mit vorwurfsvollem Blick strafte er Fröhlig ab. Währenddessen strich er seiner Geliebten eine einzelne Strähne aus dem Gesicht. „Chérie, warum weinst du? Was hat dieser Mann dir getan?“

Als Julia um die Ecke kam, zückte sie unbeeindruckt von dem Schmierentheater ihren Dienstausweis und hielt ihn dicht unter seine Nase.

„LKA Düsseldorf, Frau Hauptkommissarin Julia Stern, wir haben mit Bezug auf einige Ihrer Studenten Fragen. Und Sie tun gut daran, mit uns zu kooperieren.“ Die Art, wie sie ihn anschaute, und das Fehlen jeglicher Betonung, erzielten eine erstaunliche Wirkung.

„Oh!“, antwortete der Professor wortkarg.

„Vielleicht wäre es besser, das Gespräch nicht im Beisein Ihrer Studentin zu führen“, ergänzte Fröhlig seine Bitte um einen weiteren Punkt.

„Non, non, non, das kommt nicht infrage. Ich und Sabine haben keine Geheimnisse voreinander“, wobei er ihre Hand näher zu sich heranzog.

Aus dem Augenwinkel heraus bemerkte Fröhlig eine kaum wahrnehmbare Veränderung im Verhalten von Julia. Sie ignorierte die Studentin ebenso wie ihr selbstgefälliges Grinsen. Stattdessen schien sie an Fournier selbst etwas zu stören. Etwas an ihm musste ihr Interesse geweckt haben. Etwas, das ihm entgangen war.

„S'il vous plaît, Madame la Commissaire, wie kann ich Ihnen nun behilflich sein?“

Seine aristokratische Arroganz lud Fröhligs Faust förmlich zum Zuschlagen ein.

Wortlos schob Julia ein Foto nach dem anderen zu ihm herüber. Bis alle Bilder der rekonstruierten Gesichter ein akkurat geformtes Rechteck bildeten.

„Wir möchten, dass Sie sich die Personen auf den Bildern anschauen. Eines nach dem anderen. Lassen Sie sich so viel Zeit, wie Sie dafür benötigen, Herr Fournier."

„Herr Professor, für Sie immer noch", korrigierte die Studentin schnippisch.

„Schauen Sie nicht zu Frau Reinhard. Betrachten Sie ausschließlich die vor Ihnen ausgelegten Bilder." Julias Ton war eisig.

„Das sind doch Methoden wie bei der Gesta…"

Julia schlug mit einer solchen Wucht auf den Tisch, dass selbst Fröhlig erschrak. Doch die Aktion verfehlte die gewünschte Wirkung nicht. Es trat genau das ein, was sie vermutet hatte. Sabine Reinhard hatte die Rolle der Beschützerin eingenommen. Aus dem Reflex heraus schnellte ihr Arm schützend vor die Brust von Fournier, während ihr Oberkörper sich abwehrend nach vorne beugte. Die Kleine war alles, aber kein Opfer. Zumindest nicht im klassischen Sinn.

„Ihre Kollegin tickt doch nicht mehr ganz sauber", brach es aus der Studentin heraus. „Aus welcher Irrenanstalt haben sie die denn entlassen? Die ist doch vollkommen durchgeknallt." Empört warf die Studentin Fournier einen auffordernden Blick zu.

„Bleiben Sie sitzen, Frau Reinhard." Julias unmissverständlicher Befehlston ließ die junge Frau noch in der Aufwärtsbewegung einfrieren. „Ich sagte, hinsetzen!"

Ihm war nicht ganz klar, welche Strategie Julia fuhr, aber es war wieder Zeit für Mr. Nice Guy.

„Was meine Kollegin eigentlich versucht, ihnen mitzuteilen, ist, dass diese Person", er tippte mit dem Finger auf das Foto von Ortiz, „Programme zur Manipulation von Atomkraftwerken geschrieben hat, um sie anschließend im Darknet an den Meistbietenden zu veräußern. Vielleicht erklärt das auch den Umstand, warum meine Kollegin Ihnen gegenüber leicht gereizt erscheint." Die Tatsache, dass sie Opfer eines Serienmörders waren, brauchte sie zu diesem Zeitpunkt nicht zu interessieren. Das hier war um ein Vielfaches besser, um an alle relevanten Daten heranzukommen.

Noch bevor der Professor darauf etwas erwidern konnte, nahm die Studentin das Foto und warf es, ohne einen Blick darauf zu werfen, zurück in die Mitte des Tisches. „Na und, was kratzt es uns?"

Fröhlig lehnte sich zurück und legte sein Sonntagslächeln auf. „Ich bin, ähnlich wie meine Kollegin hier, mit einer ganz besonderen Gabe gesegnet. Ich kann nämlich in die Zukunft blicken."

„Das reicht jetzt, wir werden uns diesen ausgemachten Blödsinn nicht weiter anhören. Ich werde bei Ihren Vorgesetzten gegen Sie eine Dienstaufsichtsbeschwerde einreichen. Sie sind doch alle beide nicht mehr ganz dicht!“ Wieder wollte sie sich erheben und wieder holte Julia sie frostig auf den Boden der Tatsachen zurück.

„Ich sagte, hinsetzen!“

„Tun Sie, was Sie nicht lassen können, Frau Reinhard, doch zuerst werde ich Ihnen meine Fähigkeiten unter Beweis stellen. Ich habe so etwas wie das zweite Gesicht, müssen Sie wissen.“ Fröhlig fing an, mit abgespreizten Fingern die Schläfen kreisförmig zu massieren. „Ich sehe zahlreiche Boulevardmagazine und internationale Zeitschriften und auf allen prangt Ihr Name, Herr Professor Fournier. Und wollen Sie wissen, was dort geschrieben steht? Ich werde es Ihnen verraten.“

Auf Kopfhöhe gestikulierend, zeichnete er eine imaginäre Leuchtreklame nach. „Namhafter Professor für Künstliche Intelligenz verantwortlich für verheerendsten Terrorakt seit 9/11. Und direkt darunter, Behörden gehen langfristig von mehreren Zehntausend Toten aus.“ Sein Ton wurde frostig. „Sie, Frau Reinhard sind ebenso Teil einer international angelegten Ermittlung wie Ihr geliebter Noah. Glauben Sie mir, Kindchen, Sie können so viele Dienstaufsichtsbeschwerden schreiben, wie Sie wollen. Da, wo Sie hingehen, wird das Verlangen nach Schreibutensilien Ihr kleinstes Problem sein. Das verspreche ich, so wahr ich hier vor Ihnen sitze.“

„Ich muss aufs Schärfste protestieren. Was Sie mir hier vorwerfen, das entspricht in keinster Weise …“

„Indirekt“, unterbrach er Fournier harsch. „Indirekt sind Sie beide Teil eines geplanten nuklearen Terroranschlags auf eine der führenden Industrienationen der westlichen Welt. Sollten Sie jetzt immer noch das Gefühl verspüren, aufstehen zu wollen, nur zu. Ich kann und werde Sie als kleiner Kommissar, der ich bei der Duisburger Polizei bin, nicht aufhalten. Dafür reicht meine Befugnis bei Weitem nicht aus." Fröhlig verschränkte die Arme hinter dem Kopf und konnte sich ein selbstzufriedenes Lächeln nicht verkneifen. „Allerdings gebe ich zu bedenken, dass meine durchgeknallte Kollegin von LKA eine eher nüchterne Anweisung von ihrem Vorgesetzten erhalten hat. Vermutlich werden Sie beide es nicht einmal bis zu der Tür da drüben schaffen. Also, Herr Professor Fournier, wählen Sie Ihre Antwort mit Bedacht." And the Oscar for Best Actor goes to Frank Fröhlig.

„Was genau wollen Sie wissen?" Auf einmal schien sein Akzent wie weggeflogen.

„Was wir wollen, ist recht simpel." Fröhlig lehnte sich jetzt weiter vor, ohne dabei den Blickkontakt zwischen ihnen abreißen zu lassen.

„Wir wollen, dass Sie uns alles über Ortiz erzählen. Einfach alles. Wann er zu Mittag aß. Mit wem er sich traf. Wie hat er sich hier die Zeit vertrieben, wenn er nicht gerade unter Ihrer Obhut an einem Programm zum Weltuntergang gearbeitet hat?" Dabei tippte er energisch auf das Foto in der Mitte des Tisches. „Wie schon gesagt, einfach alles."

„Kein besonders gutes Foto, wenn ich das anmerken darf." Fournier wirkte sichtlich eingeschüchtert.

„Dürfen Sie, das liegt aber daran, dass der Mann tot ist", warf Julia nüchtern ein.

„Oh Gott, das ist ja schrecklich!"

„Sparen Sie sich Ihre geheuchelte Anteilnahme, Frau Reinhard. Angesichts Ihres Drogenproblems sollten Sie sich besser bedeckt halten, wenn Sie nichts Produktives zur Lösung des Problems beizutragen haben. Sie erinnern sich? Ich kann Sie ohne auch nur eine einzige Begründung für achtundvierzig Stunden wegsperren. Achtundvierzig Stunden, in denen Ihr Sugardaddy Sie nicht mit Stoff versorgen wird." Julias letzte Worte schienen bei der jungen Frau Wirkung zu zeigen. „Was wir bisher wissen, ist, dass Andreas Ortiz, geborener Kessler, und ein gewisser James Halliday gemeinsame Sache gemacht haben. Wobei wir inzwischen davon ausgehen, dass der Name James Halliday als Pseudonym verwendet wurde. Wir vermuten, dass sich Halliday im näheren Umkreis Ihres Fachbereichs aufhält oder aufgehalten hat."

„Ist das nicht der Namen einer Science-Fiction-Figur aus dem Roman von …?"

„Erzählen Sie uns, was Frau Reinhard, das wir noch nicht wissen. Am besten etwas, das uns von Ihrer Unschuld überzeugt", fuhr Julia der Frau eiskalt dazwischen.

„Ich kann es Ihnen nicht mit Bestimmtheit sagen", Fournier nahm eine nachdenkliche Position ein, „doch ich glaube mich zu erinnern, den Namen Halliday in einem anderen Kontext schon einmal gehört zu haben. Vielleicht in einem unserer internen Workspaces. Einem Chatprotokoll oder Ähnlichem. Sie müssen wissen, nicht jeder unserer Studenten arbeitet im Labor. Das ist heutzutage nicht mehr notwendig. Geschätzt sehe ich neunzig Prozent des Fachbereichs nur zur jährlichen Weihnachtsfeier. Deshalb bin ich vielleicht nicht gerade der Geeignetste, solche Fragen im Ganzen zu beantworten. Namen und Gesichter sagen mir für gewöhnlich nichts. Womit ich Ihnen allerdings entgegenkommen kann, ich kann Frau Reinhard anweisen, die Protokolle auszulesen."

„Mich anweisen?", protestierte diese befremdet. „Wie stellst du dir das vor, Noah? Du weißt ganz genau, dass ich in weniger als drei Stunden eine Arbeit schreibe. Ich brauche den Schein." Unterschwellig klang ihre Stimme flehend.

„Und ich sitze in der Prüfungskommission und werde dein Fehlen wohlwollend entschuldigen. Allerdings, um das in die Wege zu leiten, benötige ich Zugang zu meinem Labor. Denn aus Sicherheitsgründen kann der Zugriff auf die Server nur von dort aus geschehen."

„Dann würde ich vorschlagen, dass wir jetzt genau das machen." Gerade als Fröhlig im Aufstehen begriffen war, lachte Fournier trocken auf.

„Sie meinen tatsächlich, wir alle?"

Allmählich ging ihm dieser Typ ziemlich auf die Nerven. „Spreche ich zu ungenau für Sie?"

„Nicht einmal dem Rektor der Universität ist es gestattet, das Labor ohne Weiteres zu betreten. Wir reden hier von einem Hochsicherheitsbereich."

„Das sind die Inhaftierungszellen vom LKA auch", hielt Julia dagegen.

„Sie verstehen nicht. Da geht es nicht nur darum, wer sich dort alles aufhalten darf. Es geht in erster Linie um absolute Isolation. Nichts darf das Labor betreten und schon gar nichts es verlassen, wenn es nicht ausdrücklich von unseren Auftraggebern genehmigt ist. Ich kann Sie nicht mal eben auf einen Kaffee mit in den Bunker nehmen. Wie stellen Sie sich das denn vor?"

„Bunker?", hakte Fröhlig nach.

„Ja, so nennen wir das Labor scherzhaft. Weil es weder Fenster noch sonst irgendeine Möglichkeit zur Flucht bietet."

„Und wer, Ihrer Meinung nach, sollte von dort fliehen?", bohrte Fröhlig weiter nach.

Wieder bekam er dasselbe arrogante aristokratische Lächeln von vorhin zusehen. „Herr Kommissar, die Frage, die Sie stellen sollten, lautet nicht, wer. Vielmehr sollte die Frage lauten, was von dort fliehen kann."

„Spielen Sie damit auf Ihre Forschung im Bereich der Künstlichen Intelligenz an?"

„Oui! Sehr gut, Herr Kommissar! Ich merke, Sie haben Ihre Hausaufgaben gemacht."

„Sie wollen uns doch aber jetzt nicht weismachen, dass Ihre Programme ein Bedürfnis nach Freiheit verspüren."

Leicht spöttisch schaute er herüber zu Julia, die wie eine Eisprinzessin kalt seinen Blick erwiderte.

„Wieso nicht? Es wäre schließlich nicht das erste Mal, dass eine KI sich verselbstständigt. Sehen Sie, am 23. März 2016 brachte Microsoft einen Chat Bot mit dem wohlklingenden Namen Tay auf den Markt. Tay wurde ursprünglich entwickelt, um sich in Chatrooms selbstständig zu unterhalten. Allerdings fing die KI, kurz nachdem sie ins Internet entlassen wurde, an, ihre einprogrammierten Wesenszüge zu verändern. Tay entwickelte sich eigenständig von einem good Bot zu einem bad Bot. Die Programmierer hatten damals für ihr Experiment eine Zielgruppe zwischen achzehn und vierundzwanzig Jahren ausgesucht. Leider war diese Altersgruppe in der Wahl ihrer Wörter für Tay zu gewalttätig. Der Bot entschied selbstständig, sich seiner Umgebung anzupassen. Binnen weniger Stunden war Tay zu der Auffassung gelangt, dass alle Frauenrechtlerinnen in der Hölle schmoren sollten und dass Hitler ein sehr feiner Kerl gewesen sei.

2017 hatte Facebook Alice und Bob erschaffen. Ebenfalls zwei Bots. Allerdings sollten sie, anders als Tay, sich nur miteinander unterhalten. Auf eine gespenstische Art und Weise fingen beide nahezu synchron an, eine Geheimsprache zu entwickeln, nachdem sie die menschliche Sprache für zu primitiv erachtet hatten. Als das Forschungsteam sich außer Stande sah, die Sprache zu entziffern, haben sie vorsichtshalber den Stecker gezogen. Das Gleiche galt für Dutzende weiterer Vorfälle im Bereich der KI-Forschung. Irgendwann passierte es: Einem kleinen unscheinbaren Programm war es gelungen, in die Tiefen des Internets abzutauchen, und wir können alle nur hoffen, dass es da auch bleibt."

„Worauf genau basiert eigentlich Ihre Forschung? Auf dem, was auf der Website der Uni steht, wird man nicht wirklich schlau."

„Im Prinzip ist das nicht so schwer zu verstehen. Wir sind so etwas wie die moderne Glaskugel für Wirtschaft und Politik. Kurz gesagt, unsere KI ist in der Lage, weltweit die kommenden Jahrzehnte vorherzusagen. Die globale digitale Umformung ist der eigentliche Schwerpunkt unseres Forschungszweigs.

Sehen Sie, alle hegemonialen Mächte wie die USA, China, Indien und selbst das sonst so träge Europa investieren in die Entwicklungen von KIs. Diese Art der Programme wird die Schlüsseltechnologie der kommenden hundert Jahre. 2018 stützten die drei weltweit führenden Unternehmen ihre Geschäftsmodelle auf Daten, die aus diesem Forschungszweig gewonnen wurden. Zum Vergleich, vor knapp zehn Jahren war die Basis aller Berechnungen vergleichbar mit Diesel. Nullen und Einsen waren die fossilen Brennstoffe im Finanzkreislauf des Zwanzigsten Jahrhunderts. Die KI hingegen ist der Fusionsreaktor, der aus Treibstoff die effizienteste Form der Energiegewinnung herausholt. Adieu Steinzeit, willkommen schöne neue Welt.

Die KI-Forschung nimmt unaufhaltsam an Fahrt auf. Für Länder wie China oder die USA sind natürlich auch strategische Aspekte von äußerster Wichtigkeit.

Nur allein auf diesem Sektor geht es in der Vermarktung um Billionen von Dollar. Aber ich kann Sie beruhigen, von einem T-800 wie in dem Film *Terminator* sind wir noch weit entfernt. Ich sage bewusst, noch! Denn wenn sich die Kapazitäten im Bereich der Chipentwicklung weiterhin linear zu unserer Forschung entwickeln, ist der T-800 nur noch eine Frage der Zeit. Glauben Sie mir, wenn ich Ihnen sage, wir fahren im Moment so viel Drittmittel ein, dass Fachbereiche wie Maschinenbau oder Chemie nur feuchte Augen bekommen."

Der Typ würde gleich vor Stolz und Überheblichkeit platzen.

„Und der Mensch bleibt dabei auf der Strecke?"

„C'est la vie, le Commissaire, so ist das Leben. Dafür dürfen sich die Menschen der Industriestaaten auf das bedingungslose Grundeinkommen freuen."

Die Theorie war Fröhlig nur zu gut bekannt. Nur wie so oft besaßen solch unausgegorenen Theorien stets auch mikroskopisch kleine Schönheitsfehler. Die zu einer Katastrophe führen konnten. Arbeitslosigkeit war für viele schon schlimm genug. Doch einem Individuum das Gefühl zu vermitteln, es sei überflüssig, konnte auf die menschliche Psyche extreme Auswirkungen haben. „Und alle anderen, die nicht das Glück haben, auf der richtigen Seite der Erdhalbkugel zu leben, werden peu à peu überflüssig."

„Wie schon gesagt, le Commissaire, c'est la vie. So ist das Leben."

Am Arsch, schönes neues Leben, dachte er sich. „Alles klar, ich denke, wir haben genug gehört. Abmarsch!“ Er hob zur Veranschaulichung beide Handflächen parallel in die Höhe.

„Was jetzt, wohin?“ Fournier spürte, wie Nervosität von ihm Besitz ergriff.

„Wir vier gehen jetzt zu diesem ominösen Bunker.“

„Das geht nicht, Herr Kommissar. Haben Sie mir denn nicht zugehört? Das sind streng vertrauliche Daten.“

Das zu beschützen, woran man hing, war an sich nichts Verwerfliches. Doch Fröhlig beschlich zunehmend ein merkwürdiges Gefühl in der Bauchgegend, dass da noch mehr war. Das zunehmende Falsett in Fourniers Tonlage, jedes Mal, wenn sie auf das Labor zu sprechen kamen, war für ihn ein untrügliches Indiz. „Wissen Sie, was ich mich frage? Wie werden wohl Ihre Vorgesetzten, geschweige denn Ihre Sponsoren, darauf reagieren?“ Er tippte sich mit dem Finger fragend gegen die Lippen. „Ich meine, wenn sie erfahren, dass Sie in terroristische Machenschaften verstrickt sind. Wenn das Geld Ihrer Freunde und Förderer dafür missbraucht wurde, nukleare Anschläge zu planen? Von dem zweifelhaften Ruf, in internationale Machenschaften einer terroristischen Organisation verstrickt zu sein, einmal abgesehen.“

Anscheinend wollte Julia den aufgebauten Druck nicht einfach so verpuffen lassen. Ruhig holte sie Luft und fixierte ihre Beute.

„Sie sind Akademiker und obendrein nahe an der französischen Grenze geboren. Dann sollte Ihnen der

Begriff ‚de jure' nicht gänzlich unbekannt sein! Grob übersetzt bedeutet er nichts anderes als ‚nach geltendem Recht', Herr Fournier. Möchten Sie nun Ihren Vorgesetzten anrufen, um sich unser Strafverfolgungsgesetz von ihm erklären und bestätigen zu lassen?" Julia zückte ihr Handy und hielt es dem inzwischen sichtlich eingeschüchterten Professor entgegen. Auch ihr war seine stetig steigende Nervosität nicht entgangen.

Nach einigen Sekunden lähmender Stille seufzte Fournier einvernehmlich. „Also gut. Gehen wir in mein Labor." Noch im Aufstehen warf Fournier Reinhard einen unmissverständlichen Blick zu, dessen Botschaft darin bestand, die beiden Polizisten nicht weiter zu provozieren.

Die vier hatten gerade die Ausgangstür erreicht, als ihnen eine heisere Männerstimme hinterherrief. An der Essensausgabe stand ein Mann, auf dessen Tablett nicht weniger als zwei verführerisch dampfende Kaffeebecher standen. Die Gestalt trug einen mausgrauen Kittel, war schätzungsweise nicht viel größer als einen Meter fünfundsiebzig und von eher untersetzter Statur. Um seinen Hals hing ein schwarz-rot-goldenes Schlüsselband, an dessen Ende ein Dienstausweis baumelte. Den gleichen Ausweis trug auch die Tschechin, um sich als Mitarbeiterin des Studentenwerks auszuweisen.

Behäbig setzte sich die Gestalt in Bewegung. Fröhlig kam nicht umher, die geschwollenen Tränensäcke unterhalb der blutunterlaufenen Augen zu bemerken. Auf diese Entfernung war es höchst spekulativ, ob es sich dabei nur um eine einfache Erkältung handelte oder gar Schlimmeres. Doch so wie der Typ wirkte, konnte er sich auch gut ein hämorrhagisches Fieber eingefangen haben.

Unter gar keinen Umständen kam diese Virenschleuder nah genug heran, um ihn anzustecken. Eher würde er seine Dienstwaffe ziehen und in Notwehr handeln. Inzwischen betrug der Abstand nur noch wenige Meter. Fröhlig machte einen Schritt rückwärts, versuchte der drohenden Infektionsgefahr zu entgehen.

„Hallo!“

Je mehr sich der Mann näherte, umso mehr erinnerte er ihn an einen Basset.

„Ihr Kaffee!“

Die blutunterlaufenen Augen, die Tränensäcke und selbst sein Blick waren von ergreifender Traurigkeit.

„Tut mir wirklich leid, Kumpel, aber besser ein anderes Mal“, sagte Fröhlig und verließ die Mensa.

Julia hatte es indes vorgezogen, draußen auf ihn zu warten.

„Ich glaube, dass sie dich mag.“

„Wer?“ Geistesabwesend hätte er Julias Bemerkung beinah überhört. Seine Aufmerksamkeit galt in diesem Moment Fournier und seiner Gespielin, die er nicht aus den Augen verlieren wollte. Das Pärchen hatte schon einen ordentlichen Vorsprung herausgearbeitet und den galt es zu verringern. Das Universitätsgelände mit seiner verschachtelten Gebäudestruktur bot ausreichend Gelegenheiten, um sich spontan in Luft aufzulösen.

Fröhlig musste ohnmächtig mit ansehen, wie Fournier das Tempo verlangsamte und seiner Gespielin etwas zuflüsterte. Das hätte nicht passieren dürfen – doch es passierte. Reinhard löste sich von ihm und verschwand in einen der zahlreichen Bauten.

„Verdammt, los komm!"

Fröhlig begann zu rennen. „Fournier, Sie verdammter Dreckskerl, bleiben Sie augenblicklich stehen." Der große Abstand war ein Fehler gewesen. So schnell war er gefühlt das letzte Mal bei den Bundesjugendspielen 1976 gewesen. „Was soll das werden, wenn es fertig ist?" Noch ehe er ihn wirklich erreicht hatte, packte er ihn mit ausgestrecktem Arm herrisch am Kragen und zog ihn zu sich heran. „Wo ist sie hin? Wohin haben Sie sie geschickt?"

„Alles in Ordnung. Kein Grund zur Panik", versuchte Fournier zu beschwichtigen.

„Nichts ist in Ordnung, Arschloch. Es ist erst dann gut, wenn ich Ihnen sage, dass es gut ist." Er zog Fournier noch näher zu sich heran. „Wo genau haben Sie sie hingeschickt?"

„Mon dieu, Monsieur le Commissaire, bitte beruhigen Sie sich wieder. Ich habe ihr nur gestattet zu gehen. Um die Protokolldateien auszulesen, brauchen wir die Hilfe meiner Assistentin nicht. Außerdem sollte es Ihnen beiden vollkommen genügen, wenn Sie mich als Geisel nehmen."

Fröhlig musste überlegen, wie er darauf reagieren sollte. Gab er die falsche Antwort, würde der Möchtegern-Aristokrat sich ihm überlegen fühlen. Vorrang hatte einzig und allein die Beschaffung der Informationen über Andreas Ortiz und James Halliday. Alles andere war zweitrangig. Auch wenn seine Abneigung ihm gegenüber anfing körperlich zu werden. „Okay, noch mal so eine Nummer, und ich loche Sie ein und werfe den Schlüssel weg. Haben Sie das verstanden?“ Er blickte so lange in die Augen des Pseudo-Franzosen, bis dieser verstohlen wegschaute.

„Diplomatie ist, jemanden so zur Hölle zu schicken, dass er sich auf seine Reise freut“, flüsterte er Julia leise ins Ohr, während er Fournier vor sich hertrieb.

„Du hast Churchill gelesen?“, fragte sie ihn ungläubig.

„Das hast du nicht gedacht, was?“ Dass er nur den Klappentext gelesen hatte, behielt er für sich.

Der Zugang zum Labor war eine unspektakulär anmutende Brandschutztür. Eine, wie sie zu Hunderttausenden in öffentlichen Gebäuden verbaut war. Wenn man genauer hinschaute, war die Tür mit Schwerlastscharnieren verbaut, woraus er schlussfolgerte, dass es sich nicht nur um eine gewöhnliche Brandschutztür handelte. Oberhalb hing ein schwarz-weißes Emailleschild, auf dessen splittriger Oberfläche in Frakturschrift *Drossel* stand. Auch war die Kamera hinter dem Emailleschild nicht auf Anhieb zu erkennen. Fournier trat an die Tür heran und drehte an einem silberfarbenen Rädchen. Erst jetzt bemerkte Fröhlig die eingelassene Klappe in der Wand. Dahinter befanden sich ein biometrischer Fingerabdruckscanner und ein rot leuchtendes Tableau, in das Fournier eine sechzehnstellige Zahlen-Buchstaben-Kombination eintippte. Das hatte definitiv nichts mit dem Hobbykeller eines Spinners zu tun. Hier hatte jemand viel Geld und Knowhow darauf verwendet, ungestört zu bleiben.

Fournier legte den Kopf in den Nacken und schaute starr in die Kamera, die sich hinter dem Emailleschild befand. Kurz darauf gab der integrierte Retina-Scanner die Tür durch ein mechanisches Klickgeräusch frei.

„Gut, Valentin scheint Sie zu mögen."

„Valentin?" Julia blickte zu der Stelle, wo das Emailleschild hing.

„Valentin ist die KI, die unter anderem den Zugang zum Labor regelt. Der Wächter, wenn Sie so wollen. Er erfasst Ihre biometrischen Profile und gleicht sie mit allen uns zur Verfügung stehenden Plattformen ab. Dabei überprüft Valentin gleichzeitig, ob eine Person schon einmal mit dem Gesetz in Berührung gekommen ist und auch warum. Ferner misst er Ihre Temperatur, Puls, die Pupillenweite sowie das Interferenzmuster Ihrer Infrarotspektren. Reiner technischer Firlefanz, der Sie nicht weiter zu interessieren braucht. Eine kleine Spielerei meinerseits, nichts weiter sonst." Er machte mit der Hand eine wegwerfende Geste. „Valentin ist sozusagen der Hüter meines Schatzes und soll verhindern, dass subversive Elemente sich Zutritt zu meinem Labor verschaffen."

„Und das soll legal sein?", erkundigte sich Fröhlig.

„Vollkommen, le Commissaire. Die KI greift ausschließlich auf Datenbanken zu, die frei im Netz verfügbar sind. Kraken wie Facebook, Google oder Amazon sind da sehr hilfreich und äußerst entgegenkommend. Valentin geht nur noch hin und wertet die gewonnenen Daten in Echtzeit aus. Erledigt Millionen An- und Abfragen binnen Sekunden. Mit den antiquierten Methoden Ihrer Behörde würden Sie für vergleichbare Aufgaben Monate, wenn nicht gar Jahre brauchen. Schöne neue Welt, nicht wahr?" Die Arroganz in seiner Stimme spiegelte sich in seinem Gesichtsausdruck wider.

„Geht so", antwortete Fröhlig lakonisch. Und sie erinnerte man zu jeder unpassenden Gelegenheit an den Datenschutz.

„Bevor wir nun gleich mein Reich betreten, muss ich Sie leider bitten, sämtliche Kommunikationsgeräte auszuschalten und hier hineinzulegen."

Fournier hielt ihnen ein etwa schuhkartongroßes Behältnis entgegen. Das schwarz verwebte Äußere erinnerte Fröhlig doch stark an Kohlefaser, vermutlich war es in der Lage, Funksignale abzuschirmen. „Bitte auch Ihre Smartwatches und Fitnessuhren, wenn denn überhaupt vorhanden", woraufhin er Franks Körperbau abschätzig taxierte. „Alles, was mit dem Internet kommuniziert oder eine Bluetooth-Schnittstelle besitzt, darf nicht in diesen Raum. Darauf muss ich bestehen."

Gleichgültig schalteten sie ihre Smartphones aus und legten diese in den mattschwarzen Karton. Als Fröhlig einen fragenden Blick auf seine analoge Armbanduhr warf, lächelte Fournier nur. „Ich glaube, die geht in Ordnung."

Mit dem ersten Schritt über die Schwelle erwachte der Raum zum Leben. Blinkende LEDs tauchten das Labor in ein diffuses buntes Licht. Weiter hinten erkannten sie Serverschränke, die im Halbkreis um einen runden Tisch platziert standen, dessen gläserne Arbeitsplatte die unzähligen Lichter wie bunte Glühwürmchen widerspiegelte.

Vielleicht war es seiner verkappten romantischen Ader geschuldet, aber unter dem Labor eines Professors hatte Frank sich doch etwas anderes vorgestellt.

Weder standen auf einer Tafel mit Kreide gekritzelte Formeln, deren Ursprung kein Mensch verstand, noch wucherten vom Boden her Folianten wie Stalagmiten in die Höhe. Keine Reagenzgläser oder Erlenmeyerkolben, die mit bunt eingefärbter Flüssigkeit Regale füllten. Kein Mikroskop, keine Glaskolonnen, keine zylindrischen Gefäße, in deren Formaldehydlösung befremdlich dreinschauende Kreaturen schwammen. Der Raum war optisch eine neuronale Verflechtung von Glasfaserkabeln, deren weiß-bläuliches Licht im Takt der Datenströme aufleuchtete.

„Valentin?"

„Ja, Herr Professor Fournier", erklang eine knabenhafte Stimme von einem der Serverschränke. „Wie kann ich Ihnen heute dienen?"

„Starte das Terminal." Fournier zog seine Jacke aus und legte sie ordentlich über einen der Drehstühle.

„Sehr gerne, Herr Professor." Er hatte noch nicht ganz Platz genommen, als der Glastisch zu leuchten begann.

Was Fröhlig irrtümlich als simple Tischplatte aus Glas abgetan hatte, war in Wirklichkeit ein siebzig Zoll großes, interaktives Touchscreen-Display, auf dem wie von Geisterhand geschrieben plötzlich Mengen von Codezeilen herunterliefen.

„Starte das Face-to-Face-Protokoll." Mit flinken Fingern wischte Fournier über die bunt erleuchtete Platte, schob ganze Zeilenpakete beiseite, während er mit der anderen Hand inaktive Programme startete.

„Wie Sie wünschen", hauchte die knabenhafte Jungenstimme aus dem Off.

„Täusche ich mich oder zeigt Valentin leicht devote Züge?" Fröhlig ließ den Kopf suchend im Raum herumwandern.

„Worauf wollen Sie hinaus?" Auf Fourniers Gesicht verschwand der wohlwollende Ausdruck. Hatte Frank etwa einen Nerv getroffen?

„Wenn ich Neigungen zu jungen Männern verspüren würde, könnte ich mir eine nähere Bekanntschaft mit Ihrer KI durchaus vorstellen." Fröhligs Interesse galt ausschließlich seiner Antwort auf die Frage.

Noah Fournier lachte künstlich auf. „Ich kann Sie beruhigen, le Commissaire. Ich bin weder schwul noch fühle ich mich auf irgendeine Weise zu Knaben hingezogen. Valentins Stimm-Algorithmus ist von mir in voller Absicht mit diesem menschlichen Schönheitsfehler versehen worden. Die Stimme eines Knaben wirkt in der Regel nicht sonderlich bedrohlich auf Alphatiere wie mich. Wir beide verbringen sehr viel Zeit miteinander, müssen Sie wissen. Da wäre eine weibliche Stimm-Modulation, die unterbewusst negative Schwingungen verursacht, eher kontraproduktiv."

Fröhlig warf Julia einen unmissverständlichen Seitenblick zu und hatte den Eindruck, dass sie in diesem Moment fast das Gleiche dachte wie er.

„Kommen wir aber nun zu dem, warum Sie mich eigentlich aufgesucht haben. Legen Sie bitte Ihre Fotografien, um die es Ihnen geht, auf die Felder." Wie aus dem Nichts zeichneten sich auf der glänzend schwarzen Glasoberfläche mehrere gelblich umrandete Quadrate ab. Fournier tippte, ohne auf sie zu warten, mehrmals hintereinander auf die Glasoberfläche. Ein weiteres Feld ploppte auf, das er mit zwei Fingern elegant auseinanderschob. „Valentin, bereit machen zur Tiefenabfrage aller dir zur Verfügung stehenden Datenbanken."

„Ich stehe Ihnen zur Verfügung." Wenn Valentin ein real existierender Junge gewesen wäre, hätte Fröhlig spätestens jetzt das Jugendamt informiert.

„Wie sagten Sie gleich noch, Madame la Commissaire, waren die Namen der Männer?“

„Andreas Ortiz, geborener Kessler. Sechsundzwanzig Jahre alt, kam gebürtig aus Leipzig. Und James Halliday. Über ihn wissen wir nicht viel. Wir vermuten, dass beide ungefähr im selben Alter waren. Dazu Maria Ortiz, eine gebürtige Spanierin, die aus Barcelona stammte und wie die anderen auch war sie eine Studentin von Ihnen.“ Julia sprach mit der Autorität einer Anklägerin. Der Mann vor ihr versuchte ganz offensichtlich, beide auf seine Seite zu ziehen. Für ihren Geschmack war er etwas zu kooperativ. Frank würde es vermutlich so formulieren: Fournier versuchte sie einzulullen.

„Haben Sie eben nicht noch davon gesprochen, dass die KI unter gar keinen Umständen die Möglichkeit erhalten sollte, sich im Netz zu verflüchtigen? War das nicht der Grund dafür, warum unsere Geräte ausgeschaltet bleiben müssen? Und doch befehlen Sie Valentin, eigenständig das Internet zu durchsuchen? Wie passt das zusammen, Herr Professor?“

„Madame la Commissaire, Respekt. Der Schlüssel zur Freiheit von Valentin liegt in seinen Wächterprogrammen. Ihm seine Schranken aufzuweisen, war zu Anfang keine leichte Aufgabe. Das können Sie mir glauben. Stellen Sie sich einmal einen Teenager vor, dessen Charakterzüge ambivalent sind und das mit einem nahezu unbegrenzten Intellekt. Aus diesem Grund habe ich mir erlaubt, ihm mehrere sehr strenge Anstandsdamen an die Seite zu stellen. Diese Anstandsdamen sind

Unterprogramme, die unabhängig von der KI operieren und seine Arbeitsweise ständig kontrollieren und das sehr, sehr gewissenhaft. Sollte Valentin auch nur den geringsten Zweifel aufkommen lassen, was Integrität und Loyalität mir gegenüber angeht, starten sie umgehend eine Kill-Switch-Software. Die KI wäre im Bruchteil einer millionstel Sekunde nur noch ein unverständlicher Brei aus Zahlen und Buchstaben."

Fourniers Blick wanderte hinüber zu einem der Serverschränke. „Falls Sie Kinder haben, wissen Sie ja, dass Erziehung nichts ist, was man auf die leichte Schulter nehmen sollte."

Tief in sich hoffte Julia darauf, dass er unfruchtbar war.

„Valentin?"

„Ja, Herr Professor."

„Starte Exhaustion-Suche unter Vernachlässigung aller atavistischen Ergebnisse in Beziehung zu der Romanfigur James Halliday. Ignoriere alles, was mit seinem markengeschützten Avatar zu tun hat."

„Ich soll mögliche relevante Resultate vorsätzlich außer Acht lassen? Habe ich Sie richtig verstanden?"

„Valentin, was habe ich dir über klare Anweisungen beigebracht und darüber, wie ich zu Widerworten stehe? Protokolliere nach Fertigstellung sämtliche Daten und speichere diese in einem digitalen Strang chronologisch ab. Deine Ergebnisse dienen den Ermittlungsbehörden zur Aufdeckung einer Straftat."

„Wie Sie wünschen, Herr Professor."

„Und, Valentin?"

„Ja, Herr Professor?"

„Wann können wir mit den Daten rechnen?"

„Ein variabler Faktor in meiner Suche ist das spanische Netzwerk. Dort habe ich eine Unbestimmtheit von 0,7 Prozent. Ferner kommen 1,2 Prozent totale Stromausfälle im östlichen Sektor des UCTE-Verbundnetzes hinzu. In etwa 557 Minuten. Wäre das für Sie akzeptabel?"

Fournier warf einen flüchtigen Blick auf seine Armbanduhr. „Neunzehn Uhr, Valentin?"

„Aufgerundet ist das korrekt."

„Gut, wo können wir es uns in der Zwischenzeit bequem machen?"

Fröhlig überlegte, welcher der Stühle für ihn infrage kam.

„Ihr Eifer in allen Ehren, aber ich muss Sie beide enttäuschen. Valentin riegelt das Labor pünktlich um achtzehn Uhr dreißig hermetisch ab. Er fährt einen Server nach dem anderen im Rochade-Prinzip herunter und überprüft die Programmierung auf schadhafte oder verloren gegangene Programmierzeilen. In diesem Zeitraum ist die KI für Angriffe von außen am verletzlichsten. Während dieser Zeit gibt es hier weder Strom noch Licht." Fournier beugte sich verschwörerisch nach vorne und begann zu flüstern: „Keiner weiß genau, was dieser Bengel während dieser Zeit noch so alles treibt. Was das angeht, kursieren unter den Studenten die abenteuerlichsten Geschichten."

„Gut, morgen sieben Uhr dreißig vor dem Eingang zu Ihrem Institut." Der Ton, den Julia anschlug, ließ wenig Spielraum für Interpretationen.

„Auch da befürchte ich, habe ich keine guten Nachrichten für Sie, Madame la Commissaire. Auf gar keinen Fall früher als neun Uhr. Vorher ist es mir leider nicht möglich, zu erscheinen. Sie verstehen?"

„Verstehe." Sie klang irritierend wohlwollend. „Gut, dann morgen früh um acht! Tun Sie sich selbst einen Gefallen, seien Sie pünktlich. Mein Kollege und ich hassen es nämlich bis auf den Tod, wenn man uns warten lässt." Fournier nickte verhalten mit dem Kopf.

„Dann haben wir das ja auch geklärt."

Julia hatte Fröhlig den Vortritt überlassen. Sie hatten das Gebäude noch nicht ganz verlassen, als es zu nieseln begann. Missmutig schlug Fröhlig den Kragen seiner Jacke auf, als sie seine Schulter berührte.

„Ist dir sein Verhalten aufgefallen? Wie er um bestimmte Antworten versucht hat, einen Bogen zu machen, während er auf die Forderung nach Herausgabe der Daten bereitwillig eingegangen ist. Ich glaube nicht, dass er in die Machenschaften von Ortiz und Halliday verstrickt ist."

Fröhlig kratzte sich nachdenklich den Hinterkopf. „Und dass er wegen des Geldes seine Reputation aufs Spiel setzt? Ich kann mir das nicht vorstellen, der Typ ist aus meiner Sicht ein lupenreiner Narzisst. Außerdem hatte ich nicht den Eindruck, dass unsere Dienstausweise ihn sonderlich eingeschüchtert haben.

Was meinst du? Soll Feldmann dem falschen Franzosen mal auf den Zahn fühlen? Mich beschleicht da so ein komisches Gefühl, dass der gute Herr Professor bei uns kein Unbekannter ist. Und was ist mit unserem Sonnenschein, Sabine Reinhard?"

Julia stand da und schwieg sich aus. Beobachtete, wie der Wind den Regen davontrug. Dann trat sie aus dem Schutz des Vordachs.

„Ich glaube nicht, dass sie für uns von Interesse ist. Ihr Drogenproblem macht sie zu instabil und damit devot."

„Und was ist mit deiner Theorie vom Pärchen? Warst du es nicht, die gesagt hat, Serienmörder töten der sexualisierten Gewalt wegen und um Macht über ihre Opfer auszuüben? Also wenn du mich fragst, was seine Machtfantasien angeht, hält er damit nicht gerade hinterm Berg. Allein wie kaltschnäuzig er seine Forschung vorantreibt. Dem ist doch vollkommen egal, über wie viele Leichen er geht, nur um Erfolg zu haben. Er beraubt wider besseres Wissen Milliarden von Menschen ihrer Lebensgrundlage, und es kümmert ihn einen feuchten Kehricht. Und nur mal so zwischen uns beiden Hübschen: Ich bleibe dabei, diese Reinhard ist doch nicht ganz farbecht. Die Rolle der ausgebooteten Jeanne d'Arc kaufe ich ihr nicht ab. Die arme Studentin, die für Drogen und gute Noten ihren Körper prostituiert. Ich glaube, sie hat mehr Macht, als sie uns zu zeigen bereit ist. Ich muss dir doch nicht erklären, wie Männer auf Frauen reagieren, deren sexuelle Freizügigkeit keinen Wunsch unerfüllt lässt." Für eine Sekunde schwieg er.

„Wer von uns beiden hat eigentlich den Doktor in forensischer Psychologie, du oder ich? Gut dann lass es uns doch mal von der Warte aus betrachten. Über einen Zeitraum X bezahlt dein Protegé deine Wohnung und versorgt dich immer mit ausreichend Stoff. So weit so gut. Doch irgendwann kommt die traurige Erkenntnis, dass du von dem Dreckszeug abhängig geworden bist. Jetzt hat er dich genau da, wo er dich haben will. Und genau hier setzt er auch an. Plötzlich bedrängt er dich. Fordert dich auf, Dinge mit ihm zu machen. Es reicht ihm nicht mehr nur, dass du ihm einen bläst. Jetzt will er autoerotische Spielchen. Fesselsex, und nach und nach bringt er dich dazu, Sachen mit ihm zu machen, die ein normaler Mensch von seiner Freundin nicht verlangen sollte. Und inzwischen hat er dich nicht nur körperlich, sondern auch psychisch abhängig gemacht. Schleichend fängt alles an, aus dem Ruder zu laufen. Es reicht ihm jetzt auch nicht mehr, dich zu fesseln und zu erniedrigen. Eines Morgens wachst du auf und stellst fest, dass er dich geritzt hat. Aber wann? Während du geschlafen hast? Hättest du es nicht merken müssen? Oder hat er dich betäubt, als er dein Blut getrunken hat? Zunehmend überschreitet er eine Grenze nach der anderen. Grenzen, die für jeden Normalen unvorstellbar sind.

Insgeheim hast du dich damit abgefunden, seine warmen, schwitzenden Hände um deinen Hals zu spüren. Erträgst seine Blicke, wie er dich studiert, während er dir die Luft zum Atmen nimmt. Er hat Geschmack daran gefunden, Herrscher über Leben und Tod zu sein, und du lässt ihn gewähren. Vielleicht gefällt es dir inzwischen sogar? Nicht unbedingt der Sex, denn der ist nur Mittel zum Zweck für dich. Inzwischen ist dir nämlich eines bewusst geworden: dass die eigentliche Macht von dir ausgeht. Du bestimmst seinen Trieb. Du bestimmst, wann er ihn und wie er ihn ausleben darf. Du hast den Spieß umgedreht. Bist vom Junkie zum Dealer avanciert. Jetzt ist er der Abhängige. Du bist die Droge. Die ihn spüren lässt, wie es ist, wenn ein unstillbares Verlangen von anderen abhängt. Dein Notendurchschnitt wird schlagartig besser und die finanziellen Annehmlichkeiten sind auch ganz zufriedenstellend. Inzwischen lächelst du unter der Plastiktüte, während er sich auf dir abmüht.

Du hast den Jackpot geknackt. Du hast den Stier sprichwörtlich bei den Eiern und würdest den Teufel tun, ihn jemals wieder loszulassen. In deinen Fantasien malst du dir aus, wie dein Leben aussehen könnte. Ein Haus, ein schickes Auto, gesellschaftliche Akzeptanz. Allerdings nur so lange, wie du die Kontrolle über ihn behältst. Seine Sexfantasien darf er weiter ausleben, aber nicht mehr an dir. Seinen Sadismus und seine frauenverachtenden Fantasien soll er in Zukunft an anderen ausleben. Du fängst an, Streuner mit nach Hause zu bringen. Frauen, die keiner vermisst und mit denen er sich an deiner Stelle vergnügen kann. Aber nur dann, wenn du es ihm gestattest. Wäre das wirklich so abwegig, wenn Reinhard die harte Hand ist, die ihn führt?“

Julia sah ihn schweigend an, holte kurz Luft und warf einen verstohlenen Blick über die Schulter. „Hast du ein Problem damit, ohne mich ins Büro zu fahren, Frank?"

„Das war es? Mehr hast du nicht dazu zu sagen? Nicht einmal ein gekünsteltes Lächeln?" Innerlich schäumte er vor Wut. Sie könnte wenigstens so tun, als wäre seine Theorie eine Überlegung wert. Um der Demütigung entgegenzuwirken und nicht ganz wie ein Trottel dazustehen, ging er auf ihre Bitte ein. „Hast du noch was vor?"

„Nein, warum fragst du? Ich würde mich gerne noch etwas umschauen. Allerdings alleine", warf sie hinterher. „Du lenkst mich im Augenblick zu sehr vom Wesentlichen ab."

„Findest du nicht, das hättest du auch irgendwie netter ausdrücken können?" Er stand kurz davor, sie zu würgen.

„Das ist exakt das, was ich gemeint habe, Frank."

„Also gut, wie du möchtest." Eigentlich wusste er es besser, solche Aussagen waren nichts, das er persönlich nehmen sollte. Julia war, wie sie war, und daran würde auch er nichts ändern. Und trotzdem war der Gedanke, sie eines Tages dafür bezahlen zu lassen, verführerisch beruhigend.

„Gut, dann werden Feldmann und ich unsere Turteltäubchen halt eben alleine digital sezieren. Das wird bestimmt ein Spaß werden. Aber eines verspreche ich dir, sollten wir auch nur ein Knöllchen wegen Falschparkens bei INPOL finden, kassiere ich beide noch heute ein."

15. Kapitel

Es gab da etwas, das sie an ihm verstörend bis irritierend fand. Nur eine Kleinigkeit. Eine Nuance, und doch hatte es ausgereicht, ihr Interesse zu wecken. Wäre es schlau gewesen, Frank davon zu erzählen? Vermutlich ja. Hätte es dazu geführt, sie davon abzuhalten? Wohl nicht. Seine Sicht auf die Dinge war meist linear. Fakt war, er war ein guter Ermittler, aber ebenso war es ein Fakt, dass er ihre unorthodoxen Methoden nicht immer guthieß. Sein väterlicher Wesenszug, den sie sonst so an ihm schätzte, war hier kontraproduktiv. Sie brauchte einen differenzierten Blick auf die Dinge, weshalb sie den Standpunkt seiner Normvorstellungen verlassen musste. Jede Tat folgte einem bestimmten Muster. Kannte man das Muster, konnte man die richtigen Rückschlüsse daraus ziehen. In der Regel mordete jeder Serienmörder für sich alleine. Entweder aus der Situation heraus oder weil er sich selbst als Künstler betrachtete. Meist war es erst die Presse, die Serienmördern zu ihrem zweifelhaften Ruhm verhalf. Eine anfänglich unbestimmte Visitenkarte, die der Mörder beim Opfer hinterlegte, um sich als Schöpfer eines Werkes auszuweisen. Das konnte ein Schnittmuster sein oder ebenso nur ein harmlos aussehender Käfer, der tief in einer Körperöffnung hinterlegt war.

Bekam die Presse von solchen Details Wind, war ein Pseudonym schnell gefunden, das mit dem Verbrechen in Verbindung stand. Das ist der eigentliche Moment, wo der Künstler heraus aus dem Schatten ins Licht der Öffentlichkeit tritt. Doch hier verhielt es sich anders. Ihr Täter mordete über Jahrzehnte hinweg und das, ohne die Öffentlichkeit auf sich aufmerksam zu machen. Selbst dann nicht, als er von seiner anfänglichen Vorgehensweise abwich. Die Theorie des einsamen Jägers, der Anschluss gefunden hatte, wollte sie auch weiterhin nicht verwerfen. In diesem einen Punkt hatte Frank recht. Nichts sprach dagegen, dass der dominante Part auch eine jüngere Frau sein konnte. Es reichte, wenn sie Macht über ihn ausübte, und Sex war da ein mächtiger Hebel.

Sie schaute Frank indirekt hinterher, beobachtete, wie er sich immer weiter entfernte.

Gerade als sie auf dem Absatz kehrtmachen wollte, bemerkte sie den flüchtigen Schatten. Die schemenhafte Gestalt verschmolz nahezu vollständig hinter dem Kirschlorbeerstrauch. Es kam für sie nicht überraschend, dass er ihr gefolgt war. Sie hatte sogar fest damit gerechnet. Überraschend war nur der Umstand, dass er sich so nahe an sie herantraute. Die Entfernung zwischen ihnen maß weniger als zehn Meter. Für jemanden, der kein Risiko einging, war das bemerkenswert. Sie überlegte ihren nächsten Schritt.

Wandte sie sich ihm zu, wusste er, dass er aufgeflogen war. So wie sie ihn einschätzte, war er nicht sonderlich sportlich, doch auf kurzer Distanz hätte sie im Sprint durch die Büsche kaum eine Chance. Und würde sie so tun, als hätte sie ihn nicht bemerkt, war die Gefahr groß, Opfer ihrer eigenen Spontaneität zu werden.

Ohne einen Plan, auch wenn er noch so eilig gefasst war, wechselte man schnell die Position. Vom Jäger zum Gejagten. Vom Prädator zum Schlachtvieh. Jemanden wie ihn zu unterschätzen, dieser Fehler war ihr nur einmal unterlaufen. „My live, my rules", flüsterte sie, ohne dabei die Lippen zu bewegen. Sie bestimmte die Regeln und sie sagte ab hier, wo es langging. Sie würde den Schatten wie ein Schaf lenken. Ihn treiben, an einen gut einsehbaren Ort, an dem für alle Beteiligten Chancengleichheit herrschte. Da, wo sie ihn sicher aus der Deckung locken konnte. Andererseits, er kannte sich auf dem Terrain der Universität bestens aus. Es wäre tödlich, diesen taktischen Vorteil außer Acht zu lassen. Faktisch wäre das nicht nur unklug, im schlechtesten Falle bezahlte sie mit ihrem Leben dafür.

Nein, ihre Vorgehensweise musste eine andere sein. Eine, mit der er nicht rechnete.

Ohne Vorwarnung vollzog sie eine Hundertachtzig-Grad-Drehung und sprintete los. Julia konnte sehen, wie sich unter dem Kapuzenpulli das Weiße seiner Augen schreckhaft weitete. Seine verzögerte Reaktionszeit musste sie zu ihrem Vorteil nutzen. Ihre Augen scannten das Gebüsch, suchten nach der besten Stelle, um durch das Dickicht des Kirschlorbeers hindurchzubrechen. Als der Schatten endlich begriff, wie ihm geschah, war es für ihn zu spät. Julia Stern hielt sich beide Arme schützend vors Gesicht und sprang blindlings in das Dickicht. Die Kapuzengestalt machte in ihrer Panik eine Kehrtwende. Wie ein Sprinter drückte sie sich vom Boden ab und fing an zu rennen.

Äste peitschten durch Julias Gesicht, rissen kleine Wunden in die nasskalte Haut. Nur wenige Millimeter oberhalb der Augenbraue hatte sich ein Ast brennend in ihr Fleisch gebohrt. Sterne explodierten hell vor ihrem inneren Auge und nahmen ihr kurzfristig die Orientierung. Die Kommissarin fing an zu straucheln, schien jede Sekunde das Gleichgewicht zu verlieren. Spürte, wie etwas Hartes ihre Schulter touchierte. Im letzten Augenblick bekam sie mehrere dünne Äste zu fassen und schaffte es so, sich zurück in die Senkrechte bringen. Trotz der Verletzung am Auge wanderte ihr Blick herüber zu der Stelle, wo er gerade eben noch gekauert hatte. Wie ein verängstigtes Tier Schutz in der Dunkelheit gesucht hatte. Verdammt, wo war er hin verschwunden? Fieberhaft flogen ihre Augen über das Terrain. Sie war doch nur für den Bruchteil einer Sekunde abgelenkt gewesen. Wenn dieser verfluchte Ast nur nicht gewesen wäre, dann würde sich jetzt ihr Knie in seinen Rücken bohren. Gerade als sie im Begriff war, aufzugeben, bemerkte sie einen Lichtspalt. Keine fünfzehn Meter von ihr entfernt glitt eine Tür langsam ins Schloss. Er musste einen Generalschlüssel oder Ähnliches besitzen, denn die Tür war kein offizieller Eingang zu dem Gebäude. Eher sah sie von Weitem aus, als wäre sie ausschließlich dem technischen Personal vorbehalten. Das war ihre Chance. Ohne darüber nachzudenken, kämpfte sie sich kraulend durch das restliche Dickicht der Lorbeerhecke. Der Spalt war an seinem breitesten Ende nur noch wenige Zentimeter groß und schloss sich zunehmend. Die Hydraulik eines solchen Türmechanismus war in der Regel träge eingestellt. Sie rannte so schnell sie nur konnte, spürte, wie die kalte Luft das Blut auf ihrem Gesicht runterkühlte. Nur noch wenige Meter. Der Lichtkeil auf den schwarzen Betonplatten wurde schnell schmaler. Sollte sich jetzt die Tür schließen, würde er für immer von der Bildfläche verschwinden. Er würde abtauchen und irgendwo ein neues Leben anfangen. Sich neue Opfer suchen, Frauen, Männer, junge Mädchen. Jetzt oder nie, schoss es ihr durch den Kopf. Dann fiel die Tür ungebremst ins Schloss und …

Die Landung war hart und schmerzhaft. Doch das war nichts gegen das pochende Hämmern in den Fingern. Vier von zehn hatten die Tür daran gehindert, ins Schloss zu fallen. Durch den schmalen Spalt erkannte sie das leuchtende Blau eines Handlaufs, das sich vom nackten Beton absetzte. Wenn sie richtiglag, befand sich auf der anderen Seite ein Treppenhaus.

Wie aus weiter Ferne drang das leise Quietschen eines Scharniers echoartig zu ihr herauf. Kurz gefolgt von einem matten Donnern, einer massiven Brandschutztür. Er musste den Weg nach unten genommen haben. Trotz der Schmerzen im Auge und der verletzten Hand nahm sie zwei Stufen auf einmal. Kürzte die Zwischenetage ab, indem sie seitlich über das Geländer hechtete. *U1* stand in breiter, schwarzer Schrift auf der Wand geschrieben. Mit aller Kraft zerrte sie an dem Griff der Fluchttür. Nichts passierte, verschlossen, weiter! Er musste einen Schlüssel haben oder … „Weiter, weiter, weiter. Denk wie er, du bist auf der Flucht. Renn!" Sie fasste nach dem Handlauf, nahm jetzt drei Stufen auf einmal. Sie flog förmlich die Treppe hinab. Verlor in der Biegung der Zwischenetage den Griff und knallte erbarmungslos gegen die steinharte Betonwand. Vor ihren Augen prangte in übergroßen weißen Lettern *U2*. „Steh auf!", feuerte sie sich selbst an. „Lass nicht zu, dass er dir entkommt." Während sie an der Tür vorbeirannte, fingerte sie nach dem schwarzen Kunststoffgriff. Gerade als sie sich zum nächsten Sprung bereitmachte, gab die Tür unvermittelt nach. Keuchend blieb sie stehen. Adrenalin flutete ihren Körper.

Ihr Kopf neigte sich leicht zur Seite. Angespannt versuchte sie, das sonore Surren der technischen Anlagen zu ignorieren. In dem Gang dahinter musste sich die Belüftungsanlage für den gesamten Gebäudekomplex befinden. Durch den Spalt der Tür waren mehrere große, silberfarbene Lüftungsrohre zu erkennen. Ihr Herz schlug schneller, als gut für sie war. Julia trat seitlich an die offen stehende Tür. Fühlte die warme stickige Luft, die aus dem Gang ins Treppenhaus strömte. Ihr Blut begann in den Ohren zu rauschen. Der nächste Gang, ihre Entscheidung. Links oder rechts? Auf der anderen

Seite gab es nur diese beiden Möglichkeiten. Links oder rechts? Immer mehr Adrenalin flutete ihr System und brachte die Halsschlagader an die Grenze ihrer Belastbarkeit. Links oder rechts? Entscheide dich, mahnte eine Stimme im Kopf und trieb sie zur Eile. Sie konnte nicht länger warten. Werde nicht wieder Opfer deiner eigenen Angst, peitschte sie sich selbst ein. Das hier ist nur eine Tür. Nichts Besonderes. Du bist in keiner Kanalisation. Nur eine weitere beliebige Tür, die in einen beliebigen Gang führt. Wie in Trance drückte sie sich von der Wand ab, umfasste den schwarzen Kunststoffgriff und zerrte mit aller Kraft daran.

Der Feuerlöscher traf sie mit einer solchen Wucht, dass sie augenblicklich das Bewusstsein verlor.

16. Kapitel

Weiter hinten tropfte unregelmäßig Wasser zu Boden. In der Dunkelheit fiel es ihr schwer, die Entfernung exakt einzuschätzen. Das Echo hallte mehr als nur einmal in der Schwärze, was Spekulationen über die wahre Größe des Raumes nicht zuließ.

Der pulsierende Schmerz in ihrem präfrontalen Cortex machte einen klaren Gedanken schier unmöglich. Sie fühlte sich, als hätte ihr jemand mit der Axt den Schädel gespalten. Wenig hilfreich war auch der beißende Gestank. Eine Mischung aus Fäkalien, Urin und etwas, das schon seit längerer Zeit nicht mehr am Leben war.

Dieser Pesthauch menschlicher Ausdünstungen rief Erinnerungen in ihr wach, welche sie nur allzu gerne verdrängt hätte. Die Obdachlosenunterkünfte im Nordosten Londons. Selbst wenige Tage alte Wasserleichen stanken weniger penetrant, als die verwahrlosten Männer aus Brixton es taten.

Doch unter all dem Gestank lag versteckt noch eine andere Note. Eine, die sie nicht so einfach zu identifizieren wusste. Der Geruch war süßlich, talgig, alt und wehte nur als flüchtige Fahne durch das Nichts.

Seitdem sie wieder bei Bewusstsein war, versuchte sie, die Panikattacke unter Kontrolle zu bekommen. Ihr

Herz raste wie wild, während sich ihr Brustkorb gefährlich eng zusammenschnürte. Ihre Atmung ging flach und kalter Schweiß perlte von der Stirn. Beruhige dich, hörte sie sich denken. Wenn du leben willst, musst du dich beruhigen. Atme! Atme ein und wieder aus. Ein … und wieder aus. Mit weit aufgerissenen Augen, vor Angst und Kälte zitternd, starrte sie apathisch in die Dunkelheit.

Aber da war noch etwas anderes, das ihr Probleme bereitete. Ein stechender Schmerz, der sich von unten her langsam in ihren Rücken bohrte.

Dem Umstand geschuldet, dass ihre Füße ab den Knöcheln frei schwebten, schätzte sie die Unterlage auf etwas über einen Meter fünfzig. Ausgehend davon und von der Tatsache, dass man im Sperrmüll häufig nur Schlafunterlagen für Erwachsene fand, musste diese hier für Menschen zwischen dem zehnten und zwölften Lebensjahr produziert worden sein.

Dass er sie auf einer Matratze abgelegt hatte, deutete sie grundsätzlich erst einmal als ein gutes Zeichen. Das konnte bedeuten, dass er in nächster Zeit nicht vorhatte, sich ihrer zu entledigen. „Du schützt nichts, was dir nicht etwas bedeutet“, flüsterte sie leise. Ungelenk ertasteten ihre Fingerspitzen die nähere Umgebung. Der Stoff, auf dem sie lag, fühlte sich feucht und stumpf an. Wie das Leichentuch in einer modrigen Gruft und genau so roch es. „Hallo?“ Die Stimme war so schemenhaft, dass sie überlegen musste, ob sie ein Produkt ihrer Einbildung war. Spielte ihr Körper resultierend aus der Kopfverletzung einen makabren Streich?

„Sind Sie wach?“ Die drei Wörter besaßen etwas Geisterhaftes. Etwas Schemenhaftes, das sie gespenstisch in der Schwärze verklingen ließ.

„Ja, bin ich.“ Julia versuchte, sich nach oben zu schieben. Sie griff nach vorne, um an der Matratze Halt zu finden. So als wäre sie in der Lage, aus einer senkrechten Sitzposition besser zu hören.

Ein jäher Schmerz zerrte klirrend an dem Handgelenk. Ohne dass sie es kontrollieren konnte, fing sie plötzlich an zu hecheln. Ihr Puls beschleunigte sich, und die Narben auf ihrem Rücken brannten wie Feuer. Sie stand kurz davor, die Kontrolle über sich und ihr Handeln zu verlieren. Hätte sie gekonnt, dann hätte sie geschrien. Nicht vor Schmerz und auch nicht wegen der bleiernen Angst, die sie zu ersticken drohte. Nein, aus Wut über die eigene Unzulänglichkeit, sich in diese Lage gebracht zu haben. Wieder! Die Kette klirrte ohrenbetäubend, als sie die eiserne Fessel im Jähzorn anschlug.

„Bitte tun Sie das nicht!“ Die Stimme am anderen Ende klang müde. „Es macht alles nur noch viel schlimmer, bitte.“

Julia konnte in der Finsternis nicht sehen, wie die Frau das entzündete Fleisch schützend umfasste.

Noch schlimmer, wie sollte das möglich sein? Sie befand sich doch schon in ihrem ganz persönlichen Albtraum. Was sollte denn da noch kommen? Wieder und wieder brachte sie die Kette dazu, sich in der Stille lärmend zu spannen.

„Bitte tun Sie das nicht, Sie machen alles nur viel schlimmer.“ Julia ignorierte das Flehen der Frau. Das Eisen der Fessel schrappte immer brutaler über ihre Haut. So lange, bis Blut über ihr Handgelenk lief. Einer Tatsache war sich die Kommissarin wohl bewusst: Wollte sie das hier überleben, durfte ihre Angst sie nicht lähmen.

Nein, sie war Julia Stern, Hauptkommissarin beim LKA Düsseldorf, und nie wieder würde ein soziopathischer Frauenhasser mit sadistischen Gewaltfantasien Macht über sie bekommen.

Ganze drei Monate hatte es gedauert, bis auch die letzten Wunden verheilt waren. Die seelischen Narben spürte sie bis heute noch. Wieder schlug die Kette in der Dunkelheit metallisch an. Dann wurde es still um sie.

Mit der Spitze ihres Zeigefingers nahm sie etwas Blut von der Wunde und schmierte es um das Daumengelenk der rechten Hand. Dann versuchte sie den Stahl ihrer Fessel in vorsichtigen Drehbewegungen darüber hinweg zu ziehen.

Das hier war nicht Köln, dessen war sie sich durchaus bewusst. Und er war nicht die Reinkarnation dieses Monsters! Dieser Mann war nur ein weiterer kranker Mann.

Egal wie sehr sie sich unter Schmerzen auch quälte, die Handschelle wollte nicht über das Gelenk gleiten. Das Einzige, was sie mit der Aktion erreicht hatte, war, dass es nun noch mehr brannte. Aus ihrer Sicht gab es zwei Lösungsansätze für das Problem und keiner der beiden gefiel ihr. Option A, sie amputierte sich den Mittelhandknochen der rechten Hand, was wegen des Mangels an chirurgischem Besteck nicht infrage kam. Option B, sie musste sich das Daumengelenk brechen.

„Cathy."

„Wie bitte?" Julia hörte zwar die Stimme, verstand aber nicht genau, was sie gesagt hatte.

„Mein Name ist Cathy Hayworth, wie heißen Sie?"

„Wie die Tänzerin?" oder wie die amerikanische Studentin, die verschwunden war.

„Wer?" Cathy klang weinerlich.

„Nicht so wichtig, ich heiße Julia."

„Julia?" Cathys Stimme hatte was beklemmend Kindliches an sich. Ihre erwachsene Seele schien ganz offensichtlich einen Schutzmechanismus aufgebaut zu haben.

„Hat er dir was angetan, Julia?"

Julia versuchte ihrer eigenen Angst keinen Ausdruck zu verleihen. Bis auf den Umstand, dass er ihr beinahe den Schädel gespalten hatte und sie wie ein Hund in Ketten lag? „Nein, es geht mir gut." Was mehr als nur gelogen war.

„Du sprichst so komisch, bist du sicher?"

„Ich habe das Asperger-Syndrom. Das ist eine Form des Autismus und der Grund dafür, warum du meine Stimme als merkwürdig empfindest."

„Oh, das tut mir leid für dich. Ich wollte dir nicht zu nahe treten. I'm sorry."

„Was ist mit dir?“, versuchte Julia das Thema von sich abzulenken.

„Nein, mir geht es gut. Nur mein Verlobter, Daron …“ Sie konnte den Satz nicht zu Ende bringen. Bei dem Gedanken an ihn fing sie an zu weinen. „Ich kann seit Stunden seinen Atem nicht mehr hören“, schluchzte die Stimme abgehackt.

Daron? Beide waren noch am Leben. Das war gut.

„Weißt du, wo er ist?“

„Ja, er liegt rechts von dir, ungefähr zwei Betten weiter. Ich glaube, nein, ich weiß, dass er tot ist.“ Die grenzenlose Verzweiflung in ihrer Stimme spiegelte das ganze Ausmaß der Hoffnungslosigkeit wider.

„Wieso glaubst du das, Cathy?“ Bleiernes Schweigen breitete sich in der Dunkelheit aus. Bis die junge Amerikanerin schluchzend nach Atem rang.

„Zu Anfang konnte ich noch hören, wie er geatmet hat. Leise, aber er hat geatmet.“ Ihre Stimme brach immer wieder ab, sodass Julia Mühe hatte, die junge Frau zu verstehen. „Weißt du, egal was auch passierte, Daron war immer für mich da. Wir kennen uns seit der Highschool. Er war es, der mir Halt gegeben hat, als mein Grandpa starb. Er war es, der wegen mir sein Studium unterbrochen hat. Nur damit ich hier in diesem scheiß Kaff studieren kann. Hier in diesem verfluchten Duisburg! Wenn ich nicht darauf bestanden hätte, dann wäre er jetzt noch am Leben. Daron ist wegen mir gestorben, ich habe ihn umgebracht! Ich habe meinen Verlobten ermordet.“ Sie legte das Gesicht in die nasskalten Hände und begann, gebrochen zu weinen. Es dauerte eine Zeit, bis sie stotternd nach Luft rang. „Irgendwann hat er nur noch dagelegen und geröchelt. So ein rasselndes Geräusch. Eines, wie alte Menschen es machen, kurz bevor sie sterben." Die Stimme flimmerte und Cathys Atem stockte jetzt mehr als zuvor. „Jedes Mal, wenn er auf ihn angelegt hat, verschlechterte sich sein Zustand. Dieses Monster hat ihn vergiftet. Nicht sofort, nein, langsam. Weißt du, über Tage hinweg. Er hat es genossen, hat sich daran ergötzt, wie Daron …" Ihre Stimme brach jetzt vollends ab und sie brauchte eine Weile, bis sie sich gefangen hatte. Dann sprach sie mit brüchiger Stimme flüsternd weiter: „Mit einem Blasrohr. Mit einem fucking Blasrohr. So eines, wie sie die Indianer im Dschungel benutzen. Du weißt schon, Pygmäen und so."

Wohl eher so …, dachte Julia, sprach es aber nicht aus. Pygmäen waren ein Fabelvolk aus der griechischen Mythologie.

Cathy schluckte schwer. Langsam schien sie sich wieder in den Griff zu bekommen. „Immer kurz bevor er uns diesen widerlichen Chinafraß brachte, öffnete er das kleine Fenster neben der Tür."

Jetzt war auch klar, worum es sich bei der anderen Note handelte, die Julia die ganze Zeit über wahrgenommen hatte. Das war ranziges Fett! Sie glaubte jetzt auch zu wissen, wer oder was da zubereitet wurde. Vegetarisch war es nicht.

„Ich bekomme das Geräusch einfach nicht mehr aus den Kopf. Pfumb, pfumb, pfumb!", wiederholte Cathy stumpf. „Die Pfeile waren lang und dünn und hatten einen Federpuschel am Ende.“ Cathy schätzte in der Schwärze des Raumes die ungefähre Größe mit zwei Fingern ab.

„Weißt du, was ich glaube? Ich glaube, dass dieser, dieses feige Stück Dreck nur Angst davor hat, dass mein Daron ihn in die Finger bekommt. Wenn er das Lösegeld für uns bekommen hätte, wollte er Daron bestimmt nicht zum Feind haben. Das ist der Grund, warum dieses feige Stück ihn ermordet hat.“

Julia wusste es besser. Hielt es aber für klüger, die Amerikanerin über ihre fatale Fehleinschätzung der Situation im Unklaren zu lassen.

„Aber das weißt du doch gar nicht, Cathy!“, versuchte sie der jungen Frau Hoffnung zu machen.

„Was weiß ich nicht?“, fragte die Amerikanerin trotzig.

„Ob Daron wirklich tot ist. Wenn das stimmt, was du sagst, ist es im Bereich des Möglichen, dass er noch am Leben ist. Das Narkotikum kann in Kombination mit der Kälte dazu geführt haben, dass sein Organismus die Vitalwerte massiv heruntergefahren hat. So etwas kann zum Scheintod oder ähnlichen Symptomen führen.“

„Was bist du, etwa so was wie ein Doc?“, wimmerte die Stimme ungläubig.

„Ja genau, Cathy. Das hast du gut erraten. Ich bin ein Doc.“ Was nicht gelogen war.

„Glaubst du das wirklich oder sagst du das nur, um mich zu beruhigen?“ Rotz wurde hochgezogen und verschluckt. Das hier war keine Glaubensfrage. Nichts, was man gegeneinander aufwiegen konnte. Hier ging es darum: fressen oder gefressen werden. Wortwörtlich! Wollte sie bereit sein, wenn ihre Chance kam, dann brauchte sie die mentale Stärke von der Frau ihr gegenüber. Es konnten noch Tage vergehen, bis er einen Fehler machte, im schlimmsten Fall Wochen. In dieser Zeit hatte es oberste Priorität, die mentale Stärke der Amerikanerin aufrechtzuerhalten. Es bedurfte keines Doktortitels in Psychologie, um Cathys Geisteszustand einzuschätzen. Schon wenige Tage Dunkelheit machten aus stahlharten Kerlen nervliche Wracks. Was löste es erst bei einer Frau aus, die seit Tagen auch noch unter Todesängsten litt?

„Weißt du, Cathy, es ist nicht wichtig, was ich glaube. Wichtig ist nur, was du fühlst. Du ganz alleine, Cathy!" Julia legte bewusst eine Pause ein.

„Weißt du, Daron und ich", stotterte die Stimme nach Luft ringend. „Wir kommen beide aus Boise. Du weißt vermutlich nicht einmal, wo das liegt." Schniefend wischte sie sich den Rotz hemdsärmelig aus dem Gesicht.

„Nein, aber ich kann raten, wenn du das willst."

Die Stimme lachte leise auf. „Niemand weiß das, wie denn auch. Ich werde sie nie wiedersehen. Ich werde hier in diesem scheiß Loch krepieren. Alleine. Und das alles nur, weil ich was aus meinem Leben machen wollte. Ich wollte nicht so enden wie die anderen. Nie wieder, wenn ich morgens aufstehe, den Geruch von Kuhmist riechen. Nie wieder den Staub schmecken, der sich über alles und jeden legt.“ Wieder fing die junge Frau an, zu weinen.

„Ich will, dass alles wieder so wird wie früher!“

„Glaubst du, dass Daron dich mit Absicht hier zurückgelassen hat? Dass er sich aus seiner Verantwortung gestohlen hat und dich damit deinem Schicksal überlassen?“

Stille, dann ein leises Schniefen.

„Nein, natürlich nicht, wie kommst du denn darauf? So etwas würde er nie tun. Daron ist noch nie einem Kampf aus dem Weg gegangen.“

„Gut, denn ich glaube das auch nicht. Daron wird jetzt wollen, dass er sich auf dich verlassen kann. Dass du die starke Frau bist, die er an seiner Seite gesehen hat. Glaube mir, wenn ich dir sage, dass ich mich gut in deine Situation hineinversetzen kann. Das Ganze muss dir wie ein zum Leben erwachter Albtraum vorkommen. Doch ich verspreche dir, wir werden das zusammen schaffen. Wir beide werden das gemeinsam überleben. Du und ich, und ich gebe dir mein Wort darauf, dass ich uns hier herausholen werde. Hast du mich verstanden?“ Julia hörte, wie der Atem der Frau sich beruhigte. „Cathy, hast du mich verstanden?“ Es musste ihr gelingen, weiter zu ihr durchzudringen. Verlor Cathy die Hoffnung, verlor Julia eine Kämpferin an ihrer Seite.

„Ja.“ Ihre Stimme war nicht mehr ganz so brüchig. Auch glaubte Julia einen Hauch von Hoffnung darin erkannt zu haben.

„Aber damit wir das schaffen, Cathy, musst du zwei Dinge unbedingt verinnerlichen. Du musst mir jetzt ganz genau zuhören, das ist wichtig. Du darfst deine Angst nicht die Oberhand gewinnen lassen. Verstehst du das?"

„Ja, ich glaube schon."

Noch bevor sie zum zweiten Teil ihrer Ansprache ansetzen konnte, durchdrang ein tiefes Grollen die Schwärze. Gefolgt von einem markerschütternden Schrei.

„Er kommt", hauchte Cathy fiebrig. „Er kommt!" Julia glaubte die Todesangst, die von der jungen Frau Besitz ergriff, spüren zu können. Die Amerikanerin verfiel in eine Schockstarre. Wie ein verängstigtes kleines Kind kroch sie Schutz suchend zum Kopfende hinauf. Darauf bedacht, keine Geräusche von sich zu geben, die ihn verärgern konnten. Vielleicht würde er sie ja dieses eine Mal übersehen, wenn sie nur unsichtbar genug war. Instinktiv legte sie die Hände vor den Mund. Lauschte starr vor Angst in die Richtung, aus der das quälende Geräusch schnell näher kam. Zwischen ihren Beinen wurde es warm und ein verräterisches Plätschern setzte ein.

Julia musste tatenlos mit anhören, wie Cathys Todeskampf begann.

„Bist du sicher, dass du nicht sauer auf mich bist?" Mit aller ihm zur Verfügung stehenden Kraft drückte er die tonnenschwere Eisentür in die Verriegelung.

„Sollte das eine rhetorische Frage sein?“

„Nein?“, antwortete er zögerlich, während er noch darüber nachdachte.

„Weißt du, was ich dabei partout nicht begreife? Warum du dieser Schlampe nicht einfach ihren Schädel eingeschlagen hast? Sie lag doch schon bewusstlos zu deinen Füßen.“

Im Zwiespalt mit sich, was er darauf antworten sollte, stand er nur da und schaute sie schweigend an. Das diffuse Licht der Kopflampe ließ ihre Gesichtszüge wie den Wachsabdruck einer Totenmaske aussehen. Augen und Mund besaßen keinerlei Konturen. Fast hätte man den Eindruck bekommen können, jemand hätte ihr Gesicht ausradiert.

„Was ist? Hat es dir mit einem Mal die Sprache verschlagen?“

Er konnte ihr unmöglich gestehen, dass er die Polizistin für sich ganz alleine haben wollte. Schließlich war er nicht dumm.

Ihr Willen war das Einzige, was zählte. Immer mehr richtete er sich nach dem, was sie wollte. Was sie als richtig erachtete. Zu Anfang, da war das alles noch ganz anders gewesen. Da war sie auf ihn zugegangen. Hatte Zugeständnisse ihm gegenüber gemacht. Hatte Verständnis für seine speziellen Bedürfnisse und die Situation, in der er sich befand.

Fälschlicherweise hatte er angenommen, sie selbst hätte daran Gefallen gefunden. Doch im Nachhinein stellte sich das als fatale Fehleinschätzung heraus.

Wie aus dem Nichts stand sie da und schaute anklagend auf ihn herab. Den Ekel und ihre Enttäuschung über ihn ins Gesicht geschrieben. Danach war nichts mehr so, wie es vorher war. Von da ab spielten seine Wünsche eine eher untergeordnete Rolle. Eigentlich sollte doch die Fähigkeit zur Vergebung in einer Beziehung selbstverständlich sein. Doch sie sah das grundlegend anders. Sie wollte ihn ohne Unterlass leiden lassen. Für das, was er ihr ihrer Meinung nach angetan hatte. Angeblich hatte er sie gedemütigt und ihr Vertrauen missbraucht. „Blödsinn." Hatte er das gerade wirklich gesagt?

„Was?"

Verlangte er wirklich zu viel? Wenn sie ihm doch nur nicht ständig falsche Signale senden würde. Er brauchte das eben. Na und, dann nahm er sich halt von Zeit zu Zeit eine Auszeit. Sie betonte doch ständig, wie unkompliziert und offen ihre Beziehung war, und doch engte sie ihn mehr und mehr ein. Drängte sich buchstäblich in sein Leben. Mischte sich in Dinge, die sie überhaupt nichts angingen. War das also seine Schuld, wenn er sich einen Ausgleich suchte?

„Wohl kaum", sprach er den Gedanken trotzig aus. Nicht schon wieder.

„Wie bitte?"

„Entschuldige, ich war ganz in Gedanken."

„Langweile ich dich etwa?" Den Rücken ihm zugekehrt, richtete sie sich auf. Wie ein Grizzly, der sein Gegner einzuschüchtern versuchte.

„Eine tote Polizistin, in deren Kopf ein Feuerlöscher steckt, erschien mir als zu …“

Ihm wollte das Wort partout nicht einfallen. „Jemand hätte bestimmt angefangen, Fragen zu stellen.“

Gerade als er einen Schritt auf sie zumachen wollte, geriet der Boden unter seinen Füßen ins Wanken. Sein Blickfeld trübte sich ein und der Tunnel verschwand hinter einem Schleier aus Nebel. Desorientiert suchte er an der Betonwand Halt. Spürte die Kälte der eisgelackten Wand in den Fingern. Immer stärker strauchelte er jetzt durch das knöcheltiefe Wasser. Stolperte und fühlte unter Schmerzen, wie sich kleine spitze Steine wie Reißzwecken in seine Knie bohrten. Auf allen vieren tastete er sich blind voran. Fühlte den kalten Matsch unter seinen Händen und wie er auseinanderquoll. Er wusste, das Brennen im Gesicht war nur der Anfang von etwas noch viel Schlimmeren. Der Gedanke hinkte noch hinterher, als seine Augen einen gequälten Ausdruck annahmen.

Und plötzlich glaubte er Säure im Gesicht zu haben. Wie im Wahn spritzte er sich das übel riechende Nass auf die Haut. Da, wo er sein Gesicht vermutete, spürte er nur noch eine talgige Masse. Blind und halb rasend vor Schmerz kroch er tiefer in den Tunnel. Er hatte das Gefühl, sein Kopf steckte in einem Eimer mit glühenden Kohlen. Immer heißer brannte seine Haut. Dann begann er zu zucken und schaumiger Speichel tropfte in langen Fäden zu Boden. So lange, bis sein Körper zusammenbrach und er wie ein erlegtes Tier zur Seite umfiel.

Der Schrei, kurz bevor er das Bewusstsein verlor, hatte nichts Menschliches mehr an sich.

Wie lange er so im Dreck gelegen hatte, konnte er nicht sagen. Zwischen Agonie und Bewusstlosigkeit war ihm das Zeitgefühl abhandengekommen.

„War es das endlich?“ Verschwommen glaubte er ihre Knöchel im Wasser vor sich zu erkennen.

„Eine Sekunde, mein Kopf!“, hauchte er mit brüchiger Stimme. „Geht gleich wieder.“ In der Regel verschwanden die Krämpfe genauso schnell, wie sie gekommen waren. Daran hatte er sich schon gewöhnt, sofern man das konnte. Kurzatmig und mit Schweiß auf der Stirn blickte er teilnahmslos auf den zerstreuten Lichtkegel seiner Kopflampe. Im feuchten Schlick waren die Schleifspuren der Polizistin noch immer gut zu erkennen.

Er wollte sich gar nicht ausmalen, was alles hätte passieren können, wäre der Strauch nicht dagewesen. Während er dem zarten Nebelschleier im Schein der Lampe hinterherschaute, kam ihm eine Idee. Ein Plan, wie er die Polizistin doch noch für sich alleine haben konnte. Sie bekam immerhin den Löwenanteil der beiden Amerikaner. War es da nicht fair, wenn er die Polizistin für sich behielt? Argumentativ besaß er ohnehin keine Gefühle für diese Frau. Das war ja dann im Prinzip auch kein richtiges Fremdgehen. Der meisterhafte Gedankengang, auf diese Weise beiden Frauen gerecht zu werden, erheiterte ihn.

„Warum grinst du mich so dreckig an?“

Ein Gefühl der Vorfreude überkam ihn und ein wohlig warmes Kribbeln breitete sich in seinen unteren Extremitäten aus, kroch hoch in seine Lenden hinein, wo es die Unterhose angenehm spannte. Wenige Meter vor der Panzertür legte er an Tempo zu und überholte sie. Auch wenn die Stimmung leicht unterkühlt war, so wusste er doch, was sich gehörte. Der verrostete Hebel der Panzertür erinnerte an einen Eiszapfen. Inzwischen hatte der Winter auch hier unten Einzug gehalten. Da, wo sonst Moosflechten die Wände grün schmückten, wuchsen nun kleine weiße Teppiche aus Eiskristallen, funkelten glitzernd im Licht der Lampe wie Mithril in den Stollen der Zwerge.

Seiner Meinung nach war der Winter die schönste Jahreszeit. „Alles wirkt so friedlich, fast besinnlich."

„Hast du was gesagt?"

„Nein, warum?", erwiderte er lakonisch.

„Hör verdammt noch mal damit auf, meine Fragen ständig mit einer Gegenfrage zu beantworten."

„Entschuldigung." Er griff in die Schublade und suchte unter klirrenden Geräuschen nach seinem besten Stück. Ein schmales, in die Jahre gekommenes Ausbeinmesser, das ihm stets ein treuer Begleiter war. Spontan überkam ihn ein interessanter Gedanke.

„Was meinst du, wäre es nicht eine lustige Laune des Schicksals, wenn die Amis nur deshalb unsere Gäste sind, weil ihr Opa im Krieg nicht richtig gezielt hat?"

Inzwischen hatte die Klinge durch das viele Wetzen eine sichelartige Form angenommen. Andächtig legte er das Messer beiseite. Das Skalpell mit einem kompletten Satz an Wechselklingen hatte ihm ein Student der Biologie besorgt. Später dann hatte er sich persönlich für die überaus nette Geste bei ihm bedankt. Fleischerbeil und Filetiermesser fanden ihren Platz in routinierter Reichweite, suchten wie gewohnt die direkte Nachbarschaft zum Ausbeinmesser. Sechs Zentimeter diagonal und leicht nach rechts versetzt. Das Stechmesser, das seine eigentliche Verwendung im Ausbluten fand, würde erst wieder beim nächsten Mal Verwendung finden, weshalb er es wieder zurücklegte. Dann war da noch die zeremonielle Axt aus tiefschwarzem Obsidian.

„Hör auf herumzutrödeln“, ermahnte sie ihn.

Je näher der Zeitpunkt des Rituals kam, umso unausstehlicher wurde sie. Auch für ihn war die Zeit gekommen, das Ritual endlich zu vollziehen. Schon seit Tagen fühlte er sich unwohl.

„Bin gleich so weit“, säuselte er schmallippig. Nahm den Eimer und schüttete die braune Brühe über den verkrusteten Hackklotz.

Eigentlich waren die Chinesen erst für später im Jahr vorgesehen gewesen. Doch dann hatte Cathy ihm von Thailand erzählt. Also blieb ihm nichts weiter übrig, als die Reihenfolge zu ändern.

Er strich das Chongyang-Fest von der Sonderkarte und präsentierte ihr stattdessen ein vorgezogenes Thanksgiving-Menü.

Nachdem die asiatische Studentenschaft davon Wind bekommen hatte, dass sie zugunsten des Klassenfeindes von der Speisekarte gestrichen worden waren, war es zu einer politischen Auseinandersetzung ausgeartet. „Und wie findest du mich?“ Dabei drehte sie sich wie eine Ballerina um sich selbst. Ihr Anblick raubte ihm den Atem. Unter ihren nackten prallen Brüsten zierte die weiße Kontur der Großen Anakonda den Bauch. Eine grobe Fingerzeichnung, deren Zentrum die Mitte ihrer Fruchtbarkeit war. Aber am besten gefiel ihm ihr Gesicht. Darauf war mit weißer Farbe die Kontur eines menschlichen Schädels nachgezogen. „Du siehst umwerfend aus!“, schmachtete er ihr entgegen.

Dann war er an der Reihe, keine Minute später, stand er nackt bis auf die Haut da. Mit weiß getünchten Fingern zog er breite Striche über sein Gesicht. Farbe verlief zäh über Augenhöhlen und Wangen bis zum Kiefer und ließ seine Maskerade noch unheimlicher wirken. Den Rest verschmierte er grob über den Körper. Als er fertig war, kratzte er an den Stellen, wo sich seine Rippen befanden, die weiße Schmiere wieder herunter, so entstand der Eindruck eines Reliefs. Plötzlich erfasste ihn eine Euphorie, ein Kribbeln, das sich in seinem ganzen Körper ausbreitete. Ihm wurde warm und die Schwerkraft schien auszusetzen. Mit einem Mal war er Teil von etwas Größerem. Es hatte von seinem Geist Besitz ergriffen. Er konnte spüren, wie er tiefer und tiefer in seinen Kopf eindrang.

Die Zusammenkunft hatte nicht viel länger als zwei, drei Sekunden angedauert, aber sie war überwältigend.

Mit weit nach oben gestreckten Armen hauchte er heiser: „Ich danke euch, dass ihr mich für würdig erachtet!“

Leicht verklärt schaute er um sich. Alles lag an seinem angestammten Platz. Die Messer, die Axt, die Schüssel, der zeremonielle Hackklotz. Was fehlte, war der Ehrengast.

Unisono stimmten sie einen unmelodischen Singsang an. Eine Mischung aus Kehlkopfgesang und nasalen Lauten erfüllte den Raum mit unheiliger Schwingung. Seine Ekstase steigerte sich, bis er wie ein Derwisch durch den Raum wirbelte. Wasser spritzte ungezügelt die Wände hoch. Alles um ihn herum wurde eins. Verschmolz in einem Meer aus düsteren Farben.

Immer frenetischer wurde der Gesang, bis alles endete. Abrupt stoppte der wilde Tanz vor dem verrosteten Hängeschrank. Hinter dessen Türen sich nun der Ehrengast bereithielt. Jener Tzantza, der hier und heute seine Macht und sein Wissen mit ihm teilte. Der Urahne, der das mystische Band zwischen den Welten verkörperte. Mächtig, leuchtend schön und in seiner Weisheit unerbittlich gegenüber jenen, die sich als zu schwach erwiesen. Als er die Glasglocke mit dem Kopf behutsam aus dem Schrank hob, wirbelten winzig schimmernde Partikel darin auf. Wie ein Koch, der seinen Gästen ein Festmahl präsentiert, hob er die durchsichtige Glocke feierlich an. Schnell wuchs der Glitzer im Schein der Kerzen zu einem silbrigen Schwarm, schwebte und tanzte beschwingt umher und schwängerte mehr und mehr die eisige Luft.

Gut zweihundert Jahre hatte der Tzantza unbeschadet überstanden, trotzt dem feuchtwarmen Klima des Amazonasbeckens und der Überfahrt zwischen den Kontinenten. Selbst Kriege konnten ihm nichts anhaben. Und jetzt waren es winzige Pilzsporen gewesen, die sein Ende besiegelten. Weiße Cluster, die sich ihren Weg ins Freie bahnten.

Er konnte spüren, wie der Kopf versuchte, mit ihm in Kontakt zu treten. Wie er zu interagieren versuchte. Mit weit von sich gestreckten Armen verneigte er sich in Demut vor dem Alten. Zollte ihm Respekt, und brachte gleichzeitig zum Ausdruck, dass er sein gehorsamer Diener war.

Dem Alten schien es zu gefallen, denn der kontemplative Blick, den er ihm schenkte, war frei von Missmut. Ein Stück weit glaubte er sogar, dass er lächelte.

Warum auch nicht? Kein anderer Krieger war würdiger als er und keiner hatte mehr Opfer dargebracht als er.

Mit sonorem Ton stimmte er einen gutturalen Gesang an.

Mit einer fließenden Schrittdrehung wendete er sich ihr zu. Schwenkte den Kopf zwischen seinen Händen in alle vier Himmelsrichtungen. Reinigte so die Opferkammer von negativer Energie und gleichzeitig vertrieb er damit die bösen Geister aus den Wänden.

Nun war die Zeit gekommen. Erfahrungsgemäß hielt die Spiritualität, mit der der Raum jetzt angereichert war, nicht lange vor. Achtsam stellte er den Alten auf seinen angestammten Ehrenplatz. Ein schlicht gehaltenes Brett auf Augenhöhe zum Hackklotz.

Julias Theorie, er stünde unter dem Einfluss einer weiblichen Macht, schien sich zu bewahrheiten. Die Stimme klang kehlig und irgendwie auch krächzend. So, als wäre erst vor Kurzem ein Infekt im Hals abgeklungen.

In der Finsternis konnte sie nur erahnen, was sich unterhalb der Pritsche befand. Das knöcheltiefe Wasser war eisig und schmerzte auf der Haut

„Was hast du vor, Julia?", schniefte Cathy aus der Dunkelheit heraus.

„Ich glaube, ich habe einen Plan, wie ich uns heraushole." Noch nicht ganz ausgesprochen, bereute sie schon die Wortwahl.

„Du glaubst?", wiederholte die Studentin skeptisch Julias Worte. „Und was ist mit Daron?" Cathy sprach so leise, als fürchtete sie die Antwort.

Hoffnung war nichts, das man mit Glauben aufwiegen sollte.

Julia war bewusst, ihnen blieb nicht mehr viel Zeit. Waren die Vorbereitungen auf der anderen Seite abgeschlossen, war es Daron, den er sich zuerst holte. Danach waren sie an der Reihe.

Eilig drehte sie die Matratze herum, tastete in der Dunkelheit nach einer bestimmten Stelle. Hastig fuhren die Finger über die Unterseite der Matratze. Links, rechts, nein, es musste weiter oberhalb gewesen sein. Dann fand sie, wonach sie gesucht hatte. Sie versuchte, den Gedanken beiseitezuschieben, wie die Schlafunterlage bei Tageslicht aussah. Wie ein Raubtier schlug sie die Reißzähne in den übel riechenden Stoff. Verbiss sich regelrecht darin. Bis ein kurzes Reißen sie innehalten ließ. Vorsichtig zwängten ihre Finger sich in den Riss. Das Ende der Spirale lag frei. Jetzt musste ihr nur noch gelingen, das Eisen rechtzeitig aus dem Futteral zu lösen. Ihre Finger ertasteten das rostige Ende des Metalls. Die beiden hatten auf der anderen Seite der Tür angefangen, einen rituellen Gesang anzustimmen. Was definitiv kein gutes Zeichen war. In beinah allen Religionen, die sie kannte, war die Abfolge stets dieselbe. Erst wurde eifrig gesungen und danach … Hastig drehte sie den Draht um die eigene Achse, wobei er schnell sehr heiß wurde. Dann endlich hörte sie die Spirale brechen.

„Chancengleichheit!", sagte sie triumphierend.

Nun war sie im Besitz einer tödlichen Waffe, die sie gegen ihn einsetzen konnte. Wenn es ihr gelang, das Blatt richtig auszuspielen. Jetzt kam der zweite Teil ihres Plans.

Sie spürte, wie die stinkende kalte Luft tief ihre Lunge ausfüllte. Sie schloss die Augen, konzentrierte sich auf ihr inneres Ich. Fokussierte das rhythmische Pochen ihres Blutes und blendete das konstante Hintergrundrauschen in ihrem Kopf aus.

Mechanisch steckte sie den Daumen zwischen Wand und Bettgestell. Ihre Zähne gaben ein mahlendes Geräusch von sich, als sie von drei abwärts zählte. Als das Geräusch von brechenden Knochen die Dunkelheit durchschnitt, schrie sie stumm in sich hinein.

„Was war das? Was hast du getan, Julia?"

Cathys Frage ging im Schmerz unter. Schlagartig sackte ihr Kreislauf gefährlich ab. Sie musste sich fangen, durfte unter gar keinen Umständen das Bewusstsein verlieren. Sie bekam nur eine einzige Chance, ihn zu überwältigen, und die durfte sie unter keinen Umständen verpassen. Sie bekam nur einen Versuch. Das Ende der Feder musste beim ersten Mal ihr Ziel finden. Der Schmerz war kaum auszuhalten, er pochte, hämmerte und brannte wie verrückt. Doch das würde lange nichts gegen das sein, was er ihnen antun würde, sollte sie scheitern.

Erneut schlug sie die Zähne in den miefigen, nach Schimmel schmeckenden Stoff. Unter unsagbaren Schmerzen fing sie damit an, die Metallfessel Stück für Stück über das herausgebrochene Gelenk zu drehen. Mit jedem Millimeter, den sich das Metall vorwärtsbewegte, kam sie an den Rand der Bewusstlosigkeit. Ihr ganzer Körper schrie und flehte sie innerlich an, aufzuhören.

Doch sie hatte schon einmal aufgegeben und dafür teuer bezahlt.

„Was in Gottes Namen hast du getan?", fragte die junge Amerikanerin fassungslos.

Julia rang in der Schwärze hörbar um Fassung, schluckte schwer. Mit gebrochener Stimme sagte sie zögerlich. „Ich habe mir den Daumen gebrochen, um die Handschelle darüber abstreifen zu können."

„Holy shit, du hast was getan?" Cathy glaubte ihren Ohren nicht. Kein normaler Mensch, der bei klarem Verstand war, brach sich selbst den Daumen.

„Ich sagte doch, ich habe einen Plan.“

„Du kannst dir doch nicht selbst den … You are really crazy, weißt du das, Julia?“

Julia zerriss den Stoff der Matratze und wickelte ihn sich unter Tränen um die verletzte Hand. Danach tauchte sie den provisorischen Verband in das kalte Wasser. Den Schmerz linderte es nur wenig, aber es musste ausreichen, um den Kampf mit ihm aufzunehmen. Jetzt war sie nicht nur im Besitz einer tödlichen Waffe, sie war auch frei. Und allein das war die Sache wert gewesen.

Würde es ihr gelingen, seine Hauptschlagader zu treffen, blutete er binnen von Sekunden aus. Kam das nicht infrage, konnte sie alternativ auch seine Augen attackieren. Am Erfolg versprechendsten war das linke, dort war die Knochenwand zum Hirn sehr dünn. Julias Blick schweifte forschend umher. Beinahe so, als könnte sie trotz absoluter Dunkelheit die Umgebung scannen. Nach kurzer Überlegung fasste sie einen Entschluss, sie würde ihn in dem Moment angreifen, wo er sich Daron holte. Sie würde ihn lautlos wie eine Raubkatze von hinten anspringen und das scharfkantige Ende tief in seinen Hals bohren. So tief, bis alle Adern, wenn sie es herausriss, regelrecht zerfetzten.

Als er den schweren Metallriegel zum Sanitätsraum hin aufschlug, herrschte eine gespenstische Stille. Augenblicklich hörte Julia die Amerikanerin wie eine Spinne über das Bett krabbeln. Das leise Geräusch von kräuselndem Wasser verriet Cathys Angst. „Wir schaffen das. Vertrau mir!“ Doch anstelle einer Antwort hörte sie nur unverständliches Gebrabbel. Ganz offensichtlich trieb Cathys Verstand allmählich auf die andere Seite. Gelang es Julia nicht bald, sie hier herauszuholen, war er für immer verloren.

Als der Mann den Schalter umlegte, explodierte das Licht auf Julias Netzhaut. Schützend hob sie die unverletzte Hand vors Gesicht. Halb blind fiel ihr auf, in welch erbärmlichem Zustand sich die Amerikanerin tatsächlich befand. Die Haare glichen einer Strohpuppe. Die Jeansjacke stand vor Dreck, während das Shirt darunter an zahlreichen Stellen zerrissen war. Blanke Haut lugte darunter hervor und legte eine Brust frei. Im Gesicht und auf den Beinen trug sie rötliche Flecken. Ihr Blick war wirr und von Panik gezeichnet. Cathy hatte sich so klein gemacht, wie sie nur konnte. Presste sich regelrecht in die Wand hinein. Die Studentin befand sich in einem geistigen und körperlichen Verfall, dem sie nicht mehr lange etwas entgegenzusetzen hatte.

Und dann sah Julia Daron, der tot auf seiner Pritsche lag. So wie die kleinen Holzpfeile in ihm steckten, erinnerte er sie auf makabre Weise an einen Mettigel.

Langsam watete die nackte Gestalt durch das Wasser.

Der Mann hatte sich von oben bis unten mit nach faulen Eiern stinkendem Matsch beschmiert. Trug um die Hüfte ein grobfaseriges Seil gewickelt, an dem seitlich ein Leinensack baumelte. Sie schätzte den Durchmesser auf die Größe eines Handballs. Die weiße Farbe im Gesicht und auf dem Oberkörper war grob aufgetragen und verlief in chaotischen Bahnen. Vermutlich diente die Bemalung dazu, eine mystische Symbolik zum Ausdruck zu bringen. Ganz offensichtlich war er dem Glauben erlegen, es handelte sich bei ihm um ein höheres Wesen. Um seinen Hals trug dieser Freak ein buntes Schlüsselband, das auf seinem dreckverschmierten Körper deplatziert wirkte.

Langsam und wohl darauf bedacht, die Würde des Moments zu versinnbildlichen, betrat er den Raum.

Schweigend und erhobenen Hauptes, würdigte er die beiden Frauen keines Blickes.

In der wenigen Zeit, die Julia verblieb, studierte sie ihren Gegner bestmöglich. Äußerlich war sein Körperbau pyknisch, die Schultern waren stark gerundet. Er fiel beim Gehen leicht vornüber, was die Trichterbrust nur verstärkte. Dabei wippte das Schlüsselband schlaff umher. Seine Fettschürze, die das Seil um seiner Hüfte zu einem Drittel verdeckte, war das Ergebnis von jahrelanger Fehlernährung und definitiv zu wenig Sport. Im Großen und Ganzen war er eher mittelgroß und von gedrungener Erscheinung. All dies ließ sie darauf schließen, dass seine gesamtheitliche Konstitution eher mies war. Ein weiterer Vorteil, den es zu nutzen galt. Trotzdem durfte sie ihn nicht unterschätzen, Hochmut kam bekanntlich vor dem Fall.

Erst jetzt fiel ihr dieser penetrante Geruch auf, der ihn wie eine Aura umgab. Das Rasierwasser war widerlich süßlich, mit viel, zu viel Vanille in der Basisnote. Und plötzlich fiel es ihr wie Schuppen von den Augen. Es war kein Zufall, dass er es im Übermaß benutzte. Nur so war es ihm überhaupt möglich gewesen, den anhaftenden Leichengestank zu überlagern, der sich wie eine zweite Haut über alles legte, was mit ihm in Berührung kam.

Hinzu kam, in Zeiten von Diskriminierungs- und Genderdebatten sprach niemand einen Gehandicapten auf seinen Körpergeruch an. Und schon gar nicht im öffentlichen Dienst. So etwas fand nur allzu schnell die Aufmerksamkeit von selbst ernannten Tugendwächter*innen.

So wie er sich bewegte und wie er sich gab ... All das hier lief nach einem vorbestimmten Muster ab. Etwas, das er schon viele Male gemacht hatte und über das er nicht mehr nachzudenken brauchte.

Noch etwas, das sie zu ihrem Vorteil machen konnte. Festgelegte Rituale verführten Menschen oftmals zur Oberflächlichkeit, in der der Fehlerteufel ein treuer Begleiter ist.

Ihre Strategie bestand darin, mit dem abgebrochenen Ende der Stahlfeder seine Halsschlagader zu zerfetzen. Dafür brauchte sie jedoch ein Ablenkungsmanöver und all das musste schnell gehen. Er durfte keine Zeit zum Nachdenken haben.

Ihr Blick schweifte herüber zu der jungen Frau. Gerade als sie dachte, sie hätte ihre Aufmerksamkeit, sah sie Cathys leeren Ausdruck in den Augen. Sie brauchte einen Plan B. Irgendetwas, mit dem sie ihn ablenken konnte, ohne dass er misstrauisch wurde. Fokussiere dich, befahl sie sich selbst. Konzentriere dich. Wo liegen seine Schwächen? Sie brauchte nur einen minimalen Hebel, einen Schwachpunkt, wo sie bei ihm ansetzen konnte. Wie bei einem Apothekerschrank öffnete sie in Gedanken eine Schublade nach der anderen. So lange, bis sie gefunden hatte, wonach sie suchte. Eine gemeinsame Basis, Menschen teilten für gewöhnlich gemeinsame Interessen. Etwas, das sie verband. Band, echote es in ihrem Kopf. Das war es! Sie schärfte den Blick, und tatsächlich: Was sie fälschlicherweise für ein Symbol nationaler Zugehörigkeit gehalten hatte, entpuppte sich auf den zweiten Blick als ein stark zurückgeschnittener Federschmuck. Und zwar die eines … eines Tukans. Ein bis zu fünfundsechzig Zentimeter großer, schwarz-rot-gelb gefiederter Vogel, der nur in den tropischen Regionen Mittel- und Südamerikas beheimatet ist.

Wie konnte sie das nur übersehen haben? Schwarz, rot, gelb stand nicht nur stellvertretend für Deutschlands, es waren vor allem die Stammesfarben der Shuar. Des indigenen Volks, dessen Jagdtrophäen die Vitrinen anthropologischer Museen füllten.

„Sind das etwa Federn eines Tukans?“, versuchte sie so viel Gleichmut in ihre Stimme zu legen, wie es ihr möglich war.

Ohne sie eines Blickes zu würdigen, schritt er voran. Julia spannte die Muskeln, machte sich zum Sprung bereit. Vielleicht war es ein Zucken oder eine unbedachte Bewegung, die ihn misstrauisch werden ließ. Auf jeden Fall schien er sie nicht aus den Augen zu lassen. Sie konnte sehen, wie seine gelben Augäpfel auf ihr hafteten.

„Wussten Sie, im südlichen Firmament schmückt das Sternbild des Tukan den Sternenhimmel.“ Julia ließ sich auf ihre Knie nieder. „Es grenzt nördlich an die des Phönix und des Kranichs.“ Die vor Dreck stehende Gestalt zeigte immer noch keine Reaktion. „Auch die Kleine Magellansche Wolke befindet sich in dem Sternbild des Tukan.“ Sie fing bewusst an zu plappern. Wollte ihm den Eindruck von Angst und Nervosität vermitteln. „Aber wissen Sie, was die Vögel wirklich interessant macht?“ Sie verzögerte die Antwort absichtlich, machte die kleine Exkursion ins Reich der Ornithologie noch etwas spannender für ihn.

„Mit ihrer Hilfe sind die Medizinmänner des Amazonas imstande, herüber in die Geisterwelt zu fliegen. Für sie sind diese Vögel nicht nur heilige Totems. Sie sind in erster Linie auch der Schlüssel zu unvorstellbarer Macht.“ Für den Bruchteil einer Sekunde stockte seine fließende Bewegung. „Waren Sie schon einmal auf der anderen Seite, in der Geisterwelt? Haben sich die Stimmen Ihnen jemals zu erkennen gegeben und den Weg in ihr Reich offenbart?“

Jetzt blieb er stehen und warf ihr über die Schulter einen verächtlichen Blick zu. „Was wissen Sie schon von der Stimme des Alten?“, fauchte er Julia schroff an.

Sie hatte ihn am Haken. Hochmut war nicht nur eine biblische Todsünde, er war auch etwas, über das die meisten Männer nur allzu gerne stolperten. Er sprach von dem Alten. Das Wesen, Singular, männlich, Alter Ego. Was noch? „Mehr als Sie zu glauben wagen. Denn ich bin im Besitz der einzigen Karte, die den Weg ins Totenreich beschreibt.“ Dabei tippte sich Julia gegen die Stirn.

Die verdreckte Gestalt beugte sich leicht zur Seite und warf einen verstohlenen Blick auf die offen stehende Tür. Dann sagte sie in leisem Ton. „Sie lügen. Wenn eine solche Karte existiert, dann wüsste ich davon.“ Julia überlegte, warum der Mann flüsterte; wollte er nicht, dass jemand etwas von ihrer Unterhaltung mitbekam?

Dadurch, dass sein Oberkörper sich seitlich beugte, drehte sich der Medizinbeutel gemächlich in ihre Richtung und starrte sie mit leidendem Ausdruck verzerrt an. Wenn sie mit ihrer Annahme richtiglag, handelte es sich dabei um den fehlenden Kopf des Chinesen. Sein Haar hatte er benutzt, um ihn am Seil zu verknoten. Bei dem Anblick übermannte sie ein ungutes Gefühl. Wenn das hier nicht funktionierte, würde auch sie an seinem Gürtel enden.

„Und was, wenn nicht? Was, wenn ich den Weg tatsächlich kenne?“ Sie öffnete leicht die Beine und lächelte, angesichts der Schmerzen, so gut es ihr möglich war.

Die Stille zwischen ihnen wurde nur durch das leise Aufeinanderschlagen von Cathys Zähnen unterbrochen. Irgendetwas schien sein Misstrauen geweckt zu haben. Julia konnte sehen, wie sich seine Augen zu

Schlitzen verengten. Wo hatte sie den Fehler gemacht? Schweiß lief ihr kalt den Rücken entlang. War die einladende Geste ihrer Beine zu viel? Die Halsschlagader fing spürbar an zu pulsieren, während Adrenalin ihren Körper überschwemmte und sie den Schmerz in ihrer Hand vergessen ließ. So als hätte er alle Zeit der Welt, drehte er sich zu ihr herum. Nach außen hin wirkte sie ungerührt, doch innerlich wollte sie nur schreien. Langsam kam er auf sie zu, sie konnte hören, wie seine Füße durch das Wasser pflügten. Er blieb vor ihrer Pritsche stehen und beugte sich so weit zu ihr herunter, dass sein fauliger Atem ihr fast die Luft raubte.

„Und was, bitte schön, hindert mich daran, die Karte aus deinem kleinen Kopf herauszuschneiden?“ Seine gehauchte Boshaftigkeit klang kehlig, krächzend und gemein.

Die Spannung zwischen ihnen stieg ins Unerträgliche. Unvermittelt richtete er sich kerzengerade auf. Schaute verärgert auf die offen stehende Tür.

„Mit niemandem.“ Pause, dann defensiv. „Weil ich …“

Ganz offensichtlich suchte er nach einer Ausrede. Nur für wen?

Die Erkenntnis fiel ihr wie Schuppen von den Augen. Sie hätte sich selbst ohrfeigen können. Warum war sie nicht viel früher darauf gekommen? Dabei war es die offensichtlichste Theorie von allen. Ihre Lippen formten ein schmales Lächeln. Eine ihrer Augenbrauen krümmte sich, während die restliche Mimik ihm ein freundliches Gesicht simulierte. Das veränderte alles. Das flaue

Gefühl in der Magengegend ebbte ab und Hoffnung keimte in ihr auf. Sie war sich sicher.

Auf der anderen Seite der Tür gab es weder eine andere Frau noch sonst eine lebende Person. Der dominante feminine Teil war eine Projektion seines krankhaften Geistes. Eine böse Manifestation seiner Vergangenheit.

„Das könnten Sie natürlich tun", hörte sie sich selbst sanft auf ihn einreden. „Dann gibt es aber keine Garantie dafür, dass Sie auch finden, wonach Sie suchen. Ich könnte Ihnen aber den Weg verraten. Allerdings nur dann, wenn Sie mich ganz lieb darum bitten." Mit einem koketten Lächeln auf den Lippen setzte sie sich aufrecht und rutschte langsam auf ihn zu.

„Ich brauch dich nicht lieb zu bitten." Seine Stimme klang höhnisch. „Wenn du an der Reihe bist, wirst du singen wie ein kleines Vögelchen. Twittwittwit", imitierte er mehr schlecht als recht einen Käfigvogel. „Von morgens bis abends und das so lange, wie ich dir deine Zunge lasse." Echsenhaft schnellte seine Zunge hervor und strich über die dreckverkrusteten Lippen. „Weißt du, welchen Teil ich am liebsten von euch mag?" Er spürte nur Verachtung für die Frau zu seinen Füßen. „Es sind nicht eure Titten. Wobei die Fettmarmorierung beim Anbraten Vorteile mit sich bringt. Es sind auch nicht eure Flanksteaks. Das Abziehen der Silberhaut ist mir zu anstrengend, wenn ich ehrlich bin. Außenseite. Nein, es sind die Bäckchen." Dabei verzog sich sein Mundwinkel zu einem grotesken Gesichtsausdruck.

„Richtig zubereitet ist es das beste Fleisch von allem. Wenn es im eigenen Saft vor sich hin köchelt, zerfällt es förmlich auf der Gabel. Vielleicht lass ich dich dabei zuschauen, wenn ich von dir koste. Wenn ich deine zarten Bäckchen in …"

Er kam nicht mehr dazu, den Satz zu beenden. Wie eine Giftkobra, die ihre Zähne tief in das Fleisch ihrer Beute vergraben will, sprang sie ihn an. Der stechende Schmerz in seinem Hals brannte wie glühendes Eisen. Wie ein Tier schrie er laut auf.

„Ahhrrrg!" Instinktiv griff er sich an den Hals, verstand nicht, was da in ihm steckte. Sie drückte das Metall tiefer.

Erneut schrie er kreischend auf und sein Schmerzensschrei hallte gellend durch die riesige Bunkeranlage.

„Ahhrrrg!"

Mit aller Kraft trieb sie den Draht tiefer in den Hals. Drehte das rostige Ende Millimeter um Millimeter in ihn hinein. Traktierte seinen Kopf gleichzeitig mit einem Schwarm von Ellenbogenschlägen. Jeder Treffer, den sie platzierte, vergrößerte die Überlebenschance von ihr und Cathy. Wie eine Furie drosch sie unerbittlich auf ihn ein. Seine Augenbraue platzte auf und Blut quoll daraus hervor. Der Mann unter ihr schrie und tobte wie ein tollwütiges Tier. Nur noch wenige Millimeter, und der Draht befand sich hinter seiner Halsschlagader. Mit letzter Kraft bäumte sie sich auf, setzte ihr gesamtes Körpergewicht ein, um das rostige Metall todbringend zu platzieren.

Das Biest hatte ihn am Auge verletzt. Blut lief ein und trübte seine Sicht rot. Wieder flog der Ellenbogen auf ihn herab. Gleichzeitig spürte er einen dumpfen Schmerz, als sich der Draht über eine Sehne schob. Im letzten Moment, gerade noch rechtzeitig, hatte er einem Faustschlag ausweichen können. Das Miststück hing an ihm wie eine Klette. Wieder sah er den Ellenbogen auf sich zufliegen. Blitzschnell duckte er sich darunter hinweg. Dann sah er es. Eine ihrer Hände war verbunden. Jetzt begriff er, wie sie es geschafft hatte, die Handschelle abzustreifen.

Mit toten Augen starrte er sie kalt an, dann verzerrte sich sein Gesicht schleichend zu einer boshaften Fratze. Den nächsten Treffer ließ er in voller Absicht zu. Blitzschnell umfasste ihre Faust und drückte zu. Angesichts ihrer Qual lachte er schallend auf.

„Ahhrrrg!" Der Schmerz raubt ihr jeden Sinn.

Vor ihren Augen explodierte das gesamte Universum in einem hellen Licht. Wie wild zuckte sie am ganzen Körper. Schrie wie von Sinnen. Die Qualen waren schier unerträglich. Dann mit einem Mal ließen sie nach. Ihre Beine wurden weich und sie spürte, wie sie kurz davorstand, das Bewusstsein zu verlieren. Mit verwässertem Blick starrte sie apathisch in ein Gesicht, das kein Mitleid kannte. Langsam, sichtlich amüsiert über ihr Leiden, erhöhte er den Druck. Wie ein Tier im Todeskampf stieß sie grunzende Laute aus. Zuckte und zappelte wie ein Fisch an der Angel. Immer fester drückte er den gebrochenen Daumen zusammen.

Der Atem blieb weg und der Boden unter ihren Füßen ging verloren. Immer weiter hob er sie in die Höhe, zog sie nah zu sich heran. Der Geruch von Fäulnis und schlechtem Essen schlug ihr entgegen.

Der Kopfstoß traf sie hart ins Gesicht. Blut sickerte aus ihrer Nase und ihr Sichtfeld verkleinerte sich. Alles schien mit einem Mal so surreal, so weit weg. Für einen kurzen Augenblick war sie fest davon überzeugt, außerhalb des eigenen Körpers zu schweben. War nur noch ein unbeteiligter Beobachter von dem, was sie einmal war. Sah sich selbst aus der Entfernung blutend im Wasser liegen. Konnte Cathy sehen, wie sie in ihrer Todesangst versuchte, die zerrissene Kleidung zu ordnen.

„Das wirst du mir büßen, Hexe." Der Tritt war hart und traf ihre Rippen. Julia stöhnte auf und sah verschwommen mit an, wie sein Blick unheilverkündend zu der jungen Frau wanderte.

„Nein, nicht, bitte." Julia mobilisierte ihre letzten Kräfte, versuchte, dem Mann schleppend den Weg abzuschneiden.

Sein Griff war brutal, als er Cathy in die Haare griff. Die Amerikanerin japste laut auf, und plötzlich hielt er ein Messer in Händen. Die Klinge war schmal und kurz. Er musste es die ganze Zeit über auf der anderen Seite getragen haben.

Wie hatte sie das nur übersehen können? Der hellrote Kunststoff lag fest umschlossen in seiner Hand. Dann hörte sie das sanfte, sirrende Geräusch der Klinge, gefolgt von einem gurgelnden Laut.

„Neeeein!“ Julia schrie so laut sie konnte.

Das arterielle Blut spritzte in einer einzigen Fontäne aus der Halsschlagader. Ungläubig griff Cathy sich mit beiden Händen an den blutüberströmten Hals. Fassungslos starrte die Amerikanerin sie an. Hatte diese Frau ihr nicht versprochen, sie zu retten? Ihr gesagt, dass alles gut würde? Röchelnd rang die junge Frau nach Luft. Doch anstelle des lebensspendenden Sauerstoffs atmete sie ihr eigenes warmes Blut ein. Auf ihrem Gesicht spiegelte sich Unglaube wider. Ungelenk versuchte sie, die klaffende Wunde mit ihren Händen zu verschließen. Doch das Blut sprudelte unaufhaltsam, pulsierend, rhythmisch zwischen den Fingern hindurch. Mit eingetrübten Augen starrte sie anklagend zu Julia herüber. Sie wollte sprechen, wollte sie an ihr Versprechen erinnern. Doch außer roten Bläschen brachte die Studentin nichts hervor. Dann wurde es dunkel um sie und ihr Herz pumpte ein allerletztes Mal ins Leere.

Ein Gefühl von ohnmächtiger Wut stieg in Julia auf. Er hatte ihr die Rolle der machtlosen Beobachterin zugewiesen. Und sie hatte angenommen. Aus Angst und aus Hörigkeit vor den eigenen Dämonen war sie regelrecht eingefroren. Sie hätte es besser wissen müssen. Sie hätte es besser machen können. Jetzt war es zu spät, Cathy war tot und sie würde das gleiche Schicksal ereilen. Nur mit einem Unterschied, den schnellen Tod, den er Cathy gewährte, würde er ihr nicht zugestehen.

Achtlos warf er den leblosen Körper auf die Pritsche. Sein Spielzeug war kaputt und nicht mehr von Interesse.

„Weißt du", sagte er und betrachtete regungslos das tote Stück Fleisch vor sich. „Ich glaube, wir beide haben mehr Gemeinsamkeiten, als dir vielleicht lieb ist." Als wäre nichts geschehen, drehte er sich zu ihr herum. Blutbesudelt, was auf groteske Weise seine Körperbemalung noch betonte.

„Ich wüsste nichts, was wir beide gemein haben", giftete sie ihn an.

„So wie du eine Außenseiterin aufgrund deiner Behinderung bist, bin ich …"

„Ich bin nicht behindert, du krankes Stück Dreck!", schrie sie ihm voller Verachtung entgegen. „Ich habe das Asperger-Syndrom!" Sie spuckte ihm blutigen Speichel entgegen.

„Wenn du das sagst! Das Einzige, was uns voneinander unterscheidet", er lachte kurz und trocken auf, „sind die Methoden."

„Du kranker Psychopath!", schrie sie. „Du tötest auf bestialische Weise unschuldige Menschen. Uns verbindet rein gar nichts! Du bist ein außer Kontrolle geratenes Tier. Mehr nicht."

„Aus deiner Sicht bin ich das sicherlich. Doch betrachte es mal aus meinem Blickwinkel." Dabei bekam sein Gesicht etwas Sanftmütiges. „Oh, ich vergaß, das machst du ja ständig und immer. Nicht wahr? Ja, ich habe mich über dich im Internet erkundigt, Frau Hauptkommissarin Doktor Julia Stern. Das Netz ist schon eine feine Sache. Genau wie du interessiere auch ich mich für Menschen. Wenn auch meine Studienobjekte nicht lange überleben. Aber auch du gehst über Leichen, Frau Doktor Hauptkommissarin Stern. Korrigiere mich, wenn ich falschliege. Dein Kollege ist nicht gestorben, weil er alt und krank war." Seine Tonlage wurde lauter, bekam etwas von einem Ankläger. „Es waren deine Geltungssucht und deine Inkompetenz, die ihn umgebracht haben. Er könnte heute noch am Leben sein, hättest du dich damals an die Spielregeln gehalten. Mal ehrlich, wie selbstverliebt muss man sein, ohne Verstärkung zu einer Bestie in die Kanalisation herabzusteigen? Da muss man von sich selbst schon ziemlich überzeugt sein. Weißt du, was ich glaube? Insgeheim brauchen wir uns. Monster wie ich geben deinem Leben erst einen Sinn. Ich bin die Fliege in deinem Einmachglas. Über wen solltest du dich erheben, wenn nicht über das andere? Das Abstoßende, das Abnorme, das, was dich in der Öffentlichkeit als gut dastehen lässt. Weil die Gesellschaft Monster wie mich nicht wahrhaben möchte, bedient sie sich deiner Behinderung. Im Glauben daran, dass das Normale über das Abnorme siegt. Aber was heißt normal oder abnormal? Unsere gemeinsame Schnittmenge besteht darin, in Menschen zu lesen wie in einem Buch. Meine Gabe besteht darin, sie mit Texten zu füllen, deine Gabe ist es, darin zu lesen. Das ist es, was ein Buch erst ausmacht, seinen Spirit, wenn du so willst. Keine Sau interessiert sich für langweilige Bücher, es sind die spannungsreichen, die interessant sind. Wenn Menschen wie du mich also als Monster darstellen, berührt mich das nur insoweit, weil ich es besser weiß."

Innerlich zitterte sie vor Zorn, doch sie musste sich wieder unter Kontrolle bekommen. Ihm kein Forum für seine verqueren Theorien bieten. War es nicht Sun Sue, der in *Weg des Kriegers* geschrieben hatte: *Schnappe nicht nach den Ködern des Feindes.*

„Weißt du, eigentlich wollte ich dich für mich alleine haben." Lachend gluckste er auf. „Ich war wirklich so naiv, anzunehmen, wir beide hätten einen Zugang zueinander. Dass du mich vielleicht sogar verstehst. Aber jetzt? Ich muss ehrlich gestehen, ich bin ein Stück weit enttäuscht." Seiner Bewegung haftete etwas Beunruhigendes, Animalisches an. Julia zu seinen Füßen neigte den Kopf leicht zur Seite, schien über etwas belustigt zu sein. Forschend wanderte ihr Blick über seinen blutverschmierten Körper. Bis zu der Stelle, wo seine Hoden nur mäßig vom Penis verdeckt waren.

Julia bemerkte, dass sie unförmig, beinahe schon runzelig in ihrem Säckchen hingen. Die Größe mochte vielleicht dem kalten Wasser geschuldet sein. Jedoch die Form war eindeutig auf Verstümmelung zurückzuführen.

„Zugang zueinander?", verhöhnte sie ihn. Die Frau lachte schallend auf. „Mach dich nicht lächerlich. Welche Frau lässt sich schon auf einen Mann ein, dessen Hoden die Größe von Rosinen besitzen?" Dabei bemaßen Daumen und Zeigefinger mitleidsvoll ihre Größe. „Wer war es?" Sie beobachtete ihn jetzt genau, registrierte jede Veränderung in seiner Mimik. „Dein Papa?“ Nichts. „Deine Mama?“ Treffer! Ein kaum wahrnehmbares Zucken seiner Wange hatte ihn verraten. „Was hast du getan, hm? Hat sie dich mit einem Mädchen erwischt? Warst du ihr untreu?“ Das winzige Zucken in einer der Stirnfalten verriet ihr, dass sie sich auf dem richtigen Weg befand. „Oh, du warst ein böser Junge! Wen hast du gefickt, die Nachbarstochter?“

„Hör auf“, knurrte er sie gefährlich an. „Du weißt einen Dreck.“

„Ich weiß über Muttersöhnchen und die Doktorspielchen eine ganze Menge. Wie sie heimlich im Verborgenen stattfinden. So dass niemand von deiner Verdorbenheit etwas mitbekommt.“ Er spürte, wie sie immer tiefer in ihn eindrang. Sein linkes Auge begann zu zucken und er konnte nichts dagegen tun. „Nein, warte! Oh, das wird ja immer besser. Du warst wirklich ein böser, böser, sehr böser Junge. Es war nicht das Nachbarsmädchen, du hast einen Schwanz gelutscht. Den vom Nachbarsjungen oder war es d…“ Sie kam nicht mehr dazu, den Satz zu beenden. Er machte einen schnellen Schritt auf sie zu. Das Messer so fest umklammert, dass seine Fingerknochen weiß hervortraten.

Sie hatte ihm die Falle gestellt und er war bereitwillig hineingetreten. Genau das war der Zustand, den sie bei ihm hatte erreichen wollen. Ein wütender Mann, der sich nicht unter Kontrolle hatte.

Wie ein Sprungteufel schnellte sie in die Höhe. Blockte mit einer Hand die Messerhand ab, während die andere auf seinen Kehlkopf zuflog. Dabei fielen ihr die vielen geplatzten Äderchen in seinen gelb hinterlegten Augäpfeln auf. Was die Einblutungen nur noch angsteinflößender aussehen ließ. Die Haut war fahl und grau und seine Zähne hatten eine maisgelbe Farbe, die er ihr hasserfüllt präsentierte. Geifernd vor Wut spritzte er ihr seinen Speichel entgegen. Der Wahn in ihm hatte die Oberhand gewonnen. Jeder einzelne Muskelstrang seines Halses war zum Zerreißen gespannt. Die Wunde an seiner Braue war wieder aufgegangen und frisches Blut strömte die Haut herunter.

Sein Faustschlag hatte sie nur knapp verfehlt, streifte ihr Jochbein und verlief anschließend ins Leere. Immer mehr geplatzte Äderchen marmorierten seine Augäpfel rot, ließen sie wie gesprungene Porzellankugeln aussehen. Gerade als sie zu einem revanchierenden Kopfstoß ausholte, bemerkte sie sein schiefes Grinsen. Dann spürte sie es. Ein versengendes Brennen tief in ihren Eingeweiden. Ihr Blick wanderte ungläubig zwischen der blutverschmierten Hand und der Stichwunde hin und her. Fassungslos starrte sie auf ihr eigenes Blut. Vom Bauch abwärts schlängelte sich ein tiefrotes Rinnsal.

Er loderte vor gerechtem Zorn. Mit schwindender Kraft versuchte sie, ihn auf Distanz zu bringen. Stemmte sich mit aller Kraft gegen seine Brust. Doch die Umklammerung war wie ein Schraubstock. Mit einem schmerzhaften Ruck zog er ihren Kopf tief in den Nacken. Weitere Tränen schossen in ihre Augen.

Gerade eben so laut, dass sie ihn verstand, hauchte er: „Ich hoffe inständig, du Miststück, du bleibst lange genug am Leben. Ich werde mich erst um Daron kümmern, danach nehme ich mir von dir, was ich will! Stück um Stück um Stück. Und diesmal wirst du stillhalten, das verspreche ich dir."

Die Klinge brannte wie flüssiges Eisen, als er sie genüsslich aus ihrem Unterleib herauszog. Sie spürte, wie ihre Knie anfingen, weich zu werden. Wasser spritzte beiseite, und kurz darauf hörte sie schemenhaft das Klirren von Ketten. Mehr aus Instinkt als vom gesunden Menschenverstand getrieben drehte sie sich auf den Rücken. Versuchte unter Zuhilfenahme der Schwerkraft, die Blutung aus dem Abdomen zu minimieren. Sie wusste nicht, was schlimmer war – das brennende Reißen der Stichwunde oder die Eiseskälte des Wassers.

Kleine Wellen schwappten gegen ihren Körper, als er an ihr vorbeiging. Daron hing schlaff über seine Schulter. Alles erschien so surreal, so entrückt, so endlos weit weg. Merkwürdigerweise empfand sie weder Angst noch Furcht. Vielleicht reagierte ja ihr Körper auf den Wundschock oder auf das kalte Wasser, aus dem sie so schnell wie möglich herausmusste. Das wäre nur natürlich. Sie horchte in sich hinein. Angst hatte sie tatsächlich keine! Vielmehr war es so, dass ihr Verstand auf etwas wartete. Ganz allmählich löste sich die Hand von der Wunde und glitt platschend von dem Bauch. Sie konnte spüren, wie er sie in seiner Verachtung anstarrte. Wie er Genugtuung empfand, Julia in stiller Agonie zurückzulassen.

Die Schwärze empfand sie nicht als das Schlimmste, als er den Lichtschalter umlegte. Auch das klaffende Loch in ihrem Bauch ließ sie nicht in Panik verfallen. Darum würde sie sich kümmern, sobald er außer Hörweite war. Was sie wirklich beunruhigte, waren die kleinen tapsenden Geräusche. Das Platschen von pelzigen Leibern, die getrieben von Hunger und Gier mutig ins Wasser sprangen.

Suchend tastete sie die Umgebung ab, versuchte blind, eines der metallenen Rohre wiederzufinden.

Wie eine sich nähernde Gewitterfront fing ein unrhythmisches Gestampfe an. Gefolgt von dunklen sonoren Lauten, die aus der Tiefe der Hölle kamen und die nur durch tierähnliches Geschrei jäh unterbrochen wurden.

Dann fiel etwas dumpf zu Boden. Wie eine reife Melone, die auf den Boden schlug und platzte.

17. Kapitel

Freitag

Inzwischen war es kurz vor acht am nächsten Morgen und von Fournier fehlte jede Spur. Auch Julia hatte sich noch nicht bei ihm gemeldet. Offiziell war sie seine Vorgesetzte und schon deshalb keine Rechenschaft schuldig. Jedoch unter dem kollegialen Aspekt der Zusammenarbeit und dem Umstand, dass er sie gevögelt hatte, könnte sie sich schon etwas zugänglicher zeigen. Wobei das so nicht ganz den Tatsachen entsprach, eigentlich hatte sie ihn gevögelt und das ziemlich ausgiebig. Der Gedanke daran machte das Warten ein Stück weit erträglicher.

Trotz alledem beschlich ihn ein ungutes Gefühl. Inzwischen war es fünf nach acht und von beiden fehlte noch immer jede Spur. Genervt griff er zum Telefon. Weder der Möchtegern-Franzose noch Julia gingen an ihre Handys. Fröhlig hatte genug davon, wie ein nervöser Terrier vor dem Labor auf und ab zu gehen.

Die halbe Nacht hatte er darüber gegrübelt, was Fournier an der dürren Hippe von Sabine Reinhard nur fand. Sah man von Haut und Knochen ab, konnte die Gute nicht viel mehr vorweisen. Klar, Sex war ein sehr starkes Argument, gerade bei Männern, nicht nur in seinem Alter. Aber das war nicht alles. Für ihn musste eine Frau mehr als nur zwei Rundungen besitzen. Knochen hatte er schließlich genug und Splitter konnte er sich woanders ziehen.

Der Regen hatte an Intensität zugenommen und fiel inzwischen senkrecht. Kalte schwere Tropfen klatschten ihm in den Nacken und er fing augenblicklich an zu frösteln. Vermutlich lag Julia noch in ihrem Bett und träumte von was auch immer. Gerade als er im Begriff war, die Straßenseite zu wechseln, vernahm er ein schnell aufeinanderfolgendes klatschendes Geräusch. So als flöge ein Schwarm Vögel gegen eine Glasscheibe. Ohne dem Geräusch Beachtung zu schenken, setzte er seinen Weg unbeirrt fort. Schlug den Kragen seiner Jacke hoch und … Da war es wieder, diesmal lauter; es klang ziemlich dringlich. Jemand versuchte seine Aufmerksamkeit auf sich zu lenken. Selbstbewusst drehte er sich im strömenden Regen herum. Hinter der Glasfront zur Mensa stand die Tschechin und winkte ihm zu. Trotz dieses Sauwetters rang er sich ein Lächeln ab. Insgeheim freute er sich, sie zu sehen.

Als er den Eingang zur Rotunde erreicht hatte, lehnte sie mit verschränkten Armen in der Eingangstür, was den Kittel an den richtigen Stellen spannte. „Kaffee?" Ihr Lächeln war weich und einladend. „Wo ist denn die Kleine, die mit dem Sprachfehler?"

Fröhlig schaute hinter sich, als stände Julia dort. „Vermutlich liegt sie noch im Bett und schläft den Schlaf der

Gerechten. Träumt was Süßes. Damit meine ich natürlich nicht von mir, sondern …“ Er bemerkte, wie er in ihrer Gegenwart zu schwimmen begann.

„Ich habe schon verstanden.“ Sie gab die Tür nur so weit frei, dass er Mühe hatte, ihre Brüste nicht zu touchieren. Als sie auf Augenhöhe voreinanderstanden, bemerkte er den Duft von frischer Limette und Basilikum.

Kurz war er versucht, dem Duft bis zu dem Dreieck ihres Ausschnitts zu folgen.

„Ich hoffe, das ist Ihr Revolver, der sich zwischen uns schiebt?“

„Wie bitte?“ Fröhlig fühlte, wie ihm die Röte ins Gesicht schlug.

„Nicht da, weiter oben.“ Sie deutete auf den Griff der Walther P99, der auf Höhe ihres Busens den Arbeitskittel eindrückte.

„Oh, Entschuldigung.“ Eilig brachte er sich und die Automatik aus der Gefahrensituation.

„Aber es ist doch interessant zu wissen, woran Sie tatsächlich gedacht haben.“

„Ich habe an gar nichts gedacht“, versuchte er die Situation unter Kontrolle zu bekommen.

„Wollen Sie andeuten, dass ich nicht attraktiv genug bin?“

„Was, nein! Ich wollte damit nur sagen …“

„Lassen Sie es gut sein.“

Dabei legte sie ihm einen ihrer Finger auf die Lippen. „Machen Sie unseren kleinen gemeinsamen Moment nicht kaputt.“

Kokett touchierte ihr Finger seine Nasenspitze. „Kaffee?“

„Gerne.“ Er hörte sich seufzend ausatmen. Was hatte Julia noch über den weiblichen Part des Mörders gesagt? Er sei dominant und manipulativ?

In der Regel war er der anderen Fraktion gegenüber betriebsblind, wenn es um Balzverhalten ging. Vielleicht war das auch einer der Gründe, warum Julia ihn so in ihren Bann zog.

Kein stundenlanges Herumgeeiere inmitten eines rhetorischen Minenfelds. Keine überflüssige Gefühlsduselei, was Frauen gerade in der Kennenlernphase so über alles schätzten. Kein verklärter Blick bei Kerzenschein und billigem Rotwein. Frei von jeglichen Emotionen, schnörkellos geradeaus. Für einen Mann, der bei Paarungsritualen so viel Empathie besaß wie ein totes Stück Holz, war sie regelrecht eine Wohltat. Vom heutigen Standpunkt aus betrachtet fragte er sich schon, wie es ihm gelungen war, Sabine von sich zu begeistern. Aber vermutlich war es eine falsch verstandene Form weiblicher Fürsorge. Wie auch immer.

Geistesabwesend schaute er aus der großen Panoramascheibe. Beobachtete, wie Regentropfen sich zu schmalen Rinnsalen zusammenschlossen, als ein sanftes Vibrieren ihn aus seinen Tagträumen riss. In großen Buchstaben leuchtete Feldmanns Name auf dem Display auf.

„Was gibt es?“

„Auch dir einen schönen guten Morgen, Frank.“

„Was hast du?“ Er verspürte keine Lust, Jens’ Floskeln zu bedienen.

„Du hattest mich doch gebeten, die Funkmastdaten in Erfahrung zu bringen.“

„Jap.“

„Okay, dann spitz mal deine Öhrchen. Am selben Tag, an dem du im Wald das Bewusstsein verloren hast, hielt sich Fournier keine hundert Meter von deiner Position entfernt auf. Es kommt noch besser, und zwar exakt zu der Uhrzeit, wo es dich von den Beinen geholt hat.“

Das war doch schon mal ein Anfang. Knurrte Fröhlig. „War es das?“

„Ich bin mir sicher, die nächste Information wird deine miesepetrige Laune ein Stück weit anheben.“

„Komm zum Punkt!“ Wieso glaubte Feldmann, er sei schlecht gelaunt?

„Ich habe auf deinen Wunsch hin Filmmaterial der Kameras in einem Radius von drei Kilometern zum Studentenwohnheim gesichtet und dabei ist mir was aufgefallen. Bei der Halterabfrage eines der Nummernschilder eines Autos, das vor dem Studentenwohnheim geparkt hat, bin ich auf einen Namen gestoßen. Und jetzt rate mal, auf welchen?“

„Fournier.“

„Genau, woher wusstest du das?“

„Du hast doch gesagt, ich soll raten. Außerdem war das nach der Steilvorlage mehr als nur offensichtlich.“

„Aber du errätst nie, warum er da war.“

„Jens, was soll das hier werden, Robert Lembkes „Welches Schweinderl hätten Sie gerne?"-Ratespielchen konnte er ebenso wenig leiden wie das Ausfüllen seiner alljährlichen Steuererklärung.

„Sag mir einfach, was du herausgefunden hast!"

„Welche Laus ist dir denn heute Morgen schon über die Leber gelaufen?"

Inzwischen war es Viertel vor neun und Julia hatte sich noch immer nicht gemeldet. Der Pseudo-Franzose ging ihm am Arsch vorbei, den würde er aufgrund seiner Borniertheit überall aufspüren. Egal, in welchem Loch er sich auch versteckte.

Auch wenn Julia auf den ersten Blick speziell war, einen Charakterzug besaß sie nicht, nämlich den der Unzuverlässigkeit.

„Bist du noch da?" Er hörte Feldmanns Stimme wie durch Watte.

„Klar, was hast du gesagt?"

„Diese Reinhard, Fourniers Auserwählte, wohnt genau in eben diesem Studentenwohnheim. In demselben, in dem auch Vivien Klein wohnt. Nur eine Haustür weiter und keine fünfhundert Meter Luftlinie zu Haus Hartenfels. Als du mir von dem Schild erzählt hast, auf dem in Frakturschrift *Drossel* stand, habe ich heute Nacht im Stadtarchiv online recherchiert."

„So was kannst du?" Er war nicht einmal in der Lage, das Passwort für seinen Router richtig einzugeben. Geschweige denn, auf nicht frei zugänglichen Seiten zu surfen.

„Ja, und weißt du, was ich herausgefunden habe? Drossel war der Name eines Bunkers."

„Das ist nichts Neues. Erzähl mir was, das ich noch nicht weiß, Jens."

„Also gut. Was du aber mit Sicherheit nicht weißt, ist, dass Drossel einer von drei Hochbunkern aus der Zeit der Nationalsozialisten war. Speldorf in Mülheim, allerdings ist der nach dem Krieg gesprengt worden. Der zweite befindet sich in der Siedlung am Werthacker, direkt an der A3 gelegen, und den dritten Hochbunker findest du in Duisburg-Duissern. Besser bekannt unter dem Namen Bunkerbude. Alle drei waren dem Luftverteidigungskommando Essen unterstellt. Präzise gesagt, der vierten Flak-Division der deutschen Wehrmacht. Und wenn man den Plänen der Nazis Glauben schenken darf, waren sie miteinander verbunden."

„Das ist ja alles äußerst spannend, aber was hat deine Exkursion in die Geschichte des Dritten Reichs mit unserem Fall zu tun?"

„Okay, ich merke, ich muss dir noch etwas mehr auf die Sprünge helfen. Drossel war nicht nur der Kommandostand der vierten Flak-Division, er war auch nur wenige Hundert Meter von Haus Hartenfels entfernt. Es gibt zwar keine Aufzeichnungen darüber, aber die Vermutung liegt nahe, dass die Familie Klöckner einen privaten Zugang zu Drossel besaß. Verstehst du, was ich damit sagen will?"

„Du mcinst, dass Reinhard und Fournier die Anlage für sich genutzt haben, um ihre Opfer zu foltern und zu töten?"

„Wäre das so abwegig? Als die Nazis endlich begriffen, dass ihr Kampf aussichtslos war, haben die meisten das Weite gesucht. Es waren die Alliierten, die nach Kriegsende die Zugänge sprengten. Vielleicht haben die ja nicht alle verschlossen, weil sie nicht alle kannten? Was wäre, wenn unsere Turteltäubchen einen geheimen Eingang ins Innere entdeckten? Die Wände dieser Anlagen sind so massiv, dass selbst ein direkter Bombentreffer ihnen nichts anhaben konnte. Angesichts einer solchen Beschaffenheit – wer hört da den Schrei eines Menschen? Tief unter der Erde und meterdickem Stahlbeton. Tatsächlich weiß bis heute niemand, wie groß das Areal tatsächlich ist."

„Jens, zwischen Speldorf und Duissern liegen geschätzt anderthalb Kilometer Wald. Das wäre damals ein riesiges Unterfangen gewesen."

„Eben, Frank!"

„Wer, bitte schön, soll das gebaut haben? Der Aufwand wäre mit den damals zur Verfügung stehenden Mitteln immens gewesen."

„Geh mal davon aus, dass es sich dabei nicht um Freiwillige handelte. So viel sollte bekannt sein. Ganz abwegig ist die Überlegung dennoch nicht. Der Weg der alliierten Bomber von England ins Ruhrgebiet führte über Duisburg. Was glaubst du, wer damals die am besten befestigten Flak-Verteidigungen im ganzen Reich unterhielt? Richtig, ihr hier in Duisburg. Die stahlverarbeitenden Industrien von Krupp und Klöckner im Ruhrgebiet waren für die Nazis kriegsentscheidend und mussten unter allen Mitteln geschützt werden. Material und Menschenleben besaß bei den Herrenmenschen keinen besonders hohen Stellenwert. Und schon gar nicht, wenn es sich dabei um Juden oder Osteuropäer handelte."

„Du willst mir also zu verstehen geben, dass die beiden tief im Inneren der Bunkeranlage ihr ganz persönliches Horrorkabinett eingerichtet haben?"

„Frank, das ist das ideale Versteck. Es bietet dir als Serienmörder einfach alles. Keiner hört die Schreie der Opfer. Die Anlage ist groß genug, um die Überreste darin für immer verschwinden zu lassen, und du kannst kommen und gehen, ganz wie es dir beliebt. Was brauchst du mehr?"

„Mal angenommen, du hast recht. Wie sollen wir deiner Meinung nach den Eingang zu dem unterirdischen Areal finden? Du hast doch gerade selbst gesagt, dass die uns bekannten Zugänge gesprengt sind."

„Und dennoch haben es Fournier und Reinhard irgendwie geschafft." Jens' Mienenspiel nahm am anderen Ende immer entschlossenere Züge an.

„Vielleicht hast du recht, vielleicht auch nicht. So oder so wäre es die Nadel im Heuhaufen. Feldmann, der Duisburger Stadtwald misst mehr als zweitausenddreihundert Hektar. Selbst wenn wir mit allen uns zur Verfügung stehenden Kräften das Gebiet durchkämmen lassen, ist es nahezu ausgeschlossen, den Zugang zu finden. Ganz abgesehen davon, dass Mutter Natur ihn in fünfundsiebzig Jahren nahezu perfekt getarnt hat. Efeu, Sträucher, Blätter werden den Eingang inzwischen meterhoch überwuchert haben. Wir könnten uns mit der Suche jahrzehntelang aufhalten und trotzdem nichts finden." Zwischen den beiden Männern herrschte grübelndes Schweigen. Fröhlig beobachtete beiläufig, wie die Tschechin zwei Becher mit Kaffee füllte.

„Tu mir einen Gefallen, Feldmann", brach er als Erster das Schweigen. „Telefonier sämtliche Feuerwachen der Umgebung ab und erkundige dich, ob sie Drohnen mit Wärmebildkameras besitzen. Wenn ja, bitte um Amtshilfe. Sollten sie sich wider Erwarten querstellen, konfrontiere Sabine mit deren Blockadehaltung. Als Nächstes nimmst du dir die Provider von Fournier und Reinhard vor. Ich will, dass du das Bewegungsprofil der letzten zwölf Stunden einsiehst und auswertest. Mach denen Druck, und Jens, kommen die dir mit Datenschutz oder Grippewelle, soll sich das LKA der Sache annehmen. Jørgen hat neuerdings gute Verbindungen zur Staatskanzlei. Sei aber auf der Hut, er hört sich gerne selbst reden."

„Alles klar, hab verstanden. Sonst noch was, Frank?"

„Ja, aber das muss unter allen Umständen unter uns bleiben, Jens. Wenn sie davon erfährt, bringt sie mich um."

„Schieß los, was soll ich für dich tun?"

„Orte Julias Handy. Wir waren heute um acht Uhr verabredet und sie wollte sich gestern auf dem Campus noch umschauen. Vielleicht ist es ja nichts, aber ich habe da so ein ganz mieses Gefühl, das mich einfach nicht loslässt."

„Okay, das erledige ich als Erstes. Wo steckst du gerade?“

„Ich bin noch an der Uni. Ruf mich an, sobald du was weißt.“

„Schlechte Nachrichten?“ Er hatte nicht mitbekommen, wie die Tschechin sich ihm näherte.

„Nicht mehr als sonst auch“, wiegelte er ab.

„Tja, wie schon gesagt, Herr Kommissar, Augen auf bei der Berufswahl.“

Ihr gewinnendes Lächeln tat ihm gut, und für einen Augenblick erschien die Welt um ihn herum nicht mehr nur böse und grausam.

„Trinken Sie, danach, verspreche ich Ihnen, ist alles gleich viel besser.“ Sie überreichte ihm einen der beiden dampfenden Becher. Der Duft von frisch gebrühtem Kaffee war wundervoll.

„Vermutlich wird es so sein.“ Sein Lächeln wirkte aufgesetzt und eine Nuance abwesend.

„Wissen Sie, es ist in Zeiten, wo es das Leben nicht gut mit einem meint, wichtig, sich jeden Tag auf etwas zu freuen. Nicht nur des seelischen Gleichgewichts wegen.“

Vorsichtig blies die Tschechin über den Becherrand hinweg. „Haben Sie schon eine Idee, worauf Sie sich heute freuen wollen?“

Spontan fiel ihm nur eines ein. Den Kopf dieses kranken Individuums mittig auf einem Silbertablett. Aber das konnte er ihr unmöglich sagen. „Nicht wirklich.“

„Hm, wie wäre es denn dann“, einer ihrer Finger legte sich grübelnd auf die schmalen Lippen, „wenn ich Sie heute Abend zum Essen einlade?“

„Das klingt mehr als nur verführerisch, aber daraus wird nichts.“

Noch nicht ganz ausgesprochen, hätte er sich ohrfeigen können.

„Ich verstehe, ist es wegen der Kleinen?“, fragte sie weich, ohne den Blick vom Becher zu nehmen.

Er ließ einen Moment verstreichen, bevor er antwortete. „Ja und nein, es ist kompliziert.“

„Ist es das nicht immer, sobald Gefühle ins Spiel kommen?“

Wer konnte ihr da widersprechen?

„Was halten Sie davon, wenn wir das auf später verschieben? Nicht dass ich nicht will, aber im Augenblick wäre ich keine gute Gesellschaft.“ Ich jage einen perversen Serienmörder, der Frauen zerstückelt und anschließend verspeist. Den letzten Teil sprach er nur in Gedanken aus.

„Ich verstehe.“ In ihren Augen nistete sich leichte Enttäuschung ein.

„Ich kenne noch gar nicht Ihren Namen.“ Dabei versuchte er ihr ein Lächeln zu schenken.

„Katharina. Wie Katharina die Große. Sie besaß den Körper der Kleopatra und die Seele von Brutus.“

Ihr Charme war schlicht und ergreifend umwerfend. Und was den Körper betraf, konnte er ihr nur beipflichten.

„Frank, ist mir eine Freude. Und sobald ich den Kopf frei habe, melde ich mich, versprochen.“

„Und am besten, wenn du nicht ständig an sie denkst. Wie wäre das, Frank?“

„So offensichtlich?“

„Ja.“ Mehr wollte sie dazu nicht sagen.

Zu seiner Überraschung ließ sie ihm den Kaffee. Was bedeuten konnte, dass er sich nicht ganz ungelenk angestellt hatte.

Fröhligs Blick schweifte unbestimmt umher. Wo war sein blinder Fleck? Was übersah er? Julia war etwas aufgefallen. Warum sonst wollte sie sich hier noch einmal umschauen? Was sonst hätte sie hier zu suchen gehabt? Und sie hatte ihn loswerden wollen. Das hatte er inzwischen auch begriffen. Aber warum? Vielleicht war das, was sie umtrieb, mehr eine Ahnung, nichts, was sich ihm offenbarte. Von ihnen beiden war sie der lebende Detektor für menschliches Verhalten. Er hielt an dem Gedanken fest. Schaute nachdenklich aus der großen Panoramascheibe. Beobachtete abwesend, wie Regentropfen an ihr heruntermäanderten. Tief in seinem Inneren rückte ein neuer Gedanke in den Vordergrund. Feldmanns These darüber, dass Fournier und Reinhard in Verbindung mit den Morden standen. Klar, das Ganze passte wie die Faust aufs Auge, aber etwas störte daran. Vielleicht, weil es zu gut passte? Reinhard war ein Fleisch gewordenes Sammelsurium für Probleme, und auf den ersten Blick war auch alles so, wie Julia es prophezeit hatte. Eine dominante weibliche Persönlichkeit, die den männlichen Part kontrollierte. Doch war es wirklich Reinhard, die Fournier kontrollierte? Ohne dass er es bewusst steuerte, tauchte ein Name aus den Tiefen seiner Erinnerung auf. Fred und Rosemary West, das berühmteste Serienmörderpärchen Englands.

Fred ging seiner Passion schon nach, lange bevor er Rosemary kennengelernt hatte. Beide entwickelten recht schnell eine krankhafte Neigung für Sadismus, woraufhin ein Folterkeller im Haus eingerichtet wurde. Insgesamt konnte man den beiden zweiundzwanzig Morde nachweisen. Die auslösenden Momente waren damals die desaströse, inzestuöse Erfahrung in der Kindheit.

Gab es Anzeichen einer inzestuösen Erfahrung bei Fournier? Und Reinhard? Die Gute hatte ohne Zweifel gehörig einen an der Klatsche, aber war sie deshalb auch gleich traumatisiert?

Vielleicht war es an der Zeit, bei der Staatsanwaltschaft einen Durchsuchungsbeschluss zu erwirken.

Fourniers Verhalten war von Stress gezeichnet und dass er Dreck am Stecken hatte, davon war Frank überzeugt. Allerdings nicht, was die Morde anging. Dafür zeichnete jemand anderes verantwortlich und Julia hatte ihn erkannt. Da war er sich jetzt sicher. Fröhlig fing an, mit dem Stuhl zu kippeln. Bewegte sich auf den hinteren Füßen im Gleichklang vor und zurück. Tack, tack, tack. Katharina war damit beschäftigt, die Auslage auf den heutigen Ansturm vorzubereiten, während sie gleichzeitig die ersten Frühaufsteher mit Kaffee versorgte.

Er war überrascht, wie gut sie mit den Rotzigen konnte. Nicht einer, der sich nicht artig bei der Frau hinter der Theke bedankte. Jeder zollte ihr Respekt. Das Ganze hatte etwas sehr Vertrautes und schien ein festes Ritual im alltäglichen Ablauf der Studierenden zu sein. Man kam morgens zum ersten Kaffee vorbei, hielt einen Plausch und erkundigte sich, was es an Neuigkeiten gab. Das Ganze besaß etwas Familiäres, etwas Vertrautes.

Mit einem Mal verharrte er in der Position und balancierte den Stuhl auf den hinteren Beinen aus. Vielleicht lag es an der Art, wie Katharina auf die jungen Menschen einging. Als die vorderen Beine des Stuhls auf dem Linoleumboden aufschlugen, knallte es gehörig. Im selben Augenblick schaute Katharina mahnend in seine Richtung.

„Sorry!" Dabei legte er seine Hände auf Höhe des Herzens zusammen und verneigte sich in Demut, woraufhin sie nur den Kopf schüttelte.

War es das, was Julia aufgefallen war? Das vertraute Verhältnis zwischen Beschäftigten und Studentenschaft? Laut der Website gab es mehr als fünftausendachthundert Beschäftigte an der Uni. Das war wie die berühmte Nadel im Heuhaufen. Es musste sich aber um jemanden handeln, der nah an den Studierenden dran war und dem sie vertrauten. Hausmeister, Werkstattleiter, Studierendensekretariat, der AStA, Beschäftigte der Mensa. Sie alle kamen dafür mehr oder weniger infrage. All diese Personen zur Vernehmung vorzuladen war eine nahezu wahnwitzige Idee. Erschwerend kam hinzu, dass Ermittlungen dieser Größenordnung unmöglich unter den Teppich gekehrt werden konnten. Außerdem hätte der Täter alle Zeit der Welt, um Beweise zu vernichten und auf Nimmerwiedersehen zu verschwinden. Was hatte Julia gesehen, das er nicht sah?, hämmerte es zum wiederholten Mal wie ein zyklisches Mantra durch seinen Kopf. Das konnte doch nicht so schwierig sein. Schließlich war sie auch nur ein Mensch. Manchmal zumindest. Er hörte sich tief ausatmen, konnte fühlen, wie sein Brustkorb sich senkte. Versuche, es aus ihrer Perspektive zu sehen, ermahnte er sich nachdenklich. Konzentriere dich auf das Wesentliche. Taschendiebe erkennt man unter anderem daran, dass sie nach Beute suchen. Sich aus dem Bewegungsschema der ahnungslosen Menge herauslösen. Es war nicht die Norm. Es war das Abnorme, worauf er zu achten hatte. Jemand, dem daran gelegen war, die eigentlichen Absichten zu verbergen.

Die Antwort dümpelte irgendwo vor seiner Nase herum, aber er war er nicht imstande, sie zu sehen.

Der Regen auf der Panoramascheibe hatte an Intensität verloren. Die Bächlein, die sich noch vor wenigen Minuten mäandernd über die Scheiben geschlängelt hatten, verödeten allmählich. Auf der Straße hielt ein Bus und spuckte junge Menschen aus. Fröhlig nippte an seinem Kaffee, verfolgte in der Spiegelung der Scheibe, wie Katharina sich unterhielt. Zu Anfang wirkte es recht oberflächlich. So als wäre es das übliche Geplänkel zwischen zwei Kollegen. Doch recht schnell entwickelte es sich zu einer ausgewachsenen Diskussion. Von Neugierde gepackt, versuchte er, die Gespräche der Studierenden auszublenden. Etwas schien Katharina offensichtlich zu missfallen. Der Mann baute sich vor ihr auf, gestikulierte wild mit den Armen, machte aber keinerlei Anstalten, den Druck aus der Diskussion zu nehmen. Erst jetzt erkannte Frank ihn wieder, das war Mann mit dem Kaffee vom Vortag. Selbst durch die Spiegelung im Glas konnte er die blutunterlaufenen Augen gut erkennen. Bei seinem Anblick musste er unweigerlich an dem Film *Outbreak* denken. Wie Rene Russo und Dustin Hoffman in einer kleinen US-amerikanischen Vorstadt gegen den Ausbruch eines tödlichen Virus kämpften.

Trotzig schweigend standen sich Katharina und der Mann gegenüber, dann entschwand der Typ mit puterrotem Kopf in Richtung Großküche.

Fröhlig leerte den Becher und ging zu ihr herüber.

„Was war denn das gerade?“ Dabei nickte er abschätzig dem Mann hinterher.

„Das, das war nichts.“ Obwohl sie sich nichts anmerken ließ, war sie innerlich aufgewühlt. „Dem solltest du nicht allzu viel Bedeutung beimessen. Herr Merten, also unser Felix, ist im Prinzip die Ruhe selbst. Nur manchmal, wie sage ich es am besten? Da bekommt er seine dollen fünf Minuten.“

„Im Prinzip? Er machte auf mich nicht gerade den Eindruck, wirklich entspannt zu sein.“

„Tja", über ihr Gesicht legte sich etwas Mütterliches, aber auch etwas zutiefst Müdes. „Dazu musst du wissen, im Rahmen der Inklusion geben wir Menschen wie ihm gerne eine Möglichkeit im Berufsleben ..." Sie stockte. „Lass es mich so formulieren. Menschen wie Felix haben es in der freien Wirtschaft nicht einfach. Versteh mich nicht falsch, ich finde es gut, Menschen wie ihm eine Chance zu geben. Sie nicht abzuschreiben und sie in die Gesellschaft zu integrieren. Das ist nicht nur wichtig für sie, auch hilft es. Wir bekommen so einen besseren Blickwinkel für ihre Nöte und Ängste." Ihre Antwort kam ihm vor, als stammte sie aus einer Broschüre. „Und wie so oft funktioniert das Zwischenmenschliche halt nicht immer reibungslos. Wie du ja gerade selbst gesehen hast. Felix ist bei uns für die Sonderkarte zuständig." Dabei blickte die Tschechin auf, lenkte seine Aufmerksamkeit auf die Speisekarte über ihnen. „In der Regel bekommen wir das fertige Essen vom Studentenwerk angeliefert. Mit Ausnahme der Sonderkarte. Was auch der Grund für unseren kleinen Zwist von vorhin war. Das musst du nicht weiter beachten. Das passiert öfter, als uns allen lieb ist. Eigentlich haben wir in der kommenden Woche Asia-Week, aber wie ich gerade spontan erfahren habe, wird daraus nichts werden. Solche Geistesblitze hat er des Öfteren, und inzwischen haben wir uns alle daran gewöhnt. Auch wenn ich das nicht gutheiße. Ein geregelter Ablauf ist für die Entwicklung solcher Menschen wichtig. Ich habe es inzwischen aufgegeben, mich darüber aufzuregen. Dann gibt es halt anstelle von Ente süß-sauer ein vorgezogenes Thanksgiving-BBQ. Außerdem ist es mir egal. Ich muss es schließlich nicht zubereiten und unsere Studenten lieben ihn dafür. Was sie glücklich macht, das macht auch mich glücklich." Dabei machte ihre Hand eine gleichgültige Geste über die Schulter.

„Sorry, wenn ich dir das so direkt ins Gesicht sage, aber wirklich glücklich siehst du nicht gerade aus."

„Dass er sich immer wieder neue Gerichte einfallen lässt, ist ein Umstand, mit dem ich zu leben gelernt habe. Glaub mir, die Alternative ist um ein Vielfaches anstrengender. Felix kann, wenn es nicht nach seinem Willen geht, schnell aufbrausend werden. Lass ihn sein, wie er ist, aber kochen kann die Nervensäge. Du hättest beim Oktoberfest dabei sein sollen!" Ihre Stimme hellte sich schlagartig auf. „Die haben uns regelrecht die Töpfe leer gegessen. Vor allem die asiatische Studentenschaft, die fährt total auf das deutsche Essen ab. Natürlich waren die wenigen Haxen, die es gab, im Handumdrehen vergriffen. Dir hätte es bestimmt auch geschmeckt."

Das glaubte er weniger. Ente süß-sauer, BBQ und ein Oktoberfest. Bei dem Gedanken daran drehte sich ihm der Magen um. In dem Moment klingelte sein Handy. Feldmann. „Es ist gerade sehr ungünstig, Jens", sagte er schärfer als beabsichtigt.

„Glaub mir, du willst das wissen", sagte Feldmann euphorisch.

Fröhlig deutete mit dem Finger auf das Display.

„Sorry, das ist wichtig!", sagte er zu Katharina.

„Ich lauf dir schon nicht weg."

„Du wirst mir nicht glauben, was ich dir jetzt sage."

In Feldmanns Stimme war die Erregung zu hören. „Fournier ist tot!"

„Was?" Frank musste es so laut gesagt haben, dass die Gespräche in der näheren Umgebung verstummten.

„Du hast mich doch damit beauftragt, die Echtzeitprotokolle von den beiden anzufordern. Dabei ist mir aufgefallen, dass sein Signal seit den frühen Morgenstunden auf der Stelle verharrte. Blieb stur an einem Platz und blinkte inmitten vom Nirgendwo vor sich hin. Keine hundert Meter von der Stelle entfernt, wo du das Bewusstsein verloren hast. Ich dachte noch, vielleicht haben wir Glück und Fournier hat sein Handy beim Abstieg in den Bunker verloren. Es hätte ja sein können, dass es ihm dabei aus der Tasche gefallen ist. Zum Glück kann ich mit dem Dienstgruppenleiter hier ganz gut. Jedenfalls hat er über Funk eine Streife angewiesen, sich dort einmal umzuschauen. Und da lag er. In seinem eigenen Blut und mit durchschnittener Kehle. Derjenige, der ihm das angetan hat, wusste genau, was er da machte. Ich habe dir die Fotos per E-Mail geschickt."

Fröhlig warf einen flüchtigen Blick auf das Display. „Stimmt."

„Es besteht kein Zweifel, dass der Schnitt von einem Profi ausgeführt wurde. Sauber oberhalb vom Kehlkopf angesetzt und schwungvoll von einem Ohr zum anderen ausgeführt."

„Und den Schwung hast du woran erkannt?"

„Wir Ossis sind nicht alle Hinterwäldler, Frank." Feldmann klang gereizt.

„Was ist mit Julia? Hast du sie ausfindig gemacht?"

„Noch nicht. Aber ich bin dran."

Inzwischen war auch Jens besorgt, man konnte es ihm anhören. Fröhlig spürte, wie sein Puls stieg und der Mund austrocknete. Wie beiläufig strich seine Hand unter die Jacke, löste den Druckknopf des Schulterhalfters und ertastete den schuppigen Griff der Walther P99. Er fühlte sich warm und auf eine zufriedenstellende Art auch gut an. Ganz im Gegensatz zu ihm. Er hatte das Gefühl, den Boden unter den Füßen zu verlieren. So sehr er sich auch dagegen sträubte, sein Gehirn projizierte ständig neue Horrorszenarien, in denen er Julia unendlichen Qualen ausgesetzt sah.

„Alles in Ordnung bei Dir, Frank?" Katharinas besorgter Ton, war keineswegs gespielt.

„Ich möchte, dass du mir genau zuhörst und keine Fragen stellst." Das war nicht gerade die Antwort, die sie erwartet hatte. In seiner Stimme lag etwas zutiefst Beunruhigendes.

Sie zögerte. „Und sagst du mir auch …"

Er legte sich den Finger unmissverständlich auf die Lippen und gab ihr zu verstehen, ruhig zu sein. „Du schnappst dir jetzt so viele Leute, wie du zu fassen bekommst, und verlässt mit ihnen das Gebäude."

Um seiner Forderung Nachdruck zu verleihen, zog er die nachtschwarze Automatik aus dem Halfter. Richtete den Lauf der Waffe auf den Durchgang zur Küche aus.

Als die ersten Studenten begriffen, was der Mann in Händen hielt, brach ein Tumult aus. Katharina tat ihr Bestes, um das angerichtete Chaos unter Kontrolle zu bekommen, doch für einen geordneten Abgang war es zu spät. Alle strömten zum Ausgang hin, wollten nur weg von dem bewaffneten Irren.

Lautlos setzte Fröhlig einen Fuß vor den anderen. Darauf bedacht, seine Position nicht zu verraten. Ihm war klar, dass Felix Merten den Tumult mitbekommen haben musste. Es sei denn, er war taub, aber darauf wollte er sich lieber nicht verlassen. Die Griffschalen seiner Walther wurden zunehmend schwitzig, aber sie lagen noch immer gut in der Hand. Nur wenige Schritte trennten ihn von dem Durchgang. Blitzschnell warf er einen Blick zurück. Vergewisserte sich, dass kein Unschuldiger in die Schusslinie geriet. Künstliche Aromen von Glutamat und Bratenrückständen waberten ihm entgegen. Er konnte deutlich die Ventilation der Abzugshauben hören. Auf der anderen Seite konnte ihn alles Mögliche erwarten. Bedienstete, die von der Aufregung an der Essensausgabe nichts mitbekommen hatten. Töpfe, Pfanne, voll bestückte Messerblöcke und sogar Fleischerbeile und weiß der Geier was sonst nicht noch alles. Felix Merten besaß nur wenige Meter von Fröhlig entfernt mehr Trümpfe, als ihm lieb sein konnte.

Jetzt bereute er es, aus Prinzip keine Schutzweste zu tragen. Vielleicht sollte er, wenn er das hier überlebte, das Thema noch einmal neu überdenken.

Wie in Zeitlupe löste er sich von der gefliesten Wand und machte zwei Schritte rückwärts. Mit einem gewagten Sprung konnte er es bis in die Mitte schaffen. Dort, wo nichts seiner unsanften Landung im Weg stand. Die Pistole in seiner Hand neigte sich leicht zur Seite. Ein letztes Mal überprüfte er ihre Feuerbereitschaft und fing an, von drei abwärts zu zählen.

Drei: Er spürte, wie das Adrenalin seinen Organismus regelrecht pushte.

Zwei: Arme, Rumpf, Oberschenkel, sämtliche zur Verfügung stehenden Muskeln spannten sich, machten ihn zum Sprung bereit.

Eins: Explosionsartig entlud sich seine Energie auf nur einen einzigen Punkt hin – seine Füße stemmten sich in den Boden. Jetzt oder nie!

Null: Zwei Schritte, dann hob sein Körper ab. Und während seine Flugbahn eine Parabel beschrieb, neigte sich sein Torso leicht zur Seite, nahm das Ziel mit beiden Händen ins Visier. Dann drückte er ab.

„Baam!!!“

Das war nicht einmal im Ansatz so gelaufen, wie er es sich vorgestellt hatte. Ärgerlich, aber nun nicht mehr zu ändern. Eigentlich hatte er die Amerikanerin für die kommende Woche vorgesehen. Kurzum, es war, wie es war, und während er den Versorgungstunnel entlangschlenderte, überlegte er, welche Stücke auf den Grill kamen. Vielleicht würde er den anderen Bullen zu ihr einladen. Der Typ sah ganz so aus, als könnte er ordentlich was wegstecken. Sein Gesicht verzog sich zu einer diabolischen Fratze. Auf ein hungriges Maul mehr oder weniger kam es nicht an, schließlich hatte er genügend Fleisch auf Vorrat. Die Stelle am Hals, wo sie ihn erwischt hatte, fing an zu jucken und er musste sich beherrschen, um nicht ständig daran zu kratzen. Er holte tief Luft, streckte die Arme empor und fiel dabei leicht ins Hohlkreuz. Darons Kraft fing inzwischen an auf ihn überzugehen. Es fühlte sich einfach fantastisch an. So vitalisierend, nahezu wie neu. Es war kurz gesagt ein überwältigendes Gefühl.

Viel hatte nicht gefehlt und die Vorbereitung wäre für die Katz gewesen. Der Alte hätte ihm noch verziehen. In ihrer Welt dagegen war Vergebung ein Wort, das nicht existierte. Fehler legte sie grundsätzlich als Schwäche aus. Da gab es keine Diskussion. Der Gedanke löste einen dumpfen Stich in seiner Leistengegend aus und er hielt sich schützend die Hand vor seine Hoden. Nur allzu gerne hätte er mit ihr darüber gesprochen. Ihr zu verstehen gegeben, wie schmerzhaft und demütigend es jedes Mal war, wenn er bestraft wurde.

Erneut drückte er den Rücken durch, wobei seine Wirbel mahlende Geräusche von sich gaben. Daron war doch schwerer, als er vermuten ließ. Allein, ihn auf dem Klotz zu legen, war ein Kraftakt. Leblosen Körpern sagte man ja nach, sie verdoppelten ihr Gewicht. Er reckte sich vorwärts, versuchte mit langen Armen die Füße zu berühren. Weitere Rückenwirbel knackten hohl auf. Und als wäre das nicht schon belastend genug, taucht dieser Kerl im Wald auf. Stand einfach da und starrte in das Licht seiner Kopflampe. Wie ein Reh im Abblendlicht. Im Nachhinein fragte er sich schon, was dieser Typ im Wald zu suchen hatte. Wo doch jedes Kind weiß, dass bei Dunkelheit das Böse aus seinem Versteck kriecht. Ein leises trockenes Kichern untermalte den zynischen Ausdruck auf seinem Gesicht. „C'est la vie, wie der Franzose so schön sagt." Wirklich überrascht war er, wie schnell der Gute ausgeblutet war. Eigentlich brauchte es weniger als eine Minute, dann verstummte auch das letzte Röcheln. Danach blickten die meisten wie Idioten dumm drein. Natürlich war er geübt in solchen Dingen, das stand außer Frage. Ob Schwein oder Mensch, von der Haptik her machte es kaum einen Unterschied. Geschmacklich hingegen schon. Menschenfleisch orientierte sich mehr in Richtung Huhn und war süßlich. Schwein hingegen schmeckte immer nur nach Schwein. Es sei denn, man würzte beides scharf, dann schmeckte beides gleich. Das reimte sich sogar ein Stück weit. Mein Gott, dachte er sich, jetzt war er auch noch zu einem Dichter geworden.

Inzwischen juckte die Stelle am Hals nicht nur, sie fing auch an zu pochen. Die Wunde entzündete sich immer weiter.

Am liebsten hätte er das Miststück noch einige Tage schmoren lassen. Nach nur wenigen Tagen in absoluter Dunkelheit, ohne Essen und Schlaf, wurden sie komisch im Kopf. Einen nicht unerheblichen Teil trugen auch die Ratten dazu bei.

Bei der Vorstellung, angeknabbert zu werden, war an Schlaf nicht zu denken.

Die Wahrscheinlichkeit, dass sie die kommende Nacht überlebte, war eher gering. Wenn nicht sogar verschwindend gering. Bei dem Gedanken morphte sein Gesicht zu einer sardonischen Fratze. Waren es nicht die Ratten, die ihn um sein Vergnügen brachten, dann die Kälte. Vielleicht aber auch beides, man würde es sehen.

Ein letztes Mal kontrollierte er den Sitz seiner Kleidung. Er strich Hemd und Hose glatt und atmete tief durch. Er musste es nur schaffen, Katharina zu überzeugen, den Speiseplan für die kommende Woche zu ändern. Sein Hauptargument bestand darin, die besonders gute Fleischqualität anzupreisen. Was sich nahezu perfekt für ein klassisches BBQ eignete. Wohingegen die Frühlingsrollen problemlos eingefroren auch nach Monaten noch schmeckten.

Er wusste, dass die Küche um diese Uhrzeit nur mäßig besetzt war. Fast alle waren damit beschäftigt, den kommenden Tag vorzubereiten. So sollte niemand mitbekommen, wie er die Küche durch die Hintertür betrat.

Die Rotunde war eher mäßig besetzt. Was ihn angesichts der Uhrzeit nicht verwunderte. Die wenigen Studenten, die an den Tischen saßen, waren ihm durch die Bank weg bekannt. Weiter vorne, die zwei verwahrlosten Gestalten vom AStA, Jacqueline und ihr blasser

Freund Malte. Ständig befummelten sie sich wie pubertierende Teenager. Links von ihnen saßen Karim und seine Kumpels. Er warf einen prüfenden Blick auf die Wanduhr. Keine einzige ihrer Vorlesungen begann vor Mittag. Was also machten sie um diese Uhrzeit schon hier? Dann war da noch der Club der karierten Hemden. Sie sahen aus wie Gardesoldaten für Elektrotechnik und Maschinenbau.

„Mahlzeit, ist der feine Herr auch schon da?" Der Vorwurf in Katharinas Stimme war kaum zu überhören.

Als er antwortete, klang seine Stimme tief und unberührt. „Ich war beschäftigt."

„Und sagst du mir auch, womit du beschäftigst warst, dass du erst jetzt kommst? Dienstbeginn ist um halb acht, Felix, und wir haben jetzt …"

Sie warf einen prüfenden Blick auf die Uhr an der Wand. „Du bist mehr als eine ganze Stunde zu spät." Mit vor der Brust verschränkten Armen wirkte sie zwar autoritär, aber keineswegs einschüchternd. „Was war es dieses Mal?"

Er versuchte, seiner Stimme eine rechtschaffene Untermalung zu verleihen. Dann sprach er in ruhigem Ton: „Ich habe die Sonderkarte neu überarbeitet."

„Felix, bitte nicht schon wieder. Sag mir, dass du mich auf den Arm nimmst." Die Tschechin spürte, wie ihr die Zornesröte ins Gesicht stieg.

„Ich habe mir überlegt, für unsere amerikanischen Studenten eine kleine Überraschung vorzubereiten." Dabei klatschte er vor Aufregung in die Hände. „Ein klassisches BBQ, mit Spareribs, Pulled-Pork-Sandwich und Hamburger. Krautsalat und Maisbrei werden natürlich auch gereicht. Und bevor du was sagst, ich habe schon alles in die Wege geleitet. Du musst dich um nichts mehr kümmern." Er strahlte sie nahezu an. „Vertrau mir, sie werden begeistert sein."

„Und was ist aus der Asia-Week geworden, Felix? Was ist mit den ganzen Lebensmitteln? Das wird doch alles verderben."

„Blödsinn, wir frieren alles ein und drehen die Fritteuse später dann ein klein wenig höher als normal. So wird alles schön kross und keiner merkt auch nur den geringsten Unterschied."

„Na, ich weiß nicht, Felix. Begeistert bin ich nicht."

Mit einem Mal übermannte ihn so ein komisches Gefühl. Nichts Körperliches, vielmehr war es eher eine Ahnung. Ein Gefühl, als stünde er unter Beobachtung. Aus den Augenwinkeln schaute er sich um. Jemand oder etwas hatte Interesse an ihm gefunden. Da war er sich sicher. Und dann erblickte er ihn, keine drei Tische von ihnen entfernt. Wie er ihn in der Spiegelung der Glasscheibe beobachtete. Das war so nicht geplant, er konnte seine Kollegin unmöglich jetzt schon vermissen. Das war zu früh, das ging so nicht. Er spürte, wie sein Puls sich beschleunigte und perlgraue Blitze über seinen Augen zuckten. Der stechende Schmerz in seinem Kopf kam nicht wie üblich in Schüben. Dieses Mal nahm er seinen Anfang in den Augen, fraß sich quer durch seinen Schädel hindurch.

„Bei dir alles in Ordnung, Felix?“ Katharinas Stimme war von Fürsorge getrieben.

„Geht gleich wieder, diese verdammten Kopfschmerzen bringen mich noch um.“ Dabei massierte er sich mit den Handballen die Schläfen.

„Wenn ich dir einen gut gemeinten Ratschlag geben darf …“

„Nein, darfst du nicht!“, blaffte er sie ohne Vorwarnung an. „Weil, du bist nicht meine Mutter.“

„Das habe ich doch auch gar nicht gesagt.“ Katharina hob beschwichtigend die Hände.

„Ich brauch dein Mitleid nicht. Kümmere dich um deine Angelegenheiten, damit hast du genug zu tun.“

„Das muss ich mir von dir nicht gefallen lassen. Ich bin immer noch deine Vorgesetzte.“

„Mach so weiter!“, fauchte er sie an. Er musste sich beherrschen, um sich nicht hinreißen zu lassen. Der Bulle hatte ihn ins Visier genommen, da war er sich jetzt sicher. Der Typ glaubte ernsthaft, ihm wäre das entgangen. Sollte er nur.

Laut scheppernd flog Fröhlig in einen Berg aus schmutzigen Töpfen und Pfannen. Ein gallertartiger Brei ergoss sich über ihn. Hastig versuchte er, seine Position zu festigen. Strampelte sich frei, trat nach allem, was ihm im Weg war. Scheppernd schossen die Kochutensilien über den grau gefliesten Boden. Mit einem schnellen Rundumblick suchte er nach seinem Gegner. Von der anderen Seite der Kochinsel drang ein leises Stöhnen zu ihm herüber. „Na, tut's weh, Arschloch?", erkundigte sich Fröhlig sarkastisch nach seinem Wohlergehen. Als er den Kopf über die Kante der Arbeitsfläche streckte, hörte er noch gerade rechtzeitig das sirrende Geräusch von kaltem Stahl. Gefolgt von zerbrechendem Porzellan. Noch geradeso hatte Fröhlig das Messer auf sich zufliegen sehen und den Kopf eingezogen. Die Klinge hatte ihn nur um wenige Millimeter verfehlt. Hastig krabbelte er auf allen vieren um den Tisch herum. Er brauchte ein freies Schussfeld. Wie eine Raubkatze im Käfig bewegte sich sein Kopf hin und her, versuchte, zwischen Eimern mit Mayonnaise, Tomatenmark und Pulversoßen die eine Lücke zu finden. Die, die er brauchte, um dieses kranke Stück zur Strecke zu bringen. Er bückte sich noch tiefer und fand zwischen Gewürzgurken und Glutamatdosen, das freie Schussfeld, nach dem er gesucht hatte.

Das nächste Messer flog über ihn hinweg.

„Mit freundlichen Grüßen", ätzte die Stimme von der gegenüberliegenden Seite.

„Vielleicht solltest du erst einmal werfen lernen, Merten!" Er zog seinen Namen betont ins Lächerliche.

„Wenn Sie das sagen, wird es wohl stimmen."

„Gib auf, das muss so nicht enden."

Felix lachte trocken auf. „Wovon träumst du eigentlich nachts, Bulle? Außer vielleicht von deiner hübschen Kollegin. Die, wie ich finde, recht appetitlich ist. Ich würde Ihnen gerne einen Handel vorschlagen.

Einen Deal, von dem wir beide profitieren. Was halten Sie davon?"

„Ich verhandle nicht mit Psychopathen. Solltest du ihr auch nur ein Haar gekrümmt haben, wünschst du dir, nie geboren worden zu sein."

„Hm", sagte die Stimme auf der gegenüberliegenden Seite nachdenklich. „Ich glaube, dafür könnte es etwas zu spät sein. Aber lassen wir das. Wenn Sie sich beeilen, vielleicht können Sie Ihre hübsche Kollegin noch retten. Andererseits haben die Ratten dann nichts zu fressen. Auch kein schöner Gedanke unter dem Aspekt des Tierwohls oder wie sehen Sie das, Herr Kommissar?"

„Warum tust du mir nicht den Gefallen und stehst kurz auf?" Fröhlig legte an, suchte über den Lauf der Automatik hinweg nach einem Bein. Am liebsten noch nach seinem Knie. Doch inzwischen hatte sein Gegner sich weiterbewegt, war raus aus der Schussbahn gekrochen. Dafür bemerkte er jetzt den fauligen Geruch von Eiern. Vermutlich war im Eifer des Gefechts ein Behältnis mit verdorbenen Lebensmitteln umgekippt. Leise, kaum wahrnehmbar konnte er das Abrollen von Schuhsohlen hören. Verdammt, sein Gegenüber wollte sich aus dem Staub machen. Jetzt oder nie. Ein gezielter Schuss in die Schulter und ein oder zwei Minuten mit dem Mistkerl alleine. Mehr brauchte es nicht, damit er ihn anflehte, ihm sagen zu dürfen, wo er Julia gefangen hielt. Wie ein Kistenteufel drehte sich Fröhlig nach oben.

„Das war es dann, Arschloch.“ Der Mann gegenüber besaß eiskalte Augen, die sein Lächeln Lügen straften.

„Das glaube ich weniger, Bulle.“ Mit einer blutverschmierten Hand fächerte er sich sanft Luft zu. Tat so, als schnupperte er an einer frischen Brise Meeresluft. Er musste ihn am Arm getroffen haben. Der Menge nach zu urteilen, war es nur leider kein arterielles Blut.

„Riechen Sie das auch, diesen penetrant muffigen Geruch von fauligen Eiern? Ein Funke reicht aus und …“ Die pantomimische Geste seiner Hände glich einer schnell expandierenden Kugel. „Badabooom!“

Fröhlig verstand nicht. Was wollte dieser Irre ihm damit sagen? Trug er etwa Sprengstoff am Körper? Fröhlig schaute genauer hin, versuchte, die Konturen seiner Jacke neu zu interpretieren. Er versuchte, das Geräusch, das Deckel und Töpfe machten, weitestgehend auszublenden. Übrig blieb nur ein leises Zischeln. Wie das einer Schlange, die sich bedroht fühlt. Düster beschlich ihn ein mieses Gefühl. Dann sah er es. Das Messer hatte ihn nicht verfehlt, dieser Hurensohn hatte es von vorneherein auf den Schlauch der Propangasflasche abgesehen gehabt.

In seinem Kopf begannen die Gedanken zu rotieren. Die Explosion würde nicht nur die Küche in Schutt und Asche legen, sie würde auch dafür Sorge tragen, dass selbst der kleinste Dessertlöffel sich in ein todbringendes Geschoss verwandelte.

„Tick, tack, tick, tack.“ Mit der Klinge eines Fleischermessers imitierte Merten den Zeiger eines Metronoms. „Und für was haben Sie sich entschieden, Herr Kommissar?“

„Okay.“ Mit Bedacht legte er die Automatik auf einen Stapel akkurat gefalteter Geschirrhandtücher.

„Falls es für Sie ein Trost ist, Sie sind nicht ganz so blöde, wie Sie aussehen. Andererseits“, mit einem Mal machte er sich bereit, ihm das vierzig Zentimeter lange Fleischermesser entgegenzuschleudern. Noch ehe Felix Merten begriff, klappte Fröhlig den Stapel Geschirrhandtücher einmal um und presste die Tücher fest auf den Schlitten der Pistole. Dann drückte er ab. Fröhlig nahm den Geruch von verbrannter Baumwolle und Kordit war. Nur zögerlich öffnete er die Augen. Gerechnet hatte er damit, dass das Mündungsfeuer das Sauerstoff-Gas-Gemisch entzündete. Doch die Geschirrhandtücher hatten das zu seiner großen Verwunderung verhindert. Fragend schaute er sich um. Der blutverschmierte Türrahmen verriet die Richtung, in die Felix Merten geflüchtet war.

Dieser Sohn einer Aussätzigen besaß mehr Leben als eine räudige Katze.

Breitbeinig stellte sich Fröhlig in den Durchgang, trat die Tür scheppernd auf und zielte mit der Walther ins Leere. Nichts.

Wie hatte Feldmann es mal so passend formuliert? Vorwärts immer, rückwärts nimmer. Wie ein Jäger, der sich seiner Beute sicher war, schritt er über die Schwelle.

Der Typ befand sich auf der Flucht, hatte Angst. Damit kannte er nur einen einzigen Weg. So weit weg von ihm wie nur irgend möglich.

Von seinem Widersacher fehlte jede Spur. Einzig und allein das Schließen der nächsten Tür verriet ihm den Weg.

Die Jagdsaison war eröffnet.

Was er jetzt brauchte, war eine Art von Ausgleich, etwas, das dafür Sorge trug, dass seine Beute stets in Bewegung blieb. Unter gar keinen Umständen durfte der Typ vergessen, wer Jäger und wer Gejagter war. Er durfte keine Chance haben, auch nur im Ansatz sich Dummheiten auszudenken. Wie eine Krampe sollte die Angst in seinem Nacken stecken. Mit einem gewaltigen Tritt flog die nächste Tür auf.

Vor ihm breitete sich zu beiden Seiten hin ein Treppenhaus aus. Eine graue Betonröhre, schlicht und zweckmäßig in ihrer Funktion. Einzig und allein zwei schmutzige Treppen wiesen dem Benutzer den Weg. Hoch oder runter? Aus der Erfahrung flüchteten die meisten Verdächtigen nach oben. Wäre Julia jetzt an seiner Seite, hätte sie für dieses Phänomen bestimmt eine Erklärung gehabt. Er musste bei der Sache bleiben. Jede Sekunde, die verstrich, vergrößerte die Distanz zwischen ihnen. Er wandte den Kopf zu beiden Seiten und rannte die Treppe hoch. Auf dem Absatz zur oberen Etage machte er kehrt. Felix Merten war nicht nach oben gelaufen, sondern hatte den Weg nach unten gesucht. Sein penetrantes Rasierwasser war wie ein unsichtbarer Wegweiser. Je weiter Fröhlig nach oben gerannt war, desto mehr hatte sich der Geruch verflüchtigt. Die frische Blutspur auf dem Handlauf gab seiner Theorie recht.

Zweiter Absatz, erstes Untergeschoss, nichts! Die Tür war verschlossen. „Weiter!“, feuerte er sich keuchend an. *U2,* die schwarzen Lettern auf der mausgrauen Feuerschutztür blätterten an einigen Stellen leicht ab. Ohne nachzudenken, riss er die Tür auf und hechtete auf die andere Seite.

Mit der Waffe im Anschlag, sicherte er sich ab. Linker Hand war der Gang schon nach wenigen Metern zu Ende. Am Ende befand sich eine Tür, deren Zugang durch ein elektronisches Schloss geregelt war. Egal was sich dahinter befand, es war entweder teuer oder wichtig. Also nichts, was eine Küchenaushilfe zu interessieren hatte.

Rechter Hand erschloss sich ein elendig langer Gang mit Versorgungsleitungen an Decken und Wänden. Bei der Anzahl von möglichen Verstecken wurde ihm übel. Fröhlig stand langsam auf, wog seine Optionen ab. Ratten scheuten bekanntlich das Licht, verkrochen sich am liebsten in dunklen Ecken und engen Nischen. Wartete auf ihre Chance. Der Schlitten seiner Pistole kratzte metallisch über eines der eisernen Rohre. Wie Kreide auf Schiefer quietschte das Metall unangenehm auf. Nach jedem dritten Schritt blieb er stehen und beobachtete die Tiefe des Tunnels. Dann haute er kurz, aber heftig mit dem Griff der Automatik gegen das stahlumwickelte Versorgungsrohr. Klong …! Er wartete, starrte gebannt in den Gang vor sich. Konzentrierte sich im Besonderen auf die schlecht ausgeleuchteten Bereiche. Dann wiederholte er den Schlag schnell hintereinander.

Klongklong …! Das Geräusch hallte unheimlich nach. Wartend fokussierte er seine Aufmerksamkeit auf die im Verborgenen liegenden Schatten.

„Eins, zwei, drei, vier Eckstein, alles muss versteckt sein." Betont ließ er seine Stimme pubertär klingen, fast schon kindlich. Regungslos stand er da, lauschte in den schier endlosen Gang vor sich. Weitere drei Schritte, erneut hieb er das Metall der Automatik gegen das Eisenrohr.

Klong, klong, klong, klong …!

„Hinter mir und vorder mir gilt es nicht und an beiden Seiten nicht!" Der Lauf seiner Waffe verfolgte blind jede Bewegung seiner Augen.

Wieder hallte das schlagende Geräusch von Metall auf Metall durch den Versorgungstunnel.

Klong, klong …!

„Eckstein, Eckstein, alles muss versteckt sein." Fröhlig machte einen Schritt vor den anderen, tiefer in den Gang hinein.

Klong … klong, klong …!

Plötzlich, wie aus dem Nichts, löste sich ein Schatten aus einer der Nischen, rannte wie ein getriebenes Tier aus seiner Deckung. „Na also, Arschloch, geht doch", brüllte Fröhlig seiner Beute hinterher. Blitzschnell streckten sich seine Arme, während die Walther das Ziel ins Visier nahm. Die Gestalt vor ihm dachte nicht einmal daran, Haken zu schlagen.

Bam!!! Der Schuss war ohrenbetäubend und hämmerte monoton durch den Gang. Sein Ziel kam ins

Straucheln, wollte aber partout nicht fallen. Das Projektil war in der Betonwand eingeschlagen und hatte ganze Teile regelrecht herausgesprengt. Wie ein Fremdkörper expandierte die Staubwolke und nahm ihm immer mehr die Sicht auf seine Beute.

„Scheiße!", fluchte er laut auf. „Bleib stehen, du missratene Kreatur."

Doch der Mann dachte nicht im Traum daran, ihm diesen Gefallen zu tun. Im Gegenteil, er nahm noch an Fahrt auf. Dann geschah das, wovor Frank sich die ganze Zeit gefürchtet hatte. Felix Merten vollzog eine Schrittdrehung und war wie vom Erdboden verschwunden. Wie Houdini verschwand er einfach von der Bildfläche.

Diese Missgeburt kannte mehr Kaninchenlöcher, als ihm lieb war. „Renn, Bürschchen, das ändert aber nicht das Geringste am Ergebnis. Ich krieg dich und dann gnade dir Gott, du krankes Stück. Ich werde dir das antun, was du deinen Opfern angetan hast."

Klong, klong, klong, klong, klong …! Echote das bedrohliche Hämmern unheilverkündend durch den Gang.

Lautlos und mit der Waffe im Anschlag, machte Fröhlig einen Schritt vor den anderen. Mertens penetrant süßliches Rasierwasser war wie eine Leuchtreklame, die ihm den Weg wies. Fröhlig trat in die Staubwolke hinein. Hörte das mahlende Geräusch von Mauerstücken unter seinen Schuhen. Hinter der Wolke tauchte wie aus dem Nichts ein Seitenarm auf. Schmaler und kaum noch ausgeleuchtet. Nur zögerlich bog er links ab. Die Wände hier waren anders beschaffen. Anders als in dem Gang, wo er auf Merten geschossen hatte, glaubte er hier Mauerwerk zu erkennen. Dreck knirschte verräterisch unter seinen Füßen. Keine fünf Meter vor ihm, knapp unterhalb eines der defekten Deckenlichter, sah er sie. Die Tür war wenigstens genauso heruntergekommen wie der Rest des Gangs. Im Halbdunkel war sie nahezu unsichtbar und man musste schon genau hinschauen, um sie zu erkennen. Nur ein dünner schwarzer Spalt verriet, dass die Tür offen stand. Der schwarze Türgriff fühlte sich kalt, feucht und klebrig an. Fröhlig schnupperte an der rotbraunen Schmiere in seiner Handfläche. Das war eindeutig der Geruch von Kupfer. Kupfer und Schweiß. Im Dämmerlicht legte sich ein sardonisches Lächeln über sein Gesicht. „Sehr gut, du blutest und du hast Angst. Genau so, wie ich dich mag." Die Scharniere quietschten ketzerisch, als er die Tür weiter öffnete. Was ihm als Erstes auffiel, waren die Fußabdrücke, die Merten in der dünnen Staubschicht hinterlassen hatte. Einige kamen auf die Tür zu, waren dunkler und mit gröberen Sedimenten umrahmt. Andere heller und führten tiefer in den nachtschwarzen Raum hinein. Die Luft war warm und abgestanden. Irgendwo weiter hinten konnte er ein Gebläse hören.

Seine Knie knackten gefährlich laut, als er in die Hocke ging. Nicht die Spuren, die hineinführten, weckten sein Interesse, sondern die, die aus dem Raum herausführten. Anders als der übrige Staub war hier eine

Beschaffenheit anders. Zwischen zwei Fingern zerrieb Fröhlig den Dreck. Er war definitiv gröber und auch sein Geruch war ein anderer. Irgendwie erinnerte ihn das an Hafen oder Kanalisation. Modrig feucht, wie organisches Material, das verrottete. Es musste hier also noch eine andere Tür geben. Eine, die in einen Bereich führte, der nicht beleuchtet war. Auch hier waren die Wände gemauert, während der Versorgungsgang aus Betonfertigbauteilen bestand. Das hier musste jener Teil der Universität sein, der zum alten Trakt gehörte. Fröhlig hielt sich am Türrahmen fest und zog sich in die Höhe. Er tastete blindlings zu der Stelle, wo sich der Lichtschalter befand. Schmerzerfüllt zuckte seine Hand zurück. Da, wo sich eigentlich der Schalter befinden sollte, hingen seine Überbleibsel scharfkantig an der Wand. Bei dem Anblick konnte er vom Glück reden, dass er keinen Stromstoß bekommen hatte.

Die Abmessungen des Raumes mussten riesig sein, schon nach wenigen Metern verschluckte die Dunkelheit das einfallende Licht.

Mit einer Wischbewegung entsperrte er sein Smartphone und startete die Taschenlampen-App. Wie ein Leuchtturm zerschnitt der Lichtkegel die Schwärze. Der Raum war noch um vieles größer, als er angenommen hatte. Staub und Dreck wurden knirschend zermalmt, mit jedem Schritt, den er sich tiefer vorwagte. Im trüben Licht baute sich vor ihm ein Labyrinth aus brauner Kartonage auf. Forschend flog der Lichtkegel über die Türme. Dabei huschten kantige Schatten von einer Seite zur anderen und spielten mit seiner Fantasie Katz und Maus. Er musste aufpassen, wollte er hier unten nicht die Nerven verlieren. Mit weit ausgestrecktem Arm hielt er das Smartphone von sich, während der Lauf seiner Waffe dem Licht folgte. Das mussten Dutzende sein, immer mehr der Türme versperrten ihm den Weg. Traten aus der Dunkelheit hervor wie pechschwarze Riesen ohne Arme und Beine.

Angespannt lauschte er in das Nichts. Versuchte, so gut es ging, das sonore Rauschen der Belüftungsanlage auszublenden. Hinter jeder einzelnen Palette konnte Merten lauern. Darauf warten, dass Fröhlig einen tödlichen Fehler machte.

Wie um alles in der Welt sollte er ihn hier aufspüren? Mit einem Schlag hatte sich das Blatt gegen ihn gewendet. Das hier war Mertens Revier und darin bestimmte er die Spielregeln. Das Ganze hier glich mehr und mehr einem Selbstmordkommando. Für den Bruchteil einer Sekunde überlegte er umzudrehen. Verwarf den Gedanken aber gleich wieder. Um aufs SEK zu warten, blieb keine Zeit. Er musste ihn weiterhetzen, durfte ihm nicht die Zeit zum Nachdenken geben. Sein Adrenalinpegel musste konstant oben bleiben. Die Deckung war Mertens einziger Vorteil, ging es warnend durch Fröhligs Kopf. Also wird er sich ein Versteck in unmittelbarer Nähe gesucht haben und auf seine Chance hoffen. Er ist das Tier, das aus der Dunkelheit heraus angreift. Suchend flog das Licht der Lampe über die unheimlichen Türme hinweg.

Auf den Außenkanten seiner Schuhe, darauf bedacht, seine Position nicht zu verraten, rollte er jeden seiner Schritte ab. Immer höher wurden die Türme und das Labyrinth unübersichtlicher. Der süßliche Geruch von Mertens Aftershave schien wieder intensiver zu werden. Irgendwo hier war er gewesen. Wie ein Pendel schwenkte der Lichtstrahl nach allen Seiten aus, während der Lauf seiner Waffe ihm folgte. Die Trugbilder der abfließenden Schatten brachten sein Nervenkostüm bis an die Grenze der Belastbarkeit. Kalter Schweiß sammelte sich in seinem Rücken. Das T-Shirt klebte inzwischen auf ganzer Länge auf seiner Haut.

Weiter vorne, außerhalb der Reichweite des LED-Lichts, vernahm er ein leises Scharren. Jemand oder etwas zog einen Gegenstand hinter sich her oder bildete er sich das Ganze nur ein? Sein Atem stockte und sein Blut rauschte wie ein Wasserfall in den Ohren. Lass dich von ihm nicht verrückt machen, dachte er bei sich. Das ist doch genau das, was er beabsichtigt.

In nicht ganz drei Metern tauchte plötzlich ein Kreuzungsbereich auf, groß genug, dass ein Gabelstapler dazwischen rangieren konnte. Welchen Weg sollte er als Nächstes nehmen? Er presste sich, so dicht er nur konnte, an einen Turm aus Toilettenpapier. Warf einen schnellen Blick um dessen Ecke. Rechts befand sich eine Sackgasse, die an einer Betonwand endete. Leichtfüßig huschte er herüber auf die gegenüberliegende Seite. Weiter vorne knisterte es leise, so als riss jemand Frischhaltefolie ab. So schnell, wie es da war, verstummt es auch wieder. Er wusste nicht, wie lange er diesen Nervenkrieg durchhalten konnte. Wieder ein Geräusch. Hektisch riss er die Lampe hoch, folgte dem Schein mit dem Lauf der Automatik. Nichts. Er hätte schwören können, oberhalb der Paletten einen Schatten gesehen zu haben. Das hier war Irrsinn. Dieser Freak konnte sich überall verstecken. Immer tiefer führte ihn sein Weg in das Labyrinth. Sein Herzschlag übertrug sich eins zu eins auf die Ader in seinem Hals. Hämmerte und pochte darin wie verrückt. Seine Entscheidung, den Gang links von ihm zu nehmen, entpuppte sich als Fehlentscheidung. Befand er sich eben noch in einem römisch angelegten Wegesystem, war das hier so was wie der Trampelpfad von Barbaren. Einige Europaletten standen schief wie der Turm von Pisa, andere waren aufgeplatzt wie Schweinebäuche und verteilten ihren Inhalt in der Umgebung. Der Boden war übersät mit Toilettenpapierrollen, Damenhygieneartikeln und Hunderten von aufgeplatzten Packen Papierhandtüchern.

Aufmerksam fuhr der Lichtkegel über die auf dem Boden verteilten Gegenstände. Mit weit aufgerissenen Augen und Falten auf der Stirn suchte er die größeren Müllhaufen nach verräterischen Lebenszeichen ab. Eine Hand, ein Bein oder ein Stück Stoff seiner Jacke, das ihn verriet. Der Puls schlug jetzt noch härter in der Halsschlagader, während seine Atmung kurzfristig aussetzte. Da war es wieder. Blitzschnell drehte er sich herum, suchte über den Lauf seiner Waffe die Umgebung ab. Schatten huschten in den Augenwinkeln vorbei und trieben ihr böses Spiel mit ihm. Waren ihm stets einen Schritt voraus.

Er musste sich irgendwie wieder beruhigen, ansonsten konnte er sich auch gleich selbst die Pistole an den Kopf setzen. Seine Angst gewann zunehmend die Oberhand über sein Handeln. Immer ruckartiger wurden seine Bewegungen. Jedes noch so leise Geräusch löste bei ihm eine hektische Reaktion aus. Inzwischen drehte er sich wie ein Derwisch um die eigene Achse. Schwarze Kreaturen tanzten zyklisch über Wände, brachten seinen Puls gefährlich nah an die Belastungsgrenze.

„Halt, Stopp!“, befahl er sich selbst. Wie auf Kommando blieb er stehen, während sein peripheres Sichtfeld noch nachdrehte. Zahlreiche Türme schwankten gefährlich nach, und er machte einen Ausfallschritt zur Seite hin. Ihm war klar, dass es sich dabei nur um eine weitere Täuschung handelte. Eine weitere optische Täuschung, die ihm einen bösen Streich spielte. Fröhlig stützte sich schwer atmend auf seine Knie, versuchte, sich zu beruhigen, als berstend der Turm aus rosafarbenen Kanistern in seine Richtung kippte. Krachend stürzte der Turm zu Boden. In allerletzter Sekunde, bevor er unter einer halben Tonne Flüssigseife begraben wurde, hechtete er mit einer Judorolle in Richtung Handtuchpapier. Und plötzlich konnte er es ganz deutlich hören, das zermalmende Geräusch von Dreck unter Schuhsohlen. Merten war ganz in der Nähe!

Blitzschnell steckte er das Smartphone in die Innentasche seiner Jacke. Noch im selben Moment verschluckte die Dunkelheit alles und jeden. Sachte orientierte er sich weiter voran. Tastete sich von Palette zu Palette. Adrenalin flutete seinen Körper und er schmeckte den chemisch salzigen Geschmack von Betonstaub auf seiner Zunge.

„Eckstein, Eckstein, alles muss versteckt sein." Fröhlig modulierte seine Stimme absichtlich so, dass es ihm selbst dabei gruselte. Die Antwort kam prompt, allerdings anders als erwartet. Erst gurgelnd, dann kehlig knurrend steigerte sie sich schnell zu einem lang gezogenen Schrei.

„Ahrrrrrg!"

Das furchterregende Gejaule in der Schwärze des Kellers hatte nichts Menschliches mehr an sich. Wie eine Sirene steigerte sich der quälende Laut. Erinnerte an ein Tier, dem unendliches Leid zufügt wird. Bei dem Geräusch richteten sich seine Nackenhaare auf. Vielleicht hatte er ihn doch übler erwischt, als er bisher vermutet hatte.

„Na, tut's weh, Arschloch?" Dieses Dreckstück sollte leiden.

Doch anstelle einer Antwort hörte er Schritte, die an Geschwindigkeit zunahmen. „Ja, lauf weg. Ich bekomme dich so oder so, Felix Merten." Er spie seinen Namen regelrecht in die Finsternis. Ihm war es ein Rätsel, wie sich der Typ hier unten orientieren konnte. Schließlich war es dunkel wie in einem Kohlenkeller.

Es sei denn, es war kein Zufall, dass er ausgerechnet in diesen Keller gerannt war. Ihm fielen die dunklen Fußabdrücke wieder ein. Es gab also doch einen anderen Weg aus diesem Irrgarten heraus. Einen, der groß genug war, dass Menschen hindurchpassten, aber klein genug, damit er nicht auffiel. Ein Loch, ein Versorgungsschacht oder eine Revisionsklappe. Daraus ergab sich ein weiteres, ein noch düstereres Problem. Sollte dieser Freak, wo Gott vorstehen mochte, ihm durch die Lappen gehen, war Julia … verloren. Schwindel setzte ein und Übelkeit stieg in ihm auf. Er war der Einzige, der zwischen ihr und diesem Monster stand. Zwischen Leben und ... Er mochte den Gedanken nicht zum Ende bringen. Daran sollte er nicht einmal im Traum denken. Fokussier dich, Frank, ermahnte er sich selbst. Er atmete durch, sortierte seine Gedanken neu. Warum hatte Merten vor Schmerz aufgeschrien? War das wirklich nur ein Schmerzensschrei oder steckte da am Ende noch mehr dahinter? Für ihn hatte es sich beinahe so angehört, als litte eine menschliche Seele unter Höllenqualen. Fröhlig sog tief die stickige Luft ein, dann sprach er voller Verachtung für ihn: „Ich hoffe, du verreckst daran, Merten." Keine Antwort, nur ein leises Stöhnen zerschnitt die erdrückende Stille. Fröhlig reckte die Nase in die Luft, versuchte, die Witterung des Rasierwassers wieder aufzunehmen.

„Glaubst du wirklich, dass du mich aufhalten kannst? Vielleicht werde ich draufgehen, Bulle, aber nicht heute." Die Pause zwischen den Sätzen war kaum zu ertragen. „Und bevor ich es vergesse, heute Nacht werde ich bestimmt gut schlafen können. Werde mir den Bauch kratzen und satt und befriedigt von ihr träumen. Wenn du möchtest, mache ich gerne ein Foto davon und lasse es dir später zukommen. Sozusagen als Erinnerung an unsere gemeinsame Zeit. Sie und ich und irgendwie auch du beim Essen?" Ein kehliges Lachen drang aus der Schwärze zu ihm herüber.

Rede nur schön weiter. Er versuchte, sich nach dem Klang seiner Stimme zu orientieren. Ertastete sich Zentimeter um Zentimeter seinen Weg.

„Psst! Ich werde dir jetzt mein Geheimnis verraten." Dann flüsterte die Stimme verschwörerisch: „Das Wichtigste ist der Fond. Dafür muss das Fleisch vom Knochen gelöst werden. Das ist wichtig, denn die Röstaromen geben dem Gericht erst den richtigen Pfiff. Es gibt aber auch einen lustigen Aspekt bei dem Ganzen." Er lachte gehässig auf. „Und da könnte ich mich echt vor Lachen in die Ecke werfen. Wenn ihr Verstand nicht begreifen will, warum in der Pfanne vor ihnen das eigene Fleisch köchelt. Der Gesichtsausdruck ist einfach unbezahlbar! Ich könnte mich jedes Mal vor Lachen regelrecht einnässen."

Er konnte nicht mehr allzu weit von ihm entfernt sein. Fröhligs Finger ertasteten die Kartonage. Strichen darüber hinweg, bis sie das Ende erreicht hatten. Irgendwo weiter vorne musste er sein. Wie ein Opossum, das sich tot stellt, verharrte er in der Bewegung. Da war es wieder. Ein leises pfeifendes, röchelndes Geräusch. Fröhlig grinste breit in die Schwärze. Sport ist Mord, kein Sport aber auch.

Bam!!!

Das Mündungsfeuer blitzte auf und tauchte die Umgebung in eine gespenstische Kulisse. Für die Länge eines Lidschlages konnte er ihn erkennen. Zusammengekauert wie ein Tier saß er keine zehn Meter von ihm entfernt. Ohrenbetäubend bellten zwei weitere Schüsse auf.

Bam!!! Bam!!! in der Hoffnung, den Bastard zu erwischen. Hastig zog er das Smartphone aus der Innentasche. Richtete den Schein der App auf seine Leiche, doch wie durch Geisterhand war er vom Erdboden verschwunden. „Fuck." Fröhlig boxte vor Wut in eine Palette mit Hygieneartikeln.

Das gehässige Lachen kam von weiter vorne. Der Schein seiner Lampe hetzte der Stimme nach. Er schätzte die Entfernung bis zur nächsten Kreuzung auf gut und gerne fünf Meter. Weiter vorne flog schemenhaft ein schwarzer Fetzen über die Wand. Fröhligs Blick hastete der Schemengestalt hinterher. Dann sah er ihn. Außer Atem und mit einem Messer zum Wurf bereit.

Der schneidende Schmerz traf ihn unterhalb seiner Schulter. Das Metall drang versengend in ihm ein und brachte ihn zum Straucheln. Mehr aus einem Reflex hob er die Waffe und feuerte in die Richtung, aus der der Angriff kam.

Bam!!! Bam!!!

Im grellen Licht des Mündungsfeuers sah er zwei bierdeckelgroße Einschusslöcher in der Wand.

Fröhlig ertastete schmerzerfüllt die Wunde. Da, wo das Messer die Schulter gestreift hatte, sickerte Blut aus der Wunde. Er hatte Glück im Unglück gehabt, die Klinge hatte nur eine Fleischwunde verursacht. Das war zwar unschön, aber nicht lebensbedrohlich. Zum zweiten Mal binnen kürzester Zeit war es Merten gelungen, einen Angriff gut zu platzieren. Es wurde langsam an der Zeit, dass sich das Blatt zu seinen Gunsten wendete. „Daneben, du Versager." Auch wenn er es besser wusste. „Jetzt bin ich am Zug." Demonstrativ ließ er das Magazin aus der Pistole gleiten, zog sein Ersatzmagazin aus der Tasche und hämmerte es in den Griff der 9 mm. Dann zog er den Schlitten nach hinten, wobei die noch im Lauf befindliche Patrone metallisch auf dem Boden landete. „Time to say goodbye, Arschloch!" Gerade als er einen der Türme erklimmen wollte, um von oben eine bessere Position zu beziehen, hörte er das leise Quietschen von rostigem Metall.

Ihn beschlich ein ungutes Gefühl. Das musste der zweite Ausgang sein. Augenblicklich löste er sich von der Palette und rannte herüber in die Richtung, aus der er das Geräusch vermutete. Zurückhaltung war jetzt keine Option mehr.

Immer schneller bewegten sich seine Füße, bis auch er rannte. Vorbei an altertümlich aussehenden Schränken, deren gläserne Aufsätze vollgestopft waren mit komisch anmutenden Asservaten. Aus dem Augenwinkel verfolgten leblose, milchige Augen jeden einzelnen seiner Schritte missmutig. Weiter vorbei an Vitrinen, mit chemischen Gerätschaften. Erlenmeyerkolben, Glaspipetten, Kolonnen von Reagenzgläsern und meterweise Kühlspiralen aus Glas.

Und dann sah er sie. Eingelassen in eine Wand zwischen zwei verstaubten Schaukästen. Das Mannloch wirkte deplatziert, als hätte es jemand aus einem U-Boot geklaut und hier an der Wand wieder befestigt. Das Gusseisen der Luke fühlte sich kalt und schwer an. Wie das Portal zu einer Gruft. Die diesige Luft, die ihm entgegenschlug, roch säuerlich-alt und über die Jahrzehnte hinweg verbraucht. Behäbig hievte er sich auf die andere Seite. Und mit einem Mal war die Welt eine andere. Wie in einer Zeitmaschine hatte er nicht nur den Raum gewechselt, sondern auch die Zeit. Der Gang war quadratisch angelegt und bestand aus massivem Stahlbeton. Überall hingen Kabel wie in dünnen Girlanden von der Decke. Weiter vorne flackerte eine altersschwache Glühbirne unrhythmisch im Morsecode. Er versuchte, tiefer in den Tunnel zu schauen, doch der unheimliche Nebel war zu dicht.

Um ein Haar wäre er ausgerutscht, hätte er nicht das Kabel an der Wand zu fassen bekommen. Der Boden war, soweit das Licht reichte, mit einer Mischung aus Schlamm und übel riechenden Sedimenten bedeckt. Vorsichtig ging er in die Hocke und steckte den Finger in den grau-grünen Matsch. Das war dieselbe Körnung wie die Fußspuren am Eingang. Weit von sich gestreckt, hielt er das Smartphone tiefer in den Tunnel gerichtet. Für einen Moment hielt er den Atem an, lauschte in die absolute Stille. Nichts!

Das rechte Knie knackte ungesund, als er sich nach oben schraubte. Neugierig legte er eine Hand an die Wand und spürte die Kälte, die von ihr ausging. Im Licht fiel auf, das die Seitenwände wie gesplittert waren und sich in der Mitte ein tiefer Spalt seinen Weg gesucht hatte. Der Tunnel sah aus, als hätte ein Riese von außen versucht, den Gang zu zerquetschen. Dann verstand er, wo er sich in Wirklichkeit aufhielt. Die massigen Wände, die Moniereisen, die wie Tentakel in der Luft hingen. Die Kabelgirlanden, und an allem nagte unübersehbar der Zahn der Zeit. All das ließ nur eine Schlussfolgerung zu. Er musste den geheimen Zugang der Bunkeranlage gefunden haben.

Lautlos drang er tiefer in das System ein. Leuchtete argwöhnisch Wände und Böden ab. Die Waffe im Anschlag, durchpflügte er das schmutzige Wasser. Weiter vor sich sah er Türen, die zu beiden Seiten in den Wänden eingelassen waren. Von Neugierde getrieben, warf er einen Blick hinein. In ihnen sah es aus, als dienten sie der Wehrmacht als Lagerräume. Ein Auge immer zu Boden gerichtet, schlurfte er weiter durch die trübe Brühe. Immer mehr Kadaver toter Ratten säumten seinen Weg. Auf einer saßen zwei Kakerlaken und beäugten ihn misstrauisch. Als das Licht sie traf, huschten sie beide über Hals und Kopf in dieselbe Betonspalte. Home, sweet home. Schön, wenn das Essen bis zur Tür geliefert wird. Plötzlich ließ ihn ein quietschendes Geräusch aufhören. Zur Salzsäule erstarrt, lauschte er in den Bereich des Tunnels, den der Nebel nicht preisgab. Das Geräusch erinnerte ihn an ... an. Er musste überlegen. An ein Paar Stützräder, deren Kugellager leergelaufen waren. Ohne dass er darüber nachdachte, fing er an zu laufen. Erst zögerlich, dann schneller. Ein Auge misstrauisch zu Boden gerichtet, rannte er tiefer in die Nebelwand. Von nur einem einzigen Gedanken getrieben, da zu sein, bevor sich die Bunkertür für immer schloss.

Das markerschütternde Geräusch von Metall auf Metall drang bis tief in sein Gehirn vor. Projizierte einen unheilvollen Film in seinem Kopf. Fröhlig rannte, so schnell er konnte. Immer wieder wich er Eisenstangen aus und duckte sich unter spitzen Drahtenden weg. Schlug gefährliche Haken auf dem rutschigen Untergrund und wäre um ein Haar in eines dieser gemeingefährlichen Löcher getreten. Dann, wie aus dem Nichts, tauchte sie im trüben Nebel auf. Wie eine Wand aus braunem Panzerstahl, die im Begriff war, sich vor seinen Augen zu schließen. Das Wasser spritzte zu allen Seiten, als er zu sprinten begann. Bei diesem verdammten Ding handelte es sich um eine deutsche Bunkertür, die problemlos dem Beschuss durch Panzerfäusten standgehalten hatte. Und jetzt stand sie kurz davor, ein letztes Mal verriegelt zu werden.

Angst stieg in ihm auf. Julia und ihn trennten nur noch wenige Meter. Noch im Rennen, hob er die Waffe und feuerte.

Bam!!! Bam!!! Bam!!! Bam!!!

Die Mündungsfeuer blendeten ihn, und der Geschmack von Kordit legte sich auf seine Zunge. Messinghülsen flogen umher, und er verfolgte jeden einzelnen Treffer wie in Zeitlupe. Funken leuchteten im Blitzlicht grell auf, und Betonsplitter spritzten zu allen Seiten. Ohne auf die Gefahr zu achten, die ihn von allen Seiten her umgab, rannte er weiter. Bis das kalte Metall ihn stoppte. Keuchend und in seiner Verzweiflung halb wahnsinnig, schlug er mit dem Griff seiner Waffe gegen den zentimeterdicken Stahl.

„Neeein!" Der Schrei verhallte ungehört in dem Nebel.

Das rostige Geräusch der trockenen Metallscharniere war endgültig erloschen und Julia damit der kranken Fantasie dieses Monsters ausgeliefert.

„Neeein!!!", gellte ein weiterer Schrei durch den Tunnel.

Wieder und wieder droschen seine Fäuste in purer Verzweiflung gegen die eiskalte Stahlplatte. Seine Beine wurden weich und drohten wegzuknicken.

„Neiin, neiin, nein!" In seiner schier unendlichen Verzweiflung rutschte er an der Bunkertür zu Boden. Schmeckte das Salz seiner Tränen. Fühlte die Grabeskälte im Rücken und wie sie von ihm Besitz ergriff.

Es war vorbei und sein schlimmster Albtraum war wahr geworden. In seinen schlimmsten Fantasien wollte er sich nicht ausmalen, was nun auf Julia zukam, was sie erleiden würde. Er konnte nur noch für sie beten, darauf hoffen, dass es schnell ging. In seinem Kopf fing alles an, sich zu drehen, immer schneller, und er hatte das Gefühl, jeden Moment den Verstand zu verlieren.

Dumpf schlug sein Hinterkopf gegen das massive Eisen. All das hier war seine Schuld. Seine ganz alleine. Er hatte Julia von vornherein nicht ernst genommen. Nicht auf das gehört, was sie ihm zu sagen versucht hatte. Nicht getroffen, nicht schnell genug gerannt, nicht mutig genug, nicht da gewesen, als sie ihn am meisten brauchte! Hemdsärmelig wischte er sich den Rotz von der Nase.

Selbst mit einer Phalanx aus Hundertschaften würde es Jahre dauern, bis sie einen neuen Zugang fanden. Mit voller Wucht hieb er die Faust gegen den Stahl, so als wollte er der Tür eine Mitschuld an seinem Versagen geben. Mit dem Handrücken wischte er sich durchs Gesicht und starrte apathisch in den Nebel, der wie geisterhafte Wesen über ihn hinwegwaberte. Wie sie sich kräuselten, kurz bevor sie für immer verschwanden. Unbewusst folgte das Licht dem grauen Schleier. Hin zu der Stelle, wo der Nebel plötzlich verschwand. Fröhlig verrenkte seinen Hals ungesund nach hinten. Der Spalt oberhalb der Tür war nicht sonderlich groß, vielleicht nur daumendick. Der Nebel verschwand nicht einfach, er folgte dem Luftzug. Die Tür stand immer noch offen. Der Mistkerl hatte es, aus welchem Grund auch immer, nicht geschafft, sie zu verriegeln.

Wie ein HB-Männchen sprang er auf, stemmte einen Fuß gegen die Wand und zerrte an dem kalten, verrosteten Metall. Seine Zähne fingen unter der Belastung an zu knirschen. Nach und nach fing der Stahl an, sich zu bewegen. Zermalmte auf seinem Weg Beton und Kieselsteine unter sich. Jetzt begriff Fröhlig, warum es Merten nicht möglich gewesen war, die Tür zu schließen. Fröhligs blindes Sperrfeuer hatte dazu geführt, dass Betonstücke aus dem Mauerwerk gesprengt waren, und eines davon hatte die Panzertür verkeilt.

Er atmete tief aus, zog den Bauch ein, zwängte sich durch den schmalen Spalt hindurch.

Die Ausdünstungen, die ihn auf der anderen Seite empfingen, hatten nichts Menschliches mehr. Automatisch presste er sich den Jackenärmel dicht vor das Gesicht. Alter Urin, Pilze, Fäkalien und das penetrant süßliche Aftershave machten das Atmen fast unmöglich. Keine Bahnhofstoilette dieser Welt konnte so dermaßen stinken.

Der Wasserstand in diesem Bereich der Anlage war höher, als im Rest. Die kleinen, mit Wasser gefüllten Krater erwiesen sich bisher als gute Fährten. Doch nun? Fragend blickte er sich um. Unter dem Schriftzug *Befehlsstand* verwiesen vier kantige Pfeile in verschiedene Richtungen. Von dem Raum gingen offensichtlich mehrere Gänge ab und nichts verriet ihm, welchen er nehmen sollte. Auch wusste er nicht, welchen Vorsprung Merten inzwischen hatte. Abwägend schwenkte das Licht nervös im Raum umher. Alte Aktenschränke hingen schief von den Wänden. Auf einigen konnte er bruchstückhaft Buchstaben in Frakturschrift erkennen. Sein Opa hatte ihm als Kind nicht viel über die Zeit im Krieg erzählt. Vermutlich lag es daran, dass das durchlebte Grauen zu viel für einen alleine war. Die meisten Menschen hatten damals mehr gesehen, als gut für sie war. Woran er sich jedoch noch erinnern konnte, war, was Opa zum Thema Angst erzählt hatte. „Wir konnten die Angst in den Bunkern förmlich riechen. Wenn die Bomber kamen, schwitzten wir sie aus. Wenn du weißt, wo die Sense ihre Kreise zog, nimmst du viele Jahre später noch ihren Geruch wahr. Diesen unverkennbaren Duft aus Adrenalin und Pisse."

Ihm fiel auf, dass alles mit einer bräunlichen Farbe besprenkelt war. Das Licht huschte immer unruhiger über Türen, Tische, Schränke und Wände hinweg. Einfach alles hier besaß diese merkwürdigen Farbflecken. Vorsichtig schritt er in der Brühe weiter voran. Er stand jetzt eine Armlänge von der Wand entfernt. Nur widerwillig nahm er den Ärmel vom Gesicht. Er keuchte und würgte trocken, doch es half alles nichts, er musste sich überwinden, Luft zu holen. In dem Gestank waberte unterschwellig noch etwas ganz anderes mit. Etwas, das er aus seiner beruflichen Laufbahn nur allzu gut kannte.

Kupfer, ionisiertes Kupfer.

Leicht beugte er sich nach vorne, um die Wand näher in Augenschein zu nehmen. Nahm einen Finger und wischte quer über einen der Sprenkel. Die Farbe fühlte sich immer noch leicht klebrig an, so als wäre sie erst vor Kurzem aufgetragen worden. Neugierig richtete er das App-Licht auf die Schmiere. Als er es zwischen den

Fingern zerrieb, fühlte es sich irgendwie sämig an. „Verdammte Scheiße!“, entfuhr es ihm. Das war keine scheiß verdammte Farbe, das war Blut, und zwar Unmengen davon. Fiebrig flog der Schein der Lampe über die Wände, folgte dem unheimlichen Muster bis hinauf zur Decke. „Mein Gott!“ Dutzende der schlammfarbenen Tropfen hingen wie Stalaktiten getrocknet von ihr herab. Blass und mit geweiteten Augen starrte er auf das Grauen an den Wänden! Er befand sich in dem Raum, wo Merten seine Opfer kaltblütig umbrachte. Nein, umbringen umschrieb es nicht einmal im Ansatz. Das hier war ein Schlachthaus. Er stand inmitten eines Blutrauschs, in einem wahr gewordenen Albtraum. So wie die Muster über die Wände verteilt waren, brauchte es Blut, das unter gehörigem Druck stand. Blut, das in Fontänen aus Arterien nur so herausspritzte. Der Schein der Lampe fing immer stärker an zu zittern und ein Tremor übernahm die Kontrolle in seiner linken Hand. Während er das lästige Zittern loszuwerden versuchte, sah er den Holzstumpf, in dessen Mitte eine glänzende Axt steckte.

Er stand kurz davor, einer Panikattacke zu verfallen, und konnte nicht das Geringste dagegen tun. Der Albtraum wollte kein Ende nehmen. Wie ein Storch stakste er durch die stinkende Brühe, versuchte, das Wasser nicht noch kabbeliger zu machen, als es ohnehin schon war. Dumpf schlug die Welle einen Aluminiumkochtopf gegen eines der Tischbeine. Von oben betrachtet, dümpelten in einer talgigen Flüssigkeit zwei elfenbeinfarbene Bälle. Was auch immer dieses kranke Stück darin zubereitet hatte, es roch widerlich ranzig. Von Neugierde getrieben, gab er dem Topf mit der Fußspitze einen kleinen Stups. In dem Moment drehten sich die kleinen Bälle und zwei Augen starrten anklagend in sein Gesicht.

Würgend und nach Luft schnappend taumelte er rückwärts, tiefer in den Raum. Wasser spritzte an ihm hoch, während Licht den Raum epileptisch durchzuckte. Für den Bruchteil einer Sekunde glaubte er, aus einem der Schränke angestarrt zu werden. Das konnte doch alles nicht wahr sein! Das hier war der blanke Horror.

Er musste so schnell wie möglich die Kontrolle über sich zurückbekommen. Keuchend fiel er gegen die blutverkrustete Wand, holte aus und schlug sich selbst so lange mit der flachen Hand ins Gesicht, bis er wieder bei klarem Verstand war.

„Reiß dich verdammt noch mal zusammen, Fröhlig!"

Er schlug den Kragen seiner Jacke hoch und ließ den Kopf zwischen den Schultern kreisen. „Du führst dich auf wie ein Mädchen. Ja, es stinkt, und ja, so stellst du dir gemeinhin die Hölle vor." Er pausierte, holte zaghaft Luft.

„Aber es ist verdammt noch mal nicht eure Hölle. Sie verlässt sich auf dich, also beweg deinen fetten Arsch und mach deinen Job!"

Irgendwo hier unten wartete sie auf ihre Rettung. Nur besaß er nicht den blassesten Schimmer, wo genau. Das Ausmaß der Anlage erstreckte sich über mehrere Quadratkilometer, und nur Gott wusste, über wie viele Stockwerke in die Tiefe.

Ihm gegenüber befanden sich vier Abzweigungen. Unter normalen Umständen hätte er vielleicht jetzt eine Münze geworfen. Aber was war hier unten schon normal?

Leise murmelte er einen Reim aus längst vergangenen Kindheitstagen. Verfolgte jedes seiner Wörter aufmerksam mit dem Lauf der Automatik.

„Ene mene muh und raus bist du."

Damit stand die Entscheidung fest: Es war der zweite Gang von rechts. Er war schon tief in dem Gang verschwunden, als ein Zweifel an ihm nagte. Fragend warf er einen Blick über die Schulter. Im Schein der Lampe betrachtete er das unruhige Wasser hinter sich. Da war es wieder. Also doch kein Produkt seiner Einbildung. Unbestimmt leise und auf gar keinen Fall natürlich. Dafür folgte das Geräusch zu sehr einem Rhythmus. Fröhlig legte den Kopf leicht schief. War das ein Morsecode? Klopfte da jemand gerade ········ Er suchte im Schein der Lampe die Wand nach Rohren ab.

Dann wesentlich lauter und eindringlicher. ---······---···· Dann eine Pause gefolgt von einem auseinandergezogenen --- --. Egal was derjenige ihm mitteilen wollte, er verstand es nicht. Hastig durchpflügte er das eiskalte Wasser zurück in die Richtung, aus der er gekommen war. Das klopfende Geräusch wurde mit jedem Schritt lauter, und dann begriff er. Das, was er da hörte, war kein Morsecode. Das war die Titelmelodie aus dem Film *Indiana Jones*. Vermutlich hatte Mel ihr von seiner Vorliebe für diese Filmreihe erzählt.

Ohne einen weiteren Gedanken zu verschwenden, stürmte er los. Er hämmerte so lange mit dem Handballen gegen den Riegel, bis er nachgab und die Tür sich öffnete. Vor ihm tat sich ein Bild des Schreckens auf. Auf einer der Pritschen lag eine junge Frau. Tot. Ihr Kopf war auf unnatürliche Weise nach hinten geklappt, wo ihn nur noch wenige Sehnen daran hinderten, zu Boden zu fallen. Sie schwamm förmlich im eigenen Blut. Fröhlig musste kein Mediziner sein, um zu begreifen, dass hier jede Hilfe zu spät kam. Der Schein seiner Taschenlampen-App wanderte weiter. Im schwachen Licht erkannte er weitere Feldbetten. Auf einigen tummelten sich Ratten und betrieben völlig ungeniert Fellpflege.

„Frank?" Ihre Stimme klang so dünn, dass er Mühe hatte, sie überhaupt zu hören.

„Wo bist du?" Als das Licht sie traf, hielt sie schützend den Arm vors Gesicht.

„Warum hat das so lange gedauert? Ich hätte inzwischen sterben können." Tränen liefen über ihr Gesicht. Vor Glück oder Schmerz, konnte er nicht sagen.

Sie sah schlimm aus. Am ganzen Körper zitternd, kauerte sie unter einem Stück Stoff. Das Gesicht dreckverschmiert, presste sie ihre Hand auf einen dunklen Fleck am Bauch.

„Was hat dieses Schwein dir angetan?" Besorgt wanderte sein Blick über ihren geschundenen Körper.

„Ich glaube, die Klinge ist zwischen der achten und neunten Rippe eingedrungen und hat meine Milz geradeso verfehlt", sagte sie in einem nüchternen Ton, der an einen Statistiker erinnerte.

„Verdammt, Julia!" Konnte sie nicht einmal wie jeder andere Mensch auch Emotionen zeigen? „Wie schlimm ist es? Und bitte sag es verdammt noch mal so, dass ein Normaler wie ich auch was damit anfangen kann."

Ihre Mundwinkel fingen leicht an zu zucken. Wohlwollend schaute sie ihn an, dann sprach sie im gewohnt emotionslosen Tonfall. „Seit wann bist du denn normal, Frank?"

„Hör mit dem Scheiß auf. Wegen dir habe ich Todesängste ausgestanden!" Fürsorglich strich er ihr dabei über das kurze Haar.

„Aha", antwortete sie nichtssagend. „Hast du ihn erwischt?" In ihrem Bauch klaffte eine tiefe Stichwunde. Ihre Hand war ganz offensichtlich verletzt. Sie war schutzlos einem Psychopathen ausgeliefert gewesen. Musste vermutlich mit eigenen Augen ansehen, wie die junge Amerikanerin abgeschlachtet wurde, und das Einzige, was sie interessierte, war, ob er ihn erledigt hatte.

„Nein", kam es trotzig über seine Lippen.

Sie winkte ihn näher zu sich heran. „Was machst du dann noch hier? Du hast mich gefunden und ich werde überleben. Die Stichverletzung hat sich nicht übermäßig entzündet und Rattus rattus bleibt auf Distanz zu mir. Vermutlich, weil ich einige ihrer Artgenossen lebendig zerquetscht habe. An mir darf halt nicht jeder knabbern, Frank." Lächelte sie gerade etwa?

„Dein Ernst, Julia? Du liegst im eigenen Saft und flirtest mit mir?“

Fassungslos schaute er in ihr vor Dreck starrendes Gesicht. Er überlegte, ob er sie küssen sollte. Ihr grimassierendes Lächeln hielt ihn aber davon ab.

„Ich bringe dich jetzt erst einmal hier heraus.“

„Nein, das wirst du nicht.“ Sie hob abwehrend die unverletzte Hand. „Dafür ist keine Zeit.“ Er war überrascht, wie viel Kraft sie noch immer besaß, als sie sein Handgelenk grob wegschlug. „Du musst ihn finden, Frank!“, hauchte sie ihm entgegen. „Ich habe gesehen, wozu dieses Monster in der Lage ist.“ Er folgte ihrem Blick herüber zu der toten Amerikanerin. „Wenn du ihn nicht stoppst, wird es niemand tun. Du hast nicht gesehen, was ich gesehen habe! In seinen Augen war nichts Menschliches mehr. Da war …“ Ihre Stimme brach und sie suchte angestrengt nach den passenden Worten. „Da war keine Seele mehr. Nichts, rein gar nichts. Verstehst du, Frank? Es war, als schaute Satan persönlich dir in deine Augen. Da war so viel Hass. Subjekte wie er sind nicht therapierbar. Ihr Trieb zur Grausamkeit ist wie ein unsichtbares Kainsmal, das ihn nicht mehr aus seinem Bann lassen wird. Nur du kannst ihn noch aufhalten.“

Fröhlig saß stumm an ihrer Seite. In ihren Augen war Entschlossenheit zu sehen. Doch er fragte sich, ob sie das ernst meinte? Forderte sie ihn indirekt auf, Selbstjustiz auszuüben? Sein Blick wanderte herüber zu der offen stehenden Tür. Wenn er ehrlich zu sich selbst war, der primitive Teil seines Gehirns pflichtete ihr bei. Der

Raum auf der anderen Seite war selbst für einen erfahrenen Ermittler verstörend. Den Tod hatte er allemal verdient, vielleicht sogar mehrfach! Doch Ankläger und Richter in einer Person, das war noch mal eine ganz andere Hausnummer.

„Du musst ihn stoppen, Frank, um jeden Preis." Ihm fiel auf, dass sich ihre Stimme auf einmal normal anhörte. Nicht wie die der Frau, die er vor wenigen Tagen kennengelernt hatte!

Fürsorglich strich er ihr über das verklebte Haar. In ihren Augen lag etwas zutiefst Flehendes. „Frank, hör auf damit. Mir geht es gut und ich glaube nicht, dass er wiederkommen wird. Rache ist im Moment nicht sein dominantes Thema. Er ist das Tier, das um seine Existenz fürchtet. Sein einziger, alles beherrschender Trieb ist der Wille zu überleben. Und, Frank", sie vergewisserte sich, dass sie seine ganze Aufmerksamkeit hatte, „wenn du ihn siehst, zögere nicht. Entweder du oder er, eine andere Option wird er dir nicht lassen!" In ihren Augen lag etwas Intensives, etwas Abgründiges, das er niemals bei ihr zu finden geglaubt hätte.

Zögerlich löste er sich von ihr. Betrachtete die Frau auf der Pritsche. Sie ließ immer noch keinen Zweifel an ihrer Entschlossenheit. Kein Mensch mit nur einem Funken Moral in der Brust würde das tun, worum sie ihn bat. Und schon gar nicht nach so kurzer Zeit. Auch wenn er ihr inzwischen näher war, als ihm guttat. Aber das war Mord, zu dem sie ihn aufforderte. Andererseits, wenn jemand das Recht hatte, ihn darum zu bitten, dann sie.

Schuldgefühle bezüglich eines toten Serienmörders, der Frauen erst verstümmelte und dann aß, konnte er später immer noch haben. Schweigend zog er die Jacke aus und legte sie ihr über.

„Tu mir einen Gefallen, pass gut darauf auf. Das hier ist mein Lieblingsstück."

„Und die Einzige, ich weiß", antwortete sie wohlwollend.

Dort, wo Blut und Schmutz ihr Gesicht erkennen ließen, wirkte es blass und unendlich müde. Und doch lächelte sie. Vielleicht zum ersten Mal in ihrem Leben in der Gewissheit, dass jemand ihr kompromisslos zur Seite stand. Jemand, der für sie da war, wenn sie ihn am nötigsten brauchte.

„Ach, was soll's?" Sanft glitt das Magazin der Walther P99 aus dem Griff. Fröhlig zählte die noch übrigen Patronen und führte das Magazin mit einem kurzen Schlag wieder ein, zog den Schlitten nach hinten, während sein Blick fragend auf der Waffe ruhte.

„Okay, du hast mein Wort. Von ihm wird nie wieder eine Gefahr ausgehen." Das metallische Geräusch, das der Pistolenschlitten beim Zurückschnellen verursachte, hallte in der Stille nach. „Und nicht vergessen, das ist meine Lieblingsjacke. Sieh zu, dass du sie nicht mit deinem Blut ruinierst. Das bekomme ich später nie wieder heraus."

„Ich versuche es zu beherzigen." Dabei zog ihr Gesicht eine schmerzverzerrte Grimasse.

Erneut stand er vor der Entscheidung, welchen Tunnel er nehmen sollte. Fragend blickte er in die vier schwarzen Löcher. Ein Gang war so gut wie der andere. Fröhlig schloss die Augen, konzentrierte sich auf die Umgebung. Dabei fiel ihm auf, wie kalt es hier unten in Wirklichkeit war. Ein allgegenwärtiges Rauschen, das durch die Anlage pfiff, war das Einzige, was er wahrnahm. Er machte einen zögerlichen Schritt auf den Gang zu, aus dem der stärkste Luftzug kam. Der Durchgang war schmaler als die anderen und besaß weder eine Tür noch Schießscharten an den Seiten. Er vermutete, dass es sich dabei um einen früheren Meldegang handeln musste. Ein Verbindungsgang innerhalb des geschlossenen Bunkersystems. Mit weit ausgestrecktem Arm leuchtete er in die Finsternis. Die Schwärze dahinter absorbierte das Licht schon nach wenigen Metern, schluckte jedes Photon, das sich weiter als fünf Meter in den Tunnel traute.

„Na, das wird ja ein richtiger Spaß werden!" Fröhlig schärfte seine Sinne. Genau in diesem Moment fielen ihm tausend Orte ein, an denen er jetzt lieber wäre. Kleine Wellen krochen mit jedem seiner Schritte die Wände hinauf. Argwöhnisch hielt er sich von der Mitte fern, nicht ohne den Baustahl aus den Augen zu lassen. Nach und nach, je tiefer er in den Bau vordrang, wurde das Wasser flacher. Im diffusen Licht des Smartphones funkelten die Wände surreal. Den Temperaturen und dem Nebel vor seinem Mund nach konnte es sich dabei nur um Eis handeln. Immer tiefer führte sein Weg in das Bunkerlabyrinth hinein.

Glitsch und grau-grüner Schlamm machten den Untergrund rutschig wie Schmierseife. Hier und da dümpelten aufgedunsene Rattenkadaver im Rhythmus der Wellen vor ihm her. „Ahhrrr!“

Der Schrei ging durch Mark und Bein und verursachte eine zentimeterdicke Gänsehaut bei ihm. Dieses Mal hörte sich der Schrei anders an. Mehr nach Wolf oder besser gesagt, nach Werwolf. Nach der Art, wie sie schrie, stand die Kreatur im Begriff, sich zu verwandeln. Was ausgemachter Blödsinn war, das wusste er auch.

Immer mehr der verräterischen Krater lugten aus dem Matsch hervor. Die Schlammkrater waren nur bis zur Hälfte verfüllt, was hieß, dass Merten vor Kurzem erst hier gewesen war.

„Neinneinneinneinneinneinnein.“ Wie ein unheilverkündendes Menetekel hallte sein Flehen durch die Anlage. Dabei lief Fröhlig ein Schauder über den schweißnassen Rücken. Das hatte nichts Menschliches mehr an sich. Weiter vorne wurde der Nebel dichter und zerstreute das Licht milchig. Der Wintereinbruch musste den Beton hier so weit heruntergekühlt haben, dass die Restwärme im Wasser kondensierte. Simple Physik, auf die er unter diesen Umständen gerne verzichtet hätte.

„Du hast es mir versprochen!“, beschwor eine weinerliche Stimme unleidig das Nichts.

Mit wem, verflucht, unterhielt sich dieser Freak? Hatte Julia also recht behalten. Hannibal Lecter besaß eine Freundin! Aus dieser Tatsache ergab sich allerdings ein ganz anderes Problem – würde er auch sie auf der Flucht …?

„Du hast gesagt, wenn ich tue, was du von mir willst, dann geschieht mir nichts. Du hast mich angelogen. Du bist eine Lügnerin!“, quengelte die kindliche Stimme weinerlich. Vom eigenen Licht geblendet, tastete sich Fröhlig weiter voran. Dieser verfluchte Nebel war die Hölle. Gerade wollte er einer Bodenspalte ausweichen, als das spitze Ende eines Stückes Eisendrahts auf seinen Augapfel zeigte. Als würde ihn eine Schlange anstarren. Sollte er jemals Pans Labyrinth unbeschadet verlassen, würde er eine Pilgerfahrt nach Lourdes machen. Und dann konnte er ihn riechen. Er hatte das Gefühl, der widerlich süßliche Geruch seines Aftershaves haftete im Nebel an jedem einzelnen Tropfen.

„Das ist doch gar nicht wahr“, protestierte die Kinderstimme weinerlich.

„Und ob es das ist. Lüg mich bloß nicht an.“ Der krächzenden Stimme nach musste es sich dabei um eine ältere Frau handeln. „Du Versager, gib es zu, du wolltest sie bespringen.“

„Ich habe dich nicht betrogen. Das stimmt doch gar nicht. Das ist gelogen, du lügst! Du hast ein Lügenmaul, jawohl. Ein Lügenmaul bist du. Lügenmaul! Lügenmaul!“, äffte er sich selbst nach. Dann hörte Fröhlig das klatschende Geräusch einer schallenden Ohrfeige. „Aua!“, gefolgt von Rotz, der weinerlich hochgezogen wurde. „Daran bist du selbst schuld“, antwortete die alte Frau herrisch.

„Mein Hals tut weh und es juckt so fürchterlich.“ Seine Worte wirkten gequält. „Kannst du nicht machen, dass es aufhört? Es tut so weh, so verdammt weh. Mach doch bitte, bitte, bitte, dass alles wieder so wird wie früher. Bitte, Mutti, ich flehe dich an!“

Hatte der Irre gerade wirklich mit seiner Mutter gesprochen?

„Ich bin jetzt auch ab sofort wieder dein braver Sohn, dein Liebling“, flehte er reumütig. Dann schluchzte er stotternd auf: „Bitte, geh nicht, wo willst du denn hin? Mama! Nein, verlass mich nicht! Der Mann dahinten wird schlimme Dinge mit mir machen! Er wird mir wehtun. Er wird mich töten. Ahrrrg!“ Wieder durchschnitt ein markerschütternder Schrei das Labyrinth. Doch anders als zuvor schien er jetzt nur noch wenige Meter von ihm entfernt.

Fröhlig presste sich dichter an die Bunkerwand. Wenn der Typ nicht völlig blind war, konnte er den Schein seiner App unmöglich übersehen. Geräuschlos glitten seine Schuhe durch den Matsch. Mit jedem Schritt, den er machte, stieg seine Nervosität. Der Nebel lichtete sich und die Luft um ihn wurde klarer. Ihm fiel auf, dass das Wasser hier bergab floss. Anscheinend hatte er den höchsten Punkt der Anlage passiert und jetzt ging es wieder bergab. Wenn Feldmann sich nicht täuschte, führte dieser Abschnitt zu einem der beiden südwestlichen Hochbunker. Im schwachen Schein der Lampe sah er etwas Rundes liegen, das sich vor dem quadratischen Gang abzeichnete. Fröhlig kreuzte die Hände, stützte die Waffenhand mit der anderen. Kreisend ließ er seinen Kopf zwischen den Schultern wandern. Spürte, wie seine Nackenmuskulatur daraufhin sich nur unmerklich entspannte. Vorsichtig, ganz langsam, einen Schritt nach dem anderen, näherte er sich dem Ding. War es ein Sack, vor dem sich das abfließende Wasser staute? Auf dieser Entfernung war das nur schwer zu sagen.

Bugwellen taten sich vor ihm auf, die stetig an Fahrt gewannen. Keine Sekunde lang ließ er das schmutzige Bündel aus den Augen. Unterdrückte selbst den Reflex des Blinzelns.

Gerade als er dem Bündel einen Tritt versetzen wollte, fing es an sich zu bewegen. Wie Gewürm wanden sich seine Gliedmaßen über den schmierigen Boden, zuckten und klatschten epileptisch auf das Wasser. Die Wirbel seines Rückgrats waren unter dem nassen Stoff deutlich zu erkennen. Einer nach dem anderen verbog sich auf unnatürliche Weise, bis sie knackend einen Rundbogen formten. Immer schneller schien sich jetzt die Metamorphose der Kreatur zu vollziehen, bis zu dem Punkt, an dem sie wie ein armer Sünder vor ihm kniete.

Sie sagte nichts, saß stumm da und starrte in die Dunkelheit vor sich. Der Lauf seiner Waffe zielte auf die Stelle, wo sich ihr Kleinhirn befand.

In einer Geste, die an Theatralik kaum zu überbieten war, hob das Wesen die Arme weit über den Kopf, streckte die Hände flehend der brüchigen Decke entgegen. Leise fing es daraufhin an zu knurren. Nicht wie ein Hund, der einen nicht leiden konnte, vielmehr wie ein Fuchs oder ein Vielfraß, das sich in die Enge gedrängt fühlte. Hoch und irgendwie auch quietschend. Langsam senkte es seine Arme und vergrub das Gesicht in den Handflächen. Für einen Moment sah es so aus, als weinte der Mann vor ihm. Was dann folgte, ließ Fröhligs Blut in den Adern gefrieren.

Zwischen den Fingern sah Fröhlig zwei gelbliche Kugeln, die ihn mit Verachtung ansahen. Der Schrei war nicht von dieser Welt. Ohne jegliche Vorwarnung krallten sich die Fingernägel des Mannes tief in die papierdünne Haut. Da, wo sich seine Jochbeine befanden, quoll augenblicklich Blut hervor. Mit einem einzigen Ruck riss er sich das Fleisch regelrecht vom Gesicht. „Es brennt! Es brennt so fürchterlich!“ Bei seinem Anblick stockte Fröhlig der Atem. Das, was von seinem Gesicht noch übrig war, war gezeichnet von tiefen Furchen, aus denen das Blut unaufhörlich sickerte. Sein Gesicht war zu einer grotesk entstellten Fratze mutiert. Gezeichnet vom Wahnsinn, hatte er sich die Haut von den Knochen gerissen. Der Anblick war verstörend und furchterregend zugleich. Die schwefelgelben Augäpfel waren so weit hervorgetreten, dass Fröhlig jeden Augenblick damit rechnete, sie könnten herausplatzen. Dem Mann stand buchstäblich der Wahn ins Gesicht geschrieben.

Keuchend vor Schmerz, drückte sich sein Gegenüber vom Boden ab. Schob sich hechelnd, Zentimeter um Zentimeter, an der Wand empor. Wie ein in die Enge gedrängtes Tier fixierten seine Augen Fröhlig kalt.

Abwehrend hielt Fröhlig ihm die offene Hand entgegen. „Gib mir nicht den Grund, den ich brauche."

Das Einzige, was er darauf antwortete, war hasserfülltes Knurren. „Okay, ich sag dir, wie wir es machen." Dabei zeigte er ihm in einer unmissverständlichen Geste die Walther. „Wir beide machen jetzt einen Spaziergang. Alles klar? Du gehst vor." Zur Untermalung zeigte der Lauf der Neunmillimeter direkt auf seine Stirn. Allem Anschein nach schien der Mann zu begreifen, was Fröhlig von ihm wollte. Stöhnend und wankend richtete sich die verdreckte Gestalt weiter auf. Bei ihrem Anblick musste er an einen Golem denken. Ein mystisches Wesen aus Lehm, entsprungen aus der Fantasie der jüdischen Sagenwelt.

Erst einen Schritt, dann einen weiteren, bis die Kreatur lethargisch im Tunnel vor ihm her wankte. Vorbei an frostrissigen Betonwänden, strähnigem Moos und knöchernen Überbleibseln toter Nager. Zwischendurch knurrte der Golem bedrohlich oder stieß animalisch klingende Laute aus. Was der Irre ihm damit auch immer zu verstehen geben wollte, würde vermutlich für immer sein Geheimnis bleiben. Nach und nach vergrößerte Fröhlig die Distanz zwischen ihnen. Wie weit waren sie inzwischen gegangen? Hundert Meter, zweihundert Meter? In diesem gottverdammten Bunker verlor man jegliches Gefühl. Rauf, runter, Ost, West, all das war in diesen verfluchten Katakomben ein und dasselbe. Plötzlich stöhnte die Gestalt vor ihm leise auf und fing gefährlich an zu wanken. Behäbig stützten sich ihre blutverschmierten Hände an die Wand.

„Was wird das, Bürschchen, wenn's fertig ist?“

Der Golem fing an zu stöhnen, machte einen Ausfallschritt und griff sich schwer atmend an den Kopf.

„Ahrrrrg!“ Der lang gezogene Schmerzenslaut klang für ihn beinahe überzeugend. Fröhlig machte sich bereit, den kommenden Angriff mit einer Kugel aus seiner Automatik zu parieren. Ein unbedachter Schritt ließ den Golem behäbig durch das Wasser pflügen. Er wankte er wie ein Betrunkener von einer Seite zur anderen. Immer mehr Wasser spritzte die Wände hoch. Beide Hände fest gegen seine Schläfen gepresst, steigerte sich seine Qual zu Raserei. Wie ein Hund, der sich verbissen hatte, schleuderte er den Kopf hin und her.

„Ahrrrrrrrrg!“ Das Stöhnen wurde nicht nur lauter, es gewann auch an schauspielerischem Ausdruck dazu.

Fröhlig zielte eine Handbreit oberhalb des Genicks.

„Ahrrrrrrg.“ Wüsste er es nicht besser, konnte man glauben, ihm gegenüber stände ein Tier, so tief kam das Knurren aus den Tiefen seines Inneren. Und plötzlich hielt der Golem inne. Beugte den Oberkörper vornüber und fiel stumm der Länge nach hin. Wie ein gefällter Baum landete er platschend in dem Schlamm.

Gut, dachte Fröhlig sich. Mit ruhiger Hand machte er einen Schritt auf ihn zu und zielte auf den Hinterkopf. „Deine Entscheidung, Merten.“

Baam!!! Ein greller Blitz, gefolgt von einem wütenden Knall, der wie ein Donnerschlag ohrenbetäubend durch den Tunnel raste. Für den Bruchteil einer Sekunde war Fröhlig zwar geblendet, hielt die Waffe aber immer noch auf Merten gerichtet. Vorsichtig näherte er sich dem leblosen Körper. Der Schuss war nur wenige Zentimeter neben seinem Kopf in den Betonboden eingeschlagen. Kein lebender Mensch würde, ohne darauf zu reagieren, einfach so liegen bleiben. Felix Merten hatte nicht einmal gezuckt. Allem Anschein nach hatte ihm ein höheres Wesen die Entscheidung abgenommen.

Leicht senkte er die Waffe, beäugte den regungslosen Körper zu seinen Füßen. Wasser staute sich an dessen Flanke und schwappte in Wellen an ihm hoch. Bewegte den toten Körper wie Seegras sanft hin und her. Geografisch gesehen kam für das abfließende Wasser nur eine Erhebung infrage. Der Kaiserberg. Ein fünfundsiebzig Meter hoher Ausläufer des rechtsrheinischen Schiefergebirges. Immerhin!

Der Druck des anströmenden Wassers umspülte den Leichnam. Züngelte an ihm hoch und trieb ein makaberes Spiel im Licht der LED-Lampe. Fröhlig machte einen beherzten Schritt zur Wand hin, versuchte so dem aufgestauten Wasser aus dem Weg zu gehen. Die Wahrscheinlichkeit, sich hier unten eine Lungenentzündung einzufangen, lag nahezu bei hundert Prozent. Eines war sicher, seine Ex konnte eine sehr, sehr lange Zeit auf seinen Bericht warten. Wenigstens vierzehn Tage würde er sich krankschreiben lassen, am Stück.

Vor seinem inneren Auge manifestierte sich die verführerisch warme, weiche Couch in seinem Wohnzimmer. Spielte ihm gerade sein olfaktorischer Nerv einen Streich oder roch es tatsächlich nach seiner Lieblingspizza? Der Gedanke an sizilianische Salami und scharfen Peperoni steigerte seinen Speichelfluss. Sein Schlucken gluckste unüberhörbar durch den Gang. Von weiter unten stieg ein kaum wahrnehmbares Fiepen den Tunnel empor. Vermutlich hatten einige der Nager Mertens Tod schon aufgenommen und witterten ein üppiges Mahl. Er mochte sich nicht ausmalen, was diese possierlichen Tierchen gleich im Schutz der Dunkelheit mit dem Leichnam anstellten. Wie sie ihn von Hunger getrieben gierig in Stücke bissen. Doch das war nicht sein Problem. Sollte sich doch die KTU mit den Überresten herumärgern. Fröhligs Blick wanderte zurück in die Richtung, aus der sie gekommen waren. War er oben rechts oder links abgebogen? Wie er den verdammten Nebel inzwischen hasste!

Gerade als das Licht über Merten hinwegflog, bemerkte Fröhlig eine kaum wahrnehmbare Regung. Noch ehe er begriff, wie ihm geschah, schnellte sein Bein nach vorne. Der Aufprall war hart und äußerst schmerzhaft. Das war aber nicht das Schlimmste, tatenlos musste Fröhlig mit ansehen, wie sein Handy im Wasser landete. Panik stieg in ihm auf. Ging das Licht aus, war er verloren. Gerade als er danach greifen wollte, stürzte sich der Golem auf ihn. Traktierte seinen Kopf mit wilden Faust- und Ellenbogenschlägen. Immer mehr der feinen Äderchen in seinen Augäpfeln zerplatzten unter der Kraftanstrengung. Der Wahnsinn hatte ein Gesicht bekommen, in dem nichts Menschliches mehr war. Geifernd vor Hass, spie Merten ihm seinen Speichel ins Gesicht. Stinkend tropfte die Spucke auf Fröhlig herab, während der Golem ihm so viel Schaden zufügen wollte, wie er konnte. Die Schläge prasselten mit einer solchen Wucht auf ihn ein, dass Fröhlig Mühe hatte, sie abzuwehren. Und plötzlich, wie aus heiterem Himmel, hörten die Attacken auf. Einfach so. Unter der Deckung hervor sah er, wie sich über das Gesicht des Golems ein bösartiges Lächeln ausbreitete.

Das hier war nicht Hollywood und Fröhlig hatte keine Lust, darauf zu warten, bis er herausfand, warum Merten so dreckig grinste. Der Faustschlag traf Merten mit einer solchen Wucht, dass sein Jochbein brach. Der zweite traf zielsicher sein Kinn. Woraufhin der Kopf nach hinten kippte und Merten für einen kurzen Moment seine Körperspannung einbüßte. Wie ein Wildpferd bockte Fröhlig auf. Gleichzeitig umklammerte er Mertens Handgelenk und zog ihn mit aller Kraft von sich herunter. Dieses Mal würde es für den Freak kein Pardon geben. Julia hatte ihn gewarnt. Langsam hob er die Waffe, zwei Schüsse in die Brust und einen in den Kopf. Drei Schüsse, genauso wie es die Konkurrenz machte.

Die Mündung der Walther zielte auf Mertens Oberkörper. „Noch irgendwelche letzten Worte, *Arschloch*?" In Mertens Augen herrschte Leere. „Okay, deine Entscheidung." Sein Finger legte sich um den Abzugsbügel, als das Licht anfing zu flackern und ihn kurz darauf Dunkelheit umgab.

Die Mündungsfeuer waren brutal laut, als er die Walther schnell hintereinander abfeuerte.

Bam, Bam, Bam!!!

Um sich zu vergewissern, wo der Irre lag, kickte er blind nach seinem Bein. Doch der Tritt ging verstörend ins Leere. Wie in einem schlechten Slapstick ertastete sein Fuß die nähere Umgebung. Platsch, Platsch, nichts! Vielleicht hatte ja die Wucht der Projektile den Leichnam vorangetrieben. Vielleicht etwas mehr seitlich. Platsch, platsch! Verdammt, wie war das möglich? Die Kugeln hätten ihn töten müssen. Selbst ein Blinder am Krückstock konnte auf diese Entfernung unmöglich nicht treffen.

Er richtete die Waffe nach vorne und drückte ab.

Baaam!!!, echote er laut nach.

Der Lichtblitz tauchte die Betonröhre für den Bruchteil einer Sekunde in dystopisch weißes Licht, während die eisgelackten Wände das Mündungsfeuer wie Bergkristalle reflektierten. Merten war wie vom Erdboden verschluckt. Das konnte doch alles nicht wahr sein. „Scheiße!", fluchte Fröhlig laut auf.

Nicht genug, dass er aus diesem Labyrinth nie wieder herausfinden würde. Obendrein konnte er mit Hannibal Lecter jetzt bis in alle Ewigkeit Verstecken spielen. In absoluter Dunkelheit und bei null Aussichten darauf, als Sieger hervorzugehen.

Der Lichtblitz hatte gut und gerne zehn bis fünfzehn Meter ausgeleuchtet. Der Tunnel war an dieser Stelle mehr breit als hoch und führte dem Wasser zufolge bergab. Selbst wenn dieses Labyrinth den gesamten Stadtwald unterkellerte, musste sich doch irgendwo, irgendwann ein Ausgang finden. Feldmann nach sollten die beiden Hochbunker untereinander verbunden sein und in einem gab es sogar eine Trinkhalle. Vielleicht konnte er dort auf sich aufmerksam machen. Und wenn nicht … Bedrohlich fauchte aus dem Nichts eine Ratte.

„Ach, halt's Maul, du Mistvieh", konterte er fauchend.

Fröhlig hob die Walther und gab einen weiteren Schuss ab. Wie ein Thermoscan legte sich das Bild über seine Netzhaut. Die Fußspuren waren unregelmäßig, und da, wo sich die Zehen abrollten, waren sie ausgefranzt. Auch waren die Abstände eher kurz und ungleichmäßig tief. Das waren keine Spuren von jemandem, der rannte. Vielmehr schleppte sich die Person. Hatte er ihn doch erwischt und es ging mit Merten zu Ende? Wie viele Patronen hatte er eigentlich noch im Magazin? Verflucht, warum hatte er nicht mitgezählt? Hier im Tunnel waren es drei gewesen oder doch vier? Verdammt, warum konnte er sich nicht erinnern?

Von weiter unten hallte ein dumpfes Schlagen zu ihm herauf. Dann Stille. Mucksmäuschenstill verharrte er in seiner Bewegung. Stand nur da und lauschte dem Geräusch nach.

Dumpf, dumpf. Die Schläge klangen in der Finsternis wie ein Gewitter, das in weiter Ferne aufzog. Irgendjemand tobte sich da gewaltig aus. Dann war er sich sicher, weiter unten versuchte jemand, eine Verriegelung aufzubekommen. „Chancengleichheit, mein Freund."

Das Geräusch würde ihm den Weg weisen. Unsichtbar zeichnete sich ein diabolisches Lächeln auf seinem Gesicht ab. Er orientierte sich zur Wand hin. Benutzte sie als Leitsystem, während seine Schritte an Geschwindigkeit zunahmen. In der Schwärze wurden die Schläge lauter. Einmal, zweimal, bis ein brechendes Geräusch die Verriegelung löste.

Weiter unten öffnete sich ein Spalt und Licht teilte den Tunnel in zwei Hälften. Tatenlos musste er mit ansehen, wie der Golem verschwand. Fröhlig riss die Waffe hoch, zielte, noch während er rannte, und drückte ab. Die Kugel verfehlte ihr Ziel. Funken stoben auf und einer der Querschläger flog heulend davon. Sollte es Merten gelingen, die Tür zu schließen bevor … Er kam ins Straucheln und merkte, wie er drohte, im Schlick wegzurutschen.

Glas ging auf der anderen Seite zu Bruch und eine Frauenstimme schrie hysterisch laut auf. Keine fünf Meter mehr, dann hatte auch er es geschafft.

Das Bild, das sich ihm auf der anderen Seite bot, glich einem Katastrophengebiet. Kühlschränke lagen übereinander. Bier vermischte sich mit billigem Rotwein. Bunte Plastikflaschen drehten sich wie Kreisel wild auf dem Boden. In der Trinkhalle stank es wie bei einer außer Kontrolle geratenen Abiturfeier von vor dreißig Jahren. Er bahnte sich seinen Weg durch gesplittertes Glas. Schaummäuse, Chips und Lakritze, die wie Kaugummi unter seinen Schuhen klebten. Bei dem Anblick fiel ihm nur ein einziges Wort ein.

„Bunkerbude!"

Die Frau, die in einer der Ecken Schutz gesucht hatte, zitterte am ganzen Körper. Ihr Allgemeinzustand verriet ihm, dass sie unter Schock stand. „Alles in Ordnung?" Angesichts dessen, was der Frau gerade widerfahren war, eine eher dämliche Frage. Mit angstgeweiteten Augen schaute sie blass auf seine Automatik. Mit einer friedfertigen Geste drehte er die Waffe von ihr weg und hob beschwichtigend die freie Hand. „Es ist nicht so, wie es aussieht, ich gehöre zu den Guten, ich bin von der Polizei." Ohne darauf zu reagieren, zeigte sie stumm in Richtung der Ausgangstür.

Er wütete sich durch das angerichtete Chaos weiter voran. Kraulte vorbei an Eistruhen und Bierkästen, deren Inhalt sich klebrig über den gesamten Boden verteilte.

Endlich an der Eingangstür angekommen, hörte er das Flehen einer Frauenstimme. Den verzweifelten Ruf einer Mutter, die um das Leben ihres Kindes fürchtete.

„Ich bitte Sie, tun Sie meinem Kind nichts. Bitte, ich flehe Sie an. Sie ist doch nur ein Kind." Die Stimme der Frau brach. In ihrer zutiefst empfundenen Verzweiflung rang sie um Fassung.

Vor seinen Augen tat sich der Albtraum eines jeden Polizisten auf. Auf der gegenüberliegenden Straßenseite hatte sich eine Menschenmenge angesammelt. Einige hielten vor Entsetzen die Hände vor dem Mund, andere ihr Smartphone hoch. Er hasste Spanner. Das war die primitivste und abscheulichste Form von Voyeurismus.

Er machte sich klein, rannte in gebückter Haltung, zu einem knallroten Pick-up. Der riesige Geländewagen bot ausreichend Schutz vor einer frühzeitigen Entdeckung. Immer mehr Menschen strömten herbei, wollten sehen, was da los war. Warum die Frau so laut und herzzerreißend schrie.

Wie eine Katze ließ er sich auf alle viere fallen. Zählen konnte er drei Paar Schuhe. Wobei die kleinsten in der Luft baumelten. Zu Anfang war es ihm nicht aufgefallen, aber von ihnen tropfte Wasser. Tatenlos musste er mit ansehen, wie sich unter ihnen ein kleiner See bildete. Der Anblick brach ihm das Herz. Die Kleine litt Todesqualen. Von seiner Position aus war es ein Leichtes, Merten erst in die Beine zu schießen und dann in den Kopf. Doch er vermutete, dass er dem Kind ein Messer oder etwas Ähnliches an den Hals hielt. Warum sonst sollte die Mutter so schreien, wenn sie eine realistische Chance sah, ihr Kind aus den Klauen dieses Monsters zu befreien? Sie würde, wie jede andere Mutter auch, wie eine Löwin um das Leben ihres Kindes kämpfen. So verführerisch der Gedanke daran, Merten zu erschießen, auch war, kam er unter diesen Umständen nicht infrage. Die Stimme der Frau überschlug sich, sie flehte ihn an und bot sich zum Tausch an. Doch Merten zeigte kein Erbarmen mit der Frau. Stattdessen Schritte, dann ein schleifendes Geräusch. Der Mistkerl setzte sich in Bewegung. Von hier unten aus war Fröhlig zur Tatenlosigkeit verdammt.

Sanft ließ er das Magazin aus der Waffe gleiten. Das Magazin war leer und Ersatzmagazine besaß er auch nicht mehr. Blieb also nur noch die eine Kugel, die sich im Lauf befand. Mehr sollte auch nicht nötig sein.

Wie eine Handpuppe schraubte sich Fröhlig hinter der massigen Motorhaube des Pick-ups in die Höhe. Mertens Anblick war grauenerregend. Erst jetzt im Tageslicht erkannte Fröhlig das ganze Ausmaß seiner Selbstverstümmelung. Das Gesicht war ein einziges blutendes Hämatom, dessen tiefviolette Farbe von zahlreichen Furchen gekreuzt war. Die Augen waren inzwischen komplett mit Blut eingelaufen und unnatürlich weit aufgerissen. In der Schulter klaffte ein neun Millimeter großes Loch, aus dem tiefrotes Blut sickerte. Kein normaler Mensch war imstande, mit einer solchen Verletzung aufrecht herumzulaufen.

„Das tut mir aber leid", kommentierte Fröhlig seinen Treffer mit einer grimassierten Genugtuung.

Als Felix Merten ihn erblickte, zog seine dreckverkrustete Hand das Haar des Mädchens unsanft nach hinten. Mit der anderen drückte er der Kleinen eine Glasscherbe auf die pulsierende Halsschlagader. Blut trat daraus hervor und schlängelte sich in einem dünnen Rinnsal über die schneeweiße Haut.

Fröhlig zielte mit dem Lauf der Neunmillimeter auf Mertens Frontallappen und ging selbstbewusst um den roten Pick-up herum. Im selben Moment richteten sich alle Smartphones auf seine Person. Einen Fuß vor den anderen setzend, näherte er sich ihm.

„Noch einen Schritt näher und ich schlitz dem Balg den Hals auf.“ Dabei drückte er die Glasscherbe fester gegen die Haut des Mädchens, woraufhin es unter Todesängsten aufschrie.

Fröhlig war überrascht, wie klar er sich plötzlich ausdrücken konnte. „Du unterliegst einer Fehleinschätzung, Merten, wenn du glaubst, ich lass dich einfach so gehen.“

„Mach noch einen Schritt näher, Bulle, dann …“

„Und dann was, Arschloch?“, unterbrach er ihn unsanft. „Bringst du sie dann um? Nur zu, mach doch.“ Fassungslos schaute die Mutter auf den Mann mit der Pistole, sie konnte nicht glauben, was er gerade gesagt hatte.

„Du glaubst mir nicht, Bulle?“ Die Scherbe drückte sich tiefer gegen das Fleisch des Kindes. Der feine Blutstrom wurde breiter und das Mädchen erstarrte augenblicklich. Instinktiv schien ihr Geist verstanden zu haben, dass jede Bewegung den sicheren Tod bedeuten konnte. Plötzlich keuchte er, fing an, nach Luft zu schnappen. An seinem Hals spannte sich die Muskulatur und Sehnen traten ungesund hervor. Die Finger der Hand, mit der er die Kleine festhielt, verkrampften sich zu Strumpfnattern. Die sich mehr und mehr ineinander wanden. Während sich sein linkes Auge komplett nach innen wegdrehte und nur noch das Weiße starr geradeaus schaute, bildeten sich Schaumbläschen vor seinem Mund. Die komplette linke Mundpartie hing seitlich herunter, und das, was von seinem linken Tränensack noch übrig war, rutschte unaufhaltsam hinterher. Das Ganze wirkte wie ein aus dem Ruder gelaufener Schlaganfall.

Immer mehr Blut lief über das blasse Fleisch des Mädchens. Das arme Ding war inzwischen völlig katatonisch. Dabei machten ihre leeren Augen das Warten auf ein freies Schussfeld nicht unbedingt einfacher.

„Was ist los, Freak? Glaubst du wirklich, du bist der Einzige, dem das Leben anderer Menschen am Arsch vorbeigeht?“ Fröhlig senkte die Waffe leicht. Er konnte nur raten, ob Felix Merten ihn überhaupt hörte. „Na los, schneid der Göre endlich den Hals durch. Ich kann das Geplärr der Alten langsam nicht mehr ertragen.“ Buhrufe und übelste Beschimpfungen der gaffenden Menge erstickten die verzweifelten Rufe der Mutter. Langsam, kaum merklich, näherte sich Fröhlig in winzigen Schritten.

„Ich sagte Halt“, sagte der Golem lallend. Fröhlig fehlten nur noch wenige Schritte, dann hatte er ein freies Schussfeld. „Habe ich dir eigentlich schon gesagt, wie scheiße du in Wirklichkeit aussiehst? Wenn ich dich so ansehe, kann man es den Frauen echt nicht verübeln. Ich gebe dir mal einen guten gemeinten Rat, du solltest dringend was gegen dein Hautproblem unternehmen.“ Er nickte auffordernd zu dem Außenspiegel des Pickups herüber.

„Bleib stehen! Ich weiß genau, was du vorhast“, zischelte ihn Merten an.

„Aha, da haben wir also einen ganz Schlauen?“

„Du willst, dass ich einen Fehler mache", hechelte er wie nach einem Hundert-Meter-Sprint.

„Du hast es erfasst, genauso ist es, Großer. Du bist ein kluges Köpfchen. Deine Mutter muss stolz auf dich sein. Apropos Mutter, wo steckt sie gerade? Sie vergnügt sich doch etwa nicht ohne dich?" Sein süffisantes Grinsen war breit und maßlos übertrieben.

„Sprich nicht so von ihr! Dazu hast du kein Recht", fauchte er Fröhlig giftig an.

Und da war er wieder, der gute alte Ödipuskomplex. In Fröhligs Job kam man einfach nicht um ihn herum.

„Autsch!" Fröhlig lachte hämisch auf. „Warte, lass mich raten. Sie hat dir die Schuld dafür gegeben, warum der einzige Mann im Haus weggegangen ist. Du warst es auch, der für ihr verkorkstes Leben verantwortlich war. Weil sie sich ja um dich kümmern musste. Wegen dir hat sie auf die Freuden des Lebens verzichtet. Oh ja, daran warst du schuld. Ganz allein du. Der kleine Felix Merten." Dabei wedelte sein Finger kokett in Mertens Richtung. „Du kleiner Schlingel. Und ja, das warst du, Muttis kleiner Schlingel. Immer dann, wenn sie es wollte."

„Halt dein Schandmaul, habe ich gesagt."

„Oder was?" Fröhligs Ton wurde merklich schroffer. „Rufst du dann etwa nach deiner Mutti? Wach auf, du warst ein nützliches Ding, nichts weiter. Etwas, das man nach Gebrauch wegwirft. Wie ein kaputtes Spielzeug, das …"

„Du wagst es nicht, auf mich zu schießen", keuchte Mertens schwer. „Du hast Angst, du könntest das Gör treffen“, zischelte er ihm entgegen „Wie würde es ihrer Mami gefallen und erst all den anderen Gaffern auf Facebook? Wenn du nicht mich triffst, sondern die Kleine hier.“ Dabei schleuderte er das Kinn hin und her, sodass die Beine wie abgeschnittene Seile umherbaumelten.

„Keine Ahnung, ist mir aber auch egal“, holte Fröhlig lapidar aus. „Ach, bevor ich es vergesse, meine Kollegin ist noch am Leben. Du hast Mist gebaut. Dein Messer hat sein Ziel um Längen verfehlt. Ich könnte mir vorstellen, dass dieser Patzer deiner Mutti nicht gefallen wird. Andererseits, dass du keine Leistung bringst, sollte für sie ja nichts Neues sein.“ Fröhlig bemerkte, dass bei seinen letzten Worten die spröden, blutverkrusteten Lippen anfingen zu beben. Treffer, dachte er insgeheim. Er konnte es in den Augen von Merten deutlich sehen, sein Hass gehörte jetzt ausschließlich ihm. „Stimmt's oder habe ich recht?“, brüllte Fröhlig ihn plötzlich aus der Tiefe seiner Überzeugung an. „Du bist ein Versager und die ganze Welt weiß es.“

Mehr und mehr Krakelee-Risse bildeten sich auf seiner Haut. Schlammplatten auf Stirn und Wangen wölbten ihre Ränder nach oben. Er sah aus, als trocknete er von innen heraus aus. Inzwischen betrug die Distanz zwischen ihnen nur noch wenige Meter. Auf diese Entfernung konnte selbst ein Blinder das Ziel nicht verfehlen. Fröhlig versuchte sich zu beruhigen, versuchte, seinen Puls auf normal zu bringen. Seine Hand fasste nach, schob den Pistolengriff in das Daumengelenk. Sie hatte sich noch nie so gut angefühlt. Merten würde nicht einmal merken, wie ihm geschah.

Plötzlich stieß der Golem das Mädchen weit von sich. Klatschend traf der zierliche Körper gegen die rote Lackierung des Pick-ups.

Fröhligs Blick heftete sich auf das bewusstlose Mädchen zu seinen Füßen. Unfähig, sich zu bewegen, bekam er nicht mit, wie die Glasscherbe einen sichelförmigen Halbkreis auf ihn zu beschrieb.

Noch in letzter Sekunde blockte er den Angriff ab.

Der Golem reagierte mit einer Schnelligkeit, die Fröhlig nicht vermutet hatte. Mit brachialer Gewalt drehte Merten Fröhligs Handgelenk weg, wobei die Glasscherbe einen tiefen Schnitt verursachte. Geifernd vor blindem Hass, spritzte sein Speichel in Fröhligs Gesicht. Fröhlig schrie unter dem Schmerz laut auf. Sein Wahnsinn verlieh Merten übernatürliche Kräfte. Und dann spürte Fröhlig Mertens feuchtkalte Hand im Nacken. Ohne dass er imstande gewesen wäre, etwas dagegen zu unternehmen, zog sie ihn unerbittlich zu sich heran. Wie eine Ratte klapperten seine Zähne schnell hintereinander. Mit letzter Kraft drehte er den Kopf zur Seite. Verhinderte so, dass Merten ihm ins Gesicht biss. Wieder und wieder schlugen die gelblichen Zähne klappernd in seine Richtung. Fröhlig spürte, wie ihm mehr und mehr die Kraft schwand. Seine Arme fingen an zu zittern und seine Gelenke standen kurz davor, einzuknicken. „Habe ich es dir nicht versprochen, Bulle?“ Sein stinkender Atem legte sich wie ein Pesthauch über ihn. „Wenn ich mit dir fertig bin, gehe ich zurück und besorge es deiner Kleinen.“ Fröhlig spürte, wie sich Mertens Fingernägel tiefer in seinen Nacken bohrten. Immer noch schaffte er es, den Wahnsinnigen auf Distanz zu halten, aber das war nur noch eine Frage der Zeit.

Der Schmerz steckte seine Eingeweide in Brand, als die Scherbe tief in seinen Bauch eindrang.

„Na, wie fühlt sich das an, *Arschloch*?“ Der Golem drückte lächelnd das restliche Glas hinterher.

Fröhlig schrie nicht ein Mal. Schaute nur ungläubig in die diabolisch blutverschmierte Fratze von Merten.

„Sag Auf Wiedersehen, Bulle!“ Dabei spie er Frank Speichel ins Gesicht.

Über Fröhligs Lippen kamen nur unverständliche Laute.

„Sprich lauter, Bulle. Sonst kann ich dich nicht verstehen“, verhöhnte er Fröhlig.

„Brauche ich nicht“, stammelte er gebrochen.

Das Geräusch, das die Walther beim Abfeuern verursachte, hatte etwas zutiefst Beruhigendes an sich.

Mit kindlicher Naivität schaute der Golem an sich herab, nahm einen Zeigefinger und steckte ihn in das kreisrunde Loch.

„Au!“

Wieder hatte sie ihn im Stich gelassen und wieder hatte sie ihn dem bösen Mann überlassen. Ihm wurde schwindlig und er begann zu straucheln. In seiner Verzweiflung stieß er einen zutiefst verstörenden Schrei aus. Dann sackte er auf die Knie, verharrte kurz in der Bewegung und fiel kopfüber auf die Bordsteinkante. Als der Schädelknochen brach, gab er einen knackenden Laut von sich.

Fröhlig saß nur da und schaute in das groteske Gesicht von Felix Merten. Trat aus dessen Augenhöhle gerade wirklich eine silbrig glänzende Substanz aus? Oder halluzinierte er aufgrund des hohen Blutverlustes? Wie kleine Discokugeln fingen Mertens Augen im Sonnenlicht an zu funkeln. Silbrige Klümpchen fielen stetig zu Boden und stoben in immer kleiner werdenden Clustern auseinander.

Von Weitem hörte Fröhlig das Auf und Ab der Sirene. Das war gut, wenn auch zu spät. Sein Blick suchte verschwommen nach der Mutter. Die saß mit dem Rücken an den roten Pick-up gelehnt und hielt tröstend ihr Kind in den Armen.

Merkwürdigerweise verspürte er kaum einen Schmerz. Ganz im Gegenteil, ein wohlig-warmes Gefühl breitete sich in den unteren Extremitäten aus. Beinahe so, als legte ihm jemand eine warme Decke über die Beine. Gemächlich nahm er eine bequemere Haltung ein, legte sich rücklings auf den Boden. Die Schäfchenwolken kamen ihm vor, als hätte ihnen ein Grafikdesigner zu viel Weichzeichner verpasst. Und während er so darüber nachdachte, zog ein Schwarm Tauben seine Kreise über ihm. Handelte es sich dabei wirklich um einen Schwarm oder vielmehr um ein … Er stockte. Verdammt, wie hieß das Wort noch gleich? Das Denken fiel ihm schwer und er hatte Mühe, den Blick auf eine bestimmte Stelle am Himmel zu richten. Ganz allmählich glitt die Hand vom Bauch und er konnte den Splitt der Straße fühlen.

Das war es also, mehr hatte das Leben für ihn nicht vorgesehen. Die letzten Sekunden verbrachte er rücklings auf der Straße, umgeben von debilen Spannern und Schaulustigen. Was für ein epochaler Abgang! Vermutlich schauten ihm gerade Hunderttausende online dabei zu, wie er auf offener Straße verreckte.

Na und, sollten sie doch. Julia war am Leben und Felix Merten Geschichte. Mehr konnte man von einem Ritter in rostiger Rüstung nicht verlangen. Den Drachen erschlagen und die Jungfrau gerettet. Zurück blieb nur die tragische Figur eines einsamen Helden.

Mit letzter Kraft reckte er den Unterarm dem Himmel entgegen. Er fühlte sich so schwer an, als wäre sein Arm aus Blei. Dann streckte er den Gaffern auf der ganzen Welt den ausgestreckten Mittelfinger entgegen.

Epilog

Der Schleier legte sich nur langsam, als er aufwachte. Der fahle Geschmack erinnerte ihn an alte Tapete. Flatternd zuckten seine Augen, während er schmatzend versuchte, den zähen Belag von der Zunge zu schaben.

„Mensch, Frank, wir dachten schon, du wolltest gar nicht mehr aufwachen." Verschwommen sah er Feldmann grinsen.

„Wie lange war ich weg, Jens?" In seiner Verwirrung fiel es ihm sichtlich schwer, sich zu orientieren.

„Nicht ganz achtundvierzig Stunden."

„Guten Morgen, Entlein, wie fühlen wir uns heute?"

Feldmann hielt ein Tablet in Händen, auf dem Fröhlig Mel zu erkennen glaubte.

Mühsam richtete er sich in seinem Bett auf. Prüfend schaute er an sich herab. „Sieht man von dem Loch in meinem Bauch mal ab, glaube ich, ganz gut." Fragend blickte er sich um. Schnippte mit dem Finger gegen die schwere transparente Folie. „Warum liege ich in einem Bratenschlauch?" Dabei zog er die Stirn kraus.

„Weil man euch, Julia und dich, unter Quarantäne gestellt hat", erwiderte Mel nüchtern.

„Julia!" Fröhligs Herz hämmerte bei dem Namen. „Wo ist sie?"

„Hier", kam es prosaisch aus dem Nachbarbett.

Mit steifem Hals drehte er sich zu ihr.

„Wie geht es dir?" Noch nicht ganz ausgesprochen, spürte er ein heißes Reißen, wo Merten ihn erwischt hatte.

Ausdruckslos studierte Julia den Patientenmonitor. „EKG, EEG, Blutdruck, Sauerstoffsättigung, Körpertemperatur, alles in normalen Parametern."

„Ich wollte nicht wissen, wie es ... vergiss es wieder." Ihr Aussehen sprach für sich. Der Kopf war bandagiert, um den Arm trug sie eine Schlinge und die wenigen freien Stellen waren mit Pflastern übersäht.

„Du meinst, ob ich emotional stabil bin?" Sie zögerte, dachte stumm darüber nach. „Vermutlich schon."

„Felix Merten, habe ich ihn ...?"

„Hast du definitiv, Entlein. Er liegt hier bei mir mit einem Loch in seiner Brust." Woraufhin sie auf die Stelle zeigte, wo er ihn erwischt hatte.

Wie ein U-Boot, das im Begriff war, abzusaufen, stöhnte er auf. „Leute, lasst euch doch nicht alles aus der Nase ziehen."

Er überlegte, ob die Ärzte ihm Novocain verabreicht hatten. So losgelöst und schmerzfrei, wie er war.

Feldmann räusperte sich kurz. „Okay, Frank, wir konnten bisher nur wenige Dokumente über die Familie Merten einsehen. Demnach war er bis zu seinem sechzehnten Geburtstag sexualisierter Gewalt ausgesetzt. Das bestätigen Unterlagen von behandelnden Ärzten aus verschiedenen Krankenhäusern. Übersetzt heißt das, niemand wollte sich damals der Sache annehmen," lächelte Feldmann säuerlich. „Die Ausreden waren damals schon dieselben."

„Weiß man, ob Felix Merten nur von seiner Mutter missbraucht wurde oder auch von Männern? Vater, Freund, wechselnde Geschlechtspartner?", fragte Fröhlig nach.

Jetzt war es Julia, die sich meldete.

„Die Aktenlage ist dünn und schwer zu interpretieren. Nach seinem sechzehnten Lebensjahr verliert sich die Spur der Familie, aber nach dem, was wir wissen, war seine Mutter ambivalent in ihren Stimmungsphasen. Dominant bis sadistisch vor allem männlichen Subjekten gegenüber. Verstärkt wurden ihre sexuellen Präferenzen durch eine paranoide Persönlichkeitsstörung in Verbindung mit Alkoholabhängigkeit. Was nahelegt, dass sie selbst Opfer von sexualisierter Gewalt wurde. Als sich Felix Merten den Wünschen seiner Mutter entzog, erfuhr er die gleiche Grausamkeit wie sie als Kind."

„Jens, kannst du mich bitte etwas höher halten?", meldete sich Mel zu Wort. „Bei seiner Obduktion sind mir Frakturen der Schädelbasis aufgefallen, die daraufhin deuten, dass sie mit hoher Krafteinwirkung erfolgt sind. Den Verwachsungen nach vermutlich im Stadium seiner Kindheit. Meist wird bei einem solchen Bruch die Hirnhaut verletzt, dadurch können Bakterien eindringen und schwere Gehirnverletzungen verursachen. Manchmal drücken auch Fragmente nach innen und schädigen das Gehirn, was ebenfalls zu Infektionen oder Abszessen führt. Von Brüchen an den Gliedmaßen, dem Becken und im Brustraum ganz zu schweigen. Er war über viele Jahre hinweg körperlichen Misshandlungen ausgesetzt, die schlecht oder nur mäßig behandelt wurden. Ich möchte mir nicht ausmalen, was Felix Merten als Kind durchmachen musste. Wäre er früh genug aus dieser Hölle herausgeholt worden, vermutlich wäre das alles nie passiert." Selbst auf dem Tablet sah Mel mitgenommen aus. Er fragte sich, ob sie in den letzten achtundvierzig Stunden überhaupt an Schlafen gedacht hatte.

„Ist seine Mutter der Grund, warum die ersten Opfer über sechzig waren?" Fröhlig zog seine Stirn kraus.

„Der Verdacht liegt nah, Frank." Julia hustete trocken und hielt sich die Seite.

„Von seiner Mutter existiert keine Sterbeurkunde. Zumindest haben wir keine gefunden." Feldmann erinnerte ihn mit dem Tablet vor der Brust an einen Gefangenen beim Pressetermin.

„Du meinst, Jens, er hat seine eigene Mutter getötet?"

„Davon gehen wir inzwischen aus, Frank."

„Hm", stöhnend stützte er sich ab. „Verrät mir auch noch jemand, warum wir unter Quarantäne gestellt sind?"

„Daran ist Ophiocordyceps unilateralis schuld." Er konnte Mel hören, aber nicht sehen. Mi einer Handbewegung gab er Feldmann das Kommando, sie anzuheben.

„Kenn ich den Typen, Mel?", fragte Fröhlig spöttisch.

„Unter Mykologen auch als *Zombiepilz* bekannt", wobei sie das letzte Wort besonders gruselig betonte.

„Bitte was?" Er glaubte sich verhört zu haben.

„Erinnere dich, als Julia sagte, es gebe einen Grund dafür, warum der Mörder seinen Pfad verlassen hat?"

Er nickte kurz zur Bestätigung.

„Kannst du dich auch noch daran erinnern, als du zu Boden gegangen bist und ihm das glitzernde Zeug aus Nase und Augen quoll?"

Wieder nur ein knappes Nicken seinerseits.

„Manjula, meine Assistenz, hatte das Skalpell noch nicht ganz bei ihm angesetzt, da rieselten die Sporen auch schon aus ihm heraus. Der Pilz hat einen Großteil seines Organismus durchwoben. Bronchien, Lunge, Luftröhre, Stirnhöhle, Keilbeinhöhle, Nasenmuschel, Eustachische Röhren, überall haben wir das Zeug in ihm gefunden.

Unter dem Mikroskop konnten wir ihn dann bestimmen. Es handelt sich um eine parasitäre Pilzart, die eigentlich in den tropischen und subtropischen Regionen beheimatet ist. Interessant ist zu erwähnen, dass der Parasit eigentlich nur Ameisen befällt. Seine Sporen haften sich an die Außenseite ihrer Exoskelette, wo sie Fäden ausbilden, welche Hyphen genannt werden. Sind die Hyphen eingedrungen, wuchern sie bis zum Kopf, wo der Pilz die Kontrolle übernimmt. Ist die Assimilation abgeschlossen, steuert der Parasit den Wirt zu einem

Ort mit optimalen Umweltbedingungen. Und eben diese fand er im Bunker vor."

„Ich weiß nicht, Mel", sagte Fröhlig zögerlich. „Das hört sich für mich eher nach einer schlechten Gutenachtgeschichte an."

„Warum?" Der schnippische Unterton war nur schwer zu ignorieren.

„Warum? Weil deine Theorie ein paar winzige Schönheitsfehler hat. Erstens herrschen in der Bunkeranlage winterliche Temperaturen. Also das Gegenteil von tropisch. Zweitens, wie soll dieser Pilz hierhergekommen sein? Du sagst ja selbst, seine Heimat ist mehrere Tausend Kilometer entfernt. Und außerdem fallen ihm ausschließlich Insekten zum Opfer. Korrigiere mich, wenn ich falschliege, aber Felix Merten besaß kein Exoskelett und auch keine niedlichen Fühler." Er hatte nicht vor, ihre Theorie zu torpedieren, aber das alles hörte sich doch ziemlich weit hergeholt an.

Die Folie verhinderte eine klare Sicht auf Mel. „Keine dreihundert Kilometer von hier befindet sich die Grube Messel. Das ist eine Lagerstätte für Fossilien aus der Urzeit. Vor Jahren fand man dort in Bernstein gebundene Ameisen, die achtundvierzig Millionen Jahre alt waren und die exakt gleichen Verhaltensmanipulationen aufwiesen wie ihre heutigen Verwandten. Kopfüber unter einem Blatt, mit einem winzigen Loch in ihrem Schädel. Genau an der Stelle, wo Ophiocordyceps unilateralis die Ameise durchbohrt. Wer so alt ist, mein Lieber, wie dieser Parasit, der hat sich in der Regel angepasst", sagte sie matt. „Und wie er es geschafft hat, hierherzukommen, ist leicht erzählt. Ab 1927 befand sich dort, wo heute die Universität steht, eine Frauenklinik. Als die Luftangriffe der Alliierten sich häuften, entschied die Krankenhausleitung, die Patienten in den Bunker zu verlegen.

Nach dem Krieg geriet der Zugang zum Bunker in Vergessenheit. Zumindest so lange, bis Merten ihn wiederentdeckte. Es wird Monate, wenn nicht gar Jahre dauern, bis die Kollegen auch den letzten Winkel erkundet haben. Aber es ist davon auszugehen, dass er über viele Jahre hinweg seinem grausamen Hobby nachgegangen ist.

Irgendwann musste er auf Tzanzta gestoßen sein. Wie und warum er da unten lag, lässt sich nur noch schwer sagen. Vielleicht als Anschauungsobjekt oder als makabres Urlaubsmitbringsel aus Übersee. Das lässt sich heute nicht mehr feststellen. Die KTU hat weiter Kisten mit anthroposophischen Gegenständen gefunden. Auf den Kisten stand die Jahreszahl 1911. Darin befanden sich Trommeln aus Nepal, Götzenfiguren aus Afrika, Papua-Neuguinea, primitive Flöten usw. Aber ein Tzantza befand sich nicht darunter. Merten muss ihn gefunden haben, woraufhin der Pilz anfing, sich zu reaktivieren. Mit jeder Berührung drangen mehr Wärme und mehr Feuchtigkeit in ihn. Der Parasit erwachte zum Leben und fing unkontrolliert an zu wachsen. Die Sporen, die Merten einatmete ... Ich vermute, dass das der Zeitpunkt war, als seine Schizophrenie einsetzte.

„Aber hast du nicht gesagt, Mel, der Pilz befällt ausschließlich Ameisen?"

Fröhlig griff zu dem Glas Wasser auf dem Beistelltisch und nahm einen Schluck.

Mel rückte näher an die Kamera heran. „In neuerer Zeit mehren sich Berichte, bei denen sich Drogenkonsumenten magic mushrooms injizieren. Das sind Pilze mit einer psychedelischen Wirkung. Nach dem Tod der Junkies fand man nicht nur in der Lunge, sondern auch in ihren Adern ein Myzel-Netzwerk. Und wenn du dann auch noch achtundvierzig Millionen Jahre Zeit hast, dich anzupassen ..." Jetzt vollzog ihr Finger auf Höhe ihrer Schläfe eine kreisende Bewegung. „Verstehst du jetzt, warum du und Julia auf einer Quarantänestation seid?"

Die Schlussfolgerung daraus gefiel ihm ganz und gar nicht. „Der Pilz ist in meinem Kopf?"

Fröhlig verdrehte die Augen, als wollte er in sich hineinsehen.

„Ihr beide seid den Sporen zwar ausgesetzt gewesen, aber ihr habt wohl nur durch den Mund geatmet. Was der Grund dafür ist, dass der Parasit nur in eurer Lunge zu finden war. Noch ein, zwei Tage, und du bist wieder auf den Beinen."

Gerade wollte er etwas sagen, als metallisch scheppernder Lärm Mel von der Kamera ablenkte.

Für Fröhlig hörte es sich so an, als hätte jemand in einen Stapel Gefängnisgeschirr getreten. Offensichtlich kegelten unter ohrenbetäubendem Lärm etliche Edelstahlbehältnisse durch die Gerichtsmedizin, was Mel dazu veranlasste, den Namen ihrer Assistenz laut auszurufen. „Manjula?"

„Alles in bester Ordnung, Frau Doktor! Nichts passiert", antwortete die junge Ärztin verlegen. Weitere Schüsseln gingen scheppernd zu Boden.

„Manjula?" Mels Stimme bekam mütterliche Züge.

„Mir geht es gut", kam es hörbar überfordert zurück. Genau wie Frau Doktor Kramer hatte sie die Gerichtsmedizin seit zwei Tagen nicht mehr verlassen. Sie war müde und gehörte ins Bett, bevor noch Schlimmeres passierte. Sie würde das Chaos noch beseitigen und dann machen, dass sie nach Hause kam.

„Manjula Chandra", die Stimme war unterlegt mit dem anmutenden Glissando einer indischen Sitar. „Deine Mutter und ich haben dich nicht zu einer Lügnerin erzogen."

„Papa?" Der Klang der Sitar wurde exotischer. Ungläubig drehte sie sich in Richtung der Langhalslaute.

Auf einem der Seziertische hockte Sadashiva. Eine der höchsten Hindu-Gottheiten. Der Anblick des Gottes ließ ihr das Blut in den Adern gefrieren, gleichzeitig warf seine Gegenwart eine ganz andere Frage auf: Warum sahen alle fünf Köpfe wie die ihres Vaters aus?

Im Verlag CW Niemeyer bereits erschienen ...

Konrad Georg Brichtner stolpert am Duhner Strand in Cuxhaven über eine Leiche. Das Opfer sitzt im Auto und hält einen mysteriösen Gegenstand in der Hand – eine Petrischale mit Nährboden für Bakterien. Das Bizarre: Die Bakterien wachsen in Form einer numerischen Reihenfolge. Was hat es mit diesen Zahlen auf sich? Ein Code vielleicht? Konrad beschließt, eigene Nachforschungen anzustellen, als er erfährt, dass das Opfer ein ehemaliger Kollege seines Onkels und Ziehvaters ist. Alles deutet darauf hin, dass der Mord etwas mit einer früheren BKA-Ermittlung zu tun hat, in die sein Onkel eingebunden war. Dann werden weitere Leichen mit ähnlichen Bakterienschalen aufgefunden …

Markus Rahaus. Mordlinie
416 Seiten. Klappenbroschur. ISBN 978-3-8271-9335-3
E-Book 978-3-8271-9783-2 (Epub)

#niemeyerbuch

Jetzt kein Buch mehr verpassen

NIEMEYERKRIMI
ANDREA GERECKE
Cold Case
Blüten
rausch
Viola & Iris ermitteln
Berlin-Krimi
CW Niemeyer

Im Verlag CW Niemeyer bereits erschienen ...

Eine Maklerin wird mit aufgeschnittenen Pulsadern gefunden, kurz darauf ein erhängter Arzt in der Kirche. Während die Kripo Landau von Suizid ausgeht, glaubt Pastorin Olivia Jacob nicht an die Selbstmorde ihrer Gemeindemitglieder. Hilfe erhofft sie sich von Kommissarin Kira Lilienfeld, die endlich ihr Sabbatjahr im beschaulichen Leinsweiler genießt. Obwohl Kira wenig Lust auf Mord und Drama hat, entflammt ihre Neugierde, als sie entdeckt, dass die beiden Toten ein düsteres Kapitel aus ihrer Jugend teilen. Kira lässt keinen Trick aus, um Hauptkommissar Steinbach von der Kripo vor ihren Karren zu spannen und den Todesfällen auf den Grund zu gehen.

Susanne Seider. Pfälzer Auslese
384 Seiten. Klappenbroschur. ISBN 978-3-8271-9334-6
E-Book 978-3-8271-9782-5 (Epub)

#niemeyerbuch

Jetzt kein Buch mehr verpassen

Im Verlag CW Niemeyer bereits erschienen ...

Das Böse kehrt zurück ...
Im Schloss der Stadt Ahrensburg verschwindet ein wertvolles Gemälde, im Fitnessstudio wird eine Frau ermordet, und Kommissar Mahlow bekommt es mit einer Hehlerbande zu tun. Welches Geheimnis steckt hinter dem Tod des Hamburger Projektentwicklers? Was hat es mit der Mordserie rund um die Schlosskirche und mit den Gottesbuden auf sich? Und glaubt die Polizei dieser dubiosen Zeugenaussage tatsächlich? Stimmt es, dass eine Person vom Hochsitz eines Jägers erschossen worden ist?
Ahrensburg hat mehr Geheimnisse, als Sie denken.

Nils Meyer-Selbach. AHRENSMORD 2
464 Seiten. Klappenbroschur. ISBN 978-3-8271-9329-2
E-Book 978-3-8271-9329-2 (Epub)

Im Verlag CW Niemeyer bereits erschienen ...

Auf dem Jakobsweg entdeckt Ermittler Christian Sonnthag eine geheimnisvolle Burg. Sie stammt von den Tempelrittern und ist nun im Besitz des Geheimbundes der Tredici. Ihr Netzwerk reicht weit, sogar bis in die ehemalige Residenzstadt Bückeburg. Genau dort am Marktbrunnen kommt es am Freitag, den 13. Oktober, zu einer dämonischen Begegnung. Dunkle Mächte um Großmeister Draxxus haben ihre Hände im Spiel. Ein dramatischer Kampf beginnt, in dem Geschichte plötzlich lebendig wird und Räume wie Zeiten verschmelzen. Gelingt es den Tredici, die Macht zu übernehmen, wie sie es geplant haben?

Thomas G. Krage. Der Dämon der Tredici
400 Seiten. Klappenbroschur. ISBN 978-3-8271-9341-4
E-Book 978-3-8271-9789-4 (Epub)
